U0942352

PSC 普通話水平測試

備考教程

田小琳
畢宛嬰
余京輝　編著

中華教育

PUTONGHUA SHUIPING CESHI

□特約編輯　董海敏
□封面設計　明日設計事務所
□版式設計　陳先英
□排　　版　陳先英
□印　　務　劉漢舉

普通話水平測試（PSC）備考教程

編著
田小琳　畢宛嬰　余京輝
香港語言研究中心

出版
中華教育
香港語言研究中心
香港北角英皇道 499 號北角工業大廈 1 樓 B
電話：（852）2137 2338
傳真：（852）2713 8202
電子郵件：info@chunghwabook.com.hk
網址：http://www.chunghwabook.com.hk

發行
香港聯合書刊物流有限公司
香港新界荃灣德士古道 220 - 248 號
荃灣工業中心 16 樓
電話：（852）2150 2100
傳真：（852）2407 3062
電子郵件：info@suplogistics.com.hk

版次
2025 年 7 月第 1 版第 1 次印刷

規格
16 開（260 mm × 185 mm）

ISBN
978-988-8914-21-0

Preface

前言

時光荏苒。1994 年普通話水平測試（PSC）在內地正式實施，兩年後在香港開展。2026 年，普通話水平測試迎來在香港推行 30 年的里程碑！

1996 年，香港大學香港普通話培訓測試中心在國家教育部國家語言文字工作委員會（以下簡稱「國家語委」）的支持下成立，為全港首個與國家語委合作的普通話培訓機構，亦是本地第一個舉辦普通話水平測試的考點。自此以後，香港多所大專院校及專業機構也陸續與國家語委合作，普通話培訓測試中心如雨後春筍般在香港發展起來。截止目前，包括香港考試及評核局在內，香港已有 14 個普通話培訓測試中心。各個測試中心以測促教，以測促訓，對於提高普通話在香港社會的普及程度發揮了引領作用。

香港回歸祖國以後，特區政府和社會各界積極推廣普通話，以更好地融入國家發展大局，加強與內地的交流。自 1998 年起，特區政府就規定了在中小學設立普通話科，並將其列為核心課程，讓中小學生在學校接受系統的普通話教育。據特區政府 2021 年人口統計報告顯示，香港有五成以上的人會説普通話。目前，在香港參加普通話水平測試的人次已經超過 16 萬。我們相信，隨着香港與內地之間日益緊密的聯繫與合作，以及特區政府的推動和各方的共同努力，普通話在香港社會的普及率一定會持續提高。

2024 年，香港教育局優化普通話科教師的語文能力要求，要求中小學普通話科教師上崗要獲得普通話水平測試二級甲等或以上成績；更推出資助計劃鼓勵中小學各科教師報考普通話水平測試。香港教育局上述舉措，必將推動學校的普通話教育更上一層樓。客觀上説，教師的普通話水平提高了，直接影響學生的普通話水平；而普通話教與學整體素質的提高，自然會帶動學校以至社會的普通話水平。

有了對香港在推行普通話教育方面的發展形勢的了解後，我們再來説説編寫本書的動因與目的。

自 2024 年 1 月起，《普通話水平測試實施綱要（2021 年版）》（以下簡稱新版綱要）在港澳地區正式實施。新版綱要的主體框架與 2004 年版總體上保持一致，證明了普通話水平測試在等級標準、試卷結構和評分體系上是十分科學的，只是在測試內容上為適應時代的發展而有所更新（例如：朗讀作品 50 篇只保留了 2004 年版中的 15 篇，新增加了 35 篇；命題説話的題目也從 30 個增加為 50 個等），力求與時俱進，使測試體系進一步優化和完善。

香港語言研究中心自 2021 年成立以來，致力於推動普通話水平測試和培訓工作；開設普通話水平測試應試課程，是其重要工作之一。為滿足香港社會的普通話教學需求，香港語言研究中心總經理侯明女士委託我們因應港澳地區應試人的需要，配合新版綱要的內容，編寫一本實用的普通話水平測試備考教程，幫助應試人掌握關鍵知識點和備考技巧，提高現有的普通話水平，在測試中取得理想成績。更重要的是把我們數十年來在香港做測試工作所積累的經驗寫進書中，幫助應試人全面了解測試的要求、備試和測試中可能出現什麼問題和如何解決問題，做到測試之前心裏有底。

本書共安排了十三課。第一課，簡要介紹普通話水平測試的基礎知識。認識測試的重要性，能令應試人參加測試更有動力；明確了測試的方法及要求，亦使應試人備考更有方向。

第二課，普通話水平測試備考秘訣，是本書的亮點。我們總結多年來從事測試和培訓工作所積累的經驗，全面、詳細地傳授和分享應試的秘訣，逐一分析常見問題，同時告訴應試人如何解決這些問題，以及具體的複習方法。

第三課至第十二課，進行測試內容的全面訓練。鑒於應試人理應自行熟讀新版綱要的內容，所以本書不對普通話音系再做全面的理論描述和分析，而是針對港澳粵方言區應試人發音存在的問題，每課以語音重點為導向，言簡意賅地分析語音重點的突破點，接着便開始試卷五部分的綜合訓練。

（一）語音知識分析

每課選擇一個或幾個語音知識點作為糾正發音的重點，語音難點大致上有聲母辨正、韻母辨正和聲調辨正三類；同時注重音變辨正，包括輕聲、兒化、三聲連讀的變調、「一」和「不」的變調。這些內容，對於應試人掌握普通話的語調、修正方言語調會有較大幫助。順帶一提，大家對《普通話基本音節表》要有足夠的認識，讀準全部音節是基本功。

（二）難點字詞認讀

針對試卷的第一、二項，以該課語音重點為核心進行難點字詞認讀訓練。新版綱要第二部分《普通話水平測試用普通話詞語表》「表一」「表二」中共有 18442 條字詞，我們選出了較為難認、難讀的字詞來設題，還教授大家利用同音字詞和形聲字的聲旁來記音的快速方法。

（三）選擇判斷練習

判斷一項的訓練題目全部來自新版綱要第三部分、第四部分提供的內容，名量詞的搭配也特意安排了應試人比較難掌握的題目。

（四）朗讀作品指導

朗讀作品文字上面均標注了拼音，輔助拼讀文章。為方便應試人掌握輕聲、輕讀詞語，特別用顏色標示必讀輕聲詞語及輕讀詞語（必讀輕聲助詞不標），使之一目了然。「一」和「不」字也按變調注音，以便於熟習變調規律。此外，還設置「詞語提示」和「句子分析」兩部分，列出易讀錯的重點詞語，並對作品中的長句進行停頓、重音標示。全篇作品朗讀時的語調語氣，大家可以跟隨新版綱要提供的作品錄音練習，反覆聽專家的朗讀，反覆跟讀。這個環節的練習，也有助於熟練掌握普通話語調。

（五）命題說話演練

每個話題都有方向提示，也有一個提綱示例，這只是給大家一些啟發，應試人應當根據自身經驗，自由發揮。我們亦提供了一個「詞語儲備」的欄目，希望大家說話時多運用和題目有關的普通話口語詞，也可以運用一些必讀輕聲詞以及兒化詞，使說話內容盡可能口語化。如果每道說話題大家事先都寫過提綱準備，那是最好不過的了；可是，千萬不要寫成文章在測試時背出來，或者模仿坊間的文章，否則都會被扣分。

第十三課是應試人在應試當天要注意的事項，特別是 15 分鐘的備考建議和臨場測試的注意事項。還有三份模擬測試試卷及參考答案，供應試人試前練習。

本書的附錄部分，列有普通話語音知識資料，輔助教學；還列有香港特區、澳門特區的簡要地理名稱，中國和外國的簡要地理名稱，以及奧林匹克運動會的競技項目名稱。這些內容可供應試人參考，應用於命題説話。

總起來看，本書具備以下幾個特點：

- 知識性：深入淺出地介紹普通話水平測試的知識，以及相關的語言學知識。
- 科學性：根據測試要求，掌握普通話的語言特點，遵循語言學習規律，制定學習計劃。
- 針對性：針對以往測試中應試人的表現，以及應試人備試時的誤區，針對方言區人士學習普通話的難點，重點突破。
- 實踐性：總結我們多年的測試經驗、培訓經驗，參照應試人的學習經驗，提出切實可行的備考方案。重練習，重實踐。
- 高效性：全面考慮備考細節，切入重點，抓住訣竅，提高學習效率。在短時間內，有效提高應試人的普通話水平。

我們編寫這本書的過程，也是一個學習的過程，研究的過程。由於編寫時間有限，疏漏之處，希望讀者指正。

最後，感謝本書的策劃者香港語言研究中心總經理侯明女士給與的大力支持；感謝特約編輯董海敏女士全力跟進編校工作以及提供專業意見；感謝香港中華書局助理總編輯兼中華教育出版分社社長吳黎純女士安排出版事宜；感謝所有為本書編輯、設計製作付出努力的出版同仁。

田小琳　畢宛嬰　余京輝

於香港

2025 年 5 月

Content

目錄

01
第一課
普通話水平測試基本知識

02
第二課
普通話水平測試應試人備考秘訣

03
第三課
綜合訓練（一）

04

第四課
綜合訓練（二）

05

第五課
綜合訓練（三）

06

第六課
綜合訓練（四）

Content

目錄

07
第七課
綜合訓練（五）

08
第八課
綜合訓練（六）

09

第九課

綜合訓練（七）

10

第十課

綜合訓練（八）

Content

目錄

11

第十一課
綜合訓練（九）

12

第十二課
綜合訓練（十）

13

第十三課

考場指南及模擬試卷

附錄

參考文獻

01

第一課

普通話水平測試基本知識

一、普通話水平測試的重要性

二、普通話水平測試的作用

三、普通話水平測試的方法和流程

四、普通話水平測試試卷分析與要求

五、測試使用《普通話水平測試實施綱要（2021年版）》

附件：普通話水平測試樣卷

一、普通話水平測試的重要性

（一）什麼是普通話

1956年2月6日，中華人民共和國國務院發出《國務院關於推廣普通話的指示》，正式確定普通話的定義是以北京語音為標準音、以北方話為基礎方言、以典範的現代白話文著作為語法規範。普通話不僅是現代漢民族的共同語，還是中國的國家通用語，是中華民族的通用語。

國家推廣普通話具有重要意義。在文化教育系統中和人民生活各方面推廣普通話，是促進漢語達到完全統一的主要方法，是民族團結、國家統一的基石。推廣國家通用語言有利於消除語言隔閡，促進人員交流，促進社會交往，是現代經濟發展的需要，是社會發展自然規律的要求。語言文字能力是文化素質的基本內容，既影響個人的溝通能力，也是個人思維的基礎，因此，普通話能力是全面提升個人素養的重要基礎因素。

（二）普通話水平測試

2000年10月通過的《國家通用語言文字法》明確了「國家通用語言文字是普通話和規範漢字」，規定了「國務院語言文字工作部門頒佈普通話水平測試等級標準」。「凡以普通話作為工作語言的崗位，其工作人員應當具備說普通話的能力。以普通話作為工作語言的播音員、節目主持人、影視話劇演員、教師、國家機關工作人員的普通話水平，應當分別達到國家規定的等級標準；對尚未達到國家規定的普通話等級標準的，分別情況進行培訓。」這裏所說的「達到國家規定的普通話等級標準」是通過教育部轄下的「國家語言文字工作委員會」管理的「普通話水平測試」來評測的。

「普通話水平測試」(PUTONGHUA SHUIPING CESHI，縮寫為 PSC)，坊間有「國家普通話水平測試」「國家語委普通話水平測試」「三級六等普通話水平測試」等別稱。普通話水平測試依據中華人民共和國教育部、國家語委頒佈的《普通話水平測試管理規定》、《普通話水平測試等級標準》、《普通話水平測試大綱》及《普通話水平測試實施綱要》等文件，於 1994 年 10 月正式開始實施。

(三)普通話水平測試的認受性

普通話水平測試由內地多個領域的專家，參考了其他國家的通用語測試經驗，經過十幾年的理論探討和實踐檢驗，對測試的信度、效度進行了仔細地測量計算，使其等級成績很好地反映了應試人的普通話水平。過去三十年的測試實踐(參加測試人數已超過一億人次)也證明了普通話水平測試的信度、效度極高。

普通話水平測試由國家教育部管理，港澳地區各測試機構的測試時間、人數都要由普通話水平測試主管部門批准。測試成績不僅在中國被認可，在全世界都是被認可的，普通話水平測試證書世界通行，永久有效。

二、普通話水平測試的作用

(一)制定規範標準

國家通用語言的重要特徵是規範。制定普通話等級標準是普通話水平測試的基礎。普通話水平測試成績採用「三級六等」的結構，細化了標準，各「等」的特徵和界限都有清晰的描述，能夠準確顯示應試人的普通話水平，提高了普通話水平測試的信度和效度。

（二）以測促學

應試人為了取得好成績，必須在準備測試期間，充分了解測試的目的和要求；針對自己的語言問題，突破難點；朗讀並不斷學習和掌握《普通話水平測試實施綱要（2021 年版）》《普通話水平測試用普通話詞語表》（以下簡稱《詞語表》）中 18442 條普通話字詞；分辨、朗讀普通話規範詞語、名量詞搭配、語法規範語句；反覆朗讀《普通話水平測試用朗讀作品》50 篇語句規範的篇章；練習 50 個不同範疇的命題說話題。而測試成績又可以檢驗學習成效。所以，經過全面的複習備測訓練，應試人說普通話的規範程度和熟練程度必有改進，普通話水平自然也就提高了，同時提高了中文水平。

（三）職業發展

達到國家規定的等級標準，是取得職業資格的條件之一。在內地，主要是教師、影視演員、播音員、節目主持人、國家機關工作人員、以普通話為工作語言的人員，以及與普通話口語表達密切相關專業的學生。這些行業的從業員其普通話語言能力對所從事的工作有極大的影響，取得普通話測試更高等級，既可提升自己的工作質量，還能提高職場競爭力，有利於拓展職業發展空間。

（四）推廣普通話

除了上述法規規定必須參加測試的人員，法規也說明「社會其他人員都可自願申請參加測試」，這裏包括港澳台人員和外籍人員。「普通話水平測試既是法律規定性測試，也是社會服務性測試。」最終目的是希望更多的人參加測試，提高整個社會的普通話水平。

三、普通話水平測試的方法和流程

（一）普通話水平測試的方法

普通話水平測試試卷包括5個項目：讀單音節字詞、讀多音節詞語、選擇判斷、朗讀短文、命題說話。可以看出，普通話水平測試是口試，不測試聆聽、閱讀與寫作，不測試漢語拼音，不考語言知識。

內地採用「計算機輔助普通話水平測試系統」，藉助語音識別技術，對應試人的「讀單音節字詞」「讀多音節詞語」及「朗讀短文」進行計算機自動評測（一般測試沒有「選擇判斷」項）。「命題說話」由兩名測試員通過網絡聽取應試人錄音進行評判。然後，取兩人總分的平均分作為應試人最後成績，進而給出相應等級。內地各地的普通話水平測試多為「省級測試證書」，由普通話水平測試省級測試員或國家級測試員評分。

海外地區（包括港澳地區）有兩種方法。一種是「面測」，測試場上有兩名測試員（通常一名為國家語委委派的內地測試員，一名為本地測試員），各自獨立打分，完成後，取兩人總分的平均分作為應試人最後成績。測試過程全程錄音，以備複核複審。另一種是「電腦測」，在測試機構的電腦室裏，考卷在電腦上逐項顯示（不設紙質試卷，但提供草稿紙），應試人逐項讀出試卷內容，電腦對應試人所讀出的試卷內容進行錄音。兩名測試員根據錄音進行評分。海外地區測試都由普通話水平測試國家級測試員評分，屬於「國家級測試」，應試人除取得測試機構頒發的等級證書外，還可申請取得由國家語委簽發的證書。

香港地區，各大專院校的普通話測試機構均為「面測」，目前僅香港中文大學可進行「面測」及「電腦測」，而香港考試及評核局僅有「電腦測」。

（二）普通話水平測試流程

各測試機構會在測試前幾個月開始接受報名，因名額有限，測試機構一般會採取先到先得的辦法。應試人報名後，將於測試前 2 到 4 個星期收到准考證（或電郵通知）。准考證上有兩個信息要特別留意：測試地點和時間。測試當天務必在報到時間前到達測試地點。報到後，抽試卷進備考室備考，15 分鐘後進考場測試。（詳見第十三課）

（三）普通話水平測試的成績

普通話水平測試每一份試卷滿分為 100 分。測試時，測試員針對應試人的缺陷和錯誤扣分，應試人所得分數依據《普通話水平測試等級標準》再歸到相應的等級裏。普通話水平測試各等級的定性描述與分數附列於下頁表。

內地對於教師的普通話水平有明確規定。例如，對外漢語教師必須達到二級甲等。香港教育局 2023 年 12 月以前的規定是：中小學普通話教師如果考取了二級乙等，可以豁免「教師語文能力評核（普通話）」（簡稱基準試）的口試卷，成績以合格計。2024 年 3 月，教育局頒佈新規定，取消基準試聆聽與認辨卷、拼音卷及口試卷共三卷，保留第四卷課堂語言運用；並規定中小學普通話教師必須取得普通話水平測試二級甲等或以上成績，方可上崗。從下面等級標準可以看出，雖然二級甲等與二級乙等同屬二級，相差 7 分，但二級甲等聲韻調發音基本標準，語調自然，表達流暢，少數難點音只是有時出現失誤，而且詞彙、語法極少有誤，這已接近標準的普通話水平。而二級乙等失誤較多，例如：個別調值不準，聲韻母發音有不到位現象，難點音失誤較多，方言語調不明顯，有使用方言詞、方言語法的情況。因此，如果教師只有二級乙等水平，教授普通話是不夠的，二級乙等提升到二級甲等是一個質的飛躍。香港教育局的這個新規定是審時度勢、與時俱進的。

一級	甲等	朗讀和自由交談時，語音標準，詞彙、語法正確無誤，語調自然，表達流暢。測試總失分率在 3% 以內。
	乙等	朗讀和自由交談時，語音標準，詞彙、語法正確無誤，語調自然，表達流暢。偶有字音、字調失誤。測試總失分率在 8% 以內。
二級	甲等	朗讀和自由交談時，聲韻調發音基本標準，語調自然，表達流暢。少數難點音（平翹舌音、前後鼻尾音、邊鼻音等）有時出現失誤。詞彙、語法極少有誤。測試總失分率在 13% 以內。
	乙等	朗讀和自由交談時，個別調值不準，聲韻母發音有不到位現象。難點音（平翹舌音、前後鼻尾音、邊鼻音、fu-hu、z-zh-j、送氣不送氣、i-ü 不分、保留濁塞音和濁塞擦音、丟介音、複韻母單音化等）失誤較多。方言語調不明顯。有使用方言詞、方言語法的情況。測試總失分率在 20% 以內。
三級	甲等	朗讀和自由交談時，聲韻調發音失誤較多，難點音超出常見範圍，聲調調值多不準。方言語調較明顯。詞彙、語法有失誤。測試總失分率在 30% 以內。
	乙等	朗讀和自由交談時，聲韻調發音失誤多，方音特徵突出。方言語調明顯。詞彙、語法失誤較多。外地人聽其談話有聽不懂的情況。測試總失分率在 40% 以內。

引自國家語委 1997 年頒佈的《普通話水平測試等級標準（試行）》

普通話水平測試等級分數表

一級甲等	97 分及其以上
一級乙等	92 分及其以上但不足 97 分
二級甲等	87 分及其以上但不足 92 分
二級乙等	80 分及其以上但不足 87 分
三級甲等	70 分及其以上但不足 80 分
三級乙等	60 分及其以上但不足 70 分

普通話水平測試屬於標準參照性考試。也就是說，應試人的表現只與等級標準相比較，表現達到哪個等級就給予哪個等級的成績，各等級沒有名額限制，應試人之間無需比較。

四、普通話水平測試試卷分析與要求

普通話水平測試每份試卷包括 5 個項目：讀單音節字詞、讀多音節詞語、選擇判斷、朗讀短文、命題說話。樣卷見本課附件。下面結合樣卷逐項介紹各測試項的試卷構成、評測要求和扣分方法。

（一）讀單音節字詞

基本上，一個漢字就是一個音節。普通話的音節由聲母、韻母和聲調組成，音節讀音準確是詞、句、文讀音的基礎。應試人必須掌握《普通話水平測試用普通話詞語表》裏的所有字詞。雖然本項佔 10 分，但這一項的成績反映應試人的基礎水平，也很影響測試等級，特別是二甲以上高等級的成績。每份卷子有 100 個音節，限時 3.5 分鐘。共 10 分。本項的內容來自新版綱要中的《詞語表》，從新版綱要 39 頁開始，共收錄字詞 18442 條。《詞語表》分為兩部分：「表一」8361 條，「表二」10081 條。本項測試內容 70% 選自「表一」，30% 選自「表二」。

1. 試卷構成與扣分方法

本項測查應試人聲母、韻母、聲調讀音的標準程度。測試的 100 個音節中，每個聲母出現次數不少於 3 次（例如：樣卷中含聲母 r 的字有「熱、弱、乳、柔」），每個韻母出現次數不少於 2 次（例如：樣卷中含韻母 ao 的字有「郝、詔」），4 個聲調出現次數大致均衡。也就是說所有聲、韻、調均會出現。

本項100個音節，每10個一行，共10行。測試時，請注意，從左至右讀出。扣分方法：每錯一個音節，扣0.1分。語音缺陷，每個音節扣0.05分。超時1分鐘以內扣0.5分，超時1分鐘以上（含1分鐘）扣1分。

2. 評測要求

（1）聲母、韻母發音準確

要做到發音準確、到位、飽滿。語音缺陷是指發音不夠到位，在發音部位和發音方法上不夠完滿。例如「郝」的韻母是ao，但嘴的開度不夠，發得不標準，要扣缺陷分。

（2）聲調要完滿

要求第一聲高平，第二聲上升到位，第三聲滿調，第四聲下降到位。特別要注意第三聲字要讀成全三聲（214）。

（3）必須認識字

應試人準確發音的前提是認識這些字。《詞語表》包括《通用規範漢字表》一級字3500個，二級字458個。例如，樣卷中的「捺、擀、奎、漬、鍘、甩、犢、冪、眸」等字，從以往測試的反映來看，這一項的錯誤率極高。所以說，識字量是影響本項成績的重要因素。

（4）多音字的處理

如在此項中遇到多音字，只要是《普通話水平測試實施綱要（2021年版）》內所列讀音都可接受。建議讀最常用的讀音。

（5）讀速需適中

此項限時3.5分鐘，不能讀得太慢，但也不能讀得太快，因為讀得快容易連讀，一連讀發音就不準確了。尤其當兩個三聲字連在一起時，前邊的字極有可能會變讀為第二聲。

（6）可以回讀

個別讀得不好的字可以回讀一次，如果第一次讀得不滿意，可以讀第二次，以第二次為準。不要經常回讀，以免超時。

（二）讀多音節詞語

詞是具有一定意義的能獨立使用的語法單位，是造句的最小單位，被形容為語言的建築材料。因此，普通話詞彙的積累對於説好普通話至關重要。

每份卷子有100個音節，限時2.5分鐘，共20分。本項的內容來自新版綱要中《普通話水平測試用普通話詞語表》（從新版綱要39頁開始），輕聲詞來自《普通話水平測試用必讀輕聲詞語表》（從新版綱要276頁開始）。兒化詞來自《普通話水平測試用兒化詞語表》（從新版綱要283頁開始）。

1. 試卷構成與扣分方法

本項測查應試人聲母、韻母、聲調，以及變調、輕聲、兒化讀音的標準程度。測試的100個音節中，聲母、韻母、聲調出現的次數與讀單音節字詞的要求相同。另外還有幾個要求：三聲字與三聲字相連的詞語不少於3個，樣卷中有「扭轉」「整理」「審美」「矮小」；三聲字與非三聲字相連的詞語不少於4個，樣卷中有「子孫」「老伴兒」「旅遊」「窘迫」「組裝」「曲調」；輕聲不少於3個，樣卷中有「石榴」「包袱」「拳頭」；兒化有4個，樣卷中有「老伴兒」「絕活兒」「露餡兒」「模特兒」。4個兒化韻為不同類別的兒化韻母，例如試卷上有「老伴兒」，就不會有「收攤兒」。

此項100個音節，每6個詞語一行，共8行。測試時，請注意，從左至右讀出。扣分方法：每錯一個音節，扣0.2分。語音缺陷，每個音節扣0.1分。

2. 評測要求

（1）發音要完滿

與第一項要求相同，聲韻需到位，聲調要完滿。特別要注意，詞尾是第三聲字要讀成全三聲。發音要清楚，咬字要清晰。

（2）音變須得宜

由於是多音節詞語，就要注意變調、輕聲詞、兒化詞。變調包括三聲字連讀變調、「一」和「不」字變調。要按變調規律讀原調或變調。《普通話水平測試用必讀輕聲詞語表》裏的詞必須讀輕聲。兒化詞要讀準確。

（3）認識詞語

應試人準確發音的前提是認識這些詞語。與第一項相同，所有詞語均來自《詞語表》。識字量是影響本項成績的重要因素。

（4）語速適中

本項限時 2.5 分鐘，讀速需適中，不能讀得太慢。超時 1 分鐘以內，扣 0.5 分。超時 1 分鐘以上（含 1 分鐘），扣 1 分。但也不能讀得太快。

（5）可以回讀

要求與第一項一樣，如果第一次讀得不滿意，可以讀第二次，以第二次為準。不要經常回讀，以免超時。

（三）選擇判斷

語音是語言的物質外殼，詞彙是語言的建築材料，語法則是語言的內部結構。說普通話時，詞彙、語法必須符合普通話的規範要求，這樣才能在普通話交際活動中有效溝通。漢語有一個語法特點，就是量詞的應用非常普遍，也很豐富。可計數的事物用量詞，有些不可計數的事物也可以用量詞。

選擇判斷項包括「詞語判斷」「量詞、名詞搭配」「語序或表達形式判斷」三個小項。限時3分鐘，共計10分。超時1分鐘以內，扣0.5分；超時1分鐘以上(含1分鐘)，扣1分。

1. 試卷構成與扣分方法

(1)詞語判斷

本項測查應試人掌握普通話詞語的規範程度。每份卷子給出10組詞語。測試時，應試人在每組詞語中選出唯一的一個普通話詞語，並讀出來。樣卷中的10組詞語，應依次選出並讀出「暗中」「大拇指」「肥皂」「翅膀」「不料」「夫妻」「角落」「開水」「商店」「土豆」。除了每組內的普通話詞語，其他各詞都來自不同方言，都不用讀。所有詞語都來自《普通話水平測試用普通話與方言詞語對照表》(從新版綱要288頁開始)。

選擇判斷錯誤每組扣0.25分。每個錯誤音節扣0.1分。如判斷錯誤已扣分，語音錯誤不重複扣分。

(2)量詞、名詞搭配

本項測查應試人掌握普通話量詞和名詞搭配的規範程度。每份卷子有10個名詞(上面一行)和6個量詞(下面一行)。應試人必須用所給量詞為每個名詞搭配出符合普通話規範的數量名短語，並讀出來。例如，樣卷中應為「一本字典」「一雙筷子」「一條道路」「一張桌子」「一本賬」「一雙眼睛」「一條信息」「一座城市」「一張光盤」「一座橋」。通常有一個量詞不適用，例如，樣卷中量詞「所」與所有名詞無法搭配，這是干擾項。所有詞語都來自《普通話水平測試用普通話常見量詞名詞搭配》(從新版綱要364頁開始)。

搭配選擇錯誤每組扣0.5分。每個錯誤音節扣0.1分。如搭配錯誤已扣分，語音錯誤不重複扣分。

(3)語序或表達形式判斷

本項測查應試人掌握普通話語法的規範程度。每份卷子有5組短語或短句。測試時，應試人在每組語句中選出唯一的一個符合普通話語法規範的表達形式，並讀出來。例如，應從樣卷中選出並讀出「這座山有一千九百五十米高。」「把書給他。」「這凳子能坐三個人。」「雪白雪白的。」「在黑板上寫字。」所有短語或短句都來自《普通話水平測試用普通話與方言常見語法差異對照表》(從新版綱要331頁開始)。

選擇判斷錯誤每組扣0.5分。每個錯誤音節扣0.1分，如判斷錯誤已扣分，語音錯誤不重複扣分。

2. 評測要求

(1)選擇要正確

必須選出符合普通話語法規範的詞語、短語或短句，及名量詞搭配。

第一小項，「詞語判斷」。漢語自古就有方言，現代漢語也涵蓋了多種方言。《普通話水平測試用普通話與方言詞語對照表》選擇了上海話、廈門話、廣州話、南昌話、長沙話、梅州話，收錄了與普通話異形同義的方言詞語。例如，樣卷中的「肥皂」是普通話規範詞，而「番鹹」是廣州話，「胰子油」是長沙話。

第二小項，「量詞、名詞搭配」，可參看《普通話水平測試用普通話常見量詞名詞搭配》。有一些名詞可以和幾個量詞進行搭配，需要應試人全都掌握。特別要注意的是，必須從試卷所給的量詞範圍內選擇，如果用試卷之外的量詞，即便名量搭配正確，也要扣分。

第三小項，「語序或表達形式判斷」，需了解本地方言與普通話在詞法、句法方面的差異。《普通話水平測試用普通話與方言常見語法差異對照表》裏後面標(方)的句子為方言句式，未標(方)的句子是普通話句式。測試命題時會按相同格式替換、類推，有所變化。

（2）讀音要正確

本項測試在選擇正確的前提下，讀音也需正確，每讀錯一個音節扣0.1分。要特別注意音變和輕聲。例如，樣卷中「筷子」「桌子」「眼睛」「凳子」，如果這4個詞沒有讀輕聲，扣0.4分。

讀第二小項「量詞、名詞搭配」，每組名量詞搭配前必須加數詞「一」（不可用其他數詞）。這些「一」必須隨後邊量詞的聲調變化，或是四聲（後邊量詞是第一聲、第二聲或第三聲），或是二聲（後邊量詞是第四聲）。例如，樣卷中「一本賬」的「一」字要變讀成第四聲。「一」字讀錯，每個扣0.1分。

（3）可以回讀

要求與第一項、第二項相同，如果第一次讀得不滿意，可以讀第二次，以第二次為準。不要經常回讀，以免超時。

（四）朗讀短文

句子是語言的使用單位，它是由詞或短語帶上一定的語調、語氣構成的。語氣是表達思想感情的重要方法。文章是由句子組成的，朗讀短文可以檢測字音、語氣、語調、語感，還有對文義的理解，朗讀短文也是口語訓練的基礎方法。這一項佔分30%，是普通話水平測試的重要項目。

本項短文均從《普通話水平測試用朗讀作品》50篇短文中選取（從新版綱要369頁開始）。朗讀短文前400個音節（短文內「//」左邊的音節為第400個音節），應試人應將「//」所在的句子（或分句）讀完整，「//」後邊的部分，即便有語音錯誤，也不會被扣分。限時4分鐘，共計30分。

1. 試卷構成

本項測查應試人聲母、韻母、聲調讀音標準程度的同時，重點測查語調、停連、流暢程度和語速。50篇《普通話水平測試用朗讀作品》是從大量作品中篩選出來的，語句規範，文質兼美，思想健康，語音也經過統計分析，達致平衡。

2. 測試要求與扣分方法

（1）字音要準確

每個音節都需讀準確，每一個音節錯誤扣0.1分（注意，重複錯字重複扣分）。聲母或韻母的系統性缺陷，視表現扣0.5分、1分。

各種音變符合普通話語言規律，包括：三聲字連讀變調，「一」「不」變調，輕聲、兒化等。特別要注意兒化，樣卷中作品1號《北京的春節》裏，兒化詞有「雜拌兒」「零七八碎兒」「玩意兒」「擦黑兒」等，必須準確讀出兒化。還要注意的是，有時文本裏雖然沒有「兒」字，但拼音標注了兒化，例如：「醋也有了些辣味」中的「辣味」要讀兒化「làwèir」，「糖形或為長方塊或為瓜形」中的「長方塊」要讀成兒化「chángfāngkuàir」。因此，要仔細看新版綱要標注的拼音。本項的讀音以新版綱要內各作品的拼音版為準。

多音字指某個字是一字多音，但字一旦入詞，讀音就確定了。例如，樣卷中，「正月」的「正」必須讀第一聲；「差不多」的「差」必須讀第四聲；「大掃除」的「掃」讀第三聲，等等。

（2）修正方言語調

語調是說話的腔調，即一句話的語音高低輕重快慢的配置。任何有聲語言都有各自獨特的語調。朗讀短文必須讀出普通話的語調，因此，一定要盡最大的努力去除自己的方言語調。有方言語調，視表現扣0.5分、1分、2分。方言語調是指有方言背景的人在說普通話時受到方言語調的影響，在語句中表現出一些方言語音的特徵。方言語調主要表現在字調、句調、輕重音、節奏等方面。要想取得好成績，必須在語調上下大功夫。

(3)停連需恰當

朗讀的停連是朗讀過程中聲音的中斷與延續，是重要的朗讀外部技巧。停連受句子結構、句子內容、語言習慣等因素影響。不當的停連，會影響聽眾理解，甚至造成歧義。例如，樣卷中，作品1號《北京的春節》，「在臘八這天，家家都熬臘八粥。」讀成「家家都熬臘 / 八粥。」就是停連錯誤。停連錯誤，視表現扣0.5分、1分、2分。

(4)通順流暢，不能回讀

朗讀要通順、流暢，如果朗讀不流暢(包括回讀)，視表現扣0.5分、1分、2分。

(5)語速恰當

要保持整篇文章語速平均。不能讀得太快，太快會造成吐字不清、錯音增加、語調偏差等問題。但也不能讀得太慢，此項限時4分鐘(含4分鐘)，超時扣1分。

朗讀短文扣分方法總覽如下：

錯、漏、增讀	每個音節扣0.1分
聲、韻系統性語音缺陷	視程度扣0.5分、1分
語調偏誤	視程度扣0.5分、1分、2分
停連不當	視程度扣0.5分、1分、2分
朗讀不流暢(包括回讀)	視程度扣0.5分、1分、2分
超時	扣1分

(五)命題説話

語言是溝通的工具，是思維的工具。學習語言的目標是培養語感，自由表達。因此，考核命題説話能力，沒有文本參照，應試人可自由發揮，這樣也最能反應一個人的語言表達能力。這一項佔分30%，是驗證應試人普通話水平的關鍵環節。

每份試卷有兩個話題，任選其中一個，單向連續說話。所有話題都來自《普通話水平測試用話題》(從新版綱要470頁開始)。要說滿3分鐘，共計30分。

1. 試卷構成

本項測查應試人在無文字憑藉的情況下說普通話的水平。50個《普通話水平測試用話題》，圍繞應試人的生活和思想，涵蓋多個範疇：個人經歷（我的一天、過去的一年）；個人喜好（我喜愛的動物、我喜愛的藝術形式）；個人見解（對終身學習的看法、對幸福的理解）；生活學習環境（家鄉、我所在的學校）；社會話題（對環境保護的認識，科技發展與社會生活）等等。每份卷子的題目有兩個話題，這兩個話題一般不會是相同的範疇，例如，樣卷上的兩道題是：「我喜歡的美食」和「學習普通話（或其他語言）的體會」。

2. 測試要求與扣分方法

（1）語音要標準

評核語音是否標準，是根據語音錯誤次數，結合方言語調是否明顯而進行的綜合評定，是定量與定性相結合的主觀性評核。要求語音準確，沒有系統性語音錯誤或缺陷（注意，重複錯字重複扣分）。語調是句子層面的動態特徵，是多個因素的綜合表現，包括句子的音高（字調）、音長（輕重音格式）、音強（聲音大小）、節奏（停連、速度等）、句調（高低升降）等。共20分，分6檔，扣0–12分。

一檔：語音標準，或極少有失誤。扣0分、0.5分、1分。

二檔：語音錯誤在10次以下，有方音但不明顯。扣1.5分、2分。

三擋：語音錯誤在10次以下，但方音比較明顯；或語音錯誤在10次–15

次之間，有方音但不明顯。扣3分、4分。

四擋：語音錯誤在10次-15次之間，方音比較明顯。扣5分、6分。

五檔：語音錯誤超過15次，方音明顯。扣7分、8分、9分。

六檔：語音錯誤多，方音重。扣10分、11分、12分。

（2）詞彙語法符合規範

如果使用了方言詞語或方言語法結構，視應試人表現扣分。詞彙語法規範程度，共5分，分三檔：

一檔：詞彙、語法規範。扣0分。

二檔：詞彙、語法偶有不規範的情況。扣0.5分、1分 。

三檔：詞彙、語法屢有不規範的情況。扣2分、3分 。

（3）需自然流暢

說話過程必須連續不斷，如果語言不連貫，書面色彩過於嚴重，背稿子，語調生硬等，視表現扣0-3分。自然、流暢程度，共5分，分三檔：

一檔：語言自然流暢 。扣0分。

二檔：語言基本流暢，口語化較差，有背稿子的表現。扣0.5分、1分。

三檔：語言不連貫、語調生硬 。扣2分、3分。

（4）要說滿3分鐘

如果說話過程中停頓時間過長，或中斷，無以為繼，將扣缺時分：缺時在1分鐘以內（含1分鐘），扣1分、2分、3分；缺時1分鐘以上，扣4分、5分、6分；說話不滿30秒（含30秒），本項測試成績記為0分。另外，本項測試時，考場上有倒計時器，應試人可看到剩餘時間。

（5）關於無效話語（離題或內容雷同）

普通話水平測試對內容扣題的要求比較寬鬆，只要說話內容和話題有關聯就行。應試人如果沒有選擇試卷指定的兩個題目之一，或內容離題，或背誦通稿，或說車軲轆話，或唱歌，或數數，或報號碼，或背誦參考資料的所謂「範文」，或背誦名家名篇，或者是別人說過的大段文字等等，都視為無效話語。根據無效話語長度扣分，累計佔時 1 分鐘以內（含 1 分鐘），扣 1 分、2 分、3 分；累計佔時 1 分鐘以上，扣 4 分、5 分、6 分；有效話語不滿 30 秒（含 30 秒），本項測試成績記為 0 分。

（6）內容結構無須完整

普通話水平測試對於說話內容的結構沒有要求，無須追求「有頭有尾」，只要 3 分鐘測試時間到了，無論應試人說到哪裏都算完成，測試到此結束。

五、測試使用《普通話水平測試實施綱要（2021 年版）》

《普通話水平測試實施綱要（2021 年版）》是測試使用的最新版，2024 年 1 月在港澳開始實施。普通話水平測試試卷的內容均來自《普通話水平測試實施綱要（2021 年版）》這本書。其中《普通話水平測試用普通話詞語表》（18442 條）、《普通話水平測試用必讀輕聲詞語表》（594 詞）、《普通話水平測試用兒化詞語表》（200 詞）、《普通話水平測試用朗讀作品》（50 篇），均有示範錄音音頻。只需掃描該書中最後一頁內的二維碼，以一個內地或者香港、澳門的電話號碼註冊（註冊時注意選擇地區），輸入短信驗證碼，就可以聽取，也可下載音頻。

2004 年版的《普通話水平測試實施綱要》已經停止使用。與之相配合的各種備試書，均不能完全配合現行的普通話水平測試的內容。

附件

普通話水平測試樣卷

選自《普通話水平測試實施綱要（2021 年版）》

（一）讀單音節字詞（100 個音節，共 10 分，限時 3.5 分鐘）

郝	缺	瓷	酸	捺	虞	坑	概	選	仕
耳	滕	蒼	粉	遍	垮	談	熱	品	熊
擄	賽	蟲	擀	房	拐	湊	鍘	永	踞
黑	弱	修	鼎	裘	端	準	腭	龔	抿
群	搜	船	筆	瀆	蛙	綾	詔	奎	絹
拈	甩	碟	郡	皇	嫩	翁	帛	家	犢
略	雅	票	乳	頗	外	嗓	臻	雪	迸
沏	魂	冪	腦	寬	甜	寡	鬆	竇	姬
坐	柔	秒	杯	冷	安	腿	尊	凡	柯
存	瞥	水	釀	爽	眸	藥	產	絳	遲

（二）讀多音節詞語（100 個音節，共 20 分，限時 2.5 分鐘）

把握	風格	越野	森林	飛快	春節
子孫	扭轉	音像	昆侖	老伴兒	花生
諾言	旅遊	奔跑	恰當	摧殘	整理
空中	石榴	地鐵	下旬	圓場	歡呼
絕活兒	審美	讚揚	窮苦	露餡兒	關懷
矮小	包袱	溫差	窘迫	發財	組裝
拳頭	日程	玩耍	沉思	兒女	熒光屏
創制	模特兒	曲調	仍然	奧運會	名列前茅

（三）選擇判斷（共 10 分，限時 3 分鐘）

1. 詞語判斷：請判斷並讀出下列各組中的普通話詞語

(1)	暗中	暗頭裏	暗肚裏	
(2)	大手節頭	大拇指	手指公	大指拇
(3)	肥皂	番鹼	胰子油	
(4)	翅翻	翼胛	翅膀	翼股
(5)	無想着	想唔倒	估唔到	不料
(6)	兩公婆	翁姥	夫妻	兩馬老子
(7)	角落頭	角下裏	角頭	角落
(8)	滾水	開水	滾湯	
(9)	店頭	商店	鋪頭	店欿
(10)	土豆	洋山芋	薯仔	洋芋頭

2. 量詞、名詞搭配：請搭配並讀出下列符合普通話規範的數量名短語。

（例如：一條魚）

字典	筷子	道路	桌子	賬	眼睛	信息	城市	光盤	橋

本	雙	所	張	座	條

3. 語序或表達形式判斷：請判斷並讀出下列各組中的普通話語句

(1) A. 這座山有一千九百五十米高。
　　B. 這座山有千九五米高。
　　C. 這座山有一千九五米高。

(2) A. 把書把給他。
　　B. 把書給他。
　　C. 把書把他。

(3) A. 這凳子會坐得三個人。
B. 這凳子坐得三個人。
C. 這凳子能坐三個人。
D. 這凳子會坐三個人。

(4) A. 雪白白的
B. 雪雪白的
C. 雪白雪白的

(5) A. 在黑板上寫字。
B. 擱黑板上寫字。
C. 跟黑板上寫字。

（四）朗讀短文（400 個音節，共 30 分，限時 4 分鐘）

照北京的老規矩，春節差不多在臘月的初旬就開始了。「臘七臘八，凍死寒鴉」，這是一年裏最冷的時候。在臘八這天，家家都熬臘八粥。粥是用各種米，各種豆，與各種乾果熬成的。這不是粥，而是小型的農業展覽會。

除此之外，這一天還要泡臘八蒜。把蒜瓣放進醋裏，封起來，為過年吃餃子用。到年底，蒜泡得色如翡翠，醋也有了些辣味，色味雙美，使人忍不住要多吃幾個餃子。在北京，過年時，家家吃餃子。

孩子們準備過年，第一件大事就是買雜拌兒。這是用花生、膠棗、榛子、栗子等乾果與蜜餞摻和成的。孩子們喜歡吃這些零七八碎兒。第二件大事是買爆竹，特別是男孩子們。恐怕第三件事才是買各種玩意兒——風箏、空竹、口琴等。

孩子們歡喜，大人們也忙亂。他們必須預備過年吃的、喝的、穿的、用的，好在新年時顯出萬象更新的氣象。

臘月二十三過小年，差不多就是過春節的「彩排」。天一擦黑兒，鞭炮響起來，便有了過年的味道。這一天，是要吃糖的，街上早有好多賣麥芽糖與江米糖的，糖形或為長方塊或為瓜形，又甜又黏，小孩子們最喜歡。

過了二十三，大家更忙。必須大掃除一次，還要把肉、雞、魚、青菜、年糕什麼的都預備充足——店 // 鋪多數正月初一到初五關門，到正月初六才開張。

（五）命題說話（請在下列話題中任選一個，共 30 分，限時 3 分鐘）

1. 我喜歡的美食
2. 學習普通話（或其他語言）的體會

02

第二課

普通話水平測試
應試人備考秘訣

一、讀單音節字詞

二、讀多音節詞語

三、選擇判斷

四、朗讀短文

五、命題說話

本課內容非常重要。課文以試卷的五個題目為綱，首先，每一道題詳細分析了應試人在測試時常見的問題，這是作者作為測試員，在多年測試與培訓工作中發現的問題，是測試工作經驗的積累。應試人只要按照本課指出的路徑複習，改進自己的問題，可大大減少在測試中出現的失誤。

一、讀單音節字詞

普通話水平測試的第一項是「讀單音節字詞」100 個音節，共 10 分。這部分測查應試人聲母、韻母、聲調讀音的標準程度。這一部分應試人通常失分比較多。

(一) 應試人常見問題

1. 不認識字

(1) 生僻字

每份試卷都可能有幾個生僻字，因為不認識而被扣分。母方言是粵方言的應試人，對以下這類字可能比較陌生，例如，國家語委樣卷中的「冪、擀、鍘、擄、漬、帛、犢」等。還有一些普通話動詞，例如「抿、沏、瞥、蘸、踹、拽、攢」等。

(2) 與平時的語言習慣不同

由於是讀單字而不是讀詞語，沒有其他字的「依傍」，與我們平時的語言習慣不同，加上考試時比較緊張，因而誤讀。例如，樣卷中的「捺」字，「一撇一捺」大家都認得，但假如只給你一個「捺」字，第一時間很可能想不起來；又例如，你肯定認識「回眸一笑」這幾個字，但只給你一個「眸」字，乍一看很可能會覺得陌生。其他如「瞥了她一眼」的「瞥」等，都屬於這種情況。

2. 看錯字

這種現象有兩種情況。一是字形相近的字容易看錯，例如，把「閨」看成「閏」，把「炙」看成「灸」，甚至很簡單的「睛」都能看成「晴」。另一種情況是聯想的干擾，例如，把「魄」讀成「魂」，把「柔」讀成「軟」，把「醞」讀成「釀」。

3. 語音錯誤

（1）發錯音

每個音節錯誤扣 0.1 分。有語音系統性錯誤，必然被扣分。粵方言區常見的語音系統性錯誤有：一四聲混淆，二三聲混淆，平舌音、翹舌音和舌面前音混淆，前後鼻音混淆，n 和 l 混淆等。

（2）發音缺陷

語音缺陷是指還沒有將字完全讀成錯字，但聲母、韻母、聲調存在發音不準確的情況。

每個音節缺陷扣 0.05 分。扣分的原因，可能是因為發音不到位，咬字不清楚，或者歸音不好。也可能由於緊張，發音「變形」而造成缺陷。例如，樣卷中「坑（kēng）」字的聲母 k 是送氣音，因為 k 送氣不夠，就會扣缺陷分；「裘（qiú）」，如果介音發得不好，會扣缺陷分；「頗（pō）」，韻母 o 要圓唇，如果唇形不夠圓，或沒有 u 過渡音，都會扣缺陷分。

4. 三聲不滿

不少應試人不知道本項內第三聲字要讀成全三聲（214）。三聲字讀成半三聲會扣缺陷分，嚴重的會全扣。每份試卷 4 個聲調的字大致均衡，100 個音節中，三聲約佔四分之一，約 25 個，如果都不讀滿調，最起碼要扣 1.25 分。

5. 過於緊張

明明會的字卻讀錯，這個問題很普遍。原因可能是緊張，也可能是普通話基礎不太好，還有漏字或讀串行等現象。

6. 越讀越快

不少應試人一開始速度正常，但越到後面讀得越快，明明原本發音沒有問題，因為讀得快，導致發音不到位、有缺陷，扣了不少缺陷分甚至錯音分。

讀得快還會引起另一個問題，就是假如兩個或兩個以上第三聲字排列在一起，前面的第三聲字容易變調，因此而扣分。例如：「駛 shǐ、水 shuǐ、語 yǔ」三個三聲字排列在一起，如果語速快，很可能讀成「石 shí、誰 shuí、語 yǔ」，0.2 分就沒了。

7. 長期誤讀

有些極為常用的字，似乎大家都讀錯了，因而，讀錯了而不自知。例如「鰻魚」的「鰻」，是第二聲，不讀四聲。再如「剖」字，韻母是 ou，不是 ao。

(二) 複習秘訣

1. 儘早準備

《普通話水平測試用普通話詞語表》共收錄字詞 18442 條。因為字詞量巨大，想取得好成績，一定要儘早準備，「臨時抱佛腳」不會取得理想成績。讀詞表的方法也要正確：遮着拼音，讀漢字，然後立刻看拼音，如果讀音與拼音相同就繼續讀；如果自己讀的與拼音不同，就要把漢字和拼音抄下來。這樣就能把讀錯了或不認識的字詞找出來，之後集中複習這些字詞。

2. 全面準備

《詞語表》裏的字要努力做到全部認得，不能存在僥幸心理。《詞語表》中，「表一」相對來講比較容易，測試第一項的100個音節中有70% 選自「表一」，30% 選自「表二」。以往曾有應試人，因故放棄了「表二」，這是不可取的，「表一」和「表二」都要準備，不能放棄。

3. 掌握所有音節

普通話有21個聲母，39個韻母，組成407個音節（見附錄二《普通話基本音節表》），帶調音節約1300多個，要求全部掌握。因為測試的100個音節中，每個聲母出現次數一般不少於3次，每個韻母出現次數一般不少於2次，4個聲調平均出現。也就是說，所有聲韻調都會出現。應試人一定要踏踏實實，認真準備。

4. 做「語音診斷」

請有經驗的老師做「語音診斷」，「診斷」一下你的問題所在。越早知道自己的問題越好，然後請有經驗的老師糾錯正音，再進行大量的、有針對性的練習。

5. 有針對性地練習

《詞語表》所收字詞是按《漢語拼音方案》字母表順序排列的，和英文字母表排列順序一样，應試人要充分利用這一特點。可以根據自己的實際情況，有針對性地練習，例如，知道自己聲母 n、l 不分，就可以按照音序找到聲母 n 和 l 的字詞，集中練習，非常方便。

6. 利用同音字和同音詞記音

同音字是指聲韻調全都相同的字，例如「易」和「益」就是同音字，「抑制」和「意志」就是同音詞。《詞語表》所收字詞是按《漢語拼音方案》的字母表順序排列的，和英文字母表排列順序一樣，也就是說，同音字、同音詞都是排列在一起的。可以利用這個特點記音。例如「表二」從 9624 號到 9667 號，都是 zhì 音的字或詞語（第一個字），其中炙、摯、桎、滯都不容易記，但如果記住它們都跟「三明治」的「治」同音，一下子就變得容易記了。用同音字、同音詞記音，省時省事、事半功倍。

7. 利用形聲字的聲旁記音

形聲字由形旁和聲旁組成。例如「楓」字，形旁是「木」，表示它是一種樹木，聲旁是「風」，表示它的發音與「風」相同。樣卷中的「蒼」字就是形聲字，「草字頭」是形旁，「倉」是聲旁，以「倉」作聲旁的字還有「艙、滄」等。大家可以利用這一特點來歸類記字音。還有如樣卷中的「垮 kuǎ」字，與「誇 kuā」「挎 kuà」「跨 kuà」等字，雖然有的聲調不同，也不妨把它們集中起來一起記音。

我們注意到，隨着古今音的變化，聲旁表音的功能已經減弱，有的聲旁表示不同的音，有的失去表音功能，具體情況還要具體分析，不能一律「認字讀半邊」。

8. 利用形近字練習

把字形相近的字歸納在一起，弄清楚每一個字的讀音，然後記住，是一個很好的辦法。例如，樣卷中的「頗」字和「頒發」的「頒」字。還有如「貶」和「眨」、「母」和「毋」、「闈」和「閏」、「勿」和「匆」等，每組字形相近，字音不同，不要讀錯。

9. 注意平時的積累

集中時間和精力準備普通話水平測試很好，但也要注意平時的積累。例如，不少應試人不認識「戟」(jǐ) 字，其實如果讀過《三國演義》或打遊戲了解三國故事，應該會知道呂布的兵器是方天畫戟。平時多閱讀，多翻查詞典，多聽多看普通話媒體和影視作品，就會「積沙成塔」，不要小看平時的積累。

二、讀多音節詞語

普通話水平測試的第二項是「讀多音節詞語」100 個音節，共 20 分。這一項測試的目的是測查應試人聲母、韻母、聲調和變調、輕聲、兒化讀音的標準程度。這一部分，每錯一個音節，扣 0.2 分。語音缺陷，每個音節扣 0.1 分。

(一) 應試人常見問題

1. 因緊張而看錯

可能是因為緊張，或看得不夠仔細，把一個詞語的兩個字顛倒來讀。有些詞語往往顛倒之後仍是規範詞語。例如，樣卷中的「兒女」「子孫」，很容易把「兒女」讀成「女兒」，把「子孫」讀成「孫子」。還有把「替代」讀成「代替」，把「問詢」讀成「詢問」等。這樣顛倒來讀，即便發音都對，也算全錯，扣 0.4 分。

2. 不認識其中的字

一個詞語兩個字，其中有一個字不認識，有的應試人就把整個詞語都放棄不讀了，這樣，0.4 分就全丟了，這個方法不可取。正確的做法是照樣讀出這個詞語，不會的那個字可以參考聲旁等方法來推斷，這樣最少能拿到 0.2 分，甚至 0.4 分。例如「攫取」這個詞語，假如「攫」(jué) 字不認得，請不要放棄這個詞，因為你肯定認識「取」字，讀好了「取」字，0.2 分就拿到了。

3. 輕聲詞沒找全

第二項裏，輕聲詞語不少於 3 個。例如，樣卷中有「石榴、拳頭、包袱」。輕聲的要點是短，有的應試人輕聲詞語讀得太長，或者應該輕讀的那個字聲音很小，都是不對的，都會被扣分。以「石榴」為例，沒讀輕聲，但「石」字讀對了，扣 0.2 分。

4. 三聲相連詞語沒找全

這一部分，三聲相連詞語不少於 3 個。樣卷中有「扭轉、矮小、整理、審美」。要注意的是，三聲相連詞語如果前面的字沒有變讀成第二聲的話，後面那個字絕大多數也會讀錯。例如「舞蹈 wǔdǎo」這個詞，「舞」字沒有變讀成第二聲，「舞蹈」往往會讀成「五道 wǔdào」，要扣 0.4 分。

5. 詞尾第三聲字沒讀成全三聲

不管是雙音節還是三音節或四音節詞，如果詞尾是第三聲字，一定要讀全三聲，不能讀成半三聲。例如，樣卷中的「玩耍、窮苦」，「耍」和「苦」要讀全三聲。讀成半三聲會扣缺陷分，嚴重的會全部扣掉。

6. 兒化沒讀準

兒化詞語是三個字，例如「模特兒」，但卻是兩個音節，有的應試人讀出了「兒」字，讀成了三個音節。還有的應試人雖然讀出了兩個音節，但兒化韻讀得不好，同樣會被扣分。

7. 越讀越快

不少應試人一開始速度正常，但越到後面讀得越快，以致原本發音沒有問題，卻因為讀得快，發音不到位、有缺陷，扣了不少缺陷分甚至錯音分。

（二）複習秘訣

1. 讀好各個詞表

讀好多音節詞語，輕聲、兒化、變調很重要。《普通話水平測試用必讀輕聲詞語表》和《普通話水平測試用兒化詞語表》這兩個表一定要好好準備。三聲連讀變調部分在準備「表一」「表二」時要特別留意，要標記下來，反覆練習。

2. 普通話詞的基本輕重音格式

普通話詞的基本輕重音格式是：雙音節多數是「中．重」格式；三音節多數是「中．次輕．重」格式；四音節多數是「中．次輕．中．重」格式。

部分雙音節詞語是後輕，這類詞可以分為兩類。

一類是「重．輕」格式，也可以叫必讀輕聲詞，例如「明白、學生、厲害、晌午、我們」等。

另一類是「重．次輕」格式，又分為兩部分：

一部分詞語新版綱要標注拼音時，輕讀音節標聲調符號，並在前面加圓點（·），例如，樣卷中作品 1 號《北京的春節》拼音版裏就有：「起來（qǐ·lái）、醋裏（cù·lǐ）、大人們（dà·rénmen）」等。

還有一部分詞語多數輕讀，偶爾（間或）重讀，拼音沒有特別標注，例如「藝術、技術、分析、制度」等。

輕聲是普通話其中一個重要特徵，必須掌握。而對於次輕詞語，應試人在語句中要特別注意，可以讀得近乎輕聲，這樣語調才自然，這一點對於水平測試高等級成績影響較大。

3. 語音診斷

儘早請有經驗的老師做「語音診斷」，找出自己的問題所在，並糾錯正音。充分利用《詞語表》按英文字母順序排列的特點，有針對性地反覆練習。還可以利用已有知識，用同音字和同音詞記音。

三、選擇判斷

「選擇判斷」項包括「詞語判斷」「量詞、名詞搭配」「語序或表達形式判斷」三個小項。限時 3 分鐘，共計 10 分。

（一）詞語判斷

1. 常見問題

（1）錯選方言詞彙

《普通話水平測試用普通話與方言詞語對照表》除了普通話詞語，還列出與普通話詞語相對應的 6 個方言區詞語。有些方言詞在日常生活中經常說，甚至報刊、網頁上也很常見，用字也是常見漢字，例如：「梨子、頸巾、話不定、不警不覺」等，這類詞極易錯選。

（2）選不出規範說法

某些普通話詞語，在方言區較少見到，甚至平時根本見不到，或者因為應試人不會讀，而沒選用，導致扣分。例如以下詞語：「腮、鬧着玩兒、煙捲兒、沒轍、掰、不覺、饞、倒霉、哆嗦、可巧、麥秸、餡兒」等。

2. 複習秘訣

應試人在複習過程中，需大聲朗讀對照表中的普通話詞語。注意，要大致瀏覽一下方言詞語，比較一下便可，不要去讀方言詞語，以免留下錯誤印象。

(二)量詞、名詞搭配

1. 應試人常見問題

名量詞搭配是漢語語法的重要特徵，表達時，一般情況下數詞不能直接和名詞搭配，中間要有一個恰當的量詞。有的名詞前面只有一個合適的量詞，有的可以有幾個。這是一個重點，也是一個難點。名量詞搭配是約定俗成的，各方言區常有一些與普通話規範不同的搭配，要特別注意。

(1) 所選量詞不符合普通話規範

量詞的表達普通話和方言的區別較大，例如，粵語的說法：「一條香蕉、一間學校、一條蔗、一對手、一對手套、一架車」等。普通話的規範說法：「一根香蕉、一所學校、一根甘蔗、一雙手、一副手套、一輛車」。

(2) 錯用卷外量詞

測試規定：必須從試卷中所給的量詞裏選擇。使用試卷之外的量詞，即使搭配符合普通話規範，仍要扣分。犯這個錯誤的主要原因是測試人不了解測試要求，有應試人因此被扣 3 分之多。

(3) 讀音錯誤

主要原因是讀錯字詞，或不認識其中有的字。例如：「一把鐵鍬、一場冰雹」等。另一個語音問題是數詞「一」應該變調而沒變調或者變調錯誤。每讀錯一個「一」字扣 0.1 分。

（4）用了干擾項

各考卷通常有一個不用（不可搭配）的量詞，這個不用的量詞屬於干擾項，部分應試人誤以為所有量詞都要使用，導致錯誤選用。

（5）未掌握「普通話常見量詞名詞搭配」表內所有量詞搭配

有些名詞可與多個量詞搭配。例如，多數應試人知道「一把寶劍」，但不知道「一口寶劍」，當卷子出了「一口寶劍」的搭配時，就會出錯。又例如，應試人既要知道「一對手」「一對腳」是錯的，也要知道「一對（雙、隻）耳朵」「一對（雙、隻）眼睛」「一對（雙、隻）翅膀」是對的，以及其他可搭配的量詞。

2. 複習秘訣

應試人在複習過程中，必須掌握表內所列各名詞所有可搭配量詞，練習時要大聲朗讀「數量名」組合，以培養語感，例如「一輛車」「一口寶劍」等。

（三）語序或表達形式判斷

1. 應試人常見問題

（1）錯選方言語法表達形式

例如：「他今年二一歲。」「兩比兩。」「這凳子坐得三個人。」「我不懂説英語。」「今天上午他有來。」「她有讀書。」「我有寫過一篇關於媽媽的作文。」等，這些都是方言語句。應試人誤以為是規範的普通話，因而出錯。

（2）未選擇符合規範的語句

例如：「大家都叫他説樂了。」「師傅把着手教我。」「先坐下，你別慌嘛。」等，這些都是規範語句，應試人不知道，沒有選，因而丟分。

2. 複習秘訣

應試人在複習過程中，需大聲朗讀對照表中符合普通話語法規範的語句以培養語感。注意，方言語句瀏覽一下、比較一下便可，不要讀標有（方）的語句，以免產生錯誤印象。

（四）小結

第三項「選擇判斷」雖然佔10分，看似容易，但取得滿分的應試人並不多。這一項失分，對高等級成績影響較大，而受影響最大的是第五項（命題説話），因為在第三項犯的錯誤，在説話時通常都會表現出來，如果第五項詞彙、語法不規範，最多可扣3分。應試人應該認真複習。

要特別注意那些在規範中文裏有的，但在方言區中文表達裏卻難以見到，甚至完全沒有的詞語和句式。除了第三項相關的各對照表，在兩個詞表、必讀輕聲詞語表、兒化詞語表、朗讀作品裏，有很多應試人稱之為「粵語也不知道如何説」的詞句，例如：「抓鬮兒」「洪澇」「改錐」「蛋清兒」「火炕」「耷拉」「磨蹭」「棒槌」「簸箕」「晌午」「包乾兒」「脖頸兒」「穿小鞋兒」「打毛衣」「師傅把着手教我。／師傅手把手教我。」「躲得了和尚躲不了廟。」「大家都叫他説樂了。」等，這類詞句平時要加強積累。

想解決以上問題，就要擴大中文接觸面，平時多閱讀，特別是內地出版的書刊，多瀏覽內地的網頁，多聽多看普通話媒體和影視作品來培養語感，還要多朗讀詞彙、語法規範的文章。

四、朗讀短文

普通話水平測試第四項是朗讀短文。這一項是對應試人普通話運用能力的一種綜合檢測形式，不同於前三部分。前三部分考的是單獨的字詞句，做到發音準確、判斷正確就行了，而朗讀短文還要加上流暢和傳情。朗讀短文測查應試人聲母、韻母、聲調讀音標準程度的同時，還要重點測查連讀音變、停連、語調以及流暢程度。朗讀短文讀400個音節，限時4分鐘，共計30分。

(一)應試人常見問題

1. 語速過快，吃字吞音

很多人以為讀得快就是流暢，真是大錯特錯。語速一快，語氣出不來、停連顧及不到、輕重音不清楚、語調平板，像快速念經，根本不可能讀出情感。再者，語速一快，發音會走樣，咬字不清晰。特別是有的普通話為母語的應試人，平時說話習慣吞字，測試時常被扣缺陷分。例如，作品37號《鳥的天堂》中「那個有山有塔的地方」，讀得快了，「個」「的」就容易被「吃掉了」，就會扣去兩個0.1分。

2. 回讀，不流暢

不少應試人朗讀短文時，某個字讀錯了或讀得不滿意，就重新讀一次，他們不知道朗讀短文回讀是不流暢的表現，會扣分。還有的讀得結結巴巴，支離破碎，出現很多不應有的停頓，或一個詞一個詞地讀，甚至一個字一個字往外蹦。這些表現都會被扣流暢分。

3. 添、漏、顛倒、改

朗讀時，要忠於原著，不能擅自添字、漏字，或把兩個字顛倒來讀，甚至改字。例如，作品31號《蘇州園林》中「是不講究對稱的」，就有應試人加了一個「絕」字，讀成「是絕不講究對稱的」，被扣0.1分。作品18號《晉祠》中「一圈一圈，絲紋不亂」，有的應試人讀成「一圈一圈，紋絲不亂」，把詞序顛倒了，被扣兩個字音，0.2分。再如作品22號《麻雀》中，「落到狗的跟前」讀成

「落到狗的眼前」，將文中的「跟前」改讀作「眼前」，會扣 0.1 分。

4. 讀錯關鍵字詞

朗讀有錯音在所難免，但關鍵字詞儘量不要讀錯。因為關鍵字詞往往會在文章中多次出現，而測試標準是重複錯字重複扣分。例如，作品 14 號《海洋與生命》中，「生命」一詞出現了 13 次，「水」字出現了 10 次。如果「生命」都錯讀了，要扣 2.6 分。如果連 10 個「水」字也讀錯了，共扣 3.6 分。

5. 停連不當

朗讀短文一定要停連得當，該連的地方連，該停的地方停。最嚴重的錯誤是讀破句，即「肢解」文義。破句就是在不應該停頓的地方停頓，破壞了句子原有的結構。例如，作品 42 號《憶讀書》中「但是他講了半個鐘頭，就停下去幹他的公事了」這句，應該是「但是他講了半個鐘頭，就停下 / 去幹他的公事了」。有應試人讀成「但是他講了半個鐘頭，就停下去 / 幹他的公事了」，這句話的語法結構就被破壞了。

6. 不能保持勻速

有的應試人讀得熟練的句子就會讀得快，遇到不熟練的句子速度就慢下來，這是不可取的，因為效果會很怪異，會影響情感的表達。要保持整篇文章語速平均。

7. 精神狀態不好

測試的前三部分，只要發音準確、判斷正確就行了，第四部分朗讀還要求應試人精神狀態要好，要情緒飽滿，聲音洪亮。因為朗讀短文要讀出文章的內在情感，如果精神萎靡，有氣無力，既讀不出情感，也讀不出應有的語氣語調。這樣的表現會影響測試成績。

8. 朗誦腔或缺乏感情

有少數應試人用誇張、不自然的「朗誦腔」「播音腔」朗讀作品，讓人感覺語調很怪。朗誦是表演藝術，水平測試不是表演，不需要這樣。還有個別應試人，抽到有對話的文章就「角色扮演」，水平測試不是演話劇。這些都可能影響測試成績。

也有應試人正好相反，一點感情都沒有，既聽不出輕重音，語調也很平板，這是語言表達能力不足的表現。

（二）複習秘訣

語言學習的目標是培養語感。語感是對語言的直感，應用語言時，要憑藉正確的語感，才能規範、流暢、高效地表達。考好普通話水平測試要求應試人具有普通話語感。

每個人都有內部語言（思維語言）和外在語言（說出來的話語），說話時要求內部外部語言要一致，這是衡量一個人是否具有語感的一個重要指標。說普通話時，就要用普通話思維；如果不用普通話思維，就要進行語碼轉換（把思維語言翻譯成普通話），外在表現是說話時會一句一頓。那麼，如何培養語感呢？可以從下面這幾方面入手。

加強聆聽。語言學習其中一個原則是：先輸入後輸出，輸入要大於輸出。語言輸入是聆聽和閱讀，語言輸出是說話和寫作。因此，要多聽規範的普通話，普通話水平測試的50篇作品的錄音就是最好的語言輸入材料。

反覆朗讀。朗讀既是語言輸出，也是語言輸入。所謂「熟讀成誦，誦而得言」，就是通過反覆大聲地朗讀規範的篇章，幾乎達到背誦的程度，進而內化為自己的語言，語感也就培養出來了。古今中外，學習語言都要朗讀，朗讀是培養語感行之有效的好方法，朗讀文章也是培養語言規範性的重要手段。另外，朗讀時句子要有一定的語調，表達一個相對完整的語言片斷。最小的表達單位是句子，語言溝通的最小單位也是句子，所以，必須加強句子的學習。由此可見，僅僅朗讀字詞，追求字正，是遠遠不夠的，更要加強句子、文章的朗讀練習，達致腔圓。所謂「字正腔圓」，字正不等於腔圓，腔圓是更高的層次。所以，新版綱要裏強調在語調方面要下大功夫。

根據以上語言學習的理論，我們建議這樣複習：

1. 反覆聽

要多聽規範的示範錄音。《普通話水平測試實施綱要（2021 年版）》附有錄音，掃碼即聽，非常方便。

不僅要注意每個字的發音，更要留意語調、停連處理、輕重音處理、節奏等，培養語感，這是非常重要的，也是常被應試人忽略的。

2. 多跟讀

要一句一句模仿跟讀。練習時注意吐字歸音，咬字要清楚，不要吃字吞音。另外，某些字詞會在文章中多次出現，對這些關鍵字詞要「特殊對待」，反覆練習。

3. 自己讀，全篇朗讀

測試的卷子是沒有拼音的，因此要習慣於直接看漢字朗讀。以我們的經驗，能讀好每一句話，並不保證能讀好全文。因此，應試人最終要多讀沒有拼音的「純漢字版」的篇章，全篇朗讀。

4. 錄音反思

把自己讀的內容錄下來，跟專家的錄音進行對比，找出自己的問題。不斷反思才能進步。

（三）朗讀技巧

1. 停頓

人說話時要呼吸換氣，需要有間歇，讀長句子時如果不停頓，氣息就會不穩，甚至會紊亂，就一定會影響語調，甚至影響發音，因此，停頓是朗讀者的生理需要，也是朗讀者和聆聽者的心理需要。朗讀者可以通過停頓突出重點，表達情感；聆聽者也需要在停頓的時候思考、消化。

朗讀停頓是有規律的，不能亂停。首先，標點需要停頓。一般來說，頓號、逗號停頓時間短，句號、問號、感嘆號的停頓要稍微長一點。每一個自然段之後要有一個短暫的停頓，而每個自然段當中，如果分層次，各層次之間也應該有個停頓。

停頓可以分為幾大類：

（1）語法停頓

語法停頓是根據語言的語法結構特點而形成的自然停頓，長句子往往需要語法停頓。例如，作品 7 號《當今「千里眼」》中的「由計算機 / 自動排列出 / 每趟列車的最佳運行速度 / 和最小行車間隔距離」；作品 33 號《天地九重》中的「即便作為中華民族第一個飛天的人 / 我已經跑到 / 離地球表面 / 四百公里的空間」。

（2）強調停頓

用來強調句子中的重點，跟句子長短無關。例如，作品 22 號《麻雀》中的

「我的狗／站住了」，這一句很短，停頓是為了強調「站住」。作為龐然大物的狗，完全可以撲過去吃掉小麻雀，但牠卻站住了，因為牠被小麻雀護幼兒的英勇行為震懾住了。

（3）心理停頓

用來表達心理活動或感情色彩。例如，作品 46 號《中國的牛》中的「忽然覺得／自己／受了很大的恩惠」，這一句並不長，停頓是為了強調忽然之間有一種非常強烈的感覺湧上心頭——自己受了恩惠，而且是很大很大的恩惠。

2. 重音

重音是指朗讀時，需要強調、突出的詞和短語，或是某個音節。

文章是表達情感的，組成一篇文章的語句，都蘊含着一定的感情。但是，語句中的詞或短語並不都是處於同等重要的地位，其中，一定有的重要些，有的次要些。如果短文中的 400 個字（除輕聲外）都用完全相同的語調去讀，就會顯得呆板、沒有生氣，表達不出情感。因此，對那些重要的字詞或短語，朗讀時，要強調、要突出。這些需要着重強調的字詞和短語，就是重音。

（1）重音的類型

重音的類型主要有以下三種。

①感情重音

為了表達情感而需強調的音節。例如，作品 13 號《海濱仲夏夜》「在這幽美的夜色中，我踏着軟綿綿的沙灘，沿着海邊，慢慢地向前走去」，為了表現夜晚海灘幽美的意境，「軟綿綿」和「慢慢」就是需強調的感情重音。

②邏輯重音

邏輯重音是根據潛在含義所確定的必須強調的音節。作品 6 號《大自然的語言》中「杏花開了，就好像大自然在傳語要趕快耕地；桃花開了，又好像在暗示要趕快種穀子」，這裏的重音是「杏花」和「桃花」，因為作者想強調的是杏花開了要耕地，桃花開了要種穀子，時令節氣萬萬不能錯過。但假如「桃花開了，妹妹高興極了」一句中，強調的是「開」，妹妹高興是因為「開了」，重音就是「開」字。

③結構重音

結構重音也叫語法重音。一般是根據語法結構的特點決定的，舉幾個例子：

主謂結構的謂語是重音。作品 20 號《看戲》「舞台上的幕布拉開了」中的「拉開」是重音。

偏正結構的定語和狀語是重音。作品 2 號《春》「都在微微濕潤的空氣裏醞釀」，「微微濕潤」是「空氣」的定語。這裏，「微微濕潤」是重音。

動補結構的補語是重音。作品 39 號《一幅名揚中外的畫》「每個人在幹什麼，都看得清清楚楚」中的「清清楚楚」是重音。

（2）重音的表現方法

很多人誤以為重音就是加大音量，就是「大聲」，這是不全面的。加大音量只是其中一種表達方式。其實，重音有多種表現方式，舉例如下：

①增強音強

這是廣為人知的一種，也是使用最多的一種。例如，作品 12 號《孩子和秋風》中的「它剪呀剪的，就把樹上的葉子全剪光了」的「全」字，就宜稍微加大音量來讀。但需注意，只要稍微加大音量即可，聲音不要太大，要自然，千萬不要太誇張。

②放輕音量

表達情感時，有時也需要減弱音量。作品 10 號《繁星》的第一句「我愛月夜，但我也愛星天」中的「月夜」和「星天」，就要稍微放輕音量，因為表達的是幽靜的夜晚。但要注意，不能前面的「我愛」「但我也愛」聲音很大，「月夜」和「星天」突然小聲。切記過渡一定要適當、自然，要讓人聽起來感到舒服。

也要注意，只是稍微放輕音量，千萬不要用氣聲。

③改變語速

作品 10 號《繁星》中有一句：「海上的夜是柔和的，是靜寂的，是夢幻的」，讀這一句，語速適宜越來越慢，從而突出「柔和、靜寂、夢幻」。意境層層遞進，前兩個「柔和、靜寂」是個人感覺，是客觀存在，最後的「夢幻」晉升到浪漫層面了。要注意，這裏不要加大音量，只稍微放慢語速就可以了。

④依靠停頓

以作品 35 號《我喜歡出發》中「哪怕那山再青，那水再秀，那風再溫柔」為例，建議這樣處理，在「山、水、風」後面各有一個小小的停頓，三個「再」字稍微加大音量。

如果完全不停頓，只是三個「再」字聲音大，效果不佳。停頓加上增大音量，兩相配合，效果更好。但要注意，要停得自然，不能突兀。

⑤注意對比

作品 3 號《匆匆》中「去的儘管去了，來的儘管來着」，「去」對「來」，這兩個字要稍微加大力度、加大音量，讀出對比的意味。作品 9 號《讀書人是幸福人》中「無形間獲得了超越有限生命的無限可能性」，「有限」對「無限」，這兩個詞也應該稍稍加大力度、加大音量。

再次提醒大家，測試的第四部分是朗讀，不是朗誦。前面幾項提及的方法，都不能過火，不能誇張，要自然，要讓人聽起來感覺舒服才行。最好的辦法就是反覆聽新版綱要隨附的錄音，先聽專家的朗讀，然後跟讀，慢慢找到「感覺」。

3. 節奏

節奏指語音形式上的輕重緩急、抑揚頓挫等，是語音上的快慢、高低、長短、強弱等現象。朗讀時，該快的時候要快一點，該慢的時候要慢一點，大多數時候，宜不快不慢。看作品 10 號《繁星》中這幾句：「在星的懷抱中我微笑着，我沉睡着，我覺得自己是一個小孩子，現在睡在母親的懷裏了」。這幾句應該讀得稍微慢一點，因為時間是在晚上，海上很靜，又是懷念母親。再看作品 22 號《麻雀》中的這一段：「老麻雀全身倒豎着羽毛，驚恐萬狀，發出絕望、淒慘的叫聲，接着向露出牙齒、大張着的狗嘴撲去」。生死關頭，情況萬分緊急，節奏就要緊湊一些，讀得稍微快一些。

4. 語調

語調是說話的腔調，是一句話的語音高低、輕重、快慢的配置，是語句和篇章層面的音高運動模式，具有區分語氣、情態、焦點等言語交際功能。語調是多項因素的綜合表現。

語調主要體現在句子結尾的升降變化，有些句子的中間也需要有升降變化。

句調分平調、升調、降調、曲調。要根據作品的實際情況，決定哪裏用升調，哪裏用降調，哪裏用曲調。

平調：多數句子是平調。

升調：作品 3 號《匆匆》「那是誰？又藏在何處呢？」。一般來說，問句是升調。

降調：作品 2 號《春》中「在鄉下，小路上，石橋邊」，「在鄉下」可以處理成降調。

曲調：曲調是平調、升調、降調的結合。還以作品 2 號《春》為例，「坐着，躺着，打兩個滾，踢幾腳球，賽幾趟跑，捉幾回迷藏。風輕悄悄的，草軟綿綿的。」其中「打兩個滾」可以處理為升調，「草軟綿綿的」可處理為降調，其餘可以是平調。

升調、降調和曲調運用得好，能避免語調平板，使語調富有變化，更有利於情感的表達。但一定要正確運用，否則很容易弄巧成拙，得不償失。還要注意，變化是漸進的，過渡一定要自然，不能突然上升、突然下降，讓人感覺突兀、誇張。

五、命題説話

（一）應試人常見問題

1. 字詞錯音多

有系統性語音錯誤或缺陷，詞彙積累不夠，特別是常用詞錯誤，都會增加錯音。例如：「嚮往的地方」，「嚮」是第四聲，「地方」是輕聲。又例如，「談服飾」中的「服飾」一詞，「飾」是第四聲。

2. 方言語調明顯

命題説話部分，方言語調最嚴重的會被扣掉 12 分，對測試成績影響很大。

首先是聲調。漢語是聲調語言，每個漢字都有聲調，如果一句話裏的字聲調錯了，這句話的語調一定不對。粵方言區人士説普通話時，常見的聲調系統性錯誤有第一聲與第四聲混淆、第二聲與第三聲混淆等，這對語調的影響非常大。其次是輕重音。這裏説的輕重音，是指音節聲音的長短變化，不是大小聲變化。輕重音包括詞的輕重音和句子的輕重音。當解決了字調問題以後，句子的輕重音不當將成為突出的問題，特別是對二級甲等及以上的成績影響很大。再有是節奏。語音的節奏是語流中交替出現的有規律的強弱、長短的現象。每種語言都有它獨特的節奏，還有就是上面説的句調。如果以上各因素掌握得不好，朗讀、説話的時候就會出現方言語調。

3. 詞彙語法不合規範

在詞彙方面，不能用方言詞，例如：「我小時候爸爸媽媽很忙，是我姑姐湊我的。」(姑姐、湊)，「令到我們遲到。」(令到)。在語法方面，不要使用方言語法句式，例如：「我有學過鋼琴。」(有 + 動詞)，「我爸爸是老師來的。」(是……來的)。還有一些是表達不清，例如：「有人在鐵路上搶位子。」「初一過春節，很農村那樣子的……」等。

這裏要特別注意那些普通話和方言詞詞形相同，但意思不同的詞，即同形異義詞，例如「窩心、打尖、班房」等，普通話詞義和方言詞義差別很大。

4. 說話不流暢，不自然

說話磕磕巴巴，一句一停，甚至一詞一頓，中間停頓時間較長，主要原因是對說話內容不熟悉，普通話不熟練，語言組織能力不好，思維速度跟不上說話速度等。還有一個重要原因是沒用普通話思維。

5. 無話可說，或說無效話語

無話可說，說不滿三分鐘，是應試人經常出現的問題。還有一些應試人雖然說夠了三分鐘，但說的是無效語言。無效語言是指與話題無關的話語，例如唱歌、報數字號碼、報地名等。這些都要扣分。

6. 背稿，或內容雷同

一些應試人在應試前將說話內容寫成文章，然後背誦。也有人背誦坊間參考資料裏的「範文」，這是不可取的。考場上經常有因緊張而忘稿的應試人，如果應試人慣於讀稿背稿，沒有脫稿說話的能力，時間沒到就會停下來，無以為繼。而背誦「範文」，會被判為內容雷同。這些都會扣分。

(二)複習秘訣

1. 寫提綱

最好寫出50個說話題的提綱及關鍵詞。所謂提綱就是短句，甚至是詞語，提醒自己要說什麼內容(觀點、故事、感受)。說話內容無需追求「高大上」，說出自己的想法就行。例如，「難忘的旅行」提綱可以寫：第一次去泰國－在機場辦登機手續，忘了帶護照－介紹住的酒店－參拜四面佛－介紹大皇宮－泰國的美食－曼谷的交通。由於應試人上考場會緊張，一緊張就會越說越快，因此建議準備說4分鐘的內容。本書對每個話題的內容都有一個提示，還有一個提綱的示例。這只是給大家一些啟示，應試人盡可自己發揮。

2. 定線索

雖然測試沒有內容結構要求，但是說話時沿着一條線索說，有助於提高說話的流暢度。

線索可以是時間，例如，說「假日生活」，可以說星期天從早到晚的安排；說「我的興趣愛好」，可以說在不同時期有不同的興趣愛好。

線索也可以是空間，例如，說「熟悉的地方」，沿着一條街道，或從東到西，或從南至北介紹。還可以按範疇分類，例如，說「我了解的地域文化(或風俗)」，可以說節日、禁忌、衣、食、住、行等。

3. 講故事，說細節

用故事支撐起這3分鐘，最好講自己的故事，講身邊發生的故事，還要多講故事細節。不是不能說別人的故事，但必須十分熟悉故事的情節。建議提前做好準備，以免到考場再編故事，分散注意力，影響表現。還有一點要特別注意，不要說容易引起情緒波動的內容。經常見到應試人說到傷心處，不禁哽咽，甚至哭泣，導致話語中斷，嚴重影響成績。也有應試人因笑個不停而被扣分。

4. 去除方言語調

我們知道，方言語調對測試成績的影響非常大，應該盡力糾正。遵循上文所說的語言學習的規律，實踐證明以下幾點是去除方言語調行之有效的方法。

（1）多聆聽，跟着讀

普通話水平測試的50篇作品就是最好的語言輸入材料。建議應試人在複習階段強力聆聽，每天聽，每時聽，每刻聽。在不需要專心做事的時候，就開錄音，作為「背景音樂」，這是泛聽。每天還要抽出些時間精聽：一邊放錄音，一邊跟讀，特別要模仿專家的語調。精聽和泛聽要相互結合。除了測試朗讀作品，建議多看普通話規範的影視作品，而且跟着說。

（2）從有限制說到自由說

朗讀是通向說話的橋樑。可以在朗讀篇章之後，進行複述練習，用自己的話把文章的內容說出來。下一步再進行自由說話練習。

5. 詞彙的選擇

用詞用語要注意以下幾個方面。

（1）方言詞

沒有進入通用規範詞語的方言詞，避免使用。改革開放以來，粵方言有些詞語已經收入《現代漢語詞典》第7版，當然可以使用，例如：「飲茶、蛋撻、手袋、買單、埋單、單車、狗仔隊」等。有的事物，像一些食品的名稱，普通話沒有對應詞彙的，看情況說。如果說了，最好隨後解釋一下，例如：「鴛鴦（奶茶混合咖啡）、碗仔翅、缽仔糕、煎堆、車仔麵」等。

（2）社區詞

社區詞即社會區域詞，由於社會制度不同，社會的政治、經濟、文化體制的不同，以及不同社區人們使用語言的心理差異，在使用現代漢語的不同社區流通着一部分各自社區的特有詞語。中國的香港特區、澳門特區和台灣省，都有本地區流通的一些特有詞語。在普通話水平測試中，允許使用少量香港、澳門、台灣的社區詞。例如，香港的社區詞有「特首、立法會、廉政公署、公屋、居屋、丁屋、劏房、簡樸房、港鐵、九巴、城巴、強積金、關愛座、紅色暴雨、八號風球」等；澳門的社區詞有「發財巴、行人情、至尊、發財車、前地、圓地」等；台灣的社區詞有「拜票、掃街、站台、關防、分身、分香、感化院、走路工、博愛座」等。

但是，要注意，命題說話測試時如果採用社區詞，一定要簡要解釋一下詞義。例如，說到香港的天氣，涉及颱風，可能會用到「三號風球、八號風球」一類的社區詞，天文台掛「三號風球」，幼稚園及特殊學校會停課；掛「八號風球」，所有學校會停課，全港僱員（除緊急情況的工種外）一律停工。那就要解釋一下「三號風球、八號風球」的意思讓考官聽明白。

（3）外來詞中的字母詞

字母詞是指由西文字母構成或其中包含西文字母的詞語的通稱，例如：「T恤、K金、K歌、DVD、KTV、AA制、X射線、DNA芯片、卡拉OK 、Wi-Fi」等。可以參考《現代漢語詞典》第7版「西文字母開頭的詞語」（1761-1766頁）。在說話中最好選用常用的字母詞，有需要時也要加以解釋。

（4）外國地名、人名

各國國名都有普通話規範的說法，需要一致。例如：美國（不說「米國」）、新西蘭（不說「紐西蘭」）、新加坡（不說「星加坡」）。地名、人名各地翻譯不同，但最好用常用的譯名。（請參閱附錄八）

（5）潮語、網絡詞

潮語、網絡詞語這些新詞新語，有不少可能還未被多數人接受，還未「約定俗成」，應避免使用。經過一段時間，沉澱下來，被普遍接受，並進入規範詞典了，就能說了。如果選用了也要加以解釋。

（6）書面詞語和口語詞

有些應試人語音、詞彙、語法都沒什麼錯誤，但聽起來就是不太像說話。主要原因是口語詞用得少。這種情況大多發生在事先寫好稿子的應試人身上。這些應試人準備了文稿，但文稿用了太多書面詞語，少用或沒用口語詞，導致測試說話時口語化差。例如，「我們義工隊會定期去老人院幫助老人家，這個活動極具意義」「暑假我要去馬來西亞，為期一周」，其中「極具」「為期一周」就是書面語。「極具意義」改為「很有意義」，「為期一周」改為「去一星期」就好得多。在第三課到第十二課的命題說話部分，有備用詞語供參考，其中列有一些口語詞。

6. 錄音反思

要多給自己的命題說話錄音（3 分鐘計時），然後回放，仔細聽，記下其中的錯誤（語音、詞彙、語法都要注意），改正後，再錄音，再回放。我們的一切進步都來自於反思，反思才能進步。如果自己無法聽辨出錯誤，就要請有經驗的老師做指導，或是報讀相關的課程。

03

第三課

綜合訓練（一）

一、語音知識分析：【聲母辨正】舌面前音、翹舌音及平舌音分辨及練習

二、難點字詞認讀

三、選擇判斷練習

四、朗讀作品指導

5 單霽翔《大匠無名》

10 巴　金《繁星》

18 梁　衡《晉祠》

23 《莫高窟》

34 魏　巍《我的老師》

五、命題説話演練

2 老師

8 朋友

17 尊敬的人

23 我欣賞的歷史人物

49 對親情（或友情、愛情）的理解

提示

從第三課到第十二課，每課分五部分，即語音知識分析、難點字詞認讀、選擇判斷練習、朗讀作品指導及命題説話演練。第一部分語音知識分析，選擇了聲母、韻母、聲調中的一個或幾個難點。第二部分難點字詞認讀，配合該難點進行練習。第三部分選擇判斷練習，是根據《普通話水平測試實施綱要（2021 年版）》相關內容出題練習。第四部分朗讀作品指導，為方便讀者，本書在朗讀作品的漢字上方標注漢語拼音，分詞連寫；拼音標示「一」及「不」的變調讀音；用顏色在拼音上顯示出輕聲、輕讀（必讀輕聲助詞不標）；另有詞語提示、句子分析。第五部分命題説話演練部分，包括話題的提示、提綱的示例及結合話題的詞語儲備。每課包括朗讀作品 5 篇、命題説話 5 題。

一、語音知識分析

【聲母辨正】舌面前音、翹舌音及平舌音分辨及練習

普通話聲母表裏有六組聲母，其中三組聲母是粵方言語音系統裏沒有的，即舌面前音（j q x）、翹舌音（zh ch sh r）、平舌音（z c s），所以這三組音是學習普通話的難點。在漢字中，以聲母 zh ch sh 開頭的字，數量相當多，翻看以

音序排列的字典就可以看到，如果平翹舌音不分，應試時失分會很多。

每一個聲母要準確發音，有兩個條件：發音部位正確、發音方法正確，缺一不可。下面分析這三組聲母的發音部位和發音方法。注意，每一組都與舌頭和硬腭有關係。舌頭分舌尖、舌面和舌根三個部位，這三組音裏要用到舌面和舌尖，硬腭只用前部。(見附錄三「發音器官示意圖」)

(一)聲母辨正：舌面前音、翹舌音、平舌音

下面用到塞擦音和擦音兩個術語。

塞擦音：氣流通路緊閉，然後逐漸打開，進而摩擦發出的輔音。開始近似塞音，最後近似擦音，所以叫塞擦音。例如：j q zh ch z c。

擦音：口腔通路縮小，氣流從中擠出的輔音。例如：x sh s。

1. 舌面前音(又稱舌面音)

j 是塞擦音。舌尖放在下齒後面，舌面前部和硬腭前部接觸，形成阻礙，發音時，舌面慢慢離開硬腭，氣流從縫隙中摩擦而出。發音時聲帶不顫動。例如：積(jī)、籍(jí)、擠(jǐ)、既(jì)。

q 是塞擦音。發音部位與 j 相同，但是發音時氣流比較強。發音時聲帶不顫動。例如：漆(qī)、其(qí)、綺(qǐ)、棄(qì)。

x 是擦音。舌尖放在下齒後面，舌面的前部和硬腭的前部靠近，留一條縫隙，氣流從縫隙中摩擦而出。發音時聲帶不顫動。例如：溪(xī)、習(xí)、璽(xǐ)、繫(xì)。

2. 翹舌音(又稱舌尖後音)

zh 是塞擦音。舌尖上翹，頂住硬腭前部，形成阻礙，發音時舌尖離開硬腭，氣流從縫隙中摩擦而出。發音時聲帶不顫動。例如：隻(zhī)、值(zhí)、

指（zhǐ）、誌（zhì）。

ch 是塞擦音。發音部位和 zh 相同，但是發音時氣流比較強。發音時聲帶不顫動。例如：癡（chī）、遲（chí）、齒（chǐ）、赤（chì）。

sh 是擦音。舌尖上翹，接近硬腭，但是不要頂住硬腭，留一條縫隙，氣流從縫隙中摩擦而出。發音時聲帶不顫動。例如：施（shī）、識（shí）、駛（shǐ）、釋（shì）。

r 是近音。發音部位和 sh 相同，發音時舌尖和硬腭之間的縫隙比擦音大，氣流通過縫隙產生輕微的摩擦。發音時聲帶顫動。例如：扔（rēng）、饒（ráo）、擾（rǎo）、繞（rào）。

3. 平舌音（又稱舌尖前音）

z 是塞擦音。發音時，舌尖向前伸，抵住上齒背，形成阻礙，發音時舌尖離開上齒背，讓氣流從縫隙中摩擦而出。發音時聲帶不顫動。例如：遭（zāo）、鑿（záo）、蚤（zǎo）、躁（zào）。

c 是塞擦音。發音部位與 z 相同，但是發音時氣流比較強。發音時聲帶不顫動。例如：餐（cān）、蠶（cán）、慘（cǎn）、燦（càn）。

s 是擦音。舌尖向前伸，接近上齒背，形成阻礙，發音時舌尖離開上齒背，氣流從縫隙中摩擦而出。發音時聲帶不顫動。例如：松（sōng）、慫（sóng）、聳（sǒng）、送（sòng）。

（二）普通話聲母分析

從《普通話聲母總表》可以清晰看到每個聲母的發音部位和發音方法。

普通話聲母總表

發音方法＼發音部位		雙唇音	唇齒音	舌尖前音	舌尖中音	舌尖後音	舌面前音	舌面後音
		上唇 / 下唇	上齒 / 下唇	舌尖 / 齒背	舌尖 / 上齒齦	舌尖 / 硬腭前	舌面前 / 硬腭前	舌面後 / 軟腭
塞音	不送氣	b			d			g
	送氣	p			t			k
塞擦音	不送氣			z		zh	j	
	送氣			c		ch	q	
擦音			f	s		sh	x	h
近音						r		
鼻音		m			n			
邊音					l			

以上《普通話聲母總表》引自新版綱要。發音部位最後兩組，名稱為舌面前音和舌面後音，有的普通話語音教材裏稱為舌面音和舌根音。發音方法中的近音，有的普通話語音教材稱為擦音。新版綱要的說法，就發音部位和發音方法來說，描寫得更加細緻準確。

二、難點字詞認讀

(一)看拼音，準確讀出以下詞語

1. 讀單音節字詞

chān	chǒu	chù	cuān	cuàn	cuàn	rù	rùn	ráng	jǐ
摻	瞅	矗	躥	篡	竄	褥	閏	瓤	戟
jǐ	jiàng	shǔn	shì	shuàn	zuàn	zòu	záo	zhuì	zhuì
麂	弶	吮	舐	涮	攥	揍	鑿	贅	綴
zhǒng	qí	qìng	qiāo	sāo	sè	suǐ	xián	xiàn	xuē
冢	畦	罄	鍬	繅	瑟	髓	涎	霰	靴

2. 讀多音節詞語

xìxuè	zhā·zǐ	shēchǐ	juéqǔ	sōngxiè
戲謔	渣滓	奢侈	攫取	鬆懈
qìjīn	róulìn	zhìxī	cáozá	jǔsàng
迄今	蹂躪	窒息	嘈雜	沮喪
chìrè	xièdú	còuqiǎo	shālù	xiāngqiàn
熾熱	褻瀆	湊巧	殺戮	鑲嵌
shūrán	zǔzhòu	sìjī	zháicài	sùsòng
倏然	詛咒	伺機	擇菜	訴訟

（二）看漢字，準確讀出以下詞語

1. 分辨舌面前音、翹舌音及平舌音

分辨 j 和 zh

靜寂——靜置　阻擊——組織　雜技——雜誌　舉動——主動

經濟——精緻　基因——知音　集權——職權　雞心——知心

分辨 q 和 ch

圍棋——維持　神奇——神馳　淒迷——癡迷　白漆——白癡

國企——國恥　旗幟——遲滯　齊名——馳名　排氣——排斥

分辨 x 和 sh

潮汐——潮濕　襲擊——時機　戲言——誓言　大喜——大使

細緻——試製　犧牲——師生　西側——失策　習題——十題

分辨 j 和 z

激勵——資歷　季風——自封　計劃——字畫　基本——資本

舞姬——舞姿　記號——字號　既然——自然　祭典——字典

分辨 q 和 c

分歧——分詞　祈求——瓷球　契機——刺激　奇異——詞義

啟示——此事　利器——歷次　名氣——名次　人齊——仁慈

分辨 x 和 s

洗手——死守　西域——私慾　西瓜——絲瓜　西廂——思鄉
錫紙——撕紙　小溪——小廝　清晰——青絲　悉心——私心

分辨 zh 和 z

囑咐——祖父　支援——資源　徵收——增收　主旨——阻止
終止——宗旨　黑痣——黑字　征服——增幅　逐步——足部

分辨 ch 和 c

吃飯——粢飯　充斥——衝刺　分成——分層　草蟲——草叢
春裝——村莊　吹動——催動　飽嘗——保藏　魚翅——魚刺

分辨 sh 和 s

詩文——絲紋　樹木——肅穆　舒適——書肆　干涉——乾澀
事實——四時　午睡——五歲　詩人——私人　汲水——脊髓

分辨 r 和 y

柔條——油條　濕潤——失運　姓饒——姓姚　仍舊——營救
日文——軼聞　日益——異議　日誌——抑制　燃料——顏料

分辨 j 和 zh、z

繼續—秩序—自序　妓院—志願—自願　忌諱—智慧—自繪
實際—實質—識字　第幾—地址—弟子　緝捕—織補—滋補

分辨 q 和 ch、c

充氣—充斥—衝刺　　棋盤—持盤—瓷盤　　起早—遲早—辭藻
齊了—遲了—辭了　　起點—遲點—詞典　　幾起—幾尺—及此

分辨 x 和 sh、s

吸去—失去—撕去　　西行—施行—私刑　　西文—詩文—斯文
洗劫—使節—死結　　稀釋—失勢—私事　　戲院—誓願—寺院

2. 綜合練習：跟老師讀，並給自己不熟悉的字寫上聲母

嶄新　暫時　生薑　遜色　巡展　稀釋　剪輯　膳食　闖勁兒
篆書　酗酒　諮詢　繡球　皺褶　狹窄　旗幟　斥資　汛期　疏散
囂張　機械　憔悴　禽獸　肖像　勳章　馳騁　腎臟　脊椎　修葺
氫氣球　時間差　申請書　手術室　創造性　專家席　假惺惺
持久戰　行政區　珠三角　祝壽詞　自治區　起重機　肇事者
自欺欺人　沾沾自喜　善始善終　知人善任　裝腔作勢　尋章摘句
莘莘學子　超級市場　性情中人　虛張聲勢　循序漸進　出將入相

3. 利用同音字巧記生僻字

上一節課我們説道，認識字是一個難點，除了死記硬背，有些方法是可以幫助我們「巧記」字音的。例如，「反噬」的「噬」跟「是」字的發音完全一樣，記住「噬」和「是」同音，就可以記住「噬」的發音了。利用同音字記音，是一個好方法。

同音字是指聲、韻、調全部相同的字，例如，「是」「噬」和「適」就是同音字。利用同音字記音，就是用一個已掌握的、容易的字，幫助記憶同音的難字、易錯字，是利用應試人已有知識自我學習的方法。現時的應試人，都具有相當的普通話水平，407 個音節已基本掌握，而且有一定的識字量，這使得利用同音字記音成為可能。例如，不知道「旗艦店」的「艦」字怎麼讀，只要知道「艦」與「再見」的「見」同音，就掌握了「艦」的讀音，因為大家早已能準確無誤地讀「見」這個音了。

(1) 見 jiàn：艦　鑒　腱　毽　箭　劍　薦　賤　濺　澗

(2) 治 zhì：秩　窒　質　擲　峙　製　滯　摯　稚　桎

(3) 試 shì：舐　飾　噬　螫　式　勢　釋　嗜　適　柿

(4) 記 jì：鯽　髻　季　劑　暨　既　忌　冀　繫　祭

(5) 四 sì：寺　嗣　飼　肆　祀　俟　巳　伺（伺機）似（相似）

三、選擇判斷練習

1. 詞語判斷

(1)	農客	儂客	客人	人客
(2)	館夫	火頭	炊事員	煮飯個
(3)	各到各處	處處	逐位	奈欸都
(4)	沒轍	無法度	嘸沒辦法	冇得法
(5)	捨勿得	捨不得	唔辦得	唔捨得
(6)	勺子	勺仔	勺欸	勺嫲
(7)	蛤腮	腮巴子	腮	臉都裏
(8)	相諍	爭拗	爭吵	拗事
(9)	唔見	落脱	遺失	拍唔見
(10)	至此	到個搭	到嗰欸	遘者

2. 量詞、名詞搭配

雲	驢	香	學校	陽光	課	銀行	棋	遊艇	電池

間	盤	所	條	片	節

3. 語序或表達形式判斷

(1) A. 有一窩雞都讓狐狸吃了。
B. 有一窩雞都讓狐的吃了。
C. 有一窩雞都讓狐子給吃了。

(2) A. 你躲得脱和尚躲不脱廟。
B. 你躲得了和尚躲不了廟。

(3) A. 他跑得不比我快。
B. 他跑得不快過我。
C. 他跑得不快的我。

(4) A. 我太緊張了。
B. 我過緊張了。
C. 我忒緊張了。

(5) A. 他手錶丟了沒有地方找。
B. 他手錶丟了找不到。

四、朗讀作品指導

Zuòpǐn 5 Hào
作品 5 號

Qùguo Gùgōng dàxiū xiànchǎng de rén, jiù huì fāxiàn zhè·lǐ hé wài·miàn
去過故宮大修現場的人，就會發現這裏和外面

gōngdì de láozuò jǐngxiàng yǒu gè míngxiǎn de qūbié: zhè·lǐ méi·yǒu qǐzhòngjī,
工地的勞作景象有個明顯的區別：這裏沒有起重機，

jiànzhù cáiliào dōu shì yǐ shǒutuīchē de xíngshì sòng wǎng gōngdì, yùdào rénlì
建築材料都是以手推車的形式送往工地，遇到人力

wúfǎ yùnsòng de mùliào shí, gōngrénmen huì shǐyòng bǎinián-búbiàn de gōngjù——
無法運送的木料時，工人們會使用百年不變的工具——

huálúnzǔ. Gùgōng xiūshàn, zūnzhòngzhe "Sì-Yuán" yuánzé, jí yuán cáiliào、
滑輪組。故宮修繕，尊重着「四原」原則，即原材料、

yuán gōngyì、 yuán jiégòu、 yuán xíngzhì. Zài bù yǐngxiǎng tǐxiàn chuántǒng gōngyì
原工藝、原結構、原型制。在不影響體現傳統工藝

jìshù shǒufǎ tèdiǎn de dìfang, gōngjiàng kěyǐ yòng diàndòng gōngjù, bǐrú kāi
技術手法特點的地方，工匠可以用電動工具，比如開

huāngliào、 jié tóu. Dàduōshù shíhou gōngjiàng dōu yòng chuántǒng gōngjù: mùjiang
荒料、截頭。大多數時候工匠都用傳統工具：木匠

huà xiàn yòng de shì mòdǒu、 huàqiān、 máobǐ、 fāngchǐ、 zhànggān、 wǔchǐ jiāgōng
畫線用的是墨斗、畫籤、毛筆、方尺、杖竿、五尺；加工

zhìzuò mùgòujiàn shǐyòng de gōngjù yǒu bēn、 záo、 fǔ、 jù、 bào děngděng.
製作木構件使用的工具有錛、鑿、斧、鋸、刨等等。

Zuì néng tǐxiàn dàxiū nándù de biàn shì wǎzuò zhōng "shànbèi" de
最能體現大修難度的便是瓦作中「苫背」的

huánjié. "Shànbèi" shì zhǐ zài fángdǐng zuò huībèi de guòchéng, tā xiāngdāngyú
環節。「苫背」是指在房頂做灰背的過程，它相當於

wèi mùjiànzhù tiān·shàng fángshuǐcéng. Yǒu jù kǒujué shì sānjiāng-sānyā, yě jiù shì
為木建築添上防水層。有句口訣是三漿三壓，也就是

shàng sān biàn shíhuījiāng, ránhòu zài yā·shàng sān biàn. Dàn zhè shì gè xūshù.
上三遍石灰漿，然後再壓上三遍。但這是個虛數。

Jīntiān shì qíngtiān, gān de kuài, sānjiāng-sānyā yìngdù jiù néng fúhé yāoqiú,
今天是晴天，乾得快，三漿三壓硬度就能符合要求，
yàoshi gǎn·shàng yīntiān, shuō·búdìng jiù yào liùjiāng-liùyā. Rènhé yí gè huánjié de
要是趕上陰天，說不定就要六漿六壓。任何一個環節的
shūlòu dōu kěnéng dǎozhì lòuyǔ, ér zhè duì jiànzhù de sǔnhuài shì zhìmìng de.
疏漏都可能導致漏雨，而這對建築的損壞是致命的。

"Gōng" zì zǎo zài Yīnxū jiǎgǔ bǔcí zhōng jiù yǐ·jīng chūxiànguo.
「工」字早在殷墟甲骨卜辭中就已經出現過。
《Zhōu guān》 yǔ 《Chūnqiū Zuǒzhuàn》 jìzǎi Zhōu wángcháo yǔ zhūhóu dōu shèyǒu
《周官》與《春秋左傳》記載周王朝與諸侯都設有
zhǎngguǎn yíngzào de jīgòu. Wúshù de mínggōng-qiǎojiàng wèi wǒmen liú·xiàle
掌管營造的機構。無數的名工巧匠為我們留下了
nàme duō hóngwěi de jiànzhù, dàn què // hěn shǎo bèi lièrù shǐjí, yángmíng yú
那麼多宏偉的建築，但卻//很少被列入史籍，揚名於
hòushì.
後世。

Jiàngrén zhīsuǒyǐ chēng zhī wéi "jiàng", qíshí bù jǐnjǐn shì yīn·wèi
匠人之所以稱之為「匠」，其實不僅僅是因為
tāmen yōngyǒule mǒu zhǒng xiánshú de jìnéng, bìjìng jìnéng hái kěyǐ tōngguò shíjiān
他們擁有了某種嫻熟的技能，畢竟技能還可以通過時間
de lěijī "shúnéngshēngqiǎo", dàn yùncáng zài "shǒuyì" zhī shàng de nà
的累積「熟能生巧」，但蘊藏在「手藝」之上的那
zhǒng duì jiànzhù běnshēn de jìngwèi hé rè'ài què xūyào cóng lìshǐ de chánghé
種對建築本身的敬畏和熱愛卻需要從歷史的長河
zhōng qù xúnmì.
中去尋覓。

Jiāng zhuànglì de Zǐjìnchéng wánhǎo de jiāo gěi wèilái, zuì néng yǎngzhàng de
將壯麗的紫禁城完好地交給未來，最能仰仗的
biàn shì zhèxiē mòmò fèngxiàn de jiàngrén. Gùgōng de xiūhù zhùdìng shì yì chǎng
便是這些默默奉獻的匠人。故宮的修護注定是一場
méi·yǒu zhōngdiǎn de jiēlì, ér tāmen jiù shì zuì hǎo de jiēlìzhě.
沒有終點的接力，而他們就是最好的接力者。

Jiéxuǎn zì Shàn Jìxiáng 《Dà Jiàng Wú Míng》
節選自單霽翔《大匠無名》

詞語提示

滑輪組	huálúnzǔ	修繕	xiūshàn
截頭	jié tóu	木匠	mùjiang
墨斗	mòdǒu	杖竿	zhànggān
錛	bēn	斧	fǔ
鋸	jù	刨	bào
瓦作	wǎzuò	苫背	shànbèi
三漿三壓	sānjiāng-sānyā	符合	fúhé
疏漏	shūlòu	殷墟	Yīnxū
甲骨	jiǎgǔ	卜辭	bǔcí
記載	jìzǎi	諸侯	zhūhóu
掌管	zhǎngguǎn	宏偉	hóngwěi

句子分析（注：分隔號表示停頓，顏色字表示重音。下同）

1. 去過故宮大修現場的人，就會發現／這裏／和外面工地的勞作景象／有個明顯的區別：這裏／沒有起重機，建築材料／都是以手推車的形式／送往工地，遇到人力無法運送的木料時，工人們會使用／百年不變的工具——滑輪組。
2. 「工」字／早在殷墟甲骨卜辭中／就已經出現過。
3. 《周官》／與《春秋左傳》記載／周王朝與諸侯／都設有／掌管營造的機構。

Zuòpǐn 10 Hào
作品 10 號

Wǒ ài yuèyè, dàn wǒ yě ài xīngtiān. Cóngqián zài jiāxiāng qī-bāyuè de
我愛月夜，但我也愛星天。從前在家鄉七八月的
yèwǎn zài tíngyuàn ·lǐ nàliáng de shíhou, wǒ zuì ài kàn tiān·shàng mìmìmámá de
夜晚在庭院裏納涼的時候，我最愛看天上密密麻麻的
fánxīng. Wàngzhe xīngtiān, wǒ jiù huì wàngjì yíqiè, fǎngfú huídàole mǔ·qīn de
繁星。望着星天，我就會忘記一切，彷彿回到了母親的
huái ·lǐ shìde.
懷裏似的。

Sān nián qián zài Nánjīng wǒ zhù de dìfang yǒu yí dào hòumén, měi wǎn wǒ
三年前在南京我住的地方有一道後門，每晚我
dǎkāi hòumén, biàn kàn·jiàn yí gè jìngjì de yè. Xià·miàn shì yí piàn càiyuán,
打開後門，便看見一個靜寂的夜。下面是一片菜園，
shàng·miàn shì xīngqún mìbù de lántiān. Xīngguāng zài wǒmen de ròuyǎn ·lǐ suīrán
上面是星群密佈的藍天。星光在我們的肉眼裏雖然
wēixiǎo, rán'ér tā shǐ wǒmen jué·dé guāngmíng wúchù-búzài. Nà shíhou wǒ zhèngzài
微小，然而它使我們覺得光明無處不在。那時候我正在
dú yìxiē tiānwénxué de shū, yě rènde yìxiē xīngxing, hǎoxiàng tāmen jiùshì wǒ
讀一些天文學的書，也認得一些星星，好像它們就是我
de péngyou, tāmen chángcháng zài hé wǒ tánhuà yíyàng.
的朋友，它們常常在和我談話一樣。

Rújīn zài hǎi·shàng, měi wǎn hé fánxīng xiāngduì, wǒ bǎ tāmen rènde hěn
如今在海上，每晚和繁星相對，我把它們認得很
shú le. Wǒ tǎng zài cāngmiàn ·shàng, yǎngwàng tiānkōng. Shēnlánsè de tiānkōng
熟了。我躺在艙面上，仰望天空。深藍色的天空
·lǐ xuánzhe wúshù bànmíng-bànmèi de xīng. Chuán zài dòng, xīng yě zài dòng,
裏懸着無數半明半昧的星。船在動，星也在動，
tāmen shì zhèyàng dī, zhēn shì yáoyáo-yùzhuì ne! Jiànjiàn de wǒ de yǎnjing móhu
它們是這樣低，真是搖搖欲墜呢！漸漸地我的眼睛模糊
le, wǒ hǎoxiàng kàn·jiàn wúshù yínghuǒchóng zài wǒ de zhōuwéi fēiwǔ. Hǎi·shàng
了，我好像看見無數螢火蟲在我的周圍飛舞。海上
de yè shì róuhé de, shì jìngjì de, shì mènghuàn de. Wǒ wàngzhe xǔduō rènshi
的夜是柔和的，是靜寂的，是夢幻的。我望着許多認識

de xīng, wǒ fǎngfú kàn•jiàn tāmen zài duì wǒ zhǎyǎn, wǒ fǎngfú tīng•jiàn tāmen
的星，我彷彿看見它們在對我眨眼，我彷彿聽見它們

zài xiǎoshēng shuōhuà. Zhèshí wǒ wàngjìle yíqiè. Zài xīng de huáibào zhōng wǒ
在小聲説話。這時我忘記了一切。在星的懷抱中我

wēixiàozhe, wǒ chénshuìzhe. Wǒ jué•dé zìjǐ shì yí gè xiǎoháizi, xiànzài shuì zài
微笑着，我沉睡着。我覺得自己是一個小孩子，現在睡在

mǔ•qīn de huái •lǐ le.
母親的懷裏了。

Yǒu yí yè, nàge zài Gēlúnbō shàng chuán de Yīngguórén zhǐ gěi wǒ kàn
有一夜，那個在哥倫波上船的英國人指給我看

tiān•shàng de jùrén. Tā yòng shǒu zhǐzhe: // nà sì kē míngliàng de xīng shì
天上的巨人。他用手指着：//那四顆明亮的星是

tóu, xià•miàn de jǐ kē shì shēnzi, zhè jǐ kē shì shǒu, nà jǐ kē shì tuǐ hé
頭，下面的幾顆是身子，這幾顆是手，那幾顆是腿和

jiǎo, hái yǒu sān kē xīng suànshì yāodài. Jīng tā zhè yìfān zhǐdiǎn, wǒ guǒrán kàn
腳，還有三顆星算是腰帶。經他這一番指點，我果然看

qīngchule nàge tiān•shàng de jùrén. Kàn, nàge jùrén hái zài pǎo ne!
清楚了那個天上的巨人。看，那個巨人還在跑呢！

Jiéxuǎn zì Bājīn《Fánxīng》
節選自巴金《繁星》

詞語提示

納涼	nàliáng	彷彿	fǎngfú
似的	shìde	靜寂	jìngjì
認得	rènde	很熟了	hěn shú le
艙面	cāngmiàn	仰望	yǎngwàng
懸着	xuánzhe	半明半昧	bànmíng-bànmèi
搖搖欲墜	yáoyáo-yùzhuì	模糊	móhu
螢火蟲	yínghuǒchóng	眨眼	zhǎyǎn

句子分析

1. 從前 / 在家鄉 / 七八月的夜晚 / 在庭院裏納涼的時候，我最愛看 / 天上 / 密密麻麻的繁星。
2. 星光 / 在我們的肉眼裏 / 雖然微小，然而 / 它使我們覺得 / 光明 / 無處不在。
3. 船 / 在動，星 / 也在動，它們 / 是這樣低，真是 / 搖搖欲墜呢！

Zuòpǐn 18 Hào
作品 18 號

Jìncí zhī měi, zài shān, zài shù, zài shuǐ.
晉祠之美，在山，在樹，在水。

Zhè•lǐ de shān, wēiwēi de, yǒurú yí dào píngzhàng; chángcháng de, yòu rú shēnkāi de liǎngbì, jiāng Jìncí yōng zài huáizhōng. Chūnrì huánghuā mǎn shān, jìngyōu-xiāngyuǎn; qiūlái cǎomù xiāoshū, tiāngāo-shuǐqīng. Wúlùn shénme shíhou shèjí dēngshān dōu huì xīnkuàng-shényí.
這裏的山，巍巍的，有如一道屏障；長長的，又如伸開的兩臂，將晉祠擁在懷中。春日黃花滿山，徑幽香遠；秋來草木蕭疏，天高水清。無論什麼時候拾級登山都會心曠神怡。

Zhè•lǐ de shù, yǐ gǔlǎo cāngjìng jiàncháng. Yǒu liǎng kē lǎoshù: yì kē shì zhōubǎi, lìng yì kē shì tánghuái. Nà zhōubǎi, shùgàn jìngzhí, shùpí zhòuliè, dǐng •shàng tiǎozhe jǐ gēn qīngqīng de shūzhī, yǎnwò yú shíjiē páng. Nà tánghuái, lǎogàn cūdà, qiúzhī pánqū, yí cùcù róutiáo, lǜyè rú gài. Hái yǒu shuǐ biān diàn wài de sōng-bǎi-huái-liǔ, wúbù xiǎnchū cāngjìng de fēnggǔ.
這裏的樹，以古老蒼勁見長。有兩棵老樹：一棵是周柏，另一棵是唐槐。那周柏，樹幹勁直，樹皮皺裂，頂上挑着幾根青青的疏枝，偃臥於石階旁。那唐槐，老幹粗大，虬枝盤屈，一簇簇柔條，綠葉如蓋。還有水邊殿外的松柏槐柳，無不顯出蒼勁的風骨。

Yǐ zàoxíng qítè jiàncháng de, yǒude yǎn rú lǎoyù fù shuǐ, yǒude tǐng rú
以造型奇特見長的，有的偃如老嫗負水，有的挺如
zhuàngshì tuō tiān, bùyī'érzú. Shèngmǔdiàn qián de zuǒniǔbǎi, bádì'érqǐ,
壯士托天，不一而足。聖母殿前的左扭柏，拔地而起，
zhíchōng-yúnxiāo, tā de shùpí ·shàng de wénlǐ yìqí xiàng zuǒ·biān nǐngqù,
直衝雲霄，它的樹皮上的紋理一齊向左邊擰去，
yì quān yì quān, sīwén bú luàn, xiàng dì·xià xuánqǐle yì gǔ yān, yòu sì
一圈一圈，絲紋不亂，像地下旋起了一股煙，又似
tiān·shàng chuíxiàle yì gēn shéng. Jìncí zài gǔmù de yìnhù xià, xiǎn·dé fènwài
天上垂下了一根繩。晉祠在古木的蔭護下，顯得分外
yōujìng、diǎnyǎ.
幽靜、典雅。

Zhè·lǐ de shuǐ, duō、qīng、jìng、róu. Zài yuán ·lǐ xìnbù, dàn jiàn zhè·lǐ
這裏的水，多、清、靜、柔。在園裏信步，但見這裏
yì hóng shēntán, nà·lǐ yì tiáo xiǎoqú. Qiáo ·xià yǒu hé, tíng zhōng yǒu jǐng, lù
一泓深潭，那裏一條小渠。橋下有河，亭中有井，路
biān yǒu xī. Shí jiān xìliú mòmò, rú xiàn rú lǚ; lín zhōng bìbō shǎnshǎn,
邊有溪。石間細流脈脈，如線如縷；林中碧波閃閃，
rú jǐn rú duàn. Zhèxiē shuǐ dōu láizì "Nánlǎoquán". Quán·shàng yǒu tíng,
如錦如緞。這些水都來自「難老泉」。泉上有亭，
tíng ·shàng xuánguàzhe Qīngdài zhùmíng xuézhě Fù Shān xiě de "Nánlǎoquán" sān
亭上懸掛着清代著名學者傅山寫的「難老泉」三
gè zì. Zhème duō de shuǐ chángliú-bùxī, rìrìyèyè fāchū dīngdīngdōngdōng de
個字。這麼多的水長流不息，日日夜夜發出叮叮咚咚的
xiǎngshēng. Shuǐ de qīngchè zhēn lìng rén jiàojué, wúlùn // duō shēn de shuǐ,
響聲。水的清澈真令人叫絕，無論//多深的水，
zhǐyào guāngxiàn hǎo, yóuyú suìshí, lìlì kě jiàn. Shuǐ de liúshì dōu bú dà,
只要光線好，游魚碎石，歷歷可見。水的流勢都不大，
qīngqīng de wēibō, jiāng chángcháng de cǎomàn lāchéng yì lǚlǚ de sī, pū zài
清清的微波，將長長的草蔓拉成一縷縷的絲，鋪在
hé dǐ, guà zài àn biān, hézhe nàxiē jīnyú、qīngtái yǐjí shílán de dàoyǐng,
河底，掛在岸邊，合着那些金魚、青苔以及石欄的倒影，
zhīchéng yì tiáotiáo dà piāodài, chuān tíng rào xiè, rǎnrǎn-bùjué. Dāngnián Lǐ Bái
織成一條條大飄帶，穿亭繞榭，冉冉不絕。當年李白
láidào zhè·lǐ, céng zàntàn shuō: "Jìncí liúshuǐ rú bìyù." Dāng nǐ yánzhe
來到這裏，曾讚歎說：「晉祠流水如碧玉。」當你沿着

liúshuǐ qù guānshǎng nà tíng-tái-lóu-gé shí, yěxǔ huì zhèyàng wèn: zhè jǐ bǎi jiān
流水去觀賞那亭台樓閣時，也許會這樣問：這幾百間

jiànzhù pà dōu shì zài shuǐ·shàng piāozhe de ba!
建築怕都是在水上漂着的吧！

Jiéxuǎn zì Liáng Héng 《Jìncí》
節選自梁衡《晉祠》

詞語提示

晉祠	Jìncí	巍巍	wēiwēi
屏障	píngzhàng	蕭疏	xiāoshū
拾級	shèjí	心曠神怡	xīnkuàng-shényí
蒼勁	cāngjìng	周柏	zhōubǎi
唐槐	tánghuái	勁直	jìngzhí
皺裂	zhòuliè	挑着	tiǎozhe
偃臥	yǎnwò	虯枝盤屈	qiúzhī pánqū
老嫗	lǎoyù	左扭柏	zuǒniǔbǎi
蔭護	yìnhù	一泓深潭	yì hóng shēntán
細流脈脈	xìliú mòmò	如線如縷	rú xiàn rú lǚ
傅山	Fù Shān	清澈	qīngchè

句子分析

1. 聖母殿前的／左扭柏，拔地而起，直衝雲霄，它的樹皮上的紋理／一齊／向左邊擰去，一圈／一圈，絲紋不亂，像地下／旋起了一股煙，又似／天上／垂下了一根繩。
2. 石間／細流脈脈，如線／如縷；林中／碧波閃閃，如錦／如緞。
3. 泉上有亭，亭上懸掛着／清代著名學者／傅山寫的／「難老泉」三個字。

Zuòpǐn 23 Hào
作品 23 號

Zài hàohàn wúyín de shāmò ·lǐ, yǒu yí piàn měilì de lǜzhōu, lǜzhōu ·lǐ
在浩瀚無垠的沙漠裏，有一片美麗的綠洲，綠洲裏
cángzhe yì kē shǎnguāng de zhēnzhū. Zhè kē zhēnzhū jiùshì Dūnhuáng Mògāokū.
藏着一顆閃光的珍珠。這顆珍珠就是敦煌莫高窟。
Tā zuòluò zài wǒguó Gānsù Shěng Dūnhuáng Shì Sānwēi Shān hé Míngshā Shān de
它坐落在我國甘肅省敦煌市三危山和鳴沙山的
huáibào zhōng.
懷抱中。

Míngshā Shān dōnglù shì píngjūn gāodù wéi shíqī mǐ de yábì. Zài yìqiān
鳴沙山東麓是平均高度為十七米的崖壁。在一千
liùbǎi duō mǐ cháng de yábì ·shàng, záo yǒu dàxiǎo dòngkū qībǎi yú gè,
六百多米長的崖壁上，鑿有大小洞窟七百餘個，
xíngchéngle guīmó hóngwěi de shíkūqún. Qízhōng sìbǎi jiǔshí'èr gè dòngkū zhōng,
形成了規模宏偉的石窟群。其中四百九十二個洞窟中，
gòng yǒu cǎisè sùxiàng liǎngqiān yìbǎi yú zūn, gè zhǒng bìhuà gòng sìwàn wǔqiān
共有彩色塑像兩千一百餘尊，各種壁畫共四萬五千
duō píngfāngmǐ. Mògāokū shì wǒguó gǔdài wúshù yìshù jiàngshī liú gěi rénlèi de
多平方米。莫高窟是我國古代無數藝術匠師留給人類的
zhēnguì wénhuà yíchǎn.
珍貴文化遺產。

Mògāokū de cǎisù, měi yì zūn dōu shì yí jiàn jīngměi de yìshùpǐn. Zuì
莫高窟的彩塑，每一尊都是一件精美的藝術品。最
dà de yǒu jiǔ céng lóu nàme gāo, zuì xiǎo de hái bù rú yí gè shǒuzhǎng dà.
大的有九層樓那麼高，最小的還不如一個手掌大。
Zhèxiē cǎisù gèxìng xiānmíng, shéntài gè yì. Yǒu címéi-shànmù de pú·sà, yǒu
這些彩塑個性鮮明，神態各異。有慈眉善目的菩薩，有
wēifēng-lǐnlǐn de tiānwáng, hái yǒu qiángzhuàng yǒngměng de lìshì ......
威風凜凜的天王，還有強壯勇猛的力士……

Mògāokū bìhuà de nèiróng fēngfù-duōcǎi, yǒude shì miáohuì gǔdài láodòng
莫高窟壁畫的內容豐富多彩，有的是描繪古代勞動
rénmín dǎliè、bǔyú、gēngtián、shōugē de qíngjǐng, yǒude shì miáohuì rénmen
人民打獵、捕魚、耕田、收割的情景，有的是描繪人們

zòuyuè、 wǔdǎo、 yǎn zájì de chǎngmiàn, hái yǒude shì miáohuì dàzìrán
奏樂、舞蹈、演雜技的場面，還有的是描繪大自然
de měilì fēngguāng. Qízhōng zuì yǐnrén-zhùmù de shì fēitiān. Bìhuà •shàng de
的美麗風光。其中最引人注目的是飛天。壁畫上的
fēitiān, yǒude bì kuà huālán, cǎizhāi xiānhuā; yǒude fǎn tán pí•pá, qīng bō
飛天，有的臂挎花籃，採摘鮮花；有的反彈琵琶，輕撥
yínxián; yǒude dào xuán shēnzi, zì tiān ér jiàng; yǒude cǎidài piāofú, màntiān
銀弦；有的倒懸身子，自天而降；有的彩帶飄拂，漫天
áoyóu; yǒude shūzhǎnzhe shuāngbì, piānpiān-qǐwǔ. Kànzhe zhèxiē jīngměi dòngrén de
遨遊；有的舒展着雙臂，翩翩起舞。看着這些精美動人的
bìhuà, jiù xiàng zǒujìnle // cànlàn huīhuáng de yìshù diàntáng.
壁畫，就像走進了//燦爛輝煌的藝術殿堂。

Mògāokū •lǐ hái yǒu yí gè miànjī bú dà de dòngkū —— Cángjīngdòng.
莫高窟裏還有一個面積不大的洞窟——藏經洞。
Dòng •lǐ céng cángyǒu wǒguó gǔdài de gè zhǒng jīngjuàn、 wénshū、 bóhuà、
洞裏曾藏有我國古代的各種經卷、文書、帛畫、
cìxiù、 tóngxiàng děng gòng liùwàn duō jiàn. Yóuyú Qīngcháo zhèngfǔ fǔbài wúnéng,
刺繡、銅像等共六萬多件。由於清朝政府腐敗無能，
dàliàng zhēnguì de wénwù bèi wàiguó qiángdào lüèzǒu. Jǐncún de bùfen jīngjuàn,
大量珍貴的文物被外國強盜掠走。僅存的部分經卷，
xiànzài chénliè yú Běijīng Gùgōng děng chù.
現在陳列於北京故宮等處。

Mògāokū shì jǔshì-wénmíng de yìshù bǎokù. Zhè•lǐ de měi yì zūn cǎisù、
莫高窟是舉世聞名的藝術寶庫。這裏的每一尊彩塑、
měi yì fú bìhuà、 měi yí jiàn wénwù, dōu shì Zhōngguó gǔdài rénmín zhìhuì de
每一幅壁畫、每一件文物，都是中國古代人民智慧的
jiéjīng.
結晶。

Jiéxuǎn zì 《 Mògāokū 》
節選自《莫高窟》

詞語提示

浩瀚無垠	hàohàn wúyín	敦煌莫高窟	Dūnhuáng Mògāokū
東麓	dōnglù	崖壁	yábì
彩色塑像	cǎisè sùxiàng	藝術匠師	yìshù jiàngshī
慈眉善目	címéi-shànmù	菩薩	pú•sà
威風凜凜	wēifēng-lǐnlǐn	收割	shōugē
臂挎花籃	bì kuà huālán	採摘	cǎizhāi
反彈琵琶	fǎn tán pí•pá	輕撥銀弦	qīng bō yínxián
倒懸身子	dào xuán shēnzi	飄拂	piāofú
漫天遨遊	màntiān áoyóu	翩翩起舞	piānpiān-qǐwǔ

句子分析

1. 它 / 坐落在我國 / 甘肅省 / 敦煌市 / 三危山 / 和鳴沙山的懷抱中。
2. 莫高窟 / 是我國古代 / 無數藝術匠師 / 留給人類的 / 珍貴文化遺產。
3. 有的 / 是描繪人們 / 奏樂、舞蹈、演雜技的場面，還有的 / 是描繪大自然的 / 美麗風光。

Zuòpǐn 34 Hào
作品 34 號

Zuì shǐ wǒ nánwàng de, shì wǒ xiǎoxué shíhou de nǚjiàoshī Cài Yúnzhī xiānsheng.
最使我難忘的，是我小學時候的女教師蔡芸芝先生。

Xiànzài huíxiǎng qǐ•lái, tā nà shí yǒu shíbā-jiǔ suì. Yòu zuǐjiǎo biān yǒu
現在回想起來，她那時有十八九歲。右嘴角邊有

yúqián dàxiǎo yí kuàir hēizhì. Zài wǒ de jìyì·lǐ, tā shì yí gè wēnróu hé
榆錢大小一塊黑痣。在我的記憶裏，她是一個溫柔和

měilì de rén.
美麗的人。

Tā cónglái bù dǎmà wǒmen. Jǐnjǐn yǒu yí cì, tā de jiàobiān hǎoxiàng
她從來不打罵我們。僅僅有一次，她的教鞭好像

yào luò xià·lái, wǒ yòng shíbǎn yì yíng, jiàobiān qīngqīng de qiāo zài shíbǎn
要落下來，我用石板一迎，教鞭輕輕地敲在石板

biān·shàng, dàhuǒr xiào le, tā yě xiào le. Wǒ yòng értóng de jiǎohuá de
邊上，大伙笑了，她也笑了。我用兒童的狡猾的

yǎnguāng chájué, tā ài wǒmen, bìng méi·yǒu cúnxīn yào dǎ de yìsi. Háizimen
眼光察覺，她愛我們，並沒有存心要打的意思。孩子們

shì duōme shànyú guānchá zhè yì diǎn a.
是多麼善於觀察這一點啊。

Zài kèwài de shíhou, tā jiāo wǒmen tiàowǔ, wǒ xiànzài hái jìde tā bǎ
在課外的時候，她教我們跳舞，我現在還記得她把

wǒ bànchéng nǚháizi biǎoyǎn tiàowǔ de qíngjǐng.
我扮成女孩子表演跳舞的情景。

Zài jiàrì ·lǐ, tā bǎ wǒmen dàidào tā de jiā·lǐ hé nǚpéngyou de
在假日裏，她把我們帶到她的家裏和女朋友的

jiā·lǐ. Zài tā de nǚpéngyou de yuánzi ·lǐ, tā hái ràng wǒmen guānchá mìfēng;
家裏。在她的女朋友的園子裏，她還讓我們觀察蜜蜂；

yě shì zài nà shíhou, wǒ rènshile fēngwáng, bìngqiě píngshēng dì-yī cì chī le
也是在那時候，我認識了蜂王，並且平生第一次吃了

fēngmì.
蜂蜜。

Tā ài shī, bìngqiě ài yòng gēchàng de yīndiào jiāo wǒmen dú shī. Zhí dào
她愛詩，並且愛用歌唱的音調教我們讀詩。直到

xiànzài wǒ hái jìde tā dú shī de yīndiào, hái néng bèisòng tā jiāo wǒmen de shī:
現在我還記得她讀詩的音調，還能背誦她教我們的詩：

Yuán tiān gàizhe dàhǎi,
圓天蓋着大海，

Hēishuǐ tuōzhe gūzhōu,
黑水托着孤舟，

Yuǎn kàn bú jiàn shān,
遠看不見山，

Nà tiānbiān zhǐ yǒu yúntóu,
那天邊只有雲頭，

Yě kàn ·bú jiàn shù,
也看不見樹，

Nà shuǐ ·shàng zhǐ yǒu hǎi'ōu ……
那水上只有海鷗……

Jīntiān xiǎnglái, tā duì wǒ de jiējìn wénxué hé àihào wénxué, shì yǒuzhe duōme yǒuyì de yǐngxiǎng!
今天想來，她對我的接近文學和愛好文學，是有着多麼有益的影響！

Xiàng zhèyàng de jiàoshī, wǒmen zěnme huì bù xǐhuan tā, zěnme huì bú yuànyì hé tā qīnjìn ne? Wǒmen jiànle tā bùyóude jiù wéi shàng·qù. Jíshǐ tā xiězì de shíhou, wǒ // men yě mòmò de kànzhe tā, lián tā wò qiānbǐ de zīshì dōu jíyú mófǎng.
像這樣的教師，我們怎麼會不喜歡她，怎麼會不願意和她親近呢？我們見了她不由得就圍上去。即使她寫字的時候，我//們也默默地看着她，連她握鉛筆的姿勢都急於模仿。

Jiéxuǎn zì Wèi Wēi 《Wǒ de Lǎoshī》
節選自魏巍《我的老師》

詞語提示

嘴角邊	zuǐjiǎo biān	一塊	yí kuàir
教鞭	jiàobiān	大伙	dàhuǒr
孤舟	gūzhōu	海鷗	hǎi'ōu
不由得	bùyóude	即使	jíshǐ

句子分析

1. 我用兒童 / 狡猾的眼光 / 察覺，她 / 愛我們，並沒有 / 存心 / 要打的意思。

2. 在課外的時候，她教我們跳舞，我現在還記得 / 她把我扮成女孩子 / 表演跳舞的情景。
3. 今天想來，她對我的接近文學 / 和愛好文學，是有着 / 多麼有益的影響！

五、命題説話演練

話題：2　老師

提示：

這是介紹人的話題。可以從人的外貌、性格、言談舉止、經歷、貢獻等方面考慮。可以介紹以前的某位（或幾位）老師，或是心目中的老師。可以説認識過程，也可以談談師道。

説話提綱示例：

今天，我要説的是張老師

他是我讀初二時的物理老師。

- 外貌：個子不高，皮膚黑黑的，戴黑邊眼鏡，平頭，很精幹。
- 性格：説話很有力，但態度很和藹，從來不發脾氣。
- 教學：教課很有條理，對學生要求非常嚴格。一次上課，我用錯了公式，同學們都笑話我，他告誡同學們不要取笑別人，同時讓我以後留意公式的使用條件。從那以後，我認真上課，物理成績提高了。
- 關懷：有個同學病了，缺課很長時間。回校後，張老師每天放學後，幫那位同學補課。他期末考試取得了好成績。
- 對我的影響：對物理產生了興趣，最喜歡上物理課。培養了嚴謹思維的習慣，學會了如何系統思維。

詞語儲備

gèzi 個子	yún•chèn 勻稱	píngtóu 平頭	qīmò 期末	kǎoshì 考試
xìngqù 興趣	hé'ǎi 和藹	yánsù 嚴肅	rènshi 認識	fā píqi 發脾氣
nàixīn 耐心	guānxīn 關心	tiáolǐ 條理	pànnì 叛逆	tiáopí 調皮
báixī 白皙	hēiyǒuyǒu 黑黝黝	gāotiǎor 高挑兒	diànxiàngān 電線杆	pànghūhū 胖乎乎

話題：8　朋友

提示：

朋友可以很多，不同時期、不同地方的朋友。可以聚焦一位朋友，全面介紹，也可以介紹幾位朋友。說說朋友對自己的影響，還可以談談自己的交友之道。

說話提綱示例：

今天，要說說我的朋友

- 我喜歡交朋友，一天不見朋友，就好像少了點兒什麼。
- 分類：一起鍛煉身體的朋友，一起逛街看電影的朋友，一起吃飯的朋友。小學時的朋友，中學時的朋友，大學時的朋友，工作時的朋友。
- 介紹一位中學時的好朋友小麗。
- 認識過程：初中一年級，第一天認識的人。她坐在我斜對面，我主動問她叫什麼名字，以前是哪個學校的。

- 外貌：長臉，眼睛大大的，長頭髮，梳着馬尾，很瘦，個子很高。
- 性格：很腼腆，很文靜。非常熱心，同學們遇到困難，她都主動幫助，例如，有個同學體育課扭傷了腳，她立刻扶她去醫務室，走得很慢很穩，還不時問同學疼不疼。
- 共同經歷：每天中午一起吃飯，我們倆都喜歡吃新奇的東西，把學校周圍的餐廳都吃遍了，還一起帶媽媽做的東西來學校吃。星期六去自修室，每次都是她一早去佔位子。都喜歡看電影。上了大學，在不同的學校，還經常見面。一起去旅遊，那一次去台灣，5 天，逛夜市，吃撐了。

詞語儲備

péngyou 朋友	shǎodiǎnr 少點兒	jiàoshì 教室	yīwùshì 醫務室	xiéduìmiàn 斜對面
wénjìng 文靜	wǒliǎ 我倆	niǔshāng 扭傷	fàxiǎor 髮小兒	wǎi le jiǎo 崴了腳
miǎntiǎn 腼腆	téng 疼	guàngjiē 逛街	gēmenr 哥們兒	cháng tóufa 長頭髮
wǎngyǒu 網友	guīmì 閨蜜	dìxiong 弟兄	kàn diànyǐng 看電影	chī chēng le 吃撐了

話題：17　尊敬的人

提示：

尊敬的人可以是身邊的人，也可以是古今中外的名人，甚至是神話人物。說說尊敬他們的原因：他們的貢獻、成就、為人、經歷等。可以聚焦一個人，說說他對你的影響，你從他那裏學到什麼。

說話提綱示例：

我尊敬的人是我爸爸

- 外貌：他不高，很瘦，從來沒見他胖過。
- 性格：他很嚴肅，不苟言笑，不喜歡交際應酬。
- 工作：他是一名高級工程師，工作非常認真，領導管理過很多項目，得過很多獎。他經常出差，有時候一走就是幾個月。他的同事都很尊敬他。為了看日文資料，他自學日語。
- 我和爸爸：雖然他不苟言笑，但我深深地感受到他對我的愛。他每次出差，都會帶當地的好吃的或好玩兒的回來給我。他做的菜特別好吃，雖然用普通的食材、普通的作料，但味道特別好。他的手很巧，家裏的東西都能修，修家具，修小電器。
- 我從爸爸那裏學到了：做事要認真負責，學會自己動手，做好自己的事，還有不斷學習的精神。

詞語儲備

zūnjìng 尊敬	wánjù 玩具	ǒuxiàng 偶像	guāzǐliǎn 瓜子臉	yóulèchǎng 遊樂場
chūchāi 出差	zuóliao 作料	shǒuqiǎo 手巧	jiǔwōr 酒窩兒	xiǎo diànqì 小電器
yìngchou 應酬	rènzhēn 認真	déjiǎng 得獎	hǎowánr 好玩兒	bùgǒu-yánxiào 不苟言笑
zhì 痣	gòngxiàn 貢獻	huábīng 滑冰	bíliángr 鼻樑兒	dānfèngyǎn 丹鳳眼

話題：23　我欣賞的歷史人物

提示：

介紹他的背景、生平經歷。欣賞的原因：他的品格、精神、思想等，或是他的成就、貢獻、影響力等。他對你自己、對社會的影響。欣賞的歷史人物可以不止一位。

說話提綱示例：

我欣賞的歷史人物是諸葛亮

- 和劉備的關係：三顧茅廬的故事家喻戶曉。諸葛亮是劉備建立蜀國的關鍵。我欣賞他對主公劉備的忠心，欣賞他立志重振漢室的愛國意識和遠大抱負。從中學學的語文課文《出師表》可以看到，即使劉備死後，他仍然全心全意地扶持劉備的兒子。
- 諸葛亮在中國文化中是智慧的代名詞。劉備三顧茅廬時，他就建議劉備聯合孫權抗擊曹操，並預測三分天下。說兩個故事：草船借箭、空城計。中學時放的孔明燈，傳說是他發明的。我每次放孔明燈都很興奮，畫上圖畫，寫上願望。
- 我欣賞諸葛亮知識淵博，天文地理無一不知，他的發明有木牛流馬（最早的機器人）、孔明燈（最早的信號彈）、連發弩（最早的機關槍）。
- 中學的時候看《三國演義》，經常看到深夜，忘了吃飯，忘了寫作業。後來特別喜歡打三國遊戲，也是忘了吃飯，打遊戲打到深夜。這都是因為喜歡諸葛亮。

詞語儲備

xīnshǎng 欣賞	Liú Bèi 劉備	Cáo Cāo 曹操	Zhūgě Liàng 諸葛亮	Kǒngmíng dēng 孔明燈
bàoxiào 報效	bàofù 抱負	lìshǐ 歷史	kōngchéngjì 空城計	sāngù-máolú 三顧茅廬
jūnshī 軍師	yuānbó 淵博	zhōngxīn 忠心	Chūshī Biǎo 出師表	cǎochuán-jièjiàn 草船借箭
fāchù 發怵	zhádāo 鍘刀	Bāogōng 包公	liàotiāozi 撂挑子	fàndígu 犯嘀咕

話題：49　對親情（或友情、愛情）的理解

提示：

無論是親情、友情、愛情，都應該有關愛、支持、理解和包容。以前有哪些經歷體現了親情、友情、愛情？對自己的影響是什麼？談談自己與家人、朋友、伴侶的相處之道，並用具體故事説明。

説話提綱示例：

今天我要談談對親情的理解

- 有人説：友情也好，愛情也好，久而久之都會轉化為親情。親情應該是相互關愛，相互支持，互相理解和包容。人是生活在社會裏的，除了物質需求，還有精神需求，親情就是精神支柱。
- 上中學時，一次考試沒考好，很傷心，還怕爸爸媽媽批評我。但是他們不但沒批評我，還安慰我，幫我分析原因。有爸爸媽媽的支持真好，以後遇到什麼事，我都會跟他們説。

- 奶奶生病了，爸爸媽媽悉心照顧她，每天煲湯送到醫院。奶奶出院後，媽媽每天做飯，和工人姐姐一起給她餵飯、洗澡。
- 文憑試成績公佈後，我的成績不理想，之前報的專業太高了。媽媽一點兒也沒責怪我。媽媽陪我去找學校，給我出主意，幫我參謀。那天還下着大雨，一直忙到晚上。

詞語儲備

qīnqíng 親情	guān'ài 關愛	jīngshén 精神	zhào•gù 照顧	wǒ jué•de 我覺得
lǐjiě 理解	zhīchí 支持	bāoróng 包容	xǐzǎo 洗澡	guò rìzi 過日子
zhuānyè 專業	zéguài 責怪	ānwèi 安慰	guòménr 過門兒	jiǔ'ér-jiǔzhī 久而久之
dēngjì 登記	gǎndòng 感動	cānmóu 參謀	yà mǎlù 軋馬路	tán liàn'ài 談戀愛

04

第四課

綜合訓練（二）

一、語音知識分析：【聲母辨正】n、l 分辨及練習

二、難點字詞認讀

三、選擇判斷練習

四、朗讀作品指導

8 謝大光《鼎湖山聽泉》

30 張宇生《世界民居奇葩》

37 巴　金《鳥的天堂》

49 宋元明《走下領獎台，一切從零開始》

50 林光如《最糟糕的發明》

五、命題説話演練

11 家鄉（或熟悉的地方）

14 難忘的旅行

26 嚮往的地方

28 我喜愛的藝術形式

47 對美的看法

一、語音知識分析

【聲母辨正】n、l 分辨及練習

普通話裏 n 和 l 兩個聲母是分得很清楚的，但是，漢語方言中不分 n、l 的方言相當多。要發好這兩個聲母，關鍵在於軟腭的升降，氣流從哪裏出去。

聲母 n，發音部位屬於舌尖中音，舌尖接觸上齒齦；發音方法屬於鼻音，發音時口腔的通路完全阻塞，軟腭下降，打開鼻腔的通路，氣流完全從鼻腔出去，發音時聲帶顫動。

聲母 l，發音部位也是舌尖中音。發音時，舌頭接觸上齒齦，在口腔中線造成阻塞，但是舌頭一側或者兩側開放，讓氣流從舌邊通過。發音時聲帶顫動。

會混淆聲母 n、l，主要是沒有區別發音方法，多是把鼻音讀成了邊音，沒有注意到發 n 音時，氣流是從鼻腔出去的。

會分清 n、l 的發音了，下一步是要記住哪些字是讀 n 聲母的，哪些字是讀 l 聲母的。下面的字詞認讀部分會對大家有幫助。

如果在應試時，字音的聲母出現 n、l 不分的情況，會當做一類語音錯誤扣分。

二、難點字詞認讀

(一)看拼音，準確讀出以下詞語

1. 讀單音節字詞

něi 餒	náo 撓	niān 拈	niǎn 捻	niǎn 攆	niǎn 碾	nì 溺	niǎo 裊	niè 鎳	niè 囓
nüè 瘧	níng 獰	nì 溺	nì 昵	nì 膩	liǔ 綹	lǔ 擄	lù 麓	lí 狸	liào 撂
luó 騾	lǘ 櫚	lǚ 縷	lán 婪	liàng 踉	lěi 儡	lài 睞	lì 笠	lì 礫	lì 蠣

2. 讀多音節詞語

nínìng 泥濘	nánnǚ 男女	néngnai 能耐	niúnián 牛年	nǎonù 惱怒
línglóng 玲瓏	línglì 伶俐	lěiluò 磊落	línláng 琳琅	lǐnliè 凜冽
línlí 淋漓	liáoliàng 嘹亮	liú•lí 琉璃	nónglì 農曆	nóngliè 濃烈
nènlǜ 嫩綠	nàliáng 納涼	Nàiliáng 奈良	núlì 奴隸	nǎilào 奶酪

（二）看漢字，準確讀出以下詞語

1. 分辨聲母 n 和 l

懦——摞　努——鹵　聶——獵　匿——莉　吶——辣　虐——略

釀——晾　撵——斂　捺——蠟　暖——卵　挪——羅　凝——翎

奴——顱　霓——犁　廿——戀　嚀——凌　娘——梁　嚙——劣

濘——另　紐——柳　㠭——了　撓——勞　餒——蕾　耐——賴

2. 綜合練習：跟老師讀，並給自己不熟悉的字寫上聲母

寧靜——靈境　西南——錫蘭　粘合——聯合　牛年——榴槤

姓牛——姓劉　年節——廉潔　濃重——隆重　寧夏——零下

男女——襤褸　留念——留戀　無奈——無賴　允諾——隕落

腦子——老子　惱怒——老路　大怒——大陸　河南——荷蘭

尿道——料到　男褲——藍褲　女客——旅客　鳥雀——了卻

泥巴——籬笆　新娘——心涼　難住——攔住　爛泥——爛梨

3. 利用同音詞巧記生僻字

第三課談到要大量「記音」，並且要「活記」，利用同音詞記音也是個好辦法。同音詞是指兩個詞語讀音（聲、韻、調）完全相同，例如，作品 5 號《大匠無名》「體現傳統工藝技術手法」這句，「技術」與「記述、計數」同音，發音都是 jìshù。利用同音詞記音，是充分利用已有知識記音的方法。還是「體現傳統工藝技術手法」這句，「工藝」與「公益、公義」同音，發音都是 gōngyì。其中「公義」比較簡單，只要會讀它，就會讀「工藝、公益」。利用同音詞記音，事半功倍。

（1）sīwén： 絲紋　斯文

（2）yúqián： 榆錢　餘錢

（3）lìzi： 栗子　例子

（4）zhùshì： 注視　注釋

（5）qiánxíng： 潛行　前行

（6）shànyú： 善於　鱔魚

（7）gōngyì： 工藝　公益　公義

（8）xíngshì： 形式　形勢　行事

（9）jìshù： 技術　記述　計數

（10）yǒuyì： 有益　友誼　有意

（11）shìjì： 世紀　事跡　試劑

（12）línglì： 伶俐　淩厲　靈力

（13）shíshì： 實事　時事　時勢　石室　十世　石氏

三、選擇判斷練習

1. 詞語判斷

（1）	柄頭	把把子	把兒	
（2）	落臉	出洋相	甩鬚	出寶
（3）	翠綠	碧碧綠	吉綠	浸青
（4）	零碎	碎類	濕碎	
（5）	罰咒	發誓	咒誓	發誓言
（6）	啱啱	嚴剛	剛剛	剛合
（7）	傢生	工具	傢私頭	
（8）	還是	阿是	重係	閒係
（9）	號做	叫作	喊做	
（10）	袋袋	袋仔	袋欸	袋子

2. 量詞、名詞搭配

汽車	筷子	行李	午餐	老鼠	毛衣	雜誌	電視劇	箱子	竹竿

對	份	件	部	根	隻

3. 語序或表達形式判斷

(1) A. 這個人我不認得。
B. 這個人我認不到。
C. 這個人我不會認得到。

(2) A. 我不值他。
B. 我不如他。
C. 我沒有他有料。

(3) A. 燈絲的又斷了。
B. 燈絲兒又斷了。
C. 燈絲子又斷了。

(4) A. 這本書不好看起那本。
B. 這本書不好看過那本。
C. 這本書不比那本好看。

(5) A. 這本書給他弄丟了丟。
B. 這本書給他弄丟了。

四、朗讀作品指導

Zuòpǐn 8 Hào
作品 8 號

Cóng Zhàoqìng Shì qūchē bàn xiǎoshí zuǒyòu, biàn dàole dōngjiāo fēngjǐng
從肇慶市驅車半小時左右，便到了東郊風景
míngshèng Dǐnghú Shān. Xiàle jǐ tiān de xiǎoyǔ gāng tíng, mǎn shān lǒngzhàozhe
名勝鼎湖山。下了幾天的小雨剛停，滿山籠罩着
qīngshā shìde bówù.
輕紗似的薄霧。

Guòle Háncuìqiáo, jiù tīngdào cóngcóng de quánshēng. Jìn shān yí kàn,
過了寒翠橋，就聽到淙淙的泉聲。進山一看，
cǎocóng shífèng, dàochù dōu yǒngliúzhe qīngliàng de quánshuǐ. Cǎofēng-línmào, yílù
草叢石縫，到處都湧流着清亮的泉水。草豐林茂，一路
•shàng quánshuǐ shí yǐn shí xiàn, quánshēng bùjuéyú'ěr. Yǒushí jǐ gǔ quánshuǐ
上泉水時隱時現，泉聲不絕於耳。有時幾股泉水
jiāocuò liúxiè, zhēduàn lùmiàn, wǒmen děi xúnzhǎozhe diànjiǎo de shíkuàir tiàoyuèzhe
交錯流瀉，遮斷路面，我們得尋找着墊腳的石塊跳躍着
qiánjìn. Yù wǎng shàng zǒu shù yù mì, lǜyīn yù nóng. Shīlùlù de lǜyè,
前進。愈往上走樹愈密，綠蔭愈濃。濕漉漉的綠葉，
yóurú dàhǎi de bōlàng, yì céng yì céng yǒngxiàng shāndǐng. Quánshuǐ yǐndàole
猶如大海的波浪，一層一層湧向山頂。泉水隱到了
nóngyīn de shēnchù, ér quánshēng què gèngjiā qīngchún yuè'ěr. Hūrán, yún zhōng
濃蔭的深處，而泉聲卻更加清純悅耳。忽然，雲中
chuán•lái zhōngshēng, dùnshí shān míng gǔ yìng, yōuyōuyángyáng. Ānxiáng hòuzhòng
傳來鐘聲，頓時山鳴谷應，悠悠揚揚。安詳厚重
de zhōngshēng hé huānkuài huópo de quánshēng, zài yǔhòu níngjìng de mùsè
的鐘聲和歡快活潑的泉聲，在雨後寧靜的暮色
zhōng, huìchéng yí piàn měimiào de yīnxiǎng.
中，匯成一片美妙的音響。

Wǒmen xúnzhe zhōngshēng, láidàole bànshānyāo de Qìngyún Sì. Zhè shì
我們循着鐘聲，來到了半山腰的慶雲寺。這是

yí zuò jiànyú Míngdài、 guīmó hóngdà de Lǐngnán zhùmíng gǔchà. Tíngyuàn ·lǐ
一座建於明代、規模宏大的嶺南著名古剎。庭院裏

fánhuā-sìjǐn, gǔshù-cāntiān. Yǒu yì zhū yǔ gǔchà tónglíng de cháhuā, hái yǒu liǎng
繁花似錦，古樹參天。有一株與古剎同齡的茶花，還有兩

zhū cóng Sīlǐlánkǎ yǐnzhòng de、 yǒu èrbǎi duō nián shùlíng de pútíshù. Wǒmen
株從斯里蘭卡引種的、有二百多年樹齡的菩提樹。我們

juédìng jiù zài zhè zuò sìyuàn ·lǐ jièsù.
決定就在這座寺院裏借宿。

Rùyè, shān zhōng wànlài-jùjì, zhǐ yǒu quánshēng yìzhí chuánsòng dào
入夜，山中萬籟俱寂，只有泉聲一直傳送到

zhěnbiān. Yílù ·shàng tīngdào de gè zhǒng quánshēng, zhè shíhou tǎng zài chuáng
枕邊。一路上聽到的各種泉聲，這時候躺在床

·shàng, kěyǐ yòng xīn xìxì de língtīng、 biànshí、 pǐnwèi. Nà xiàng xiǎotíqín
上，可以用心細細地聆聽、辨識、品味。那像小提琴

yíyàng qīngróu de, shì cǎocóng zhōng liútǎng de xiǎoxī de shēngyīn; nà xiàng pí·pá
一樣輕柔的，是草叢中流淌的小溪的聲音；那像琵琶

yíyàng qīngcuì de, // shì zài shífèngr jiān diēluò de jiànshuǐ de shēngyīn; nà xiàng
一樣清脆的，//是在石縫間跌落的澗水的聲音；那像

dàtíqín yíyàng hòuzhòng huíxiǎng de, shì wúshù dào xìliú huìjù yú kōnggǔ de
大提琴一樣厚重迴響的，是無數道細流匯聚於空谷的

shēngyīn; nà xiàng tóngguǎn qímíng yíyàng xiónghún pángbó de, shì fēipù-jíliú
聲音；那像銅管齊鳴一樣雄渾磅礴的，是飛瀑急流

diērù shēntán de shēngyīn. Hái yǒu yìxiē quánshēng hū gāo hū dī, hū jí hū
跌入深潭的聲音。還有一些泉聲忽高忽低，忽急忽

huǎn, hū qīng hū zhuó, hū yáng hū yì, shì quánshuǐ zhèngzài rào·guò shùgēn,
緩，忽清忽濁，忽揚忽抑，是泉水正在繞過樹根，

pāidǎ luǎnshí, chuānyuè cǎocóng, liúlián huājiān ……
拍打卵石，穿越草叢，流連花間⋯⋯

Ménglóng zhōng, nà zīrùnzhe Dǐnghú Shān wàn mù, yùnyù chū péngbó shēngjī
朦朧中，那滋潤着鼎湖山萬木，孕育出蓬勃生機

de qīngquán, fǎngfú gǔgǔ de liújìnle wǒ de xīntián.
的清泉，彷彿汩汩地流進了我的心田。

Jiéxuǎn zì Xiè Dàguāng《Dǐnghú Shān Tīng Quán》
節選自謝大光《鼎湖山聽泉》

詞語提示

肇慶	Zhàoqìng	鼎湖山	Dǐnghú Shān
籠罩	lǒngzhào	輕紗	qīngshā
薄霧	bówù	淙淙	cóngcóng
草叢	cǎocóng	石縫	shífèngr
湧流	yǒngliú	草豐林茂	cǎofēng-línmào
交錯流瀉	jiāocuò liúxiè	石塊	shíkuàir
跳躍	tiàoyuè	綠蔭	lǜyīn
濕漉漉	shīlùlù	濃蔭	nóngyīn
活潑	huópo	循着	xúnzhe
慶雲寺	Qìngyún Sì	規模宏大	guīmó hóngdà
古剎	gǔchà	繁花似錦	fánhuā-sìjǐn
引種	yǐnzhòng	菩提樹	pútíshù
萬籟俱寂	wànlài-jùjì	辨識	biànshí
輕柔	qīngróu	流淌	liútǎng
小溪	xiǎoxī	清脆	qīngcuì

句子分析（注：分隔號表示停頓，顏色字表示重音。下同）

1. 下了幾天的小雨剛停，滿山籠罩着 / 輕紗似的薄霧。
2. 有時 / 幾股泉水交錯流瀉，遮斷路面，我們得尋找着 / 墊腳的石塊 / 跳躍着前進。
3. 有一株 / 與古剎同齡的茶花，還有兩株 / 從斯里蘭卡引種的、有二百多年樹齡的菩提樹。

Zuòpǐn 30 Hào
作品 30 號

Zài Mǐnxīnán hé Yuèdōngběi de chóngshān-jùnlǐng zhōng, diǎnzhuìzhe
在閩西南和粵東北的崇山峻嶺中，點綴着
shùyǐqiānjì de yuánxíng wéiwū huò tǔlóu zhè jiù shì bèi yù wéi "shìjiè mínjū
數以千計的圓形圍屋或土樓，這就是被譽為「世界民居
qípā" de Kèjiā mínjū.
奇葩」的客家民居。

Kèjiārén shì gǔdài cóng Zhōngyuán fánshèng de dìqū qiān dào nánfāng de.
客家人是古代從中原繁盛的地區遷到南方的。
Tāmen de jūzhùdì dàduō zài piānpì、 biānyuǎn de shānqū, wèile fángbèi dàofěi de
他們的居住地大多在偏僻、邊遠的山區，為了防備盜匪的
sāorǎo hé dāngdìrén de páijǐ, biàn jiànzàole yínglěishì zhùzhái, zài tǔ zhōng chān
騷擾和當地人的排擠，便建造了營壘式住宅，在土中摻
shíhuī, yòng nuòmǐfàn、 jīdànqīng zuò niánhéjì, yǐ zhúpiàn、 mùtiáo zuò jīngǔ,
石灰，用糯米飯、雞蛋清作黏合劑，以竹片、木條作筋骨，
hāngzhù qǐ qiáng hòu yì mǐ, gāo shíwǔ mǐ yǐshàng de tǔlóu. Tāmen dàduō wéi
夯築起牆厚一米，高十五米以上的土樓。它們大多為
sān zhì liù céng lóu, yìbǎi zhì èrbǎi duō jiān fángwū rú júbànzhuàng páiliè, bùjú
三至六層樓，一百至二百多間房屋如橘瓣狀排列，佈局
jūnyún, hóngwěi zhuàngguān. Dàbùfen tǔlóu yǒu liǎng-sānbǎi nián shènzhì wǔ-liùbǎi
均勻，宏偉壯觀。大部分土樓有兩三百年甚至五六百
nián de lìshǐ, jīngshòu wúshù cì dìzhèn hàndòng、 fēngyǔ qīnshí yǐjí pàohuǒ
年的歷史，經受無數次地震撼動、風雨侵蝕以及炮火
gōngjī ér ānrán-wúyàng, xiǎnshì le chuántǒng jiànzhù wénhuà de mèilì.
攻擊而安然無恙，顯示了傳統建築文化的魅力。

Kèjiā xiānmín chóngshàng yuánxíng, rènwéi yuán shì jíxiáng、 xìngfú hé ānníng
客家先民崇尚圓形，認為圓是吉祥、幸福和安寧
de xiàngzhēng. Tǔlóu wéichéng yuánxíng de fángwū jūn àn bāguà bùjú páiliè, guà
的象徵。土樓圍成圓形的房屋均按八卦佈局排列，卦
yǔ guà zhījiān shè yǒu fánghuǒqiáng, zhěngqí-huàyī.
與卦之間設有防火牆，整齊劃一。

Kèjiārén zài zhìjiā、 chǔshì、 dàirén、 lìshēn děng fāngmiàn, wú bù tǐxiàn
客家人在治家、處事、待人、立身等方面，無不體現
chū míngxiǎn de wénhuà tèzhēng. Bǐrú, xǔduō fángwū dàmén ·shàng kèzhe zhèyàng
出明顯的文化特徵。比如，許多房屋大門上刻着這樣

de zhèngkǎi duìlián: "Chéng qián zǔdé qín hé jiǎn, qǐ hòu zǐsūn dú yǔ gēng"
的正楷對聯:「承前祖德勤和儉,啟後子孫讀與耕」,

biǎoxiànle xiānbèi xīwàng zǐsūn hémù xiāngchǔ、qínjiǎn chíjiā de yuànwàng. Lóu nèi
表現了先輩希望子孫和睦相處、勤儉持家的願望。樓內

fángjiān dàxiǎo yìmú-yíyàng, tāmen bù fēn pínfù、guìjiàn měi hù rénjiā píngděng
房間大小一模一樣,他們不分貧富、貴賤,每戶人家平等

de fēndào dǐcéng zhì gāocéng gè // yì jiān fáng. Gè céng fángwū de yòngtú jīngrén
地分到底層至高層各//一間房。各層房屋的用途驚人

de tǒngyī, dǐcéng shì chúfáng jiān fàntáng, èr céng dāng zhùcāng, sān céng yǐshàng
地統一,底層是廚房兼飯堂,二層當貯倉,三層以上

zuò wòshì, liǎng-sānbǎi rén jùjū yì lóu, zhìxù jǐngrán, háobù hùnluàn. Tǔlóu
作臥室,兩三百人聚居一樓,秩序井然,毫不混亂。土樓

nèi suǒ bǎoliú de mínsú wénhuà, ràng rén gǎnshòu dào Zhōnghuá chuántǒng wénhuà
內所保留的民俗文化,讓人感受到中華傳統文化

de shēnhòu jiǔyuǎn.
的深厚久遠。

Jiéxuǎn zì Zhāng Yǔshēng《Shìjiè Mínjū Qípā》
節選自張宇生《世界民居奇葩》

詞語提示

閩西南	Mǐnxīnán	崇山峻嶺	chóngshān-jùnlǐng
點綴	diǎnzhuì	奇葩	qípā
偏僻	piānpì	騷擾	sāorǎo
排擠	páijǐ	營壘式	yínglěishì
摻石灰	chān shíhuī	黏合劑	niánhéjì
筋骨	jīngǔ	夯築	hāngzhù
橘瓣狀	júbànzhuàng	侵蝕	qīnshí
安然無恙	ānrán-wúyàng	吉祥	jíxiáng
整齊劃一	zhěngqí-huàyī	處事	chǔshì
和睦相處	hémù xiāngchǔ	一模一樣	yìmú-yíyàng

句子分析

1. 在 / 閩西南和粵東北的 / 崇山峻嶺中，點綴着 / 數以千計的圓形圍屋 / 或土樓，這就是 / 被譽為「世界民居奇葩」的 / 客家民居。
2. 他們的居住地 / 大多在偏僻、邊遠的山區，為了防備盜匪的騷擾 / 和當地人的排擠，便建造了 / 營壘式住宅，在土中 / 摻石灰，用糯米飯、雞蛋清作黏合劑，以竹片、木條作筋骨，夯築起 / 牆厚一米，高十五米以上的土樓。
3. 它們大多為 / 三至六層樓，一百 / 至二百多間房屋 / 如橘瓣狀排列，佈局均勻，宏偉壯觀。

Zuòpǐn 37 Hào
作品 37 號

Wǒmen de chuán jiànjiàn de bījìn róngshù le. Wǒ yǒu jī•huì kànqīng tā de
我們的船漸漸地逼近榕樹了。我有機會看清它的
zhēn miànmù: shì yì kē dàshù, yǒu shǔ •bù qīng de yāzhī, zhī •shàng yòu shēng
真面目：是一棵大樹，有數不清的丫枝，枝上又生
gēn, yǒu xǔduō gēn yìzhí chuídào dì•shàng, shēnjìn nítǔ•lǐ. Yí bùfen shùzhī
根，有許多根一直垂到地上，伸進泥土裏。一部分樹枝
chuídào shuǐmiàn, cóng yuǎnchù kàn, jiù xiàng yì kē dàshù xié tǎng zài shuǐmiàn
垂到水面，從遠處看，就像一棵大樹斜躺在水面
•shàng yíyàng.
上一樣。

Xiànzài zhèng shì zhīfán-yèmào de shíjié. Zhè kē róngshù hǎoxiàng zài bǎ tā
現在正是枝繁葉茂的時節。這棵榕樹好像在把它
de quánbù shēngmìnglì zhǎnshì gěi wǒmen kàn. Nàme duō de lǜyè, yí cù duī zài
的全部生命力展示給我們看。那麼多的綠葉，一簇堆在
lìng yí cù de shàng•miàn, bù liú yìdiǎnr fèngxì. Cuìlǜ de yánsè míngliàng de
另一簇的上面，不留一點兒縫隙。翠綠的顏色明亮地
zài wǒmen de yǎnqián shǎnyào, sìhū měi yí piàn shùyè •shàng dōu yǒu yí gè xīn
在我們的眼前閃耀，似乎每一片樹葉上都有一個新

de shēngmìng zài chàndòng, zhè měilì de nánguó de shù!
的生命在顫動，這美麗的南國的樹！

Chuán zài shù ·xià bóle piànkè, àn ·shàng hěn shī, wǒmen méi·yǒu
船在樹下泊了片刻，岸上很濕，我們沒有
shàng·qù. Péngyou shuō zhè·lǐ shì "niǎo de tiāntáng", yǒu xǔduō niǎo zài zhè
上去。朋友說這裏是「鳥的天堂」，有許多鳥在這
kē shù ·shàng zuò wō, nóngmín bù xǔ rén qù zhuō tāmen. Wǒ fǎngfú tīng·jiàn jǐ
棵樹上做窩，農民不許人去捉牠們。我彷彿聽見幾
zhī niǎo pū chì de shēngyīn, dànshì děngdào wǒ de yǎnjing zhùyì de kàn nà·lǐ
隻鳥撲翅的聲音，但是等到我的眼睛注意地看那裏
shí, wǒ què kàn ·bú jiàn yì zhī niǎo de yǐngzi. Zhǐyǒu wúshù de shùgēn lì zài
時，我卻看不見一隻鳥的影子。只有無數的樹根立在
dì·shàng, xiàng xǔduō gēn mùzhuāng. Dì shì shī de, dàgài zhǎngcháo shí héshuǐ
地上，像許多根木樁。地是濕的，大概漲潮時河水
chángcháng chōng·shàng àn ·qù. "Niǎo de tiāntáng" ·lǐ méi·yǒu yì zhī niǎo,
常常沖上岸去。「鳥的天堂」裏沒有一隻鳥，
wǒ zhèyàng xiǎng dào. Chuán kāi le, yí gè péngyou bōzhe chuán, huǎnhuǎn de
我這樣想到。船開了，一個朋友撥着船，緩緩地
liúdào hé zhōngjiān ·qù.
流到河中間去。

Dì-èr tiān, wǒmen huázhe chuán dào yí gè péngyou de jiāxiāng qù, jiùshì
第二天，我們划着船到一個朋友的家鄉去，就是
nàge yǒu shān yǒu tǎ de dìfang. Cóng xuéxiào chūfā, wǒmen yòu jīngguò nà
那個有山有塔的地方。從學校出發，我們又經過那
"niǎo de tiāntáng".
「鳥的天堂」。

Zhè yí cì shì zài zǎo·chén, yángguāng zhào zài shuǐmiàn ·shàng, yě zhào
這一次是在早晨，陽光照在水面上，也照
zài shùshāo ·shàng. Yíqiè dōu // xiǎn·dé fēicháng guāngmíng. Wǒmen de chuán yě
在樹梢上。一切都//顯得非常光明。我們的船也
zài shù ·xià bóle piànkè.
在樹下泊了片刻。

Qǐchū sìzhōuwéi fēicháng qīngjìng. Hòulái hūrán qǐle yì shēng niǎojiào.
起初四周圍非常清靜。後來忽然起了一聲鳥叫。
Wǒmen bǎ shǒu yì pāi, biàn kàn·jiàn yì zhī dàniǎo fēile qǐ·lái, jiēzhe yòu kàn·jiàn
我們把手一拍，便看見一隻大鳥飛了起來，接着又看見

dì-èr zhī, dì-sān zhī. Wǒmen jìxù pāizhǎng, hěn kuài de zhège shùlín jiù biàn
第二隻，第三隻。我們繼續拍掌，很快地這個樹林就變

de hěn rènao le. Dàochù dōu shì niǎo shēng, dàochù dōu shì niǎo yǐng. Dà de,
得很熱鬧了。到處都是鳥聲，到處都是鳥影。大的，

xiǎo de, huā de, hēi de, yǒude zhàn zài zhī ·shàng jiào, yǒude fēi qǐ·lái, zài
小的，花的，黑的，有的站在枝上叫，有的飛起來，在

pū chìbǎng.
撲翅膀。

Jiéxuǎn zì Bājīn 《Niǎo de Tiāntáng》
節選自巴金《鳥的天堂》

詞語提示

逼近	bījìn	丫枝	yāzhī
斜躺在	xié tǎng zài	枝繁葉茂	zhīfán-yèmào
一簇	yí cù	縫隙	fèngxì
翠綠	cuìlǜ	閃耀	shǎnyào
似乎	sìhū	顫動	chàndòng
泊了	bóle	做窩	zuò wō
撲翅	pū chì	眼睛	yǎnjing
漲潮	zhǎngcháo	撥着船	bōzhe chuán
划着船	huázhe chuán	樹梢	shùshāo

句子分析

1. 這棵榕樹 / 好像在把它的全部生命力 / 展示給我們看。
2. 翠綠的顏色 / 明亮地 / 在我們的眼前閃耀，似乎 / 每一片樹葉上 / 都有一個新的生命 / 在顫動，這 / 美麗的 / 南國的樹！
3. 我彷彿聽見 / 幾隻鳥 / 撲翅的聲音，但是 / 等到我的眼睛 / 注意地 / 看那裏時，我卻看不見 / 一隻鳥的影子。

Zuòpǐn 49 Hào
作品 49 號

Zài Běijīng Shì Dōngchéng Qū zhùmíng de Tiāntán Gōngyuán dōngcè, yǒu yí piàn
在北京市東城區著名的天壇公園東側，有一片
zhàn dì miànjī jìn èrshí wàn píngfāngmǐ de jiànzhù qūyù, dàdàxiǎoxiǎo de shí yú
佔地面積近二十萬平方米的建築區域，大大小小的十餘
dòng xùnliànguǎn zuòluò qíjiān. Zhè•lǐ jiù shì Guójiā Tǐyù Zǒngjú Xùnliànjú. Xǔduō
棟訓練館坐落其間。這裏就是國家體育總局訓練局。許多
wǒmen ěrshú-néngxiáng de Zhōngguó tǐyù míngxīng dōu céng zài zhè•lǐ huīhàn-rúyǔ,
我們耳熟能詳的中國體育明星都曾在這裏揮汗如雨，
kèkǔ liànxí.
刻苦練習。

Zhōngguó nǚpái de yì tiān jiù shì zài zhè•lǐ kāishǐ de.
中國女排的一天就是在這裏開始的。

Qīngchén bā diǎn zhōng, nǚpái duìyuánmen zǎoyǐ jíhé wánbì,
清晨八點鐘，女排隊員們早已集合完畢，
zhǔnbèi kāishǐ yì tiān de xùnliàn. Zhǔjiàoliàn Láng Píng zuò zài chǎng wài chángyǐ
準備開始一天的訓練。主教練郎平坐在場外長椅
•shàng, mùbùzhuǎnjīng de zhùshìzhe gēnsuí zhùlǐ jiàoliànmen zuò rèshēn yùndòng de
上，目不轉睛地注視着跟隨助理教練們做熱身運動的
duìyuánmen, tā shēnbiān de zuòwèi •shàng zé héngqī-shùbā de duīfàngzhe nǚpái
隊員們，她身邊的座位上則橫七豎八地堆放着女排
gūniangmen de gè shì yòngpǐn: shuǐ、hùjù、bēibāo, yǐjí gè zhǒng wàihángrén
姑娘們的各式用品：水、護具、背包，以及各種外行人
jiào •bù chū míngzi de dōngxi. Bù yuǎn de qiáng •shàng xuánguàzhe yí miàn xiānyàn
叫不出名字的東西。不遠的牆上懸掛着一面鮮豔
de guóqí, guóqí liǎngcè shì "Wánqiáng pīnbó" hé "Wèi guó zhēngguāng" liǎng
的國旗，國旗兩側是「頑強拼搏」和「為國爭光」兩
tiáo hóngdǐ-huángzì de héngfú, géwài xǐngmù.
條紅底黃字的橫幅，格外醒目。

"Zǒu•xià lǐngjiǎngtái, yíqiè cóng líng kāishǐ" shíyī gè dà zì, hé guóqí
「走下領獎台，一切從零開始」十一個大字，和國旗
yáoyáo-xiāngwàng, gūniangmen xùnliàn zhī yú ǒu'ěr yì piē jiù néng kàndào. Zhǐyào
遙遙相望，姑娘們訓練之餘偶爾一瞥就能看到。只要
jìnrù zhège xùnliànguǎn, guòqù de xiānhuā、zhǎngshēng yǔ róngyào jiē chéngwéi
進入這個訓練館，過去的鮮花、掌聲與榮耀皆成為

lìshǐ, suǒyǒu rén dōu zhǐ shì zuì pǔtōng de nǚpái duìyuán Céngjīng de huīhuáng、
歷史，所有人都只是最普通的女排隊員。曾經的輝煌、

jiāo'ào、 shènglì, zài tàrù zhè jiān chǎngguǎn de shùnjiān quánbù guīlíng.
驕傲、勝利，在踏入這間場館的瞬間全部歸零。

Tī qiú pǎo、 diàn qiú pǎo、 jiā qiú pǎo …… zhèxiē duì pǔtōngrén ér yán hé
踢球跑、墊球跑、夾球跑……這些對普通人而言和

zájì chà•bùduō de xiàngmù shì nǚpái duìyuánmen bìxū shúliàn zhǎngwò de jīběn
雜技差不多的項目是女排隊員們必須熟練掌握的基本

jìnéng. Jiē xià•lái // de rèn•wù shì xiǎo bǐsài. Láng Píng jiāng duìyuánmen fēn wéi
技能。接下來//的任務是小比賽。郎平將隊員們分為

jǐ zǔ, měi yì zǔ yóu yì míng jiàoliàn jiāndū, zuì kuài wánchéng rèn•wù de xiǎozǔ
幾組，每一組由一名教練監督，最快完成任務的小組

huì dédào yí miàn xiǎo hóngqí.
會得到一面小紅旗。

Kànzhe zhèxiē niánqīng de gūniangmen zài zìjǐ de yǎnqián láiláiqùqù,
看着這些年輕的姑娘們在自己的眼前來來去去，

Láng Píng de sīxù cháng piāohuí dào sānshí duō nián qián. Nàshí fēnghuá-zhèngmào
郎平的思緒常飄回到三十多年前。那時風華正茂

de tā shì Zhōngguó nǚpái de zhǔgōngshǒu, tā hé duìyǒumen yě céng zài zhè
的她是中國女排的主攻手，她和隊友們也曾在這

jiān xùnliànguǎn •lǐ yèyǐjìrì de bìngjiān bèizhàn. Sānshí duō nián lái, zhè jiān
間訓練館裏夜以繼日地並肩備戰。三十多年來，這間

xùnliànguǎn cóng nèi dào wài dōu fāshēngle hěn dà de biànhuà: yuánběn cūcāo de
訓練館從內到外都發生了很大的變化：原本粗糙的

dìmiàn biànchéngle guānghuá de dìbǎn, xùnliàn yòng de yíqì yuè lái yuè xiānjìn,
地面變成了光滑的地板，訓練用的儀器越來越先進，

Zhōngguó nǚpái de tuánduì zhōng shènzhì hái chūxiànle jǐ zhāng mòshēng de wàiguó
中國女排的團隊中甚至還出現了幾張陌生的外國

miànkǒng …… Dàn shíguāng rěnrǎn, bú biàn de shì zhè zhī duìwu duì páiqiú de
面孔……但時光荏苒，不變的是這支隊伍對排球的

rè'ài hé "Wánqiáng pīnbó, wèi guó zhēngguāng" de chūxīn.
熱愛和「頑強拼搏，為國爭光」的初心。

Jiéxuǎn zì Sòng Yuánmíng《Zǒu•Xià Lǐngjiǎngtái, Yíqiè Cóng Líng Kāishǐ》
節選自宋元明《走下領獎台，一切從零開始》

詞語提示

天壇	Tiāntán	建築	jiànzhù
區域	qūyù	坐落	zuòluò
耳熟能詳	ěrshú-néngxiáng	揮汗如雨	huīhàn-rúyǔ
集合	jíhé	目不轉睛	mùbùzhuǎnjīng
跟隨	gēnsuí	橫七豎八	héngqī-shùbā
背包	bēibāo	外行人	wàihángrén
頑強拼搏	wánqiáng pīnbó	橫幅	héngfú
懸掛	xuánguà	偶爾	ǒu'ěr
一瞥	yì piē	踏入	tàrù
瞬間	shùnjiān	墊球跑	diàn qiú pǎo
夾球跑	jiā qiú pǎo	雜技	zájì

句子分析

1. 在北京市東城區 / 著名的天壇公園東側，有一片 / 佔地面積 / 近二十萬平方米的 / 建築區域……
2. 主教練郎平 / 坐在場外長椅上，目不轉睛地 / 注視着 / 跟隨助理教練們 / 做熱身運動的 / 隊員們，她身邊的座位上 / 則橫七豎八地 / 堆放着 / 女排姑娘們的 / 各式用品：水、護具、背包，以及 / 各種 / 外行人叫不出名字的東西。
3. 曾經的輝煌、驕傲、勝利，在踏入這間場館的瞬間 / 全部歸零。

Zuòpǐn 50 Hào
作品 50 號

Zài yí cì míngrén fǎngwèn zhōng, bèi wèn jí shàng gè shìjì zuì zhòngyào
在一次名人訪問中，被問及上個世紀最重要

de fāmíng shì shénme shí, yǒu rén shuō shì diànnǎo, yǒu rén shuō shì qìchē,
的發明是什麼時，有人說是電腦，有人說是汽車，

děngděng. Dàn Xīnjiāpō de yí wèi zhīmíng rénshì quèshuō shì lěngqìjī. Tā
等等。但新加坡的一位知名人士卻說是冷氣機。他

jiěshì, rúguǒ méi•yǒu lěngqì, rèdài dìqū rú Dōngnán Yà guójiā, jiù bù kěnéng
解釋，如果沒有冷氣，熱帶地區如東南亞國家，就不可能

yǒu hěn gāo de shēngchǎnlì, jiù bù kěnéng dádào jīntiān de shēnghuó shuǐzhǔn. Tā
有很高的生產力，就不可能達到今天的生活水準。他

de huídá shíshì-qiúshì, yǒulǐ-yǒujù.
的回答實事求是，有理有據。

Kànle shàngshù bàodào wǒ tūfā qíxiǎng: wèi shénme méi•yǒu jìzhě wèn:
看了上述報道，我突發奇想：為什麼沒有記者問：

"Èrshí shìjì zuì zāogāo de fāmíng shì shénme?" Qíshí èr líng líng èr nián
「二十世紀最糟糕的發明是什麼？」其實二〇〇二年

shíyuè zhōngxún, Yīngguó de yì jiā bàozhǐ jiù píngchūle "rénlèi zuì zāogāo de
十月中旬，英國的一家報紙就評出了「人類最糟糕的

fāmíng". Huò cǐ "shūróng" de, jiùshì rénmen měi tiān dàliàng shǐyòng de
發明」。獲此「殊榮」的，就是人們每天大量使用的

sùliàodài.
塑料袋。

Dànshēng yú shàng gè shìjì sānshí niándài de sùliàodài, qí jiāzú
誕生於上個世紀三十年代的塑料袋，其家族

bāokuò yòng sùliào zhìchéng de kuàicān fànhé、 bāozhuāngzhǐ、 cānyòng bēi pán、
包括用塑料製成的快餐飯盒、包裝紙、餐用杯盤、

yǐnliàopíng、 suānnǎibēi、 xuěgāobēi děng. Zhèxiē fèiqìwù xíngchéng de lājī,
飲料瓶、酸奶杯、雪糕杯等。這些廢棄物形成的垃圾，

shùliàng duō、 tǐjī dà、 zhòngliàng qīng、 bú jiàngjiě, gěi zhìlǐ gōngzuò dàilái
數量多、體積大、重量輕、不降解，給治理工作帶來

hěn duō jìshù nántí hé shèhuì wèntí.
很多技術難題和社會問題。

Bǐrú, sànluò zài tiánjiān、 lùbiān jí cǎocóng zhōng de sùliào cānhé,
比如，散落在田間、路邊及草叢中的塑料餐盒，

yídàn bèi shēngchù tūnshí, jiù huì wēi jí jiànkāng shènzhì dǎozhì sǐwáng. Tiánmái
一旦被牲畜吞食，就會危及健康甚至導致死亡。填埋
fèiqì sùliàodài、 sùliào cānhé de tǔdì, bù néng shēngzhǎng zhuāngjia hé
廢棄塑料袋、塑料餐盒的土地，不能生長莊稼和
shùmù, zàochéng tǔdì bǎnjié, ér fénshāo chǔlǐ zhèxiē sùliào lājī, zé huì
樹木，造成土地板結，而焚燒處理這些塑料垃圾，則會
shìfàng chū duō zhǒng huàxué yǒudú qìtǐ, qízhōng yì zhǒng chēngwéi èr'èyīng de
釋放出多種化學有毒氣體，其中一種稱為二噁英的
huàhéwù, dúxìng jí dà.
化合物，毒性極大。

Cǐwài, zài shēngchǎn sùliàodài、 sùliào cānhé de guò // chéng zhōng shǐyòng
此外，在生產塑料袋、塑料餐盒的過//程中使用
de fúlì'áng, duì réntǐ miǎnyì xìtǒng hé shēngtài huánjìng zàochéng de pòhuài yě
的氟利昂，對人體免疫系統和生態環境造成的破壞也
jíwéi yánzhòng.
極為嚴重。

Jiéxuǎn zì Lín Guāngrú 《Zuì Zāogāo de Fāmíng》
節選自林光如《最糟糕的發明》

詞語提示

新加坡	Xīnjiāpō	實事求是	shíshì-qiúshì
有理有據	yǒulǐ-yǒujù	糟糕	zāogāo
殊榮	shūróng	快餐飯盒	kuàicān fànhé
酸奶杯	suānnǎibēi	廢棄物	fèiqìwù
不降解	bú jiàngjiě	塑料袋	sùliàodài
散落	sànluò	牲畜	shēngchù
吞食	tūnshí	危及	wēijí
莊稼	zhuāngjia	焚燒	fénshāo
處理	chǔlǐ	垃圾	lājī
二噁英	èr'èyīng	化合物	huàhéwù

句子分析

1. 但新加坡的一位知名人士 / 卻說 / 是冷氣機。
2. 比如，散落在田間、路邊 / 及草叢中的塑料餐盒，一旦被牲畜吞食，就會危及健康 / 甚至導致死亡。
3. 填埋 / 廢棄塑料袋、塑料餐盒的土地，不能生長莊稼 / 和樹木，造成 / 土地板結，而焚燒處理 / 這些塑料垃圾，則會釋放出 / 多種化學有毒氣體，其中一種 / 稱為二噁英的化合物，毒性極大。

五、命題說話演練

話題：11　家鄉（或熟悉的地方）

提示：

說一個（或幾個）你熟悉的地方。關於這個地方的各個方面：地理、歷史、風景、名勝、物產、美食等。

說話提綱示例：

我的家鄉是香港

- 地理：香港面向南海。有很多美麗的沙灘，小時候我最喜歡去沙灘捉螃蟹，我還養過小螃蟹。香港有很多島嶼，每到節假日，好多人去玩兒。
- 風景：香港有山有海，風景優美。香港有很多郊野公園，登山的路修得很好，很多人喜歡爬山。不說不知道，香港還有一個世界地質公園呢！
- 對外交通：香港的港口世界知名，貨輪通向世界各地。香港機場世界排名很高，客流量很大，工作效率特別高。
- 內部交通：香港城市交通網絡發達，城市規劃採用了「衛星城」的概念，每個衛星城之間用高速公路連接，交通非常方便。公共交通有地鐵、巴士、渡輪、電車、纜車、出租車等，應有盡有，多種多樣。天星小輪、山頂纜車、電車都有上百年的歷史。

- 美食：香港是「美食之都」，有世界各地的美食，什麼好吃的都有，有貴的，有便宜的，各取所需。香港的地道美食也很多，有蛋撻、魚蛋、煎釀三寶等。

詞語儲備

jiāxiāng 家鄉	dǎoyǔ 島嶼	dēngshān 登山	jiāoyě 郊野	zhuō pángxiè 捉螃蟹
lǎnchē 纜車	dìtiě 地鐵	dùlún 渡輪	diànchē 電車	jiàokēwén 教科文
dìdao 地道	wǎngluò 網絡	nǎichá 奶茶	dàntà 蛋撻	liùjiǎoxíng 六角形
jiān niàng 煎釀	yúdàn 魚蛋	yánzhù 岩柱	piányi 便宜	dìzhì gōngyuán 地質公園

話題：14　難忘的旅行

提示：

旅行是一個過程，就是故事。說說旅程中的所見所聞，介紹各地的風土人情，發生的各種事情。可以說一段（或幾段）旅程。如果沒有去外地旅行的經歷，也可以說本地遊。

說話提綱示例：

今天，我要說去北京自由行的體驗

- 天氣：有人說北京的秋天就是天堂。北京秋天的天氣真是舒服極了，穿一件外套，不會出汗，乾爽舒服。

- 天安門和故宮：我們先去了天安門廣場，從來沒見過這麼大的廣場。穿過天安門長長的門洞兒，就到了午門，這是故宮博物院的大門。我們參觀了三大殿，還有乾清宮、養心殿等。這些宮殿以前在電視劇裏看過。三大殿很雄偉，后妃住的宮殿，裏面的佈置非常精美。
- 博物館：北京有很多博物館，我都很喜歡。在地質博物館，看到了稀有的恐龍化石，航空博物館裏有各種飛機。
- 看表演：我們在國家大劇院看了一場歌劇。舞台設計漂亮極了，音響效果非常好，演員的服裝色彩斑斕。
- 小攤兒：為了練普通話，我們特地在小攤兒上買東西。小攤兒上有很多好吃的東西，像煎餅果子、冰糖葫蘆等。我還吃了驢打滾兒，是一種好吃的甜食。小攤兒上有很多紀念品賣。買紀念品時，我會砍價。

詞語儲備

nánwàng 難忘	Gùgōng 故宮	Tiān'ānmén 天安門	méndòngr 門洞兒	Qiánqīng Gōng 乾清宮
xióngwěi 雄偉	hóngwěi 宏偉	xiǎotānr 小攤兒	bīngtáng húlu 冰糖葫蘆	Yǎngxīn Diàn 養心殿
hòufēi 后妃	kǎnjià 砍價	cháguǎnr 茶館兒	yángròuchuànr 羊肉串兒	sècǎi bānlán 色彩斑斕
huàshí 化石	gānshuǎng 乾爽	lǎodàye 老大爺	lǘdǎgǔnr 驢打滾兒	jiānbing guǒzi 煎餅果子

話題：26　嚮往的地方

提示：

為什麼嚮往這個地方？說說具體原因。這個地方可以是現實存在的，也可以不是（例如：桃花源）。可以是去過的，也可以是沒去過的。不同年齡階段嚮往不同的地方。

說話提綱示例：

我嚮往的地方很多

- 天氣：我怕熱，討厭渾身是汗、黏黏糊糊的感覺。我嚮往昆明，大家都說昆明是春城，四季如春。我喜歡花兒，聽說雲南的鮮花品種特別多，特別好看。
- 住：我小時候家裏住得很擠，我一直嚮往住大別墅，周圍都是樹，房子前邊種着花草，每天呼吸着清新的空氣。
- 生活節奏：我嚮往的地方是一個生活節奏很慢的地方，不用加班，晚上和周末可以去爬山、健身，做自己喜歡的事。
- 文化：我嚮往一個文化活動豐富的地方，有各種音樂會，可以看各地的歌劇、音樂表演，可以看各種展覽。
- 美食：我喜歡吃，是個吃貨。我嚮往一個能吃到世界各地美食、價錢也不貴的地方。

詞語儲備

xiàngwǎng 嚮往	dìfang 地方	zhìliàng 質量	tǎoyàn 討厭	niánnian hūhū 黏黏糊糊
gējù 歌劇	biéshù 別墅	jiézòu 節奏	cānguān 參觀	sìjì-rúchūn 四季如春
zhǎnlǎn 展覽	yōngjǐ 擁擠	chīhuò 吃貨	jià•qián 價錢	jiànshēn 健身
pángbiān 旁邊	shàngtou 上頭	xiàtou 下頭	qiántou 前頭	hòutou 後頭

話題：28　我喜愛的藝術形式

提示：

藝術形式有很多（文學、攝影、繪畫、音樂、戲劇等）。如果你學過其中一種，可以說為什麼學、什麼時候學及學習的過程，再說說你的感受。如果沒學過，可以談為什麼喜歡這種藝術形式，以及相關的知識，例如名家、名作等。可以說喜歡多種藝術形式。

說話提綱示例：

我喜歡的藝術形式很多

- 照相：現在手機的攝影功能非常好，我很喜歡照風景和花兒。今年的花展，我拍了好多照片，有幾張我特別滿意。
- 音樂：我從小就學鋼琴，現在已經習慣了，每天都要彈半個小時的琴。我也喜歡聽音樂，聽各種音樂，例如鋼琴曲、交響樂、輕音樂、搖滾樂、爵士樂等。在家時，我一定放音樂。

- 畫畫兒：我畫畫兒不太好，但我喜歡看畫展，中外繪畫作品都喜歡。特別喜歡齊白石畫的蝦，像在水裏游似的，活靈活現。徐悲鴻畫的馬，像真的一樣。

詞語儲備

xǐhuan 喜歡	yìshù 藝術	xíngshì 形式	zhàopiānr 照片兒	qīngyīnyuè 輕音樂
pāizhào 拍照	shèyǐng 攝影	gāngqín 鋼琴	juéshìyuè 爵士樂	jiāoxiǎngyuè 交響樂
xiā 蝦	huàzhǎn 畫展	huà huàr 畫畫兒	yáogǔnyuè 搖滾樂	huólíng-huóxiàn 活靈活現
miànrénr 麵人兒	xiǎoqǔr 小曲兒	chànggēr 唱歌兒	jiàohǎor 叫好兒	xiǎorénrshū 小人兒書

話題：47　對美的看法

提示：

對美的看法，每個人都不同。通過介紹美的事物（物品、風景、藝術品等），説明自己的美的標準。如果説一個人美，除了外在美，還可以説內在美。

説話提綱示例：

我今天要談談對美的看法

俗話説：各花入各眼，蘿蔔白菜各有所好。

- 大海：我覺得大海特別美。大海無邊無際，蔚藍色的海水，讓人心曠神怡，我每次看着大海，心裏都覺得很平靜，很舒服。
- 音樂：貝多芬的月光曲，旋律聽起來像流水一樣，真美！能讓人忘記一切煩惱，特別舒坦。

- 森林：很美。特別是秋天滿山的黃葉、紅葉，清甜的空氣，四周那麼安靜，這些都能讓我身心放鬆。
- 落日：傍晚，天空的顏色和雲彩變化多端，顏色有紅的、黃的、紫的、七彩的。雲彩也變換着各種形狀。我家朝西，我特別喜歡站在窗前看夕陽。周圍很寧靜，讓人陶醉。
- 我認為，美，就是讓人感覺舒服、舒坦、放鬆的事物。

詞語儲備

luóbo 蘿蔔	báicài 白菜	shūtan 舒坦	shūfu 舒服	wúbiān-wújì 無邊無際
cháo xī 朝西	xuánlǜ 旋律	fánnǎo 煩惱	xíngzhuàng 形狀	xīnkuàng-shényí 心曠神怡
xīyáng 夕陽	níngjìng 寧靜	táozuì 陶醉	fàngsōng 放鬆	gèyǒu-suǒhào 各有所好
cháoyáng 朝陽	páilou 牌樓	pāizi 拍子	shùnyǎn 順眼	huāpíngr 花瓶兒

05

第五課

綜合訓練（三）

一、語音知識分析：【聲調辨正】一四聲分辨及練習

二、難點字詞認讀

三、選擇判斷練習

四、朗讀作品指導

9 謝　冕《讀書人是幸福人》

19 嚴春友《敬畏自然》

22 屠格涅夫《麻雀》

29 劉　延《十渡遊趣》

43《閱讀大地的徐霞客》

五、命題説話演練

1 我的一天

3 珍貴的禮物

4 假日生活

7 過去的一年

9 童年生活

一、語音知識分析

【聲調辨正】一四聲分辨及練習

（一）普通話是聲調語言

普通話是用聲調來區分詞彙或者語法意義的語言，所以是聲調語言，聲調在語音系統裏特別重要。無聲調語言，是指不用聲調來區分詞彙或者語法意義的，例如英語。

聲母和韻母都相同，聲調不同，讀出來的音不同，寫出來的字也不同（媽、麻、馬、罵）。這就是漢語叫做聲調語言的原因。漢語所屬的各個方言也都是聲調語言。

由於聲調有區別意義的作用，所以我們可以把聲調比喻為説好普通話的靈魂。聲調把握不準，如同唱歌走調一樣。應試人要想取得二甲以上的成績，在聲調方面必須有好表現。

（二）聲調的性質

聲調的性質取決於音高。音高主要取決於聲帶的振動頻率，在一定時間內，振動次數越多，音高就越高。例如，嬰兒尖利的哭喊聲等。但是只有起構詞、辨義的音高才構成聲調。

除了音高，音長也和聲調有一定的關係。特別要識別有入聲的方言聲調時，除了音高，音長也值得參考。入聲有「短促急收藏」的特徵。粵方言就有三個入聲。

（三）普通話的四個聲調

普通話有抑揚頓挫四個聲調：陰平、陽平、上聲、去聲。可以用「一平、二升、三曲、四降」來概括。

四個聲調的調值，採用五度制的聲調符號來表示，即把聲調的音高分為五度（高、半高、中、半低、低），普通話四聲的調值分別為55、35、214、51。列表如下：

調類	調值	調型	調號	例字
陰平	55	高平	ˉ	媽 鴿 一 烏
陽平	35	中升	ˊ	麻 隔 姨 無
上聲	214	降升	ˇ	馬 戟 椅 舞
去聲	51	全降	ˋ	罵 個 議 霧

（四）普通話聲調的特點

1. 高音成分多

由普通話的調值來看，普遍是偏高的。陰平、陽平、去聲三個調類裏都有5。以粵方言為母方言的人，有時陰平調讀得不夠高平，而陰平調有為其他聲調定調的作用，所以讀準很重要。

2. 聲調抑揚頓挫

普通話四個聲調的調型有比較明顯的區別，一聲高平，二聲升，三聲曲折，四聲降。音長也稍有不同，最長是三聲，二聲次之，最短是四聲，一聲次短。用手勢比劃起來像音樂指揮一樣，聽起來抑揚頓挫，富有音樂性。建議經常用聲韻母相同的音節練習四聲，例如，bābábǎbà 連讀，獲得語感，有助全面掌握四聲。

（五）粵方言聲調和普通話聲調差異比較

我們這裏不做全面詳細的比較，只是指出二者容易混淆的地方，就是要特別注意一四聲不要混淆，二三聲不要混淆。本課主要練習分辨一四聲，第七課會分辨二三聲。

因為粵方言的陰平聲調值是53，所以粵方言人士說普通話時陰平聲很容易受影響讀成高降，即把一聲讀成四聲。也有把四聲讀一聲的，就是降不下去。如粵方言高平讀53，另有高去聲讀33，低去聲讀22，沒有普通話51這種急降的情況。

下面是粵方言聲調列表，供大家和普通話聲調作比較：

調類	調序	調值	例字
陰平	1	˥55 ˥˧53	思 si1
陰上	2	˧˥35	史 si2
陰去	3	˧33	試 si3
陽平	4	˩11	時 si4
陽上	5	˩˧13	市 si5
陽去	6	˨22	士 si6
陰入	1	˥5	式 sik1
中入	3	˧3	錫 sik3
陽入	6	˨2	食 sik6

二、難點字詞認讀

(一)看拼音，準確讀出以下詞語

1. 讀單音節字詞

fū 孵	yē 噎	pī 坯	hān 酣	hān 憨	kāi 揩	kōu 摳	wān 剜	dī 堤	lūn 掄
biāo 膘	cūn 皴	diāo 貂	qiào 撬	niàn 廿	zhàn 蘸	è 萼	È 鄂	hè 褐	hè 壑
Gàn 贛	sà 卅	ào 坳	jù 遽	fàn 梵	miù 謬	chì 啻	shì 螫	mì 冪	huì 喙

2. 讀多音節詞語

pùshài 曝曬	diàoyàn 弔唁	èyào 扼要	yìlì 屹立	zhìgù 桎梏
āngzāng 骯髒	bēiwēi 卑微	tāntā 坍塌	āotū 凹凸	gānguō 坩堝
jībàn 羈絆	piējiàn 瞥見	zāopò 糟粕	tūnshì 吞噬	fēnniè 分櫱
jùjū 聚居	jiàoxiāo 叫囂	qìyuē 契約	bìduān 弊端	dàobī 倒逼

（二）看漢字，準確讀出以下詞語

1. 分辨第一聲和第四聲

分辨第一聲和第四聲

楔——屑　椎——墜　矜——進　淤——域　狷——悵　戳——啜

鴛——願　宣——渲　嗤——翅　缺——榷　脂——擲　靴——謔

欽——沁　馨——釁　誣——霧　均——郡　熏——馴　椰——曳

沏——泣　漪——裔　虛——旭　戈——各　激——髻　煙——諺

分辨一一聲和四四聲

歌星——個性　資金——自盡　司機——四季　庸醫——用意

夫妻——負氣　珍珠——鎮住　中樞——種樹　醫師——議事

抒發——束髮　生絲——勝似　失機——世紀　花香——畫像

搬家——半價　編織——變質　兵家——病假　悲哀——被愛

2. 利用形聲字的聲旁巧記生僻字（聲旁可能有多組音）

前兩課我們介紹了用同音字、同音詞「活記字音」的方法，這一課介紹利用形聲字的聲旁記音。形聲字是由表示意義範疇的形旁（意符）和表示聲音類別的聲旁（聲符）組成。例如「鋁」字，形旁是「金」，表示它是一種金屬，聲旁是「呂」，表示它的發音與「呂」一樣。大家可以利用這一特點記字音。但也要注意，聲旁表音的功用已經減弱了（例如下面最後一組例子），大家要舉一反三，靈活掌握。

夋	jùn：俊　駿　峻 竣				

曹	cáo：嘈　槽	zāo：遭　糟			
襄	ráng：瓤 rǎng：嚷　壤　攘 ràng：讓				
主	zhǔ：拄 zhù：柱　住　注 駐　蛀				
卒	cù：猝	cuì：瘁　萃　翠 啐　淬　粹 悴	suì：碎		
耑	chuǎn：喘	chuāi：揣（揣手兒） chuǎi：揣（揣測） chuài：踹	duān：端	ruì：瑞	tuān：湍

三、選擇判斷練習

1. 詞語判斷

(1)	夥伴	淘伴	伴當	共陣個
(2)	揩布	抹布	桌布巾	抹枱布
(3)	一陣間	一步仔久	一下欸	片刻
(4)	輕視	勿重視	看無	睇唔起
(5)	超故意	特登	特為	特意
(6)	吃香煙	吸煙	食煙	吃煙
(7)	信殼	信封	信封子	批殼
(8)	阿拉	我哋	咱	偓等人
(9)	整天	一日到夜	整天子	歸兩日
(10)	結足	結實	實淨	硬扎

2. 量詞、名詞搭配

官司	被面	藥	舞伴	照片	餅乾	大風	翅膀	香	手槍

片	對	幅	條	場	支

3. 語序或表達形式判斷

(1) A. 走這兒離開。
B. 從這兒離開。
C. 起這兒離開。

(2) A. 清白清白
B. 清清白白
C. 清清白

(3) A. 我連炒菜也不會。
B. 我連炒菜也不懂。

(4) A. 媽媽很能幹活。
B. 媽媽很不能幹活。

(5) A. 大家都招他說樂了。
B. 大家都叫他說樂了。
C. 大家都得他說樂了。

四、朗讀作品指導

Zuòpǐn 9 Hào
作品 9 號

Wǒ cháng xiǎng dúshūrén shì shìjiān xìngfú rén, yīn•wèi tā chúle yōngyǒu
我 常 想 讀書人 是 世間 幸福 人，因為 他 除了 擁有

xiànshí de shìjiè zhī wài, hái yōngyǒu lìng yí gè gèngwéi hàohàn yě gèngwéi fēngfù
現實 的 世界 之 外，還 擁有 另 一 個 更為 浩瀚 也 更為 豐富

de shìjiè. Xiànshí de shìjiè shì rénrén dōu yǒu de, ér hòu yí gè shìjiè què wéi
的世界。現實的世界是人人都有的，而後一個世界卻為
dúshūrén suǒ dúyǒu. Yóu cǐ wǒ xiǎng, nàxiē shīqù huò bù néng yuèdú de rén
讀書人所獨有。由此我想，那些失去或不能閱讀的人
shì duōme de búxìng, tāmen de sàngshī shì bù kě bǔcháng de. Shìjiān yǒu zhūduō
是多麼的不幸，他們的喪失是不可補償的。世間有諸多
de bù píngděng, cáifù de bù píngděng, quánlì de bù píngděng, ér yuèdú
的不平等，財富的不平等，權力的不平等，而閱讀
nénglì de yōngyǒu huò sàngshī què tǐxiàn wéi jīngshén de bù píngděng.
能力的擁有或喪失卻體現為精神的不平等。

Yí gè rén de yìshēng, zhǐnéng jīnglì zìjǐ yōngyǒu de nà yí fèn
一個人的一生，只能經歷自己擁有的那一份
xīnyuè, nà yí fèn kǔnàn, yěxǔ zài jiā·shàng tā qīnzì wén zhī de nà yìxiē
欣悦，那一份苦難，也許再加上他親自聞知的那一些
guānyú zìshēn yǐwài de jīnglì hé jīngyàn. Rán'ér, rénmen tōngguò yuèdú, què néng
關於自身以外的經歷和經驗。然而，人們通過閱讀，卻能
jìnrù bùtóng shíkōng de zhūduō tārén de shìjiè. Zhèyàng, jùyǒu yuèdú nénglì de
進入不同時空的諸多他人的世界。這樣，具有閱讀能力的
rén, wúxíng jiān huòdéle chāoyuè yǒuxiàn shēngmìng de wúxiàn kěnéngxìng. Yuèdú
人，無形間獲得了超越有限生命的無限可能性。閱讀
bùjǐn shǐ tā duō shíle cǎo-mù-chóng-yú zhī míng, érqiě kěyǐ shàngsù yuǎngǔ xià
不僅使他多識了草木蟲魚之名，而且可以上溯遠古下
jí wèilái, bǎolǎn cúnzài de yǔ fēicúnzài de qífēng-yìsú.
及未來，飽覽存在的與非存在的奇風異俗。

Gèngwéi zhòngyào de shì, dúshū jiāhuì yú rénmen de bùjǐn shì zhīshi de
更為重要的是，讀書加惠於人們的不僅是知識的
zēngguǎng, érqiě hái zàiyú jīngshén de gǎnhuà yǔ táoyě. Rénmen cóng dúshū xué
增廣，而且還在於精神的感化與陶冶。人們從讀書學
zuòrén, cóng nàxiē wǎngzhé xiānxián yǐjí dāngdài cáijùn de zhùshù zhōng xuédé
做人，從那些往哲先賢以及當代才俊的著述中學得
tāmen de réngé. Rénmen cóng《Lúnyǔ》zhōng xuédé zhìhuì de sīkǎo, cóng
他們的人格。人們從《論語》中學得智慧的思考，從
《Shǐjì》zhōng xuédé yánsù de lìshǐ jīngshén, cóng《Zhèngqìgē》zhōng xuédé
《史記》中學得嚴肅的歷史精神，從《正氣歌》中學得
réngé de gāngliè, cóng Mǎkèsī xuédé rénshì // de jīqíng, cóng Lǔ Xùn xuédé
人格的剛烈，從馬克思學得人世//的激情，從魯迅學得

pīpàn jīngshén, cóng Tuō'ěrsītài xuédé dàodé de zhízhuó. Gēdé de shījù
批判精神，從托爾斯泰學得道德的執着。歌德的詩句

kèxiězhe ruìzhì de rénshēng, Bàilún de shījù hūhuànzhe fèndòu de rèqíng. Yí gè
刻寫着睿智的人生，拜倫的詩句呼喚着奮鬥的熱情。一個

dúshūrén, yí gè yǒu jī•huì yōngyǒu chāohū gèrén shēngmìng tǐyàn de xìngyùn rén.
讀書人，一個有機會擁有超乎個人生命體驗的幸運人。

Jiéxuǎn zì Xiè Miǎn《Dúshūrén Shì Xìngfú Rén》
節選自謝冕《讀書人是幸福人》

詞語提示

因為	yīn•wèi	擁有	yōngyǒu
喪失	sàngshī	補償	bǔcháng
諸多	zhūduō	欣悅	xīnyuè
有限	yǒuxiàn	多識了	duō shíle
飽覽	bǎolǎn	奇風異俗	qífēng-yìsú
加惠	jiāhuì	知識	zhīshi
陶冶	táoyě	往哲先賢	wǎngzhé xiānxián
才俊	cáijùn	著述	zhùshù
學得	xuédé	論語	Lúnyǔ

句子分析（注：分隔號表示停頓，顏色字表示重音。下同）

1. 我常想 / 讀書人 / 是世間幸福人，因為 / 他除了擁有現實的世界之外，還擁有另一個 / 更為浩瀚 / 也更為豐富的世界。
2. 這樣，具有閱讀能力的人，無形間獲得了 / 超越有限生命的 / 無限可能性。
3. 人們 / 從《論語》中 / 學得智慧的思考，從《史記》中 / 學得嚴肅的歷史精神，從《正氣歌》中 / 學得人格的剛烈……

Zuòpǐn 19 Hào

作品 19 號

Rénmen chángcháng bǎ rén yǔ zìrán duìlì qǐ•lái, xuānchēng yào zhēngfú
人們常常把人與自然對立起來，宣稱要征服

zìrán. Shūbùzhī zài dàzìrán miànqián, rénlèi yǒngyuǎn zhǐ shì yí gè tiānzhēn
自然。殊不知在大自然面前，人類永遠只是一個天真

yòuzhì de háitóng, zhǐ shì dàzìrán jītǐ •shàng pǔtōng de yí bùfen, zhèng xiàng
幼稚的孩童，只是大自然機體上普通的一部分，正像

yì zhū xiǎocǎo zhǐ shì tā de pǔtōng yí bùfen yíyàng. Rúguǒ shuō zìrán de
一株小草只是她的普通一部分一樣。如果說自然的

zhìhuì shì dàhǎi, nàme, rénlèi de zhìhuì jiù zhǐ shì dàhǎi zhōng de yí gè xiǎo
智慧是大海，那麼，人類的智慧就只是大海中的一個小

shuǐdī, suīrán zhège shuǐdī yě néng yìngzhào dàhǎi, dàn bìjìng bú shì dàhǎi,
水滴，雖然這個水滴也能映照大海，但畢竟不是大海，

kěshì, rénmen jìngrán búzìliànglì de xuānchēng yào yòng zhè dī shuǐ lái dàitì
可是，人們竟然不自量力地宣稱要用這滴水來代替

dàhǎi.
大海。

Kànzhe rénlèi zhè zhǒng kuángwàng de biǎoxiàn, dàzìrán yídìng huì qièxiào
看着人類這種狂妄的表現，大自然一定會竊笑

—— jiù xiàng mǔ•qīn miànduì wúzhī de háizi nàyàng de xiào. Rénlèi de zuòpǐn
——就像母親面對無知的孩子那樣的笑。人類的作品

fēi•shàngle tàikōng, dǎkāile yígègè wēiguān shìjiè, yúshì rénlèi zhānzhān-zìxǐ,
飛上了太空，打開了一個個微觀世界，於是人類沾沾自喜，

yǐwéi jiēkāile dàzìrán de mìmì. Kěshì, zài zìrán kànlái, rénlèi shàngxià
以為揭開了大自然的秘密。可是，在自然看來，人類上下

fānfēi de zhè piàn jùdà kōngjiān, búguò shì zhǐchǐ zhījiān éryǐ, jiù rútóng
翻飛的這片巨大空間，不過是咫尺之間而已，就如同

kūnpéng kàndài chìyàn yìbān, zhǐ shì pénghāo zhījiān bàle. Jíshǐ cóng rénlèi
鯤鵬看待斥鷃一般，只是蓬蒿之間罷了。即使從人類

zìshēn zhìhuì fāzhǎnshǐ de jiǎodù kàn, rénlèi yě méi•yǒu lǐyóu guòfèn zì'ào:
自身智慧發展史的角度看，人類也沒有理由過分自傲：

rénlèi de zhīshi yǔ qí zǔxiān xiāngbǐ chéngrán yǒule jí dà de jìnbù, sìhū yǒu
人類的知識與其祖先相比誠然有了極大的進步，似乎有

chāoxiào gǔrén de zīběn; kěshì, shūbùzhī duìyú hòurén ér yán wǒmen yě shì
嘲笑古人的資本；可是，殊不知對於後人而言我們也是

gǔrén, yíwàn nián yǐhòu de rénmen yě tóngyàng huì cháoxiào jīntiān de wǒmen,
古人，一萬年以後的人們也同樣會嘲笑今天的我們，

yěxǔ zài tāmen kànlái, wǒmen de kēxué guānniàn hái yòuzhì de hěn, wǒmen de
也許在他們看來，我們的科學觀念還幼稚得很，我們的

hángtiānqì zài tāmen yǎnzhōng búguò shì gè fēicháng jiǎndān de // értóng wánjù.
航天器在他們眼中不過是個非常簡單的//兒童玩具。

Jiéxuǎn zì Yán Chūnyǒu《Jìngwèi Zìrán》
節選自嚴春友《敬畏自然》

詞語提示

宣稱	xuānchēng	殊不知	shūbùzhī
幼稚	yòuzhì	智慧	zhìhuì
小水滴	xiǎo shuǐdī	畢竟	bìjìng
不自量力	búzìliànglì	狂妄	kuángwàng
竊笑	qièxiào	微觀	wēiguān
沾沾自喜	zhānzhān-zìxǐ	秘密	mìmì
咫尺之間	zhǐchǐ zhījiān	鯤鵬	kūnpéng
斥鷃	chìyàn	蓬蒿	pénghāo
嘲笑	cháoxiào	觀念	guānniàn

句子分析

1. 殊不知／在大自然面前，人類永遠只是一個天真幼稚的孩童，只是大自然機體上／普通的／一部分，正像一株小草／只是她的普通一部分／一樣。
2. 如果說／自然的智慧／是大海，那麼，人類的智慧／就只是／大海中的／一個小水滴，雖然／這個水滴／也能映照大海，但畢竟／不是大海，可是，

人們竟然 / 不自量力地宣稱 / 要用這滴水 / 來代替大海。

3. 人類的知識 / 與其祖先相比 / 誠然 / 有了極大的進步，似乎 / 有嘲笑古人的資本；可是，殊不知 / 對於後人而言 / 我們 / 也是古人，一萬年以後的人們 / 也同樣 / 會嘲笑今天的我們。

Zuòpǐn 22 Hào
作品 22 號

Wǒ dǎliè guīlái, yánzhe huāyuán de línyīnlù zǒuzhe. Gǒu pǎo zài wǒ qián·biān.
我打獵歸來，沿着花園的林蔭路走着。狗跑在我前邊。

Tūrán, gǒu fàngmàn jiǎobù, nièzú-qiánxíng, hǎoxiàng xiùdàole qián·biān yǒu shénme yěwù.
突然，狗放慢腳步，躡足潛行，好像嗅到了前邊有什麼野物。

Wǒ shùnzhe línyīnlù wàng ·qù, kàn·jiànle yì zhī zuǐ biān hái dài huángsè、tóu·shàng shēngzhe róumáo de xiǎo máquè. Fēng měngliè de chuīdǎzhe línyīnlù·shàng de báihuàshù, máquè cóng cháo ·lǐ diēluò xià·lái, dāidāi de fú zài dì·shàng, gūlì wúyuán de zhāngkāi liǎng zhī yǔmáo hái wèi fēngmǎn de xiǎo chìbǎng.
我順着林蔭路望去，看見了一隻嘴邊還帶黃色、頭上生着柔毛的小麻雀。風猛烈地吹打着林蔭路上的白樺樹，麻雀從巢裏跌落下來，呆呆地伏在地上，孤立無援地張開兩隻羽毛還未豐滿的小翅膀。

Wǒ de gǒu mànmàn xiàng tā kàojìn. Hūrán, cóng fùjìn yì kē shù ·shàng fēi·xià yì zhī hēi xiōngpú de lǎo máquè, xiàng yì kē shízǐ shìde luòdào gǒu de gēn·qián. Lǎo máquè quánshēn dàoshùzhe yǔmáo, jīngkǒng-wànzhuàng, fāchū juéwàng、qīcǎn de jiàoshēng, jiēzhe xiàng lòuchū yáchǐ、dà zhāngzhe de gǒuzuǐ
我的狗慢慢向牠靠近。忽然，從附近一棵樹上飛下一隻黑胸脯的老麻雀，像一顆石子似的落到狗的跟前。老麻雀全身倒豎着羽毛，驚恐萬狀，發出絕望、淒慘的叫聲，接着向露出牙齒、大張着的狗嘴

pū•qù.
撲去。

Lǎo máquè shì měng pū xià•lái jiùhù yòuquè de. Tā yòng shēntǐ yǎnhùzhe
老麻雀是猛撲下來救護幼雀的。牠用身體掩護着

zìjǐ de yòu'ér Dàn tā zhěnggè xiǎoxiǎo de shēntǐ yīn kǒngbù ér zhànlìzhe,
自己的幼兒……但牠整個小小的身體因恐怖而戰慄着，

tā xiǎoxiǎo de shēngyīn yě biànde cūbào sīyǎ, tā zài xīshēng zìjǐ!
牠小小的聲音也變得粗暴嘶啞，牠在犧牲自己！

Zài tā kànlái, gǒu gāi shì duōme pángdà de guàiwu a! Rán'ér, tā háishi
在牠看來，狗該是多麼龐大的怪物啊！然而，牠還是

bùnéng zhàn zài zìjǐ gāogāo de、ānquán de shùzhī •shàng ...... Yì zhǒng bǐ tā
不能站在自己高高的、安全的樹枝上……一種比牠

de lǐzhì gèng qiángliè de lì•liàng, shǐ tā cóng nàr pū•xià shēn •lái.
的理智更強烈的力量，使牠從那兒撲下身來。

Wǒ de gǒu zhànzhù le, xiàng hòu tuìle tuì ...... Kànlái, tā yě gǎndàole
我的狗站住了，向後退了退……看來，牠也感到了

zhè zhǒng lì•liàng.
這種力量。

Wǒ gǎnjǐn huànzhù jīnghuāng-shīcuò de gǒu, ránhòu wǒ huáizhe chóngjìng de
我趕緊喚住驚慌失措的狗，然後我懷着崇敬的

xīnqíng, zǒukāi le.
心情，走開了。

Shì a, qǐng búyào jiànxiào. Wǒ chóngjìng nà zhī xiǎoxiǎo de、yīngyǒng de
是啊，請不要見笑。我崇敬那隻小小的、英勇的

niǎo'ér, wǒ chóngjìng tā nà zhǒng ài de chōngdòng hé lì•liàng.
鳥兒，我崇敬牠那種愛的衝動和力量。

Ài, wǒ // xiǎng, bǐ sǐ hé sǐ de kǒngjù gèng qiángdà. Zhǐyǒu yīkào
愛，我//想，比死和死的恐懼更強大。只有依靠

tā, yīkào zhè zhǒng ài, shēngmìng cái néng wéichí xià•qù, fāzhǎn xià•qù.
它，依靠這種愛，生命才能維持下去，發展下去。

Jiéxuǎn zì [É] Túgénièfū 《Máquè》 Bājīn yì
節選自【俄】屠格涅夫《麻雀》，巴金譯

詞語提示

躡足潛行	nièzú-qiánxíng	嗅到	xiùdào
柔毛	róumáo	麻雀	máquè
白樺樹	báihuàshù	巢裏	cháo•lǐ
跌落	diēluò	呆呆地	dāidāi de
孤立無援	gūlì wúyuán	翅膀	chìbǎng
附近	fùjìn	黑胸脯	hēi xiōngpú
石子似的	shízǐ shìde	倒豎着	dàoshùzhe
驚恐萬狀	jīngkǒng-wànzhuàng	淒慘	qīcǎn
戰慄	zhànlì	粗暴	cūbào
嘶啞	sīyǎ	怪物啊	guàiwu a
趕緊	gǎnjǐn	驚慌失措	jīnghuāng-shīcuò
崇敬	chóngjìng	是啊	shì a

句子分析

1. 風 / 猛烈地 / 吹打着 / 林蔭路上的白樺樹，麻雀 / 從巢裏跌落下來，呆呆地伏在地上，孤立無援地 / 張開兩隻 / 羽毛還未豐滿的小翅膀。
2. 忽然，從附近一棵樹上 / 飛下一隻黑胸脯的老麻雀，像一顆石子似的 / 落到狗的跟前。
3. 我的狗 / 站住了，向後 / 退了退⋯⋯看來，牠 / 也感到了這種力量。

Zuòpǐn 29 Hào
作品 29 號

Zhòngxià, péngyou xiāngyāo yóu Shídù. Zài chéng·lǐ zhù jiǔ le, yídàn jìnrù
仲夏，朋友相邀遊十渡。在城裏住久了，一旦進入
shānshuǐ zhījiān, jìng yǒu yì zhǒng shēngmìng fùsū de kuàigǎn.
山水之間，竟有一種生命復蘇的快感。

Xià chē hòu, wǒmen shěqìle dàlù, tiāoxuǎnle yì tiáo bànyǐn-bànxiàn zài
下車後，我們捨棄了大路，挑選了一條半隱半現在
zhuāngjiadì ·lǐ de xiǎojìng, wānwānràoào de láidàole Shídù dùkǒu. Xīyáng xià de
莊稼地裏的小徑，彎彎繞繞地來到了十渡渡口。夕陽下的
Jùmǎ Hé kāngkǎi de sǎchū yí piàn sǎnjīn-suìyù, duì wǒmen biǎoshì huānyíng.
拒馬河慷慨地撒出一片散金碎玉，對我們表示歡迎。

Àn biān shānyá ·shàng dāofǔhén yóu cún de qíqū xiǎodào, gāodī tū'āo,
岸邊山崖上刀斧痕猶存的崎嶇小道，高低凸凹，
suī méi·yǒu "nán yú shàng qīngtiān" de xiǎn'è, què yě yǒu tàkōngle gǔndào Jùmǎ
雖沒有「難於上青天」的險惡，卻也有踏空了滾到拒馬
Hé xǐzǎo de fēngxiǎn. Xiázhǎichù zhǐ néng shǒu fú yánshí tiē bì ér xíng. Dāng
河洗澡的風險。狹窄處只能手扶岩石貼壁而行。當
"Dōngpō Cǎotáng" jǐ gè hóng qī dà zì hèrán chūxiàn zài qiánfāng yánbì shí,
「東坡草堂」幾個紅漆大字赫然出現在前方岩壁時，
yí zuò xiāngqiàn zài yányá jiān de shíqì máocǎowū tóngshí yuèjìn yǎndǐ. Cǎowū bèi
一座鑲嵌在岩崖間的石砌茅草屋同時躍進眼底。草屋被
jǐ jí shítī tuō de gāogāo de, wū xià fǔkànzhe yì wān héshuǐ, wū qián shùn
幾級石梯托得高高的，屋下俯瞰着一灣河水，屋前順
shānshì pìchūle yí piàn kòngdì, suànshì yuànluò ba! Yòucè yǒu yì xiǎoxiǎo de
山勢闢出了一片空地，算是院落吧！右側有一小小的
móguxíng de liángtíng, nèi shè shízhuō shídèng, tíng dǐng hèhuángsè de máocǎo xiàng
蘑菇形的涼亭，內設石桌石凳，亭頂褐黃色的茅草像
liúsū bān xiàng xià chuíxiè, bǎ xiànshí hé tónghuà chuànchéngle yìtǐ. Cǎowū de
流蘇般向下垂瀉，把現實和童話串成了一體。草屋的
gòusīzhě zuì jīngcǎi de yì bǐ, shì shè zài yuànluò biānyán de cháimén hé líba,
構思者最精彩的一筆，是設在院落邊沿的柴門和籬笆，
zǒujìn zhèr, biàn yǒule "Huājìng bù céng yuán kè sǎo, péngmén jīn shǐ wèi jūn
走近這兒，便有了「花徑不曾緣客掃，蓬門今始為君

kāi” de yìsi.
開」的意思。

Dāng wǒmen chóng dēng liángtíng shí, yuǎnchù de Biānfú Shān yǐ zài yèsè
當我們重登涼亭時，遠處的蝙蝠山已在夜色
•xià huàwéi jiǎnyǐng, hǎoxiàng jiù yào zhǎnchì pūlái. Jùmǎ Hé chèn rénmen kàn •bù
下化為剪影，好像就要展翅撲來。拒馬河趁人們看不
qīng tā de róngmào shí huōkāile sǎngménr yùnwèi shízú de chàng ne! Ǒu yǒu bù
清它的容貌時豁開了嗓門兒韻味十足地唱呢！偶有不
ānfèn de xiǎoyúr hé qīngwā bèng tiào // chéng shēng, xiàng shì wèile qiánghuà
安分的小魚兒和青蛙蹦跳//成聲，像是為了強化
zhè yèqū de jiézòu. Cǐshí, zhǐ jué shìjiān wéi yǒu shuǐshēng hé wǒ, jiù lián
這夜曲的節奏。此時，只覺世間唯有水聲和我，就連
ǒu'ěr cóng yuǎnchù gǎnlái xiējiǎo de wǎnfēng yě qiǎowú-shēngxī.
偶爾從遠處趕來歇腳的晚風，也悄無聲息。

Dāng wǒ jiànjiàn bèi yè de níngzhòng yǔ shēnsuì suǒ róngshí, yì lǚ xīn
當我漸漸被夜的凝重與深邃所融蝕，一縷新
de sīxù yǒngdòng shí, duì'àn shātān •shàng ránqǐle gōuhuǒ, nà xiānliàng
的思緒湧動時，對岸沙灘上燃起了篝火，那鮮亮
de huǒguāng, shǐ yèsè yǒule zàodònggǎn. Gōuhuǒ sìzhōu rényǐng chuòyuē,
的火光，使夜色有了躁動感。篝火四周，人影綽約，
rúgē-sìwǔ. Péngyou shuō, nà shì Běijīng de dàxuéshēngmen, jiébàn lái zhèr
如歌似舞。朋友說，那是北京的大學生們，結伴來這兒
dù zhōumò de. Yáowàng nà míngmiè-múdìng de huǒguāng, xiǎngxiàngzhe gōuhuǒ
度周末的。遙望那明滅無定的火光，想像着篝火
yìngzhào de qīngchūn niánhuá, yě shì yì zhǒng yìxiǎng •bú dào de lèqù.
映照的青春年華，也是一種意想不到的樂趣。

Jiéxuǎn zì Liú Yán《Shídù Yóu Qù》
節選自劉延《十渡遊趣》

詞語提示

仲夏	zhòngxià	相邀	xiāngyāo
復蘇	fùsū	捨棄	shěqì
半隱半現	bànyǐn-bànxiàn	構思	gòusī
彎彎繞繞	wānwānràoràо	夕陽	xīyáng
慷慨	kāngkǎi	灑出	sǎchū
散金碎玉	sǎnjīn-suìyù	刀斧痕	dāofǔhén
崎嶇	qíqū	凸凹	tū'āo
踏空了	tàkōngle	赫然	hèrán
鑲嵌	xiāngqiàn	岩崖間	yányá jiān
俯瞰	fǔkàn	闢出了	pìchūle
蘑菇形	móguxíng	褐黃色	hèhuángsè
垂瀉	chuíxiè	串成了	chuànchéngle
籬笆	líba	蝙蝠山	Biānfú Shān
豁開	huōkāi	嗓門兒	sǎngménr

句子分析

1. 岸邊山崖上／刀斧痕猶存的崎嶇小道，高低凸凹，**雖沒有**／「難於上青天」的險惡，**卻也有**／踏空了／滾到拒馬河**洗澡**的風險。
2. 當「**東坡草堂**」／幾個紅漆大字／**赫然**出現在前方岩壁時，一座／鑲嵌在岩崖間的石砌茅草屋／**同時**／躍進眼底。
3. 拒馬河／趁人們看不清它的容貌時／**豁開**了嗓門兒／**韻味十足**地唱呢！

Zuòpǐn 43 Hào
作品 43 號

Xú Xiákè shì Míngcháo mònián de yí wèi qírén. Tā yòng shuāngjiǎo, yí bù
徐霞客是明朝末年的一位奇人。他用雙腳，一步

yí bù de zǒubiànle bàn gè Zhōngguó dàlù, yóulǎnguo xǔduō míngshān-dàchuān,
一步地走遍了半個中國大陸，遊覽過許多名山大川，

jīnglìguo xǔduō qírén-yìshì. Tā bǎ yóulì de guānchá hé yánjiū jìlù xià•lái,
經歷過許多奇人異事。他把遊歷的觀察和研究記錄下來，

xiěchéngle《Xú Xiákè Yóujì》zhè běn qiāngǔ qí shū.
寫成了《徐霞客遊記》這本千古奇書。

Dāngshí de dúshūrén, dōu mángzhe zhuīqiú kējǔ gōngmíng, bàozhe "Shínián
當時的讀書人，都忙着追求科舉功名，抱着「十年

hánchuāng wú rén wèn, yìjǔ chéngmíng tiānxià zhī" de guānniàn, máitóu yú
寒窗無人問，一舉成名天下知」的觀念，埋頭於

jīngshū zhīzhōng. Xú Xiákè què zhuó'ěr-bùqún, zuìxīn yú gǔ-jīn shǐjí jí dìzhì,
經書之中。徐霞客卻卓爾不群，醉心於古今史籍及地志、

shān-hǎi tújīng de shōují hé yándú. Tā fāxiàn cǐ lèi shūjí hěn shǎo, jìshù
山海圖經的收集和研讀。他發現此類書籍很少，記述

jiǎnlüè qiě duō yǒu xiānghù máodùn zhī chù, yúshì tā lì•xià xióngxīn-zhuàngzhì, yào
簡略且多有相互矛盾之處，於是他立下雄心壯志，要

zǒubiàn tiānxià, qīnzì kǎochá.
走遍天下，親自考察。

Cǐhòu sānshí duō nián, tā yǔ chángfēng wéi wǔ, yúnwù wéi bàn, xíngchéng
此後三十多年，他與長風為伍，雲霧為伴，行程

jiǔwàn lǐ, lìjìn qiānxīn-wànkǔ, huòdéle dàliàng dì-yīshǒu kǎochá zīliào. Xú
九萬里，歷盡千辛萬苦，獲得了大量第一手考察資料。徐

Xiákè rìjiān pān xiǎnfēng, shè wēijiàn, wǎnshang jiùshì zài píláo, yě yídìng
霞客日間攀險峰，涉危澗，晚上就是再疲勞，也一定

lù•xià dàngrì jiànwén. Jíshǐ huāngyě lùsù, qīshēn dòngxué, yě yào "rán sōng
錄下當日見聞。即使荒野露宿，棲身洞穴，也要「燃松

shí suì, zǒu bǐ wéi jì".
拾穗，走筆為記」。

Xú Xiákè de shídài, méi•yǒu huǒchē, méi•yǒu qìchē, méi•yǒu fēijī, tā suǒ qù de xǔduō dìfang lián dàolù dōu méi•yǒu, jiā•shàng Míngcháo mònián zhì'ān bù hǎo, dàofěi héngxíng, chángtú lǚxíng shì fēicháng jiānkǔ yòu fēicháng wēixiǎn de shì.

徐霞客的時代，沒有火車，沒有汽車，沒有飛機，他所去的許多地方連道路都沒有，加上明朝末年治安不好，盜匪橫行，長途旅行是非常艱苦又非常危險的事。

Yǒu yí cì, tā hé sān gè tóngbàn dào xīnán dìqū, yánlù kǎochá shíhuīyán dìxíng hé Cháng Jiāng yuánliú. Zǒule èrshí tiān, yí gè tóngbàn nán nài lǚtú láodùn, bùcí'érbié. Dàole Héngyáng fùjìn yòu zāoyù tǔfěi qiǎngjié, cáiwù jìn shī, hái xiǎn // xiē bèi shāhài. Hǎo bù róngyì dàole Nánníng, lìng yí gè tóngbàn búxìng bìngsǐ, Xú Xiákè rěntòng jìxù xīxíng. Dào le Dàlǐ, zuìhòu yí gè tóngbàn yě yīn•wèi chī •bù liǎo kǔ, tōutōu de zǒu le, hái dàizǒule tā jǐn cún de xíngnáng. Dànshì, tā háishi jiānchí mùbiāo, jìxù tā de yánjiū gōngzuò, zuìhòu zhǎodàole dá'àn, tuīfān lìshǐ•shàng de cuò•wù, zhèngmíng Cháng Jiāng de yuánliú bú shì Mín Jiāng ér shì Jīnshā Jiāng.

有一次，他和三個同伴到西南地區，沿路考察石灰岩地形和長江源流。走了二十天，一個同伴難耐旅途勞頓，不辭而別。到了衡陽附近又遭遇土匪搶劫，財物盡失，還險//些被殺害。好不容易到了南寧，另一個同伴不幸病死，徐霞客忍痛繼續西行。到了大理，最後一個同伴也因為吃不了苦，偷偷地走了，還帶走了他僅存的行囊。但是，他還是堅持目標，繼續他的研究工作，最後找到了答案，推翻歷史上的錯誤，證明長江的源流不是岷江而是金沙江。

Jiéxuǎn zì《Yuèdú Dàdì de Xú Xiákè》
節選自《閱讀大地的徐霞客》

詞語提示

徐霞客	Xú Xiákè	卓爾不群	zhuó'ěr-bùqún
醉心	zuìxīn	史籍	shǐjí
記述	jìshù	雄心壯志	xióngxīn-zhuàngzhì
為伍	wéiwǔ	雲霧	yúnwù
千辛萬苦	qiānxīn-wànkǔ	攀險峰	pān xiǎnfēng
危澗	wēijiàn	當日	dàngrì
露宿	lùsù	棲身	qīshēn
洞穴	dòngxué	燃松拾穗	rán sōng shí suì
地方	dìfang	橫行	héngxíng
艱苦	jiānkǔ	沿路	yánlù
難耐	nánnài	搶劫	qiǎngjié

句子分析

1. 他用雙腳，一步一步地 / 走遍了半個中國大陸，遊覽過 / 許多 / 名山大川，經歷過 / 許多 / 奇人異事。
2. 他發現 / 此類書籍很少，記述簡略 / 且多有相互矛盾之處，於是 / 他立下雄心壯志，要走遍天下，親自考察。
3. 徐霞客 / 日間攀險峰，涉危澗，晚上就是再疲勞，也一定錄下 / 當日見聞。

五、命題說話演練

話題：1　我的一天

提示：

時間是最好的線索。介紹平常的一天，從早到晚的活動，多說細節。也可以介紹特定的某一天。可以把一天內的活動分類（工作、休閒、聚會、做家務等）。

說話提綱示例：

今天，我選擇的說話題目是我的一天

我是一名小學老師。

- 早上：起床後，我會放普通話水平測試作品錄音，一邊聽，一邊刷牙、洗臉、吃早餐。六點多出門。在巴士上戴着耳機聽錄音。
- 在學校：到學校後，先整理工位，洗杯子、打水。我要上數學課、體育課、科學課。每天中午要值班。放學後，我要帶課外活動。學校的課外活動小組有籃球隊、升國旗隊、機器人模型班等。結束後，還要判作業，處理行政工作。
- 下班後：七點多到家吃晚飯。吃完飯後，會看電視，和家人聊天兒。一般十點半上床。

詞語儲備

qǐchuáng 起床	shuǐpíng 水平	cèshì 測試	xǐliǎn 洗臉	zuò jiāwù 做家務
ěrjī 耳機	gōngwèi 工位	dǎshuǐ 打水	suānnǎi 酸奶	mǒ guǒjiàng 抹果醬

móxíng 模型	guóqí 國旗	xíngzhèng 行政	liáotiānr 聊天兒	pàn zuòyè 判作業
diūdiào 丟掉	diū•xià 丟下	diàoduì 掉隊	gǎnjǐn 趕緊	jīmáo dǎnzǐ 雞毛撣子

話題：3　珍貴的禮物

提示：

禮物是誰送的？為什麼送禮物？仔細描述一下禮物。談談收禮物時的感受。可以說收到一份或幾份禮物。

說話提綱示例：

今天，我要說的題目是珍貴的禮物

- 禮物是一本詞典：我八歲生日的時候，爸爸媽媽送我的生日禮物厚厚的，很沉。我以為是什麼好玩兒的玩具，拆開包裝，卻是一本《現代漢語詞典》，失望極了。我把詞典放到書架上，一直沒看。
- 開始喜歡詞典：四年級時，一次做作業，要解釋詞語「戲法兒」，我不會，就查詞典，發現它解釋得很清楚，看了例句就知道怎麼用了。
- 經常使用詞典：以後寫作業、看書都經常查詞典。參加朗誦比賽，拿到作品，難的字詞，我也一定要查詞典。有一次比賽我拿了冠軍，我想其中一個原因是因為我查了詞典，幾個難字我都讀對了。
- 珍貴的禮物：經常查詞典，我才知道了詞典是父母送的珍貴禮物，是讓我終身受用的工具書。它提高了我的中文水平。我終於體會到了父母的用心。

詞語儲備

zhēnguì 珍貴	lǐwù 禮物	chāikāi 拆開	shīwàng 失望	méizhǔnr 沒準兒
xiàndài 現代	hànyǔ 漢語	cídiǎn 詞典	hěn chén 很沉	xìfǎr 戲法兒
jiěshì 解釋	shūjià 書架	lǎngsòng 朗誦	guànjūn 冠軍	shòuyòng 受用
xiàngcè 相冊	dízi 笛子	lǎba 喇叭	yàoshikòur 鑰匙扣兒	wànhuātǒng 萬花筒

話題：4　假日生活

提示：

假日可以是一個周末，也可以是幾天的公眾假期，或者是一個長假期。可以把假日中的活動分類：在家（做家務、閱讀、看電視），在外（吃飯、體育運動、聚會）。最好的線索是時間。

說話提綱示例：

今天，我說的題目是假日生活

說說我的雙休日。

- 星期六上午：我會睡懶覺，恢復疲勞，再吃一個早午餐。
- 星期六下午：我會做家務，洗衣服，熨衣服，搞衛生。
- 星期六晚上：我一般會約朋友出去吃飯。
- 星期天上午：我去鍛煉身體。一般來說，春天，去健身室；夏天，去游泳；秋天，去遠足；冬天，去爬山。

- 星期天中午：我在外邊吃飯，去茶餐廳，或者去酒樓喝茶。回家的路上，順便去菜市場買菜，然後做晚飯，我會做啤酒雞翅、咖喱牛腩等。
- 星期天晚上：我都在家追劇、看電影，或者打遊戲機。

詞語儲備

jiàrì 假日	dài háizi 帶孩子	guàng shāngchǎng 逛商場	gālí niúnǎn 咖喱牛腩	huīfù píláo 恢復疲勞
shēnghuó 生活	liù dàjiē 遛大街	càishìchǎng 菜市場	píjiǔ jīchì 啤酒雞翅	dǎsǎo wèishēng 打掃衛生
zhōumò 周末	yùn yīfu 熨衣服	shuāngxiūrì 雙休日	yuē péngyou 約朋友	shàng gōngyuánr 上公園兒
duànliàn 鍛煉	liánxùjù 連續劇	shuì lǎnjiào 睡懶覺	gǎo wèishēng 搞衛生	xià fànguǎnr 下飯館兒

話題：7　過去的一年

提示：

過去一年裏給你留下印象的事，最好説自己的事兒，也可以説社會上發生的事。選幾件事情，説得具體點兒，可以先説過程，然後説自己的感受、評價等。

説話提綱示例：

今天，我要説説過去的一年

- 我的工作：去年我換了工作，工作壓力雖然大了，但不用加班了，是我夢寐以求的工作。
- 工餘學習：我上了一個普通話課程，準備考普通話水平測試。這個課程提高了我的普通話水平和現代漢語水平。

- 去內地：為了練普通話，我常去深圳、廣州。去電影院看電影，去劇場看話劇、歌舞劇，參觀博物館、美術館。就是去飯館兒，我也和服務員說普通話。
- 堅持健身：每星期兩次，已有成效，六塊腹肌都顯出來了。

詞語儲備

guòqù 過去	yìnián 一年	kèchéng 課程	diànyǐngyuàn 電影院	mèngmèiyǐqiú 夢寐以求
jùchǎng 劇場	gēwǔ 歌舞	fùjī 腹肌	chéngxiào 成效	měishùguǎn 美術館
shuātí 刷題	áoyè 熬夜	táoyì 陶藝	xìngjiàbǐ 性價比	dāi yìtiān 待一天
lāche 拉扯	méijìn 沒勁	mánghuo 忙活	shàngzhǎng 上漲	kāiqiàor 開竅兒

話題：9　童年生活

提示：

選擇童年生活中印象深刻的事情（一件事或幾件事），多描述細節。

說話提綱示例：

今天，說說我的童年生活

幼兒園的生活讓我印象深刻。

- 上幼兒園：早上總起不來，媽媽每天都要費老半天的勁兒，才把我送上校車。

- 放學後：媽媽會帶我去圖書館。回家的路上有一家文具店，我常常要買一張貼紙，或者抓個娃娃，媽媽總拗不過我。然後去小區的遊樂場玩兒滑梯、攀爬架，和小夥伴兒玩兒捉迷藏。
- 過周末：爸爸帶我去科學館，玩科學實驗遊戲。去鐵路博物館，那裏有好多火車頭。
- 吃好吃的：我喜歡吃煎牛排和鰻魚飯。雪糕、巧克力也是我的最愛，吃得我都長蟲牙了。

詞語儲備

tóngnián 童年	tiēzhǐ 貼紙	yòu'éryuán 幼兒園	zhuā wáwa 抓娃娃	niù•búguò 拗不過
xiàochē 校車	chóngyá 蟲牙	fèijìnr 費勁兒	zhuōmícáng 捉迷藏	kēxuéguǎn 科學館
mányú 鰻魚	wánr 玩兒	qiǎokèlì 巧克力	huá huátī 滑滑梯	pānpájià 攀爬架
guǎijiǎor 拐角兒	duìmiàn 對面	gébì 隔壁	zhèngduìmiàn 正對面	duìguòr 對過兒

06

第六課

綜合訓練（四）

一、語音知識分析：【韻母辨正】前後鼻韻母分辨及練習

二、難點字詞認讀

三、選擇判斷練習

四、朗讀作品指導

14 童裳亮《海洋與生命》

31 葉聖陶《蘇州園林》

35 汪國真《我喜歡出發》

36 陳醉雲《鄉下人家》

38《夜間飛行的秘密》

五、命題説話演練

5 我喜愛的植物

12 我喜歡的季節（或天氣）

15 我喜歡的美食

18 我喜愛的動物

33 談服飾

一、語音知識分析

【韻母辨正】前後鼻韻母分辨及練習

(一)什麼是鼻韻母

鼻韻母是含有鼻音韻尾的韻母。鼻音韻尾是由鼻輔音擔任的韻尾。在普通話裏，鼻音韻尾有 n、ng。粵方言還有鼻音韻尾 m（現在凡是韻尾為 m 的音節，普通話裏都讀 n 了），普通話沒有 m 韻尾。n 是舌尖中音，ng 屬於舌面後音。所以，我們稱 n 為前鼻音韻尾，稱 ng 為後鼻音韻尾。在粵方言裏，ng 還可以當聲母 (例如：我、牛)，在普通話裏，ng 只能當韻尾。

普通話前鼻韻母有 8 個： an、ian、uan、üan、en、in、uen、ün。後鼻韻母也有 8 個：ang、iang、uang、eng、ing、ueng、ong、iong。

(二)前後鼻韻母的發音特點

發好鼻韻母要注意的是，韻母要讀成一個整體，不要把前面的韻母和後面的鼻音韻尾分開。注意從前面的韻母到後面的鼻音韻尾有個鼻化的過程，就是鼻音的色彩逐漸加重。發鼻韻母氣流都是從鼻腔出來，聲帶顫動。

如何分辨前鼻韻母和後鼻韻母，是不少方言區人士學普通話的難題，不止粵方言區。關鍵是首先要區分鼻音韻尾 -n 和 -ng。

從發音部位看，-n 是舌尖中音，舌尖要抵住上齒齦。-ng 是舌面後音，舌面後隆起要抵住軟腭和硬腭的交界處。它們的發音部位是完全不同的。

從口形上看。發 -n 音，上門齒蓋住下門齒一點邊緣，而發 -ng 音時，上門齒和下門齒是稍稍離開的，口形是微微張開的。發音時的口腔外形是不同的。

在前後鼻音的分辨練習中，要自覺注意二者發音部位和口形的不同，這對於分辨前後鼻韻母的發音很有幫助。

在分清楚了前後鼻韻母的發音之後，還要記住在普通話裏哪些字是發前鼻韻母的，哪些字是發後鼻韻母的。下面的難字認讀練習對大家會有幫助。

（三）拼寫注意事項

在《漢語拼音方案》的韻母表裏，凡是注有一個漢字的韻母，如果加上適合的聲調，就是可以獨立成為音節的。而後鼻韻母的 eng，注明是「亨的韻母」；ong，注明是「轟的韻母」，説明這兩個後鼻韻母一般前面要加聲母才成音節，如「城 chéng」「宏 hóng」。ueng 這個鼻韻母則自成音節，前面不能有聲母和它相拼。ueng 獨立為音節時要寫為 weng，常用字有：翁、嗡、蓊（叢林蓊鬱）、甕（請君入甕）、蕹（蕹菜）、齆（齆鼻，鼻子堵塞）等。

二、難點字詞認讀

（一）看拼音，準確讀出以下詞語

1. 讀單音節字詞

ān 庵	cǔn 忖	dàn 憚	zhēn 臻	shèn 蜃	shèn 滲	chán 潺	shān 煽	quán 蜷	zhuàn 篆
chún 醇	bìn 擯	qín 噙	yín 齦	jīn 矜	Qián 黔	jiǎn 繭	xiān 鍁	liǎn 斂	sǒng 悚
lǒng 隴	líng 翎	qíng 擎	jiǒng 窘	jiǒng 炯	gěng 梗	chěng 騁	chěng 逞	cèng 蹭	chōng 舂

2. 讀多音節詞語

rènshēn 妊娠	línxún 嶙峋	liánmǐn 憐憫	bīnlín 瀕臨	hùndùn 混沌
biānzuǎn 編纂	xuànyùn 眩暈	xuànrǎn 渲染	zhēngténg 蒸騰	kēngqiāng 鏗鏘
cāngqióng 蒼穹	xiánchuāng 舷窗	xiónghún 雄渾	yùnniàng 醞釀	yùncáng 蘊藏
hānshēng 鼾聲	nóngzhòng 濃重	pēngrèn 烹飪	huànyǎng 豢養	shānluán 山巒

（二）看漢字，準確讀出以下詞語

1. 單音節字（前一個字為前鼻韻母，後一個字為後鼻韻母）

鰻——忙　餡——象　三——桑　帆——方　弦——祥　馨——猩

沁——慶　錢——薔　盆——棚　盤——螃　纏——償　吝——另

冉——壤　戀——輛　寬——筐　筋——荊　襟——莖　濺——醬

緩——幌　蚶——夯　縣——項　船——床　攙——猖　鬢——並

2. 雙音節詞（前一個詞含前鼻韻母，後一個詞含後鼻韻母）

金魚——鯨魚　塵世——城市　手腕——守望　雞冠——激光

海鹽——海洋　辛勤——心情　緊致——景致　繽紛——冰封

人參——人生　產地——場地　中心——中興　今天——驚天

半碗——傍晚　門上——蒙上　亂轉——亂撞　天線——天象

銀光——熒光　封關——風光　姓溫——姓翁　姓譚——姓唐

姓陳——姓程　姓林——姓淩　姓詹——姓張　雙環——雙簧

新鮮——馨香　讚頌——葬送　診治——整治　開飯——開放

3. 利用同音字巧記生僻字

(1) 現 xiàn： 霰 餡 陷 限 縣 線 羨 獻 憲 腺

(2) 元 yuán： 媛 援 垣 原 源 園 圓 員 袁 猿

(3) 零 líng： 翎 羚 伶 聆 鈴 齡 靈 淩 陵 菱

(4) 榮 róng： 戎 絨 茸 容 蓉 榕 溶 熔 融 嶸

(5) 爭 zhēng： 徵 猙 掙 睜 箏 蒸 征 癥 正（正月）

三、選擇判斷練習

1. 詞語判斷

(1)	邊墘	邊緣	邊頭	邊唇
(2)	冰棍兒	霜條	冰棒	雪枝
(3)	現主時	如至今	當今	今下
(4)	乾淨	索利	零俐	
(5)	跟斗	跟頭	觔斗	跟斗裏
(6)	光褲帶	寡佬	光棍兒	
(7)	塵灰	塗粉	埲塵	灰塵
(8)	看款	看樣子	睇樣	看樣欸
(9)	馬鈴薯	洋山芋	洋芋頭	薯仔
(10)	聽日	明朝子	明天	天光日

2. 量詞、名詞搭配

課	牆	窗戶	攝像機	技術	作家	鑼	汽車	屏風	學生

扇	門	面	張	台	位

3. 語序或表達形式判斷

(1) A. 我帶着錢呢。

B. 我帶得有錢。

(2) A. 這道題怎麼答，我知不道。

B. 這道題怎麼答，我不知道。

C. 這道題怎麼答，我曉不得。

(3) A. ——他行不行？

——不行，真的不行。

B. ——他得不得行？

——不得行，真的不得行。

(4) A. 他不得比你差。

B. 他不會比你差。

C. 他不會差過你。

(5) A. 送我一件衣服。

B. 送一件衣服我。

C. 衣服一件送我。

D. 衣服送一件我。

四、朗讀作品指導

Zuòpǐn 14 Hào
作品 14 號

Shēngmìng zài hǎiyáng ·lǐ dànshēng jué bú shì ǒurán de, hǎiyáng de wùlǐ
生命在海洋裏誕生絕不是偶然的，海洋的物理

hé huàxué xìngzhì, shǐ tā chéngwéi yùnyù yuánshǐ shēngmìng de yáolán.
和化學性質，使它成為孕育原始生命的搖籃。

Wǒmen zhī·dào, shuǐ shì shēngwù de zhòngyào zǔchéng bùfen, xǔduō dòngwù
我們知道，水是生物的重要組成部分，許多動物

zǔzhī de hánshuǐliàng zài bǎi fēn zhī bāshí yǐshàng, ér yìxiē hǎiyáng shēngwù
組織的含水量在百分之八十以上，而一些海洋生物

de hánshuǐliàng gāodá bǎi fēn zhī jiǔshíwǔ. Shuǐ shì xīnchén-dàixiè de zhòngyào
的含水量高達百分之九十五。水是新陳代謝的重要

méijiè, méi•yǒu tā, tǐnèi de yíxìliè shēnglǐ hé shēngwù huàxué fǎnyìng jiù
媒介，沒有它，體內的一系列生理和生物化學反應就

wúfǎ jìnxíng, shēngmìng yě jiù tíngzhǐ. Yīncǐ, zài duǎn shíqī nèi dòngwù quē
無法進行，生命也就停止。因此，在短時期內動物缺

shuǐ yào bǐ quēshǎo shíwù gèngjiā wēixiǎn. Shuǐ duì jīntiān de shēngmìng shì rúcǐ
水要比缺少食物更加危險。水對今天的生命是如此

zhòngyào, tā duì cuìruò de yuánshǐ shēngmìng, gèng shì jǔzú-qīngzhòng le.
重要，它對脆弱的原始生命，更是舉足輕重了。

Shēngmìng zài hǎiyáng •lǐ dànshēng, jiù bú huì yǒu quē shuǐ zhī yōu.
生命在海洋裏誕生，就不會有缺水之憂。

Shuǐ shì yì zhǒng liánghǎo de róngjì. Hǎiyáng zhōng hányǒu xǔduō shēngmìng
水是一種良好的溶劑。海洋中含有許多生命

suǒ bìxū de wújīyán, rú lǜhuànà、 lǜhuàjiǎ、 tànsuānyán、 línsuānyán, hái
所必需的無機鹽，如氯化鈉、氯化鉀、碳酸鹽、磷酸鹽，還

yǒu róngjiěyǎng, yuánshǐ shēngmìng kěyǐ háobú fèilì de cóngzhōng xīqǔ tā suǒ
有溶解氧，原始生命可以毫不費力地從中吸取它所

xūyào de yuánsù.
需要的元素。

Shuǐ jùyǒu hěn gāo de rè róngliàng, jiāzhī hǎiyáng hàodà, rènpíng xiàjì
水具有很高的熱容量，加之海洋浩大，任憑夏季

lièrì pùshài, dōngjì hánfēng sǎodàng, tā de wēndù biànhuà què bǐjiào xiǎo.
烈日曝曬，冬季寒風掃蕩，它的溫度變化卻比較小。

Yīncǐ, jùdà de hǎiyáng jiù xiàng shì tiānrán de "wēnxiāng". shì yùnyù yuánshǐ
因此，巨大的海洋就像是天然的「溫箱」，是孕育原始

shēngmìng de wēnchuáng.
生命的溫床。

Yángguāng suīrán wéi shēngmìng suǒ bìxū, dànshì yángguāng zhōng de
陽光雖然為生命所必需，但是陽光中的

zǐwàixiàn què yǒu èshā yuánshǐ shēngmìng de wēixiǎn. Shuǐ néng yǒuxiào de xīshōu
紫外線卻有扼殺原始生命的危險。水能有效地吸收

zǐwàixiàn, yīn'ér yòu wèi yuánshǐ shēngmìng tígōngle tiānrán de "píngzhàng".
紫外線，因而又為原始生命提供了天然的「屏障」。

Zhè yíqiè dōu shì yuánshǐ shēngmìng déyǐ chǎnshēng hé fāzhǎn de bìyào
這一切都是原始生命得以產生和發展的必要

tiáojiàn.
條件。//

Jiéxuǎn zì Tóng Chángliàng《Hǎiyáng yǔ Shēngmìng》
節選自童裳亮《海洋與生命》

詞語提示

孕育	yùnyù	組織	zǔzhī
媒介	méijiè	危險	wēixiǎn
脆弱	cuìruò	原始	yuánshǐ
溶劑	róngjì	舉足輕重	jǔzú-qīngzhòng
氯化鈉	lǜhuànà	碳酸鹽	tànsuānyán
磷酸鹽	línsuānyán	溶解氧	róngjiěyǎng
吸取	xīqǔ	熱容量	rèróngliàng
毫不費力	háobú fèilì	任憑	rènpíng
曝曬	pùshài	掃蕩	sǎodàng
溫床	wēnchuáng	紫外線	zǐwàixiàn
扼殺	èshā	屏障	píngzhàng

句子分析（注：分隔號表示停頓，顏色字表示重音。下同）

1. 水／是生物的重要組成部分，許多動物組織的含水量／在百分之八十以上，而一些海洋生物的含水量／高達百分之九十五。
2. 因此，在短時期內／動物缺水／要比缺少食物更加危險。
3. 海洋中／含有許多生命所必須的／無機鹽，如／氯化鈉、氯化鉀、碳酸鹽、磷酸鹽，還有溶解氧，原始生命／可以毫不費力地／從中吸取／它所需要的元素。

Zuòpǐn 31 Hào

作品 31 號

Wǒguó de jiànzhù, cóng gǔdài de gōngdiàn dào jìndài de yìbān zhùfáng,
我國的建築，從古代的宮殿到近代的一般住房，
jué dà bùfen shì duìchèn de, zuǒ•biān zěnmeyàng, yòu•biān yě zěnmeyàng. Sūzhōu
絕大部分是對稱的，左邊怎麼樣，右邊也怎麼樣。蘇州
yuánlín kě jué bù jiǎng•jiū duìchèn, hǎoxiàng gùyì bìmiǎn shìde. Dōng•biān yǒule
園林可絕不講究對稱，好像故意避免似的。東邊有了
yí gè tíngzi huòzhě yí dào huíláng, xī•biān jué bú huì lái yí gè tóngyàng de
一個亭子或者一道迴廊，西邊決不會來一個同樣的
tíngzi huòzhě yí dào tóngyàng de huíláng. Zhè shì wèi shénme? Wǒ xiǎng, yòng
亭子或者一道同樣的迴廊。這是為什麼？我想，用
túhuà lái bǐfang duìchèn de jiànzhù shì tú'ànhuà, bú shì měishùhuà ér yuánlín
圖畫來比方，對稱的建築是圖案畫，不是美術畫，而園林
shì měishùhuà měishùhuà yāoqiú zìrán zhī qù, shì bù jiǎng•jiū duìchèn de.
是美術畫，美術畫要求自然之趣，是不講究對稱的。

Sūzhōu yuánlín •lǐ dōu yǒu jiǎshān hé chízhǎo.
蘇州園林裏都有假山和池沼。

Jiǎshān de duīdié kěyǐ shuō shì yí xiàng yìshù ér bùjǐn shì jìshù.
假山的堆疊，可以說是一項藝術而不僅是技術。
Huòzhě shì chóngluán-diézhàng huòzhě shì jǐ zuò xiǎoshān pèihézhe zhúzi huāmù,
或者是重巒疊嶂，或者是幾座小山配合着竹子花木，
quán zàihu shèjìzhě hé jiàngshīmen shēngpíng duō yuèlì, xiōng zhōng yǒu qiūhè,
全在乎設計者和匠師們生平多閱歷，胸中有丘壑，
cái néng shǐ yóulǎnzhě pāndēng de shíhou wàngquè Sūzhōu chéngshì, zhǐ jué•dé shēn
才能使遊覽者攀登的時候忘卻蘇州城市，只覺得身
zài shān jiān.
在山間。

Zhìyú chízhǎo, dàduō yǐnyòng huóshuǐ. Yǒuxiē yuánlín chízhǎo kuān•chǎng, jiù
至於池沼，大多引用活水。有些園林池沼寬敞，就
bǎ chízhǎo zuòwéi quán yuán de zhōngxīn, qítā jǐngwù pèihézhe bùzhì. Shuǐmiàn
把池沼作為全園的中心，其他景物配合着佈置。水面
jiǎrú chéng hédào múyàng, wǎngwǎng ānpái qiáoliáng. Jiǎrú ānpái liǎng zuò
假如成河道模樣，往往安排橋樑。假如安排兩座

yǐshàng de qiáoliáng, nà jiù yí zuò yí gè yàng, jué bù léitóng.
以上的橋樑，那就一座一個樣，決不雷同。

Chízhǎo huò hédào de biānyán hěn shǎo qì qízhěng de shí'àn, zǒngshì gāodī qūqū rèn qí zìrán. Hái zài nàr bùzhì jǐ kuài línglóng de shítou, huòzhě zhòng xiē huācǎo. Zhè yě shì wèile qǔdé cóng gègè jiǎodù kàn dōu chéng yì fú huà de xiàoguǒ. Chízhǎo ·lǐ yǎngzhe jīnyú huò gè sè lǐyú, xià-qiū jìjié héhuā huò shuìlián // kāi fàng yóulǎnzhě kàn "yú xì liányè jiān" yòu shì rù huà de yì jǐng.
池沼或河道的邊沿很少砌齊整的石岸，總是高低屈曲任其自然。還在那兒佈置幾塊玲瓏的石頭，或者種些花草。這也是為了取得從各個角度看都成一幅畫的效果。池沼裏養着金魚或各色鯉魚，夏秋季節荷花或睡蓮//開放，遊覽者看「魚戲蓮葉間」，又是入畫的一景。

Jiéxuǎn zì Yè Shèngtáo《Sūzhōu Yuánlín》
節選自葉聖陶《蘇州園林》

詞語提示

對稱	duìchèn	講究	jiǎng•jiū
池沼	chízhǎo	堆疊	duīdié
重巒疊嶂	chóngluán-diézhàng	丘壑	qiūhè
遊覽者	yóulǎnzhě	寬敞	kuān•chǎng
模樣	múyàng	邊沿	biānyán
屈曲	qūqū	玲瓏	línglóng

句子分析

1. 或者是/重巒疊嶂，或者是/幾座小山/配合着竹子/花木，全在乎/設計者和匠師們/**生平多閱歷、胸中有丘壑**，才能使/遊覽者/攀登的時候/忘卻蘇州城市，只覺得/**身在山間**。

2. 池沼 / 或河道的邊沿 / 很少砌 / 齊整的石岸，總是 / 高低屈曲 / 任其自然。

3. 這 / 也是為了取得 / 從各個角度看 / 都成一幅畫的效果。

Zuòpǐn 35 Hào
作品 35 號

Wǒ xǐhuan chūfā.
我 喜歡 出發。

Fánshì dàodále de dìfang, dōu shǔyú zuótiān. Nǎpà nà shān zài qīng, nà shuǐ zài xiù, nà fēng zài wēnróu. Tài shēn de liúlián biànchéngle yì zhǒng jībàn, bànzhù de bùjǐn yǒu shuāngjiǎo, hái yǒu wèilái.
凡是 到達了 的 地方，都 屬於 昨天。哪怕 那 山 再 青，那 水 再 秀，那 風 再 溫柔。太 深 的 流連 便成了 一 種 羈絆，絆住 的 不僅 有 雙 腳，還 有 未來。

Zěnme néng bù xǐhuan chūfā ne? Méi jiànguo dàshān de wēi'é, zhēn shì yíhàn; jiànle dàshān de wēi'é méi jiànguo dàhǎi de hàohàn, réngrán yíhàn; jiànle dàhǎi de hàohàn méi jiànguo dàmò de guǎngmào, yījiù yíhàn: jiànle dàmò de guǎngmào méi jiànguo sēnlín de shénmì, hái shì yíhàn. Shìjiè ·shàng yǒu bù jué de fēngjǐng, wǒ yǒu bù lǎo de xīnqíng.
怎麼 能 不 喜歡 出發 呢？沒 見過 大山 的 巍峨，真 是 遺憾；見了 大山 的 巍峨 沒 見過 大海 的 浩瀚，仍然 遺憾；見了 大海 的 浩瀚 沒 見過 大漠 的 廣 袤，依舊 遺憾：見了 大漠 的 廣 袤 沒 見過 森林 的 神秘，還 是 遺憾。世界 上 有 不 絕 的 風景，我 有 不 老 的 心情。

Wǒ zì·rán zhī·dào, dàshān yǒu kǎnkě, dàhǎi yǒu làngtāo, dàmò yǒu fēngshā, sēnlín yǒu měngshòu. Jíbiàn zhèyàng, wǒ yīrán xǐhuan.
我 自然 知道，大山 有 坎坷，大海 有 浪濤，大漠 有 風沙，森林 有 猛 獸。即便 這 樣，我 依然 喜歡。

Dǎpò shēnghuó de píngjìng biàn shì lìng yì fān jǐngzhì, yì zhǒng shǔyú niánqīng de jǐngzhì. Zhēn qìngxìng, wǒ hái méi·yǒu lǎo. Jíbiàn zhēn lǎole yòu
打破 生 活 的 平靜 便 是 另 一 番 景致，一 種 屬於 年 輕 的 景致。真 慶 幸，我 還 沒有 老。即便 真 老了 又

zěnmeyàng, bú shì yǒu jù huà jiào lǎodāngyìzhuàng ma?
怎麼樣，不是有句話叫老當益壯嗎？

Yúshì, wǒ hái xiǎng cóng dàshān nà•lǐ xuéxí shēnkè, wǒ hái xiǎng cóng dàhǎi nà•lǐ xuéxí yǒnggǎn, wǒ hái xiǎng cóng dàmò nà•lǐ xuéxí chénzhuó, wǒ hái xiǎng cóng sēnlín nà•lǐ xuéxí jīmǐn. Wǒ xiǎng xuézhe pǐnwèi yì zhǒng bīnfēn de rénshēng.
於是，我還想從大山那裏學習深刻，我還想從大海那裏學習勇敢，我還想從大漠那裏學習沉着，我還想從森林那裏學習機敏。我想學着品味一種繽紛的人生。

Rén néng zǒu duō yuǎn? Zhè huà bú shì yào wèn liǎngjiǎo ér shì yào wèn zhìxiàng. Rén néng pān duō gāo? Zhè shì bú shì yào wèn shuāngshǒu ér shì yào wèn yìzhì. Yúshì, wǒ xiǎng yòng qīngchūn de rèxuè gěi zìjǐ shùqǐ yí gè gāoyuǎn de mùbiāo. Bùjǐn shì wèile zhēngqǔ yì zhǒng guāngróng, gèng shì wèile zhuīqiú yì zhǒng jìngjiè. Mùbiāo shíxiàn le, biàn shì guāngróng; mùbiāo shíxiàn •bù liǎo, rénshēng yě huì yīn // zhè yílù fēngyǔ báshè biàn de fēngfù ér chōngshí; zài wǒ kànlái, zhè jiù shì bùxū-cǐshēng.
人能走多遠？這話不是要問兩腳而是要問志向。人能攀多高？這事不是要問雙手而是要問意志。於是，我想用青春的熱血給自己樹起一個高遠的目標。不僅是為了爭取一種光榮，更是為了追求一種境界。目標實現了，便是光榮；目標實現不了，人生也會因//這一路風雨跋涉變得豐富而充實；在我看來，這就是不虛此生。

Shì de, wǒ xǐhuan chūfā, yuàn nǐ yě xǐhuan.
是的，我喜歡出發，願你也喜歡。

Jiéxuǎn zì Wāng Guózhēn《Wǒ Xǐhuan Chūfā》
節選自汪國真《我喜歡出發》

詞語提示

屬於	shǔyú	溫柔	wēnróu
流連	liúlián	羈絆	jībàn
巍峨	wēi'é	遺憾	yíhàn
仍然	réngrán	廣袤	guǎngmào
坎坷	kǎnkě	浪濤	làngtāo
猛獸	měngshòu	即便	jíbiàn
慶幸	qìngxìng	老當益壯	lǎodāng-yìzhuàng
勇敢	yǒnggǎn	沉着	chénzhuó
機敏	jīmǐn	品味	pǐnwèi
繽紛	bīnfēn	熱血	rèxuè

句子分析

1. 太深的流連 / 便成了一種羈絆，絆住的 / 不僅有**雙腳**，還有**未來**。
2. 沒見過大山的巍峨，**真**是遺憾；見了大山的巍峨 / 沒見過大海的浩瀚，**仍然**遺憾。
3. 真慶幸，我還沒有老，即便**真**老了 / **又**怎麼樣，不是有句話 / 叫**老當益壯**嗎？

Zuòpǐn 36 Hào

作品 36 號

Xiāngxia rénjiā zǒng ài zài wū qián dā yì guā jià, huò zhòng nánguā,
鄉下人家總愛在屋前搭一瓜架，或種南瓜，
huò zhòng sīguā, ràng nàxiē guāténg pān·shàng péngjià, pá·shàng wūyán. Dāng
或種絲瓜，讓那些瓜藤攀上棚架，爬上屋簷。當
huā'ér luòle de shíhou, téng ·shàng biàn jiēchūle qīng de、 hóng de guā, tāmen
花兒落了的時候，藤上便結出了青的、紅的瓜，它們
yí gègè guà zài fáng qián, chènzhe nà chángcháng de téng, lǜlǜ de yè.
一個個掛在房前，襯着那長長的藤，綠綠的葉。
Qīng、 hóng de guā, bìlǜ de téng hé yè, gòuchéngle yí dào biéyǒufēngqù de
青、紅的瓜，碧綠的藤和葉，構成了一道別有風趣的
zhuāngshì, bǐ nà gāolóu mén qián dūnzhe yí duì shíshīzi huòshì shùzhe liǎng gēn
裝飾，比那高樓門前蹲着一對石獅子或是豎着兩根
dàqígān, kě'ài duō le.
大旗杆，可愛多了。

Yǒuxiē rénjiā, hái zài mén qián de chǎngdì ·shàng zhòng jǐ zhū huā,
有些人家，還在門前的場地上種幾株花，
sháoyao, fèngxiān, jīguānhuā, dàlìjú, tāmen yīzhe shílìng, shùnxù kāifàng,
芍藥，鳳仙，雞冠花，大麗菊，它們依着時令，順序開放，
pǔsù zhōng dàizhe jǐ fēn huálì, xiǎnchū yí pài dútè de nóngjiā fēngguāng.
樸素中帶着幾分華麗，顯出一派獨特的農家風光。
Hái yǒuxiē rénjiā, zài wū hòu zhòng jǐshí zhī zhú, lǜ de yè, qīng de gān,
還有些人家，在屋後種幾十枝竹，綠的葉，青的竿，
tóuxià yí piàn nóngnóng de lǜyīn. Jǐ cháng chūnyǔ guòhòu, dào nà·lǐ zǒuzou,
投下一片濃濃的綠蔭。幾場春雨過後，到那裏走走，
nǐ chángcháng huì kàn·jiàn xǔduō xiānnèn de sǔn, chéngqún de cóng tǔ ·lǐ tànchū
你常常會看見許多鮮嫩的筍，成群地從土裏探出
tóu lái.
頭來。

Jī, xiāngxia rénjiā zhàolì zǒng yào yǎng jǐ zhī de. Cóng tāmen de fáng qián
雞，鄉下人家照例總要養幾隻的。從他們的房前

wū hòu zǒuguò, nǐ kěndìng huì qiáo·jiàn yì zhī mǔjī, shuàilǐng yì qún xiǎojī,
屋後走過，你肯定會瞧見一隻母雞，率領一群小雞，

zài zhúlín zhōng mìshí; huòshì qiáo·jiàn sǒngzhe wěiba de xióngjī, zài chǎngdì·shàng
在竹林中覓食；或是瞧見聳着尾巴的雄雞，在場地上

dàtàbù de zǒuláizǒuqù.
大踏步地走來走去。

Tāmen de wū hòu tǎngruò yǒu yì tiáo xiǎohé, nàme zài shíqiáo pángbiān, zài
他們的屋後倘若有一條小河，那麼在石橋旁邊，在

lǜshùyīn xià, nǐ huì jiàndào yì qún yāzi yóuxì shuǐ zhōng, bùshí de bǎ tóu
綠樹蔭下，你會見到一群鴨子遊戲水中，不時地把頭

zhādào shuǐ xià qù mìshí. Jíshǐ fùjìn de shítou ·shàng yǒu fùnǚ zài dǎoyī,
扎到水下去覓食。即使附近的石頭上有婦女在搗衣，

tāmen yě cóng bù chījīng.
牠們也從不吃驚。

Ruòshì zài xiàtiān de bàngwǎn chū·qù sànbù, nǐ chángcháng huì qiáo·jiàn
若是在夏天的傍晚出去散步，你常常會瞧見

xiāngxia rénjiā chī wǎnfàn // de qíngjǐng. Tāmen bǎ zhuōyǐ fàncài bāndào mén
鄉下人家吃晚飯//的情景。他們把桌椅飯菜搬到門

qián, tiāngāo-dìkuò de chī qǐ·lái. Tiānbiān de hóngxiá, xiàngwǎn de wēifēng, tóu
前，天高地闊地吃起來。天邊的紅霞，向晚的微風，頭

·shàng fēiguò de guīcháo de niǎo'ér, dōu shì tāmen de hǎoyǒu. Tāmen hé xiāngxia
上飛過的歸巢的鳥兒，都是他們的好友。它們和鄉下

rénjiā yìqǐ, huìchéngle yì fú zìrán、 héxié de tiányuán fēngjǐnghuà.
人家一起，繪成了一幅自然、和諧的田園風景畫。

Jiéxuǎn zì Chén Zuìyún《Xiāngxia Rénjiā》
節選自陳醉雲《鄉下人家》

詞語提示

鄉下	xiāngxia	人家	rénjiā
瓜藤	guāténg	棚架	péngjià
屋簷	wūyán	結出	jiēchū
襯着	chènzhe	碧綠	bìlǜ
蹲着	dūnzhe	石獅子	shíshīzi
豎着	shùzhe	旗杆	qígān
場地	chǎngdì	芍藥	sháoyao
雞冠花	jīguānhuā	順序	shùnxù
樸素	pǔsù	鮮嫩的筍	xiānnèn de sǔn
瞧見	qiáo•jiàn	率領	shuàilǐng
覓食	mìshí	聳着	sǒngzhe
雄雞	xióngjī	大踏步	dàtàbù
倘若	tǎngruò	綠樹蔭	lǜshùyīn
扎到	zhādào	搗衣	dǎoyī

句子分析

1. 鄉下人家 / 總愛在屋前 / 搭一瓜架，或種南瓜，或種絲瓜，讓那些瓜藤 / 攀上棚架，爬上屋簷。
2. 青、紅的瓜，碧綠的藤 / 和葉，構成了一道 / 別有風趣的裝飾，比那高樓門前 / 蹲着一對石獅子 / 或是 / 豎着兩根大旗杆，可愛多了。
3. 他們的屋後 / 倘若有一條小河，那麼 / 在石橋旁邊，在綠樹蔭下，你會見到 / 一群鴨子 / 遊戲水中，不時地 / 把頭 / 扎到水下去覓食。

Zuòpǐn 38 Hào

作品 38 號

Liǎngbǎi duō nián qián, kēxuéjiā zuòle yí cì shíyàn. Tāmen zài yì
兩百多年前，科學家做了一次實驗。他們在一
jiān wūzi ·lǐ héngqī-shùbā de lāle xǔduō shéngzi, shéngzi ·shàng jìzhe xǔduō
間屋子裏橫七豎八地拉了許多繩子，繩子上繫着許多
língdang, ránhòu bǎ biānfú de yǎnjing méng·shàng, ràng tā zài wūzi ·lǐ fēi.
鈴鐺，然後把蝙蝠的眼睛蒙上，讓牠在屋子裏飛。
Biānfú fēile jǐ gè zhōngtóu, língdang yí gè yě méi xiǎng, nàme duō de
蝙蝠飛了幾個鐘頭，鈴鐺一個也沒響，那麼多的
shéngzi, tā yì gēn yě méi pèngzháo.
繩子，牠一根也沒碰着。

Kēxuéjiā yòu zuòle liǎng cì shíyàn: yí cì bǎ biānfú de ěrduo sāi·shàng,
科學家又做了兩次實驗：一次把蝙蝠的耳朵塞上，
yí cì bǎ biānfú de zuǐ fēngzhù, ràng tā zài wūzi ·lǐ fēi. Biānfú jiù xiàng
一次把蝙蝠的嘴封住，讓牠在屋子裏飛。蝙蝠就像
méitóu-cāngying shìde dàochù luàn zhuàng, guà zài shéngzi ·shàng de língdang xiǎng gè
沒頭蒼蠅似的到處亂撞，掛在繩子上的鈴鐺響個
bùtíng.
不停。

Sān cì shíyàn de jiéguǒ zhèngmíng, biānfú yè·lǐ fēixíng, kào de bú shì
三次實驗的結果證明，蝙蝠夜裏飛行，靠的不是
yǎnjing, ér shì kào zuǐ hé ěrduo pèihé qǐ·lái tànlù de.
眼睛，而是靠嘴和耳朵配合起來探路的。

Hòulái, kēxuéjiā jīngguò fǎnfù yánjiū, zhōngyú jiēkāile biānfú néng zài
後來，科學家經過反覆研究，終於揭開了蝙蝠能在
yè·lǐ fēixíng de mìmì. Tā yìbiān fēi, yìbiān cóng zuǐ·lǐ fāchū chāoshēngbō. Ér
夜裏飛行的秘密。牠一邊飛，一邊從嘴裏發出超聲波。而
zhè zhǒng shēngyīn, rén de ěrduo shì tīng ·bú jiàn de, biānfú de ěrduo què néng
這種聲音，人的耳朵是聽不見的，蝙蝠的耳朵卻能
tīngjiàn. Chāoshēngbō xiàng qián chuánbō shí, yùdào zhàng'àiwù jiù fǎnshè huí·lái,
聽見。超聲波向前傳播時，遇到障礙物就反射回來，
chuándào biānfú de ěrduo ·lǐ, tā jiù lìkè gǎibiàn fēixíng de fāngxiàng.
傳到蝙蝠的耳朵裏，牠就立刻改變飛行的方向。

Zhī•dào biānfú zài yè•lǐ rúhé fēixíng, nǐ cāidào fēijī yèjiān fēixíng de
知道 蝙蝠 在 夜裏 如何 飛行，你 猜到 飛機 夜間 飛行 的

mìmì le ma? Xiàndài fēijī •shàng ānzhuāngle léidá, léidá de gōngzuò yuánlǐ
秘密 了 嗎？現代 飛機 上 安裝了 雷達，雷達 的 工作 原理

yǔ biānfú tànlù lèisì. Léidá tōngguò tiānxiàn fāchū wúxiàn diànbō, wúxiàn diànbō
與 蝙蝠 探路 類似。雷達 通過 天線 發出 無線 電波，無線 電波

yùdào zhàng'àiwù jiù fǎnshè huí•lái, bèi léidá jiēshōu dào, xiǎnshì zài yíngguāngpíng
遇到 障礙物 就 反射 回來，被 雷達 接收 到，顯示 在 熒 光 屏

•shàng. Cóng léidá de yíngguāngpíng •shàng, jiàshǐyuán nénggòu qīngchu de kàndào
上 。從 雷達 的 熒 光 屏 上 ，駕駛員 能夠 清楚 地 看到

qiánfāng yǒuméiyǒu zhàng'àiwù, suǒ // yǐ fēijī fēixíng jiù gèng ānquán le.
前方 有沒有 障礙物，所 // 以 飛機 飛行 就 更 安全 了。

Jiéxuǎn zì 《 Yèjiān Fēixíng de Mìmì 》
節選 自《夜間 飛行 的 秘密》

詞語提示

繩子	shéngzi	繫着	jìzhe
鈴鐺	língdang	蝙蝠	biānfú
蒙上	méng•shàng	沒碰着	méi pèngzháo
塞上	sāi•shàng	蒼蠅	cāngying
亂撞	luànzhuàng	超聲波	chāoshēngbō
傳播	chuánbō	障礙物	zhàng'àiwù
反射	fǎnshè	類似	lèisì
熒光屏	yíngguāngpíng	駕駛員	jiàshǐyuán

句子分析

1. 他們在一間屋子裏 / 橫七豎八地 / 拉了許多繩子，繩子上 / 繫着許多鈴鐺，然後 / 把蝙蝠的眼睛蒙上，讓它 / 在屋子裏飛。

2. 而這種聲音，人的耳朵 / 是聽不見的，蝙蝠的耳朵 / 卻能聽見。
3. 雷達通過天線 / 發出無線電波，無線電波 / 遇到障礙物 / 就反射回來，被雷達接收到，顯示在 / 熒光屏上。

五、命題説話演練

話題：5　我喜愛的植物

提示：

喜歡什麼植物？為什麼喜歡？如果有種植植物的經驗，説説種了什麼品種及有關種植的知識。如果沒有種植經驗，可以説人類賦予某些植物的意義。可以説幾種植物。

説話提綱示例：

我喜愛的植物有很多

- 蘭花：蘭花在中國是高尚、純潔、謙虛的象徵。我家附近有個公園，裏面種了很多蘭花。晚飯後，如果有空兒，我都會去公園蹓躂一個小時。
- 仙人掌：仙人掌很好種，澆點兒水就行。它的花有白色、紅色、黃色、粉紅色的，能開很久。
- 竹子：鄉下我爺爺奶奶的家在一片竹林裏，夏天很涼快。春天可以挖竹筍，奶奶能用竹筍做很多菜，都特好吃。竹子的用途很多，可以編籮筐、編涼席、做家具等。

詞語儲備

yángzǐjīng 洋紫荊	lánhuā 蘭花	zhúzi 竹子	júhuā 菊花	kāngnǎixīn 康乃馨
dùjuān 杜鵑	liūda 蹓達	chúnjié 純潔	qiānxū 謙虛	liángkuai 涼快
zhònghuā 種花	bōzhǒng 播種	jiāoshuǐ 澆水	shīféi 施肥	huāgūduor 花骨朵兒
liángxí 涼席	chǎnzi 鏟子	jiǎnzi 剪子	pēnhú 噴壺	chángchūnténg 常春藤

話題：12　我喜歡的季節（或天氣）

提示：

為什麼喜歡這個季節（或天氣）？可以說季節（或天氣）與飲食、衣着的關係，也可以說各個季節中的活動，以及自己的經歷、感受等。四個季節都可以說。

說話提綱示例：

我喜歡的季節

- 春天：香港春天很潮濕，但是有很多漂亮的花兒，萬紫千紅，讓人充分感受美的韻律。我特別喜歡玫瑰，喜歡用各色玫瑰插花。
- 夏天：我們家經常去海灘，游泳、堆沙，一家人在一起有很多美好的記憶。夏天水果多，我愛吃荔枝和西瓜。
- 秋天：我喜歡爬山，夏天太熱，爬山容易中暑。秋天是爬山最好的季節，天氣不冷不熱，讓人感到神清氣爽。

● 冬天：我喜歡聖誕節和春節。每年聖誕節我都會去尖沙咀看燈飾。聖誕節能收到很多禮物。春節有好多年貨攤兒，賣很多好吃的。冬天有時會和朋友去北方滑雪，雖然開始老摔跤，但學會之後，真的很過癮，年年都想去。

詞語儲備

jìjié 季節	tiānqì 天氣	duī shā 堆沙	lìzhī 荔枝	chūn xià qiū dōng 春夏秋冬
pǎobiàn 跑遍	zhòngshǔ 中暑	pífū 皮膚	gǎnjué 感覺	Jiānshāzuǐ 尖沙咀
shuǎng 爽	shuāijiāo 摔跤	huáxuě 滑雪	guòyǐn 過癮	shénqīng-qìshuǎng 神清氣爽
mēnrè 悶熱	méi•guī 玫瑰	fǎncháo 返潮	guārángr 瓜瓤兒	sāngnátiān 桑拿天

話題：15　我喜歡的美食

提示：

喜歡什麼樣的美食？為什麼喜歡？具體描述一下你喜歡的美食。也可以介紹自己會做的美食，從買食材、備料及製作過程、成品描述，到別人的反饋及評價。美食可以說幾種。

說話提綱示例：

我喜歡的美食有很多種

● 巧克力：我最喜歡吃純牛奶巧克力。現在巧克力的種類越來越多，只要有新品種，我就要買來嘗嘗。有研究報告說，黑巧克力對人的身體很有好處，我常常吃。

- 北京烤鴨：皮脆肉嫩，鬆軟的薄餅，加上蔥絲、黃瓜條，最關鍵的是甜麵醬，必須是北京老字號的。那個香，真沒法兒形容。香港很多餐館兒的北京烤鴨也做得不錯呢！
- 廣東點心：薄皮兒大餡兒的蝦餃、燒賣，綿滑的腸粉，清淡的皮蛋瘦肉粥，香脆的炸薄脆；滿大街的茶樓裏都有供應。
- 蒸魚：我的拿手菜。把魚洗乾淨，抹點兒鹽，把薑絲兒、蔥絲兒放在上邊。等水開了，放進蒸鍋裏，大火蒸 7 分鐘。關火後，在整條魚上，均勻地淋上醬油和熱油。醬油有專門的蒸魚醬油，味道可鮮了！蒸魚最重要的是掌握火候，時間長了，肉就老了。

詞語儲備

měishí 美食	chángchang 嘗嘗	kǎoyā 烤鴨	xiānnèn 鮮嫩	zhá báocuì 炸薄脆
báobǐng 薄餅	xiǎochī 小吃	shāomài 燒賣	jiāngsīr 薑絲兒	lǎozìhao 老字號
zhēngyú 蒸魚	pídàn 皮蛋	huǒhou 火候	suànmòr 蒜末兒	tiánmiànjiàng 甜麵醬
liàojiǔ 料酒	chángfěn 腸粉	jiàngyóu 醬油	shuǐ kāi le 水開了	kè guāzǐr 嗑瓜子兒

話題：18　我喜愛的動物

提示：

喜愛哪種動物，原因是什麼？如果有飼養經驗，說說為什麼養這種動物，說說自己的經歷、體會。如果沒養過動物，可以說動物的故事：朋友的寵物，影視作品或文學作品裏有關動物的故事。可以喜歡不同的動物。

說話提綱示例：

我喜歡的動物有很多種

- 狗：表情很萌、很可愛。我一直想養狗，媽媽不讓。現在我搬出來自己住了，養了一隻松鼠狗。早上我上班，牠總是圍着我的腳轉悠，不讓我走。下午會蹲在門口，盯着大門，等我下班。
- 貓：我養過一隻貓。牠是白色的，耳朵耷拉着，眯縫着眼睛，成天睡覺。妹妹說牠是「睡迷」！
- 蝴蝶：我參觀過一個蝴蝶博物館，裏面的蝴蝶標本有上千個，有各種花紋，五顏六色的。以後我就喜歡上蝴蝶了。香港的郊野公園有很多蝴蝶，我喜歡看牠們飛舞的樣子，也很喜歡拍各種蝴蝶的照片。

詞語儲備

gǒu 狗	māo 貓	húdié 蝴蝶	sōngshǔ 松鼠	bàozi 豹子
gēzi 鴿子	mīfeng 眯縫	dāla 耷拉	dūn 蹲	biāoběn 標本
liùgǒu 遛狗	zhuànyou 轉悠	méng 萌	cāngshǔ 倉鼠	fángyìzhēn 防疫針
wūguī 烏龜	hǎitún 海豚	hóuzi 猴子	cìwei 刺猬	bǎménr 把門兒

話題：33　談服飾

提示：

服飾包括衣服、飾品（首飾、髮卡、髮箍）、圍巾、帽子、鞋襪等。選擇服飾要考慮很多因素：天氣、職業、場合、品牌、價格等。說說自己選擇服飾的喜好，也可以介紹一個地區、一個民族的服飾的特點。

說話提綱示例：

今天我要談談服飾

- 買衣服：我不常買衣服。一般在換季大減價的時候去逛商場，有合適的才買。我會考慮衣服的顏色、剪裁、料子、品牌、價錢。一般不趕潮流。我注意到，服飾的搭配有很多學問，應該好好學學着裝。
- 上班的穿着：我是一名老師，素色的服裝比較莊重，顯得專業。我有不少白色、灰色、深藍色的衣服。為了工作方便，上班經常是褲子配平底鞋。開學典禮、畢業典禮時，我會穿套裝。
- 業餘的穿着：平時我的衣服顏色選擇比較多，深綠色、淡黃色、咖啡色的都有，但不會是鮮豔扎眼的。運動時穿 T 恤、運動衣。過年的時候常會穿紅色的。

詞語儲備

fúshì 服飾	yīfu 衣服	fàqiǎ 髮卡	fàgū 髮箍	shǒujuànr 手絹兒
jiǎncái 剪裁	liàozi 料子	cháoliú 潮流	qúnzi 裙子	kǎnjiānr 坎肩兒
xiānyàn 鮮豔	zhāyǎn 扎眼	xiūxián 休閒	xù T 恤	gāogēnrxié 高跟兒鞋
dāpèi 搭配	xuéwen 學問	qiúxié 球鞋	bèixīn 背心	kāfēisè 咖啡色
hèsè 褐色	zōngsè 棕色	tuósè 駝色	màozi 帽子	ǒuhésè 藕荷色
mòlǜ 墨綠	húlán 湖藍	júhóng 橘紅	dànhuáng 淡黃	tiānlánsè 天藍色

07

第七課

綜合訓練（五）

一、語音知識分析：【聲調辨正】二三聲分辨及練習

二、難點字詞認讀

三、選擇判斷練習

四、朗讀作品指導

7 王　雄《當今「千里眼」》

15 唐曉峰《華夏文明的發展與融合》

41 袁　鷹《頤和園》

42 冰　心《憶讀書》

47 茅以升《中國石拱橋》

五、命題說話演練

10 我的興趣愛好

20 體育運動的樂趣

21 讓我快樂的事情

27 讓我感動的事情

30 學習普通話（或其他語言）的體會

一、語音知識分析

【聲調辨正】二三聲分辨及練習

前面第五課我們複習了聲調知識，練習着重辨析一四聲的差異。本課繼續聲調練習，重點是辨析第二三聲。

粵方言的人士，說普通話時二三聲為什麼容易混淆？主要的毛病是第三聲（214）沒有讀準，沒有掌握第三聲是一個曲折的聲調，先降後升。沒有降就直接讀了第二聲的升調（35）。例如，把「賽馬 mǎ」說成了「賽麻 má」，調就變了。

下面我們再用圖例對比一下，看看普通話四個聲調和粵方言九個聲調的走勢。相信大家就很容易看出為什麼粵方言人士會混淆一四聲和二三聲了。

普通話聲調圖

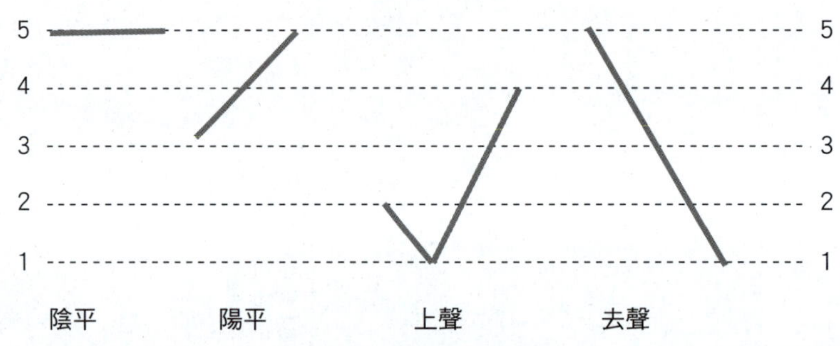

粵語聲調圖

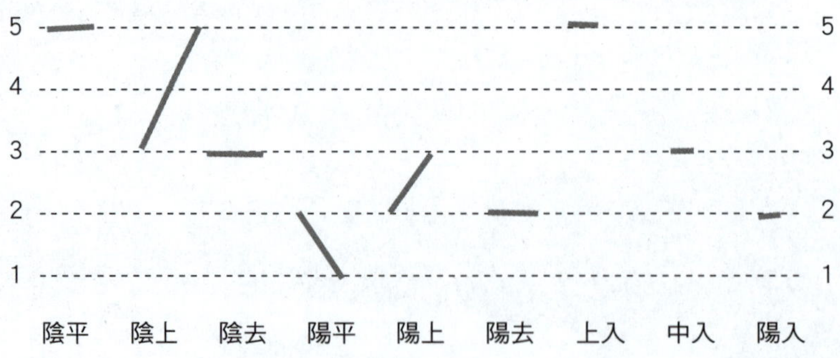

掌握普通話的四個聲調是學習普通話的難點。有人說，用唱普通話歌曲的辦法可以學會普通話，這對學習普通話確實會有幫助，但是歌曲中的旋律和節奏可能會掩蓋一些字的聲調的細微差別，導致學習者無法準確掌握普通話的聲調。所以，用唱歌的方法就不夠用了。

二、難點字詞認讀

（一）看拼音，準確讀出以下詞語

1. 讀單音節字詞

áo 鰲	ái 皚	fú 氟	jué 獗	qián 潛	zhé 轍	zhá 鍘	chú 芻	mí 獮	mán 鰻
tián 恬	wéi 桅	wú 毋	suí 綏	Tóng 佟	yú 腴	yú 隅	zhǎn 嶄	yǎn 儼	gǎn 擀
bǐ 匕	dǎn 疸	Hǎo 郝	mǎo 鉚	pǐ 癖	qǐ 綺	zhěng 拯	yǒu 黝	zǎi 崽	ǎo 襖

2. 讀多音節詞語

chóuchú 躊躇	chánchú 蟾蜍	chíchú 踟躕	cháoxué 巢穴	pílín 毗鄰
tuírán 頹然	chúxíng 雛形	xiánshú 嫻熟	áoxiáng 翱翔	géhé 隔閡
fúxiǎo 拂曉	chénfǔ 陳腐	cháofěng 嘲諷	círuǐ 雌蕊	jíshǒu 棘手
miǎománg 渺茫	gǔgé 骨骼	chǔfá 處罰	huǎnhé 緩和	jǔjué 咀嚼

（二）看漢字，準確讀出以下詞語

1. 單音節字（前一個字為第二聲，後一個字為第三聲）

霓——你　瘠——幾　綾——領　櫝——堵　匐——斧　惆——醜

虔——淺　孰——薯　蜇——者　垣——遠　狍——跑　骼——葛

獨——篤　肥——翡　集——麂　民——抿　祥——餉　嫡——詆

匍——普　搪——躺　韋——尾　虞——語　噙——寢　偕——寫

2. 雙音節詞

分辨二三聲和二二聲

即使——及時　隋史——隨時　沒有——煤油　別擠——別急

愚蠢——魚唇　陳腐——沉浮　調解——調節　平反——平凡

分辨三二聲和二二聲

處於——廚餘　滿足——蠻族　史實——實時　鐽除——蟾蜍

有船——遊船　偉人——為人　指責——職責　遠行——圓形

分辨二三聲和三二聲

原理——遠離　即使——幾時　節省——解繩　除法——處罰

談吐——坦途　停止——挺直　黃酒——韭黃　情感——感情

3. 巧記多音字

(1) 掃：sǎo 掃蕩 / sào 掃帚

(2) 拾：shè 拾級 / shí 撿拾

(3) 結：jiē 開花結果 / jié 討論結果

(4) 似：shì 似的 / sì 類似

(5) 稱：chēng 宣稱 / chèn 對稱

(6) 炸：zhá 炸雞 / zhà 爆炸

(7) 挑：tiǎo 挑着幾根疏枝 / tiāo 挑選

(8) 縫：féng 縫紉 / fèng 縫隙

(9) 累：léi 累贅 / lèi 勞累

(10) 夾：jiā 文件夾 / jiá 夾被

(11) 蔭：yìn 蔭護 / yīn 綠蔭

(12) 散：sǎn 散金碎玉 / sàn：散落

三、選擇判斷練習

1. 詞語判斷

(1)	常椿	常時	時常	扯常
(2)	抬頭	擧頭	擔起頭來	覘起腦殼
(3)	蝹仔	蚊裏	夜蚊子	蚊子
(4)	後生家	小伙子	後生仔	青年伢子
(5)	旋轉	蜇環	打轉轉裏	
(6)	夜裏嚮	冥時	夜晚黑	夜裏
(7)	有時	有辰光	有時竣	有陣時
(8)	着冷	着涼	寒去	冷親
(9)	阿侄	孫仔	侄兒子	侄子
(10)	嘴唇皮	喙唇	嘴唇	嘴舷子

2. 量詞、名詞搭配

血	瀑布	圍棋	鼓	傷痕	攝像機	手套	糖	墨水	餅乾

道	粒	副	架	滴	塊

3. 語序或表達形式判斷

(1) A. 我們抓他起來。
B. 我們把他抓起來。
C. 我們抓起他來。

(2) A. 你矮我。
B. 你比我矮。
C. 你比較矮我。

(3) A. 那東西重不重？

B. 那東西重咧不？

C. 那東西重啊不？

D. 那東西重咧不咧？

(4) A. 汽車快來了。

B. 汽車來快了。

(5) A. 中啊吧？

B. 行不行？

C. 中啊不？

四、朗讀作品指導

Zuòpǐn 7 Hào
作品 7 號

Dāng gāosù lièchē cóng yǎnqián hūxiào ér guò shí, nà zhǒng zhuǎnshùn-jíshì
當 高速 列車 從 眼前 呼嘯 而 過 時，那 種 轉瞬即逝

de gǎnjué ràng rénmen bù·débù fāwèn: gāosù lièchē pǎo de nàme kuài, sījī
的 感覺 讓 人們 不得不 發問：高速 列車 跑 得 那麼 快，司機

néng kànqīng lù ma?
能 看清 路 嗎？

Gāosù lièchē de sùdù fēicháng kuài, zuì dī shísù biāozhǔn shì
高速 列車 的 速度 非常 快，最 低 時速 標準 是

èrbǎi gōnglǐ. Qiě bù shuō néngjiàndù dī de wùmáitiān, jiùshì qíngkōng-wànlǐ de
二百 公里。且 不 說 能見度 低 的 霧霾天，就是 晴空萬里 的

dàbáitiān, jíshǐ shì shìlì hǎo de sījī, yě bù néng bǎozhèng zhèngquè shíbié
大白天，即使 是 視力 好 的 司機，也 不 能 保證 正確 識別

dìmiàn de xìnhào. Dāng ròuyǎn kàndào qián·miàn yǒu zhàng'ài shí, yǐ·jīng lái·bùjí
地面 的 信號。當 肉眼 看到 前面 有 障礙 時，已經 來不及

fǎnyìng.
反應。

Zhuānjiā gàosu wǒ, mùqián, wǒguó shísù sānbǎi gōnglǐ yǐshàng de gāotiě
專家告訴我，目前，我國時速三百公里以上的高鐵
xiànlù bú shèzhì xìnhàojī, gāosù lièchē bú yòng kàn xìnhào xíngchē, ér shì
線路不設置信號機，高速列車不用看信號行車，而是
tōngguò liè-kòng xìtǒng zìdòng shíbié qiánjìn fāngxiàng. Qí gōngzuò liúchéng wéi, yóu
通過列控系統自動識別前進方向。其工作流程為，由
tiělù zhuānyòng de quánqiú shùzì yídòng tōngxìn xìtǒng lái shíxiàn shùjù chuánshū,
鐵路專用的全球數字移動通信系統來實現數據傳輸，
kòngzhì zhōngxīn shíshí jiēshōu wúxiàn diànbō xìnhào, yóu jìsuànjī zìdòng páiliè
控制中心實時接收無線電波信號，由計算機自動排列
chū měi tàng lièchē de zuì jiā yùnxíng sùdù hé zuì xiǎo xíngchē jiàngé jùlí,
出每趟列車的最佳運行速度和最小行車間隔距離，
shíxiàn shíshí zhuīzōng kòngzhì, quèbǎo gāosù lièchē jiàngé hélǐ de ānquán
實現實時追蹤控制，確保高速列車間隔合理地安全
yùnxíng. Dāngrán, shísù èrbǎi zhì èrbǎi wǔshí gōnglǐ de gāotiě xiànlù, réngrán
運行。當然，時速二百至二百五十公里的高鐵線路，仍然
shèzhì xìnhàodēng kòngzhì zhuāngzhì, yóu chuántǒng de guǐdào diànlù jìnxíng xìnhào
設置信號燈控制裝置，由傳統的軌道電路進行信號
chuánshū.
傳輸。

Zhōngguó zìgǔ jiù yǒu "qiānlǐyǎn" de chuánshuō, jīnrì gāotiě ràng gǔrén
中國自古就有「千里眼」的傳說，今日高鐵讓古人
de chuánshuō chéngwéi xiànshí.
的傳說成為現實。

Suǒwèi "qiānlǐyǎn" jí gāotiě yánxiàn de shèxiàngtóu, jǐ háomǐ jiànfāng
所謂「千里眼」，即高鐵沿線的攝像頭，幾毫米見方
de shízǐr yě táo ·bú guò tā de fǎyǎn. Tōngguò shèxiàngtóu shíshí cǎijí yánxiàn
的石子兒也逃不過它的法眼。通過攝像頭實時採集沿線
gāosù lièchē yùnxíng de xìnxī, yídàn // chūxiàn gùzhàng huòzhě yìwù qīnxiàn,
高速列車運行的信息，一旦//出現故障或者異物侵限，
gāotiě diàodù zhǐhuī zhōngxīn jiānkòng zhōngduān de jièmiàn ·shàng jiù huì chūxiàn
高鐵調度指揮中心監控終端的界面上就會出現
yí gè hóngsè de kuàng jiāng mùbiāo suǒdìng, tóngshí, jiānkòng xìtǒng mǎshàng
一個紅色的框將目標鎖定，同時，監控系統馬上

bàojǐng xiǎnshì. Diàodù zhǐhuī zhōngxīn huì xùnsù bǎ zhǐlìng chuándì gěi gāosù lièchē sījī.
報警顯示。調度指揮中心會迅速把指令傳遞給高速列車司機。

Jiéxuǎn zì Wáng Xióng《Dāngjīn "Qiānlǐyǎn"》
節選自王雄《當今「千里眼」》

詞語提示

呼嘯而過	hūxiào ér guò	轉瞬即逝	zhuǎnshùn-jíshì
霧霾	wùmái	識別	shíbié
設置	shèzhì	傳輸	chuánshū
控制	kòngzhì	實時	shíshí
每趟	měi tàng	間隔	jiàngé
追蹤	zhuīzōng	確保	quèbǎo
軌道	guǐdào	沿線	yánxiàn
攝像頭	shèxiàngtóu	石子兒	shízǐr
法眼	fǎyǎn	採集	cǎijí

句子分析（注：分隔號表示停頓，顏色字表示重音。下同）

1. 當高速列車 / 在眼前呼嘯而過時，那種**轉瞬即逝**的感覺 / 讓人們不得不發問：高速列車跑得**那麼**快，司機**能**看清路嗎？
2. 目前，我國時速三百公里以上的高鐵線路 / **不設置**信號機，高速列車 / 不用看信號行車，而是通過 / 列控系統 / **自動**識別前進方向。
3. 由鐵路專用的 / 全球數字移動通信系統 / 來實現**數據傳輸**，控制中心 / 實時接收 / 無線電波信號，由計算機 / **自動**排列出 / 每趟列車的**最佳**運行速度 / 和**最小**行車間隔距離，實現 / **實時**追蹤控制，確保高速列車 / **間隔合理**地 / **安全**運行。

Zuòpǐn 15 Hào
作品 15 號

Zài wǒguó lìshǐ dìlǐ zhōng, yǒu sān dà dūchéng mìjíqū, tāmen shì:
在我國歷史地理中，有三大都城密集區，它們是：
Guānzhōng Péndì、 Luòyáng Péndì、 Běijīng Xiǎopíngyuán. Qízhōng měi yí gè dìqū
關中盆地、洛陽盆地、北京小平原。其中每一個地區
dōu céng dànshēngguo sì gè yǐshàng dàxíng wángcháo de dūchéng. Ér Guānzhōng
都曾誕生過四個以上大型王朝的都城。而關中
Péndì、 Luòyáng Péndì shì qiáncháo lìshǐ de liǎng gè dūchéng mìjíqū, zhèng shì
盆地、洛陽盆地是前朝歷史的兩個都城密集區，正是
tāmen gòuchéngle zǎoqī wénmíng héxīn dìdài zhōng zuì zhòngyào de nèiróng.
它們構成了早期文明核心地帶中最重要的內容。

Wèi shénme zhègè dìdài huì chéngwéi Huáxià wénmíng zuì xiānjìn de dìqū?
為什麼這個地帶會成為華夏文明最先進的地區？
Zhè zhǔyào shì yóu liǎng gè fāngmiàn de tiáojiàn cùchéng de, yí gè shì zìrán
這主要是由兩個方面的條件促成的，一個是自然
huánjìng fāngmiàn de, yí gè shì rénwén huánjìng fāngmiàn de.
環境方面的，一個是人文環境方面的。

Zài zìrán huánjìng fāngmiàn, zhè•lǐ shì wǒguó wēndài jìfēng qìhòudài de
在自然環境方面，這裏是我國溫帶季風氣候帶的
nánbù, jiàngyǔ、 qìwēn、 tǔrǎng děng tiáojiàn dōu kěyǐ mǎnzú hànzuò nóngyè de
南部，降雨、氣溫、土壤等條件都可以滿足旱作農業的
xūqiú. Zhōngguó běifāng de gǔdài nóngzuòwù, zhǔyào shì yìniánshēng de sù hé
需求。中國北方的古代農作物，主要是一年生的粟和
shǔ. Huánghé zhōng-xiàyóu de zìrán huánjìng wèi sù-shǔ zuòwù de zhòngzhí hé
黍。黃河中下游的自然環境為粟黍作物的種植和
gāochǎn tígōngle détiān-dúhòu de tiáojiàn. Nóngyè shēngchǎn de fādá, huì cùjìn
高產提供了得天獨厚的條件。農業生產的發達，會促進
zhěnggè shèhuì jīngjì de fāzhǎn, cóng'ér tuīdòng shèhuì de jìnbù.
整個社會經濟的發展，從而推動社會的進步。

Zài rénwén huánjìng fāngmiàn, zhè•lǐ shì nán-běifāng、 dōng-xīfāng dàjiāoliú
在人文環境方面，這裏是南北方、東西方大交流
de zhóuxīn dìqū. Zài zuì zǎo de liù dà xīn shíqì wénhuà fēnbù xíngshìtú zhōng
的軸心地區。在最早的六大新石器文化分佈形勢圖中

kěyǐ kàndào, zhōngyuán chǔyú zhèxiē wénhuà fēnbù de zhōngyāng dìdài. Wúlùn
可以看到，中原處於這些文化分佈的中央地帶。無論

shì kǎogǔ fāxiàn háishi lìshǐ chuánshuō, dōu yǒu nán-běi wénhuà cháng jùlí
是考古發現還是歷史傳說，都有南北文化長距離

jiāoliú、dōng-xi wénhuà xiānghù pèngzhuàng de zhèngjù. Zhōngyuán dìqū zài kōngjiān
交流、東西文化相互碰撞的證據。中原地區在空間

•shàng qiàqià wèijū zhōngxīn, chéngwéi xìnxī zuì fādá、yǎnjiè zuì kuānguǎng、
上恰恰位居中心，成為信息最發達、眼界最寬廣、

huó•dòng zuì // fánmáng、jìngzhēng zuì jīliè de dìfang. Zhèng shì zhèxiē
活動最//繁忙、競爭最激烈的地方。正是這些

huó•dòng, tuīdòngle gè xiàng rénwén shìwù de fāzhǎn, wénmíng de fāngfāngmiànmiàn
活動，推動了各項人文事務的發展，文明的方方面面

jiù shì zài chǔlǐ gè lèi shìwù de guòchéng zhōng bèi kāichuàng chū•lái de.
就是在處理各類事務的過程中被開創出來的。

Jiéxuǎn zì Táng Xiǎofēng《Huáxià Wénmíng de Fāzhǎn yǔ Rónghé》
節選自唐曉峰《華夏文明的發展與融合》

詞語提示

都城	dūchéng	密集區	mìjíqū
盆地	péndì	洛陽	Luòyáng
核心	héxīn	促成	cùchéng
季風	jìfēng	降雨	jiàngyǔ
土壤	tǔrǎng	旱作	hànzuò
需求	xūqiú	粟和黍	sù hé shǔ
種植	zhòngzhí	軸心	zhóuxīn
形勢	xíngshì	處於	chǔyú
碰撞	pèngzhuàng	證據	zhèngjù
恰恰	qiàqià	寬廣	kuānguǎng

句子分析

1. 而關中盆地、洛陽盆地／是前朝歷史的／兩個都城密集區，正是**它們**／構成了／早期文明核心地帶中／**最重要**的內容。
2. 這裏是我國／溫帶季風氣候帶的南部，降雨、氣溫、土壤等條件／**都可以**滿足／旱作農業的需求。
3. 在**最早**的／六大新石器文化分佈形勢圖中／**可以**看到，中原／處於這些文化分佈的**中央地帶**。

Zuòpǐn 41 Hào

作品 41 號

Běijīng de Yíhéyuán shì gè měilì de dà gōngyuán.
北京的頤和園是個美麗的大公園。

Jìnle Yíhéyuán de dàmén, ràoguò dàdiàn, jiù láidào yǒumíng de
進了頤和園的大門，繞過大殿，就來到有名的

chángláng. Lǜ qī de zhùzi, hóng qī de lángān, yì yǎn wàng •bú dào tóu.
長廊。綠漆的柱子，紅漆的欄杆，一眼望不到頭。

Zhè tiáo chángláng yǒu qībǎi duō mǐ cháng, fēnchéng èrbǎi qīshísān jiān. Měi yì
這條長廊有七百多米長，分成二百七十三間。每一

jiān de héngjiàn •shàng dōu yǒu wǔcǎi de huà, huàzhe rénwù、huācǎo、fēngjǐng,
間的橫檻上都有五彩的畫，畫着人物、花草、風景，

jǐ qiān fú huà méi•yǒu nǎ liǎng fú shì xiāngtóng de. Chángláng liǎngpáng zāimǎnle
幾千幅畫沒有哪兩幅是相同的。長廊兩旁栽滿了

huāmù, zhè yì zhǒng huā hái méi xiè, nà yì zhǒng huā yòu kāi le. Wēifēng cóng
花木，這一種花還沒謝，那一種花又開了。微風從

zuǒ•biān de Kūnmínghú •shàng chuī•lái, shǐ rén shénqīng-qìshuǎng.
左邊的昆明湖上吹來，使人神清氣爽。

Zǒuwán chángláng, jiù láidàole Wànshòushān jiǎo •xià. Tái tóu yí kàn,
走完長廊，就來到了萬壽山腳下。抬頭一看，
yí zuò bājiǎo bǎotǎ xíng de sān céng jiànzhù sǒnglì zài bànshānyāo •shàng, huángsè
一座八角寶塔形的三層建築聳立在半山腰上，黃色
de liú•líwǎ shǎnshǎn fāguāng. Nà jiù shì Fóxiānggé. Xià•miàn de yì páipái
的琉璃瓦閃閃發光。那就是佛香閣。下面的一排排
jīnbì-huīhuáng de gōngdiàn, jiù shì Páiyúndiàn.
金碧輝煌的宮殿，就是排雲殿。

Dēng•shàng Wànshòushān, zhàn zài Fóxiānggé de qián•miàn xiàng xià wàng,
登上萬壽山，站在佛香閣的前面向下望，
Yíhéyuán de jǐngsè dàbàn shōu zài yǎn dǐ. Cōngyù de shùcóng, yǎnyìngzhe huáng
頤和園的景色大半收在眼底。葱鬱的樹叢，掩映着黃
de lǜ de liú•líwǎ wūdǐng hé zhūhóng de gōngqiáng. Zhèngqián•miàn, Kūnmínghú
的綠的琉璃瓦屋頂和朱紅的宮牆。正前面，昆明湖
jìng de xiàng yí miàn jìngzi, lǜ de xiàng yí kuài bìyù. Yóuchuán、huàfǎng zài
靜得像一面鏡子，綠得像一塊碧玉。遊船、畫舫在
húmiàn mànmàn de huáguò, jīhū bù liú yì diǎnr hénjì. Xiàng dōng yuǎntiào,
湖面慢慢地滑過，幾乎不留一點兒痕跡。向東遠眺，
yǐnyǐnyuēyuē kěyǐ wàng•jiàn jǐ zuò gǔlǎo de chénglóu hé chéng•lǐ de báitǎ.
隱隱約約可以望見幾座古老的城樓和城裏的白塔。

Cóng Wànshòushān xià•lái, jiù shì Kūnmínghú. Kūnmínghú wéizhe chángcháng
從萬壽山下來，就是昆明湖。昆明湖圍着長長
de dī'àn, dī •shàng yǒu hǎo jǐ zuò shìyàng bùtóng de shíqiáo, liǎng'àn zāizhe shǔ
的堤岸，堤上有好幾座式樣不同的石橋，兩岸栽着數
•bù qīng de chuíliǔ. Hú zhōngxīn yǒu gè xiǎodǎo, yuǎnyuǎn wàngqù, dǎo •shàng yí
不清的垂柳。湖中心有個小島，遠遠望去，島上一
piàn cōnglǜ, shùcóng zhōng lòuchū gōngdiàn de yì jiǎo. // yóurén zǒuguò chángcháng
片葱綠，樹叢中露出宮殿的一角。//遊人走過長長
de shíqiáo, jiù kěyǐ qù xiǎodǎo •shàng wánr. Zhè zuò shíqiáo yǒu shíqī gè
的石橋，就可以去小島上玩。這座石橋有十七個
qiáodòng, jiào Shíqīkǒngqiáo. Qiáo lángān •shàng yǒu shàngbǎi gēn shízhù, zhùzi
橋洞，叫十七孔橋。橋欄杆上有上百根石柱，柱子
•shàng dōu diāokèzhe xiǎo shīzi. Zhème duō de shīzi, zītài bùyī, méi•yǒu nǎ
上都雕刻着小獅子。這麼多的獅子，姿態不一，沒有哪
liǎng zhī shì xiāngtóng de.
兩隻是相同的。

Yíhéyuán dàochù yǒu měilì de jǐngsè, shuō yě shuō ·bú jìn, xīwàng nǐ yǒu
頤和園到處有美麗的景色，說也說不盡，希望你有

jī·huì qù xìxì yóushǎng.
機會去細細遊賞。

Jiéxuǎn zì Yuán Yīng《Yíhéyuán》
節選自袁鷹《頤和園》

詞語提示

頤和園	Yíhéyuán	長廊	chángláng
綠漆	lǜqī	欄杆	lángān
橫檻	héngjiàn	栽滿	zāimǎn
微風	wēifēng	萬壽山	Wànshòushān
寶塔	bǎotǎ	聳立	sǒnglì
琉璃瓦	liú·líwǎ	佛香閣	Fóxiānggé
金碧輝煌	jīnbì-huīhuáng	蔥鬱	cōngyù
樹叢	shùcóng	掩映	yǎnyìng
畫舫	huàfǎng	幾乎	jīhū
遠眺	yuǎntiào	堤岸	dī'àn
垂柳	chuíliǔ	露出	lòuchū

句子分析

1. 一座 / 八角寶塔形的三層建築 / 聳立在半山腰上，黃色的琉璃瓦 / 閃閃發光。
2. 登上萬壽山，站在佛香閣的前面 / 向下望，頤和園的景色 / 大半 / 收在眼底。
3. 向東遠眺，隱隱約約可以望見 / 幾座古老的城樓 / 和城裏的白塔。

Zuòpǐn 42 Hào

作品 42 號

Yì tándào dú shū, wǒ de huà jiù duō le!
一談到讀書，我的話就多了！

Wǒ zìcóng huì rèn zì hòu bú dào jǐ nián, jiù kāishǐ dú shū. Dào bú shì sì suì shí dú mǔ·qīn gěi wǒ de Shāngwù Yìnshūguǎn chūbǎn de guówén jiàokēshū dì-yī cè de "tiān、dì、rì、yuè、shān、shuǐ、tǔ、mù" yǐhòu de nà jǐ cè, ér shì qī suì shí kāishǐ zìjǐ dú de "Huà shuō tiānxià dàshì, fēn jiǔ bì hé, hé jiǔ bì fēn ……" de《Sān Guó Yǎnyì》
我自從會認字後不到幾年，就開始讀書。倒不是四歲時讀母親給我的商務印書館出版的國文教科書第一冊的「天、地、日、月、山、水、土、木」以後的那幾冊，而是七歲時開始自己讀的「話說天下大勢，分久必合，合久必分……」的《三國演義》。

Nàshí, wǒ de jiùfù Yáng Zǐjìng xiānsheng měi tiān wǎnfàn hòu bì gěi wǒmen jǐ gè biǎoxiōngmèi jiǎng yí duàn《Sān Guó Yǎnyì》 wǒ tīng de jīnjīn-yǒuwèi, shénme "Yàn táoyuán háojié sān jiéyì, zhǎn huángjīn yīngxióng shǒu lìgōng" zhēnshi hǎotīng jí le. Dànshì tā jiǎngle bàn gè zhōngtóu, jiù tíng·xià qù gān tā de gōngshì le. Wǒ zhǐhǎo dàizhe duìyú gùshi xiàwén de wúxiàn xuánniàn, zài mǔ·qīn de cuīcù ·xià, hán lèi shàng chuáng.
那時，我的舅父楊子敬先生每天晚飯後必給我們幾個表兄妹講一段《三國演義》，我聽得津津有味，什麼「宴桃園豪傑三結義，斬黃巾英雄首立功」，真是好聽極了。但是他講了半個鐘頭，就停下去幹他的公事了。我只好帶着對於故事下文的無限懸念，在母親的催促下，含淚上床。

Cǐhòu, wǒ juédìng yǎole yá, náqǐ yì běn《Sān Guó Yǎnyì》lái, zìjǐ yìzhī-bànjiě de dúle xià·qù, jūrán yuè kàn yuè dǒng, suīrán zìyīn dōu dú de bú duì, bǐrú bǎ "kǎi" niànzuò "qǐ" bǎ "zhū" niànzuò "zhě" zhīlèi, yīn·wèi wǒ zhǐ xuéguo nà gè zì yíbàn bùfen.
此後，我決定咬了牙，拿起一本《三國演義》來，自己一知半解地讀了下去，居然越看越懂，雖然字音都讀得不對，比如把「凱」念作「豈」，把「諸」念作「者」之類，因為我只學過那個字一半部分。

Tándào《Sān Guó Yǎnyì》 wǒ dì-yī cì dúdào Guān Yǔ sǐ le, kūle
談到《三國演義》，我第一次讀到關羽死了，哭了
yì cháng, bǎ shū diū•xià le. Dì-èr cì zài dúdào Zhūgě Liàng sǐ le, yòu
一場，把書丟下了。第二次再讀到諸葛亮死了，又
kūle yì cháng, yòu bǎ shū diū •xià le, zuìhòu wàngle shì shénme shíhou cái bǎ
哭了一場，又把書丟下了，最後忘了是什麼時候才把
quán shū dúdào "fēn jiǔ bì hé" de jiéjú.
全書讀到「分久必合」的結局。

Zhèshí wǒ tóngshí hái kànle mǔ•qīn zhēnxiàn pǒluo •lǐ cháng fàngzhe de nà
這時我同時還看了母親針線笸籮裏常放着的那
jǐ běn《Liáozhāi Zhì Yì》 Liáozhāi gùshi shì duǎnpiān de, kěyǐ suíshí náqǐ
幾本《聊齋誌異》，聊齋故事是短篇的，可以隨時拿起
fàng •xià, yòu shì wényán de, zhè duìyú wǒ de // zuòwénkè hěn yǒu bāngzhù,
放下，又是文言的，這對於我的//作文課很有幫助，
yīn•wèi lǎoshī céng zài wǒ de zuòwénběn •shàng pīzhe "Liǔzhōu fēnggǔ, Chángjí
因為老師曾在我的作文本上批着「柳州風骨，長吉
qīngcái" de jùzi, qíshí wǒ nàshí hái méi•yǒu dú guò Liǔ Zōngyuán hé Lǐ Hè
清才」的句子，其實我那時還沒有讀過柳宗元和李賀
de wénzhāng, zhǐ yīn nàshí de zuòwén, dōu shì yòng wényán xiě de.
的文章，只因那時的作文，都是用文言寫的。

Shū kàn duō le, cóngzhōng yě dédào yí gè tǐhuì, wù pà bǐ, rén pà
書看多了，從中也得到一個體會，物怕比，人怕
bǐ, shū yě pà bǐ, "Bù bǐ bù zhīdào, yì bǐ xià yí tiào".
比，書也怕比，「不比不知道，一比嚇一跳」。

Yīncǐ, mǒu nián de Liù-Yī Guójì Értóng Jié, yǒu gè értóng kānwù yào wǒ
因此，某年的六一國際兒童節，有個兒童刊物要我
gěi értóng xiě jǐ jù zhǐdǎo dú shū de huà, wǒ zhǐ xiěle jiǔ gè zì, jiù shì:
給兒童寫幾句指導讀書的話，我只寫了九個字，就是：

Dú shū hǎo, duō dú shū, dú hǎo shū.
讀書好，多讀書，讀好書。

Jiéxuǎn zì Bīngxīn《Yì Dú Shū》
節選自冰心《憶讀書》

詞語提示

津津有味	jīnjīn-yǒuwèi	斬	zhǎn
真是	zhēnshi	故事	gùshi
無限	wúxiàn	懸念	xuánniàn
催促	cuīcù	一知半解	yìzhī-bànjiě
居然	jūrán	哭了一場	kūle yì cháng
諸葛亮	Zhūgě Liàng	笸籮	pǒluo
三國演義	Sān Guó Yǎnyì	聊齋誌異	Liáozhāi Zhì Yì

句子分析

1. 倒不是 / 四歲時讀母親給我的 / 商務印書館出版的 / 國文教科書第一冊的「天、地、日、月、山、水、土、木」以後的 / 那幾冊，而是七歲時 / 開始自己讀的「話說天下大勢，分久必合，合久必分……」的 /《三國演義》。
2. 我的舅父 / 楊子敬先生 / 每天晚飯後 / 必給我們幾個表兄妹 / 講一段《三國演義》，我聽得津津有味……
3. 比如 / 把「凱」/ 念作「豈」，把「諸」/ 念作「者」之類，因為 / 我只學過 / 那個字一半部分。

Zuòpǐn 47 Hào

作品 47 號

Shígǒngqiáo de qiáodòng chéng húxíng, jiù xiàng hóng. Gǔdài shénhuà ·lǐ shuō, yǔhòu cǎihóng shì "rénjiān tiān·shàng de qiáo" tōngguò cǎihóng jiù néng shàng tiān. Wǒguó de shīrén ài bǎ gǒngqiáo bǐzuò hóng, shuō gǒngqiáo shì

石拱橋的橋洞成弧形，就像虹。古代神話裏說，雨後彩虹是「人間天上的橋」，通過彩虹就能上天。我國的詩人愛把拱橋比作虹，說拱橋是

"wòhóng" "fēihóng" bǎ shuǐ ·shàng gǒngqiáo xíngróng wéi "chánghóng-wòbō"
「臥虹」「飛虹」，把水上拱橋形容為「長虹臥波」。

Wǒguó de shígǒngqiáo yǒu yōujiǔ de lìshǐ. 《Shuǐjīngzhù》 ·lǐ tídào de
我國的石拱橋有悠久的歷史。《水經注》裏提到的

"Lǚrénqiáo" dàyuē jiànchéng yú gōngyuán èr bā èr nián, kěnéng shì yǒu
「旅人橋」，大約建成於公元二八二年，可能是有

jìzǎi de zuì zǎo de shígǒngqiáo le. Wǒguó de shígǒngqiáo jīhū dàochù dōu yǒu.
記載的最早的石拱橋了。我國的石拱橋幾乎到處都有。

Zhèxiē qiáo dàxiǎo bùyī, xíngshì duōyàng, yǒu xǔduō shì jīngrén de jiézuò. Qízhōng
這些橋大小不一，形式多樣，有許多是驚人的傑作。其中

zuì zhùmíng de dāng tuī Héběi Shěng Zhào Xiàn de Zhàozhōuqiáo.
最著名的當推河北省趙縣的趙州橋。

Zhàozhōuqiáo fēicháng xióngwěi, quán cháng wǔshí diǎn bā èr mǐ. Qiáo de
趙州橋非常雄偉，全長五十點八二米。橋的

shèjì wánquán héhū kēxué yuánlǐ, shīgōng jìshù gèng shì qiǎomiào juélún. Quán
設計完全合乎科學原理，施工技術更是巧妙絕倫。全

qiáo zhǐ yǒu yí gè dà gǒng, cháng dá sānshíqī diǎn sì mǐ, zài dāngshí kěsuàn
橋只有一個大拱，長達三十七點四米，在當時可算

shì shìjiè ·shàng zuì cháng de shígǒng. Qiáodòng bú shì pǔtōng bànyuánxíng,
是世界上最長的石拱。橋洞不是普通半圓形，

érshì xiàng yì zhāng gōng, yīn'ér dà gǒng shàng·miàn de dàolù méi·yǒu dǒupō,
而是像一張弓，因而大拱上面的道路沒有陡坡，

biànyú chēmǎ shàngxià. Dà gǒng de liǎngjiān ·shàng, gè yǒu liǎng gè xiǎo gǒng.
便於車馬上下。大拱的兩肩上，各有兩個小拱。

Zhège chuàngzàoxìng de shèjì, búdàn jiéyuēle shíliào, jiǎnqīngle qiáoshēn de
這個創造性的設計，不但節約了石料，減輕了橋身的

zhòngliàng, érqiě zài héshuǐ bàozhǎng de shíhou, hái kěyǐ zēngjiā qiáodòng de
重量，而且在河水暴漲的時候，還可以增加橋洞的

guòshuǐliàng, jiǎnqīng hóngshuǐ duì qiáoshēn de chōngjī. Tóngshí, gǒng ·shàng jiā
過水量，減輕洪水對橋身的衝擊。同時，拱上加

gǒng, qiáoshēn yě gèng měiguān. Dà gǒng yóu èrshíbā dào gǒngquān pīnchéng,
拱，橋身也更美觀。大拱由二十八道拱圈拼成，

jiù xiàng zhème duō tóngyàng xíngzhuàng de gōng hélǒng zài yìqǐ, zuòchéng yí
就像這麼多同樣形狀的弓合攏在一起，做成一

gè húxíng de qiáodòng. Měi dào gǒngquān dōu néng dúlì zhīchēng shàng·miàn de
個弧形的橋洞。每道拱圈都能獨立支撐上面的

zhòngliàng, yí dào huài le, qí // tā gè dào búzhì shòudào yǐngxiǎng. Quán
重量，一道壞了，其//他各道不致受到影響。全

qiáo jiégòu yúnchèn, hé sìzhōu jǐngsè pèihé de shífēn héxié; qiáo ·shàng de
橋結構勻稱，和四周景色配合得十分和諧；橋上的

shílán shíbǎn yě diāokè de gǔpǔ měiguān. Zhàozhōuqiáo gāodù de jìshù shuǐpíng
石欄石板也雕刻得古樸美觀。趙州橋高度的技術水平

hé bùxiǔ de yìshù jiàzhí, chōngfèn xiǎnshìle wǒguó láodòng rénmín de zhìhuì hé
和不朽的藝術價值，充分顯示了我國勞動人民的智慧和

lì·liàng.
力量。

Jiéxuǎn zì Máo Yǐshēng《Zhōngguó Shígǒngqiáo》
節選自茅以升《中國石拱橋》

詞語提示

石拱橋	shígǒngqiáo	弧形	húxíng
長虹臥波	chánghóng-wòbō	悠久	yōujiǔ
形式	xíngshì	雄偉	xióngwěi
巧妙絕倫	qiǎomiào juélún	陡坡	dǒupō
暴漲	bàozhǎng	拱圈	gǒngquān
合攏	hélǒng	支撐	zhīchēng

句子分析

1. 我國的詩人/愛把拱橋比作虹，說拱橋是/「臥虹」/「飛虹」，把水上拱橋形容為/「長虹臥波」。
2. 這個創造性的設計，不但節約了石料，減輕了橋身的重量，而且/在河水暴漲的時候，還可以增加/橋洞的過水量，減輕洪水/對橋身的沖擊。
3. 大拱/由二十八道拱圈拼成，就像這麼多/同樣形狀的弓/合攏在一起，做成一個/弧形的橋洞。

五、命題説話演練

話題：10　我的興趣愛好

提示：

興趣愛好是什麼時候開始的？帶來了什麼感受或收穫？説相關的故事。興趣愛好可以是多方面的。

説話提綱示例：

今天説説我的興趣愛好

- 打遊戲機：我喜歡打遊戲。以前是單打，現在是網上組隊，和世界各地的人一起打。不僅培養了合作能力，還練習了英語和普通話的口語。
- 陶藝：去年我報了一個陶藝班。開始學拉胚，怎麼都弄不圓，學了半年才學會。介紹兩個我最得意的作品。
- 看紀錄片：我喜歡看關於歷史的紀錄片兒，中外歷史都喜歡。歷史紀錄片兒會分析朝代興衰的原因，了解歷史可以預測未來。
- 體育運動：我喜歡跑步，每個星期最少跑 3 次，每次大約 10 公里。跑步的時候，我會戴着耳機聽音樂，不想其他的事兒。

詞語儲備

xìngqù 興趣	àihào 愛好	yóuxì 遊戲	dǎ májiàng 打麻將	kēhuànpiānr 科幻片兒
lāpēi 拉胚	hézuò 合作	xīngshuāi 興衰	duǎnshìpín 短視頻	dònghuàpiānr 動畫片
niē 捏	zǔduì 組隊	jìqiǎo 技巧	biànmóshù 變魔術	kǒngbùpiānr 恐怖片兒
lúyáo 爐窑	xǐjù 喜劇	shàngsè 上色	xiǎo qiàoménr 小竅門兒	jìlùpiānr 紀錄片兒

話題：20　體育運動的樂趣

提示：

參加哪項體育運動？多長時間了？什麼時間、和誰、在哪裏做運動？有什麼感受或收穫？喜歡看什麼體育項目的比賽？為什麼喜歡看？介紹一場印象深刻的比賽，說說當時的感受。也可以說以前上體育課的經歷。

說話提綱示例：

今天我說說體育運動的樂趣

- 羽毛球：我喜歡打羽毛球，還上過羽毛球班。打羽毛球速度快，變化多。還可以練反應，練身體的靈活性和四肢的協調。
- 籃球：我喜歡看籃球賽，以前看 NBA，現在也看 CBA。打籃球場地不大，比賽速度特別快，球員技術變化多，特別是男籃，三分球都很準，感覺很刺激。
- 奧林匹克運動會：奧運會的比賽是世界最高水平的，每次奧運會，我一定要看的項目是：400 米接力、跳高、籃球、羽毛球、乒乓球、體操、跳水、花樣游泳，真是一種享受。每場比賽，都能感受到運動員的拼搏精神：更高！更快！更強！（注意，附錄九裏列出了奧運會的很多比賽項目，可以參考。）

詞語儲備

tǐyù 體育	yùndòng 運動	lèqù 樂趣	pīngpāngqiú 乒乓球	Àolínpǐkè 奧林匹克
tǐcāo 體操	jījiàn 擊劍	jǔzhòng 舉重	Àoyùnhuì 奧運會	yǐntǐ-xiàngshàng 引體向上

rèshēn 熱身	yātuǐ 壓腿	lánqiú 籃球	fǔwòchēng 俯臥撐	yǎngwò qǐzuò 仰臥起坐
fānbǎn 帆板	lěiqiú 壘球	shèjiàn 射箭	gǎnlǎnqiú 橄欖球	tiěrén sānxiàng 鐵人三項

話題：21　讓我快樂的事情

提示：

對同樣一件事，每個人的感受可能會不同，只要能說出讓你快樂的事情，不論事情大小，都可以說，可以說幾件事情。

說話提綱示例：

讓我快樂的事情有很多

- 美食：一直以來品嘗美食都會讓我快樂。我喜歡嘗新，試吃各種新鮮口味的食品。

  香港是美食之都，雖然有世界各地的美食，但是吃媽媽做的菜最快樂，最好吃的是糖醋排骨、釀豆腐、紅燒肉，還有炸醬麵。有家鄉的味道。
- 旅遊：我喜歡旅遊。一有假期，我就去旅遊。我喜歡一個人自由行，能深入了解當地的風土人情。我去雲南麗江就住在民宿，天天晚上和房東聊天兒。
- 閱讀：我喜歡讀書。小說、雜文、科普讀物、傳記、歷史書都喜歡。體裁樣式多，題材也很廣泛。

詞語儲備

ràng 讓	shìqing 事情	zìyóuxíng 自由行	yóulèyuán 遊樂園	guòshānchē 過山車
záwén 雜文	zhuànjì 傳記	kēpǔ 科普	zhájiàngmiàn 炸醬麵	fēngtǔ-rénqíng 風土人情
chāshāo 叉燒	tángcù 糖醋	bèiwōr 被窩兒	niàng dòufu 釀豆腐	hóngshāoròu 紅燒肉
jùcān 聚餐	páigǔ 排骨	huǒguōr 火鍋兒	jiā gōngzī 加工資	mǎi dōngxi 買東西

話題：27　讓我感動的事情

提示：

對同樣一件事，每個人的感受可能會不同，只要說出讓你感動的事情，不論大小，都可以說，也可以說幾件事。

說話提綱示例：

讓我感動的事情

- 十八歲生日：幾個好朋友為我準備了生日禮物，有鮮花，有蛋糕，安排了一個很特別的生日會。他們一直對我保密，到生日那天給了我一個大大的驚喜。我那天感動得哭了。
- 家人支持：我大學畢業找工作，發出很多求職信，卻被二十多家公司拒絕了。爸媽和哥哥一直鼓勵我，叫我不要氣餒。後來，我有機會面試時，他們幫我挑衣服，幫我做模擬面試，還陪我去熟悉交通路線。暖心的支持，讓我充滿信心。

- 文藝作品：我看過一部電影，情節很感人，就是《魂斷藍橋》。

詞語儲備

shēng•rì 生日	péi 陪	bǎomì 保密	gǔlì 鼓勵	dòu wǒ xiào 逗我笑
zhǔdòng 主動	dàoqiàn 道歉	héhǎo 和好	jùjué 拒絕	zhìyuànzhě 志願者
jīngxǐ 驚喜	qìněi 氣餒	kūle 哭了	kēngshēngr 吭聲兒	nào bièniu 鬧彆扭
xièqì 泄氣	fèngxiàn 奉獻	mónǐ 模擬	dǐngniúr 頂牛兒	zhǎo táijiē xià 找台階下

話題：30　學習普通話（或其他語言）的體會

提示：

什麼是普通話？為什麼要學普通話？什麼時候開始學的？在哪裏學？介紹具體的學習過程，取得的成績，有哪些感受。可以總結學習方法和收穫。說說學習普通話對自己的影響。

說話提綱示例：

今天我說說學習普通話的體會

- 普通話是我們國家的通用語言。學好普通話，能用普通話和別人流暢地交流，這是公民應盡的責任。當然，也可以提高職場競爭能力，可以擴展個人眼界，也能提高個人素養。

- 看節目：我愛看內地拍的綜藝節目和電視劇，一邊看一邊用心聽普通話。我還會和朋友一起討論，開始我們夾雜着粵語討論，後來我們全用普通話討論了。
- 工作：我在工作中經常說普通話，去內地出差，和供應商、客戶聊工作，都用普通話。他們都鼓勵我，說我的普通話說得很流利。
- 水平測試：公司讓我教同事們普通話，我要先提高自己的水平。去年報了普通話水平測試，上了備考課程，考了二級乙等，85 分。現在我繼續堅持每天讀作品，讀詞表，練習命題說話，掌握好兒化和輕聲，希望考個更好的成績。
- 學習經驗：學語言要多聽、多說。還有一個重要的方法，就是大聲朗讀作品，感覺這樣進步特別快，必須堅持。

詞語儲備

tōngyòng 通用	zhíchǎng 職場	kuòzhǎn 擴展	yǎnjiè 眼界	sùyǎng 素養
érhuà 兒化	jiānchí 堅持	zōngyì 綜藝	guǎiwānr 拐彎兒	shuōdehǎo 說得好
shùnchàng 順暢	liúlì 流利	fāngyán 方言	xiàng yòuguǎi 向右拐	méi duō yuǎn 沒多遠
yuèyǔ 粵語	Fújiàn 福建	Sìchuān 四川	xiàng zuǒguǎi 向左拐	jīngwèir 京味兒

08

第八課

綜合訓練（六）

一、語音知識分析：【音變】輕聲及練習

二、難點字詞認讀

三、選擇判斷練習

四、朗讀作品指導

13 峻　青《海濱仲夏夜》

39 滕明道《一幅名揚中外的畫》

40 劉　暢《一粒種子造福世界》

44《紙的發明》

46 小　思《中國的牛》

五、命題説話演練

36 談談衛生與健康

37 對環境保護的認識

41 科技發展與社會生活

45 對垃圾分類的認識

46 網絡時代的生活

一、語音知識分析

【音變】輕聲及練習

（一）什麼是輕聲

輕聲是發音中的一種弱化現象。音節連讀，其中有的音節發音減弱。發音減弱的現象就是弱化現象。音節弱化往往引起聲母、韻母發生變化；在普通話裏，音節弱化特別明顯地引起聲調的變化，形成一種沒有固定調值的調類——輕聲。

輕聲是普通話語音的最突出的特點之一。在多數情況下，輕聲形成一種獨特的風格，即北京話的風味。舉一個簡單的例子：「去瞧瞧，孩子們睡了嗎？」如果字字重音，就很呆板；但如果把第二個「瞧」和「子」「們」「了」「嗎」讀得十分輕短，這句話的北京口語風味就呈現出來了。再如，常說的「謝謝！」(xièxie)，如果第二個字沒有讀輕聲，一聽就不是標準普通話。

輕聲和兒化（見第十一課）都是普通話的音變現象。一般來說，輕聲詞出現的頻率很高，輕聲不僅是一種語音現象，它和詞彙、語法都有密切的關係。兒化具有口語化的色彩，在一篇嚴肅的政論性的演講或者文章裏，可能不會出現。可是輕聲卻無處不在，看本課下面的分析便可以了解輕聲詞的特點。

如果應試人希望自己達到二甲或以上的水平，輕聲和兒化則是必須掌握的音變現象，而且要運用得自如。在命題說話時，能適當選用一些輕聲詞和兒化詞則最好。

（二）輕聲引起的音變

1. 弱化引起聲母發生變化

bíqí（荸薺）→ bíji（q 弱化後變成 j）

hútú（糊塗）→ húdu（t 弱化後變成 d）

2. 弱化引起韻母發生變化

máfán（麻煩）→ máfen（ɑ 弱化後變成央元音 e）

rénjiā（人家）→ rénjie（低元音 ɑ 弱化後變成半低元音 e）

chūqù（出去）→ chūqi（圓唇元音 ü 弱化後變成不圓唇元音 i）

dòufǔ（豆腐）→ dòuf（fu 弱化後韻母 u 丟失）

rènshí（認識）→ rènsh（shi 弱化後韻母丟失）

3. 弱化引起聲調發生變化

普通話的每一個音節本來都有固定的音高，但是音節弱化以後，聲調會變得輕短而模糊，不一定保持原有聲調的音高，這種音變現象叫輕聲。見下面的分析。

（三）輕聲的音高

輕聲不能自成一個調類，因為它沒有固定的調值。「夫子（fūzǐ）、學子（xuézǐ）、養子（yǎngzǐ）、弟子（dìzǐ）」裏的「子」重讀，四個「子」有共同的調值；「孫子（sūnzi）、孩子（háizi）、小子（xiǎozi）、漢子（hànzi）」裏的「子」輕讀，四個「子」沒有相同的音高，其中「小子」的「子」聲調最高，「漢子」的「子」聲調最低，它們是沒有統一的音高的。由此可見，輕聲既失去了重讀時的音高，但又沒有自己固定的調值。它不過是四聲的變體。它的實際音高以它前面的那個重讀音節的調值為轉移，標記的方法是在輕讀音節上不加符號，好像是球場上沒有號碼的球員——或者説它的符號就是「沒有符號」。

輕聲字的實際音高是它前面那個重讀音節的聲調趨勢的減弱或延伸。

1. 輕聲字在陰平、陽平後念半低調，聽起來調比較低

bāofu（包袱） cāngying（蒼蠅）
dōngxi（東西） gānzhe（甘蔗）
gēbo（胳膊） gūniang（姑娘）
dézui（得罪） fúqi（福氣）
hángjia（行家） méimao（眉毛）
mántou（饅頭） hétao（核桃）

2. 輕聲字在上聲後念半高調，聽起來好像是輕短的陰平

bǐfang（比方） diǎnxin（點心）
ěrduo（耳朵） hǎochu（好處）
mǎimai（買賣） nuǎnhuo（暖和）

3. 輕聲字在去聲後念低調，好像在一個延伸的去聲字裏一樣

bièniu（彆扭） dàfang（大方）
dàifu（大夫） rènao（熱鬧）
tòngkuai（痛快） zuìguo（罪過）

（四）輕聲的作用

1. 輕聲可以區分一些詞的詞義

在個別情形下，輕聲起區別詞義的作用。例如，「事」字重讀時，「本事」

(běnshì) 是指「本來的意思」；「本事」如果讀輕聲 (běnshi)，則是指「本領」「才力」或「技能」。「丈夫」(zhàngfū) 的「夫」重讀時，是指「成年男子」「偉丈夫」「丈夫氣」；如果讀輕聲 (zhàngfu)，就是指男女結婚後，男子是女子的丈夫。

2. 輕聲可以改變一些詞的詞性

在個別情形下，輕聲起區別詞性的作用。例如，「人家」的「家」重讀時，「人家」(rénjiā) 是名詞，如「水上人家」「勤儉人家」等；如果讀輕聲，「人家」(rénjia) 就是人稱代詞了，代指別人，如「人家夫妻之間的事你別管」。「上頭」的「頭」重讀時，「上頭」(shàngtóu) 是動詞，表示飲酒過量引起頭疼頭暈；如果讀輕聲 (shàngtou)，「上頭」就是名詞中的方位詞了。

有些詞在肯定句裏讀輕聲，在否定句裏需重讀。例如，我知道 (zhīdao) 了；我不知道 (bù zhīdào)！我看見 (kànjian) 了；我沒看見 (méi kànjiàn)！

(五) 必讀輕聲詞

該說輕聲的地方不說，不該說的地方卻說了，都會給人彆扭的感覺。那麼，哪些字該讀輕聲呢？

1. 有規律的輕聲詞

這些規律和語法有密切的關係。

(1) 助詞

現代漢語的結構助詞 (的、地、得)、動態助詞 (着、了、過)、語氣助詞 (的、嗎、啊、呢、吧等)。

Shuí de shū？	誰的書？
Wǒ de.	我的。

Nǐ de shū ma？ 你的書嗎？

Shì de. 是的。

Nǐ rènzhēn de dúguo le ma？ 你認真地讀過了嗎？

Hòu de hěn，zhèng dúzhe ne。 厚得很，正讀着呢。

（2）名詞或者代詞的後綴

某些名詞或者代詞的後綴「子、頭、們」等。

shūzi（梳子） yǐzi（椅子） guìzi（櫃子）

shítou（石頭） zhěntou（枕頭） qiántou（前頭）

zánmen（咱們） wǒmen（我們） péngyoumen（朋友們）

（3）重疊詞的第二音節

某些雙音節詞（名詞／動詞）重疊的第二個音節和四音節詞重疊的第二個音節。

jiějie（姐姐） yéye（爺爺） shěnshen（嬸嬸）

xīngxing（星星） wènwen（問問）

liùliu（遛遛） shuànshuan（涮涮）

mími-hūhū（迷迷糊糊） pòpo-lànlàn（破破爛爛）

zhěngzheng-qíqí（整整齊齊） mànman-tēngtēng（慢慢騰騰）

2. 無規律的必讀輕聲詞

還有不少說不出規律的輕聲詞，如「朋友（péngyou）、雲彩（yúncai）、月亮（yuèliang）、燈籠（dēnglong）、簸箕（bòji）、膏藥（gāoyao）、柵欄（zhàlan）、交情（jiāoqing）、明白（míngbai）、清楚（qīngchu）、耽擱（dānge）、厲害（lìhai）」等一大批詞，名詞、動詞、形容詞都有。它們的第二個音節念作輕聲都是習慣形成，需要逐個記憶。大家可以參考《普通話水平測試實施綱要（2021年版）》裏面的《普通話水平測試用必讀輕聲詞語表》（見276頁-282頁，594個）。詞典裏實際還不止這個數字，應試人先記住這些已經不少了。

最後，我們再說說輕讀。在 50 篇朗讀作品的漢語拼音分詞連寫的注音裏，凡是輕聲字，注音不標調號。一般輕讀，間或重讀的字，注音上標調號，注音前再加圓點。例如，「情人」，注音 qíng•rén，這個「人」字一般輕讀，有時也可以讀第二聲。

輕讀和輕聲的區別在音長上，輕讀的音節比輕聲的音節，音長要稍微長一點。輕讀也沒有達到輕聲弱化的那種程度。

二、難點字詞認讀

(一)看拼音，準確讀出以下輕聲詞語

dāla 耷拉	zhēteng 折騰	háma 蛤蟆	dīfang 提防	bàngchui 棒槌
mīfeng 眯縫	nuǎnhuo 暖和	kūlong 窟窿	zuōfang 作坊	gēda 疙瘩
dūnang 嘟囔	zuómo 琢磨	yàoshi 鑰匙	sàozhou 掃帚	zhàngpeng 帳篷
shíduo 拾掇	wōnang 窩囊	zhuànyou 轉悠	tāshi 踏實	léizhui 累贅

(二)看漢字，準確讀出以下輕聲詞語

1. 不同聲調字後的輕聲

(1)第一聲與輕聲(2 度)

耽誤　稱呼　哈欠　商量　哆嗦　囉嗦　稀罕　扎實　招牌

（2）第二聲與輕聲（3 度）

行李　蘿蔔　學問　麻煩　模糊　蘑菇　糊塗　活潑　苗條

（3）第三聲與輕聲（4 度）

耳朵　使喚　馬虎　眨巴　首飾　女婿　打算　穩當　妥當

（4）第四聲與輕聲（1 度）

駱駝　芥末　嚇唬　做作　自在　戒指　動彈　世故　上司

2. 有規律的輕聲詞語舉例

（1）「子」尾輕聲詞

鴿子　幌子　勺子　騾子　瞎子　蠍子　一輩子　一攬子　小伙子

（《普通話水平測試用必讀輕聲詞語表》，其中「子」尾詞 217 條）

（2）「頭」尾輕聲詞

饅頭　芋頭　丫頭　念頭　鋤頭　跟頭　拳頭　榔頭　浪頭　行頭

（3）「氣」尾輕聲詞

福氣　小氣　闊氣　秀氣　客氣　力氣　脾氣　俗氣　運氣

3. 利用形聲字的聲旁巧記生僻字（聲旁可能有多組音）

厥	juē：撅 jué：蕨　獗	
司	cí：詞　祠 cì：伺（伺候）	
宛	wān：剜　蜿　豌 wǎn：婉　碗　惋	wàn：腕
喿	zǎo：澡　藻 zào：燥　噪　躁	cāo：操
申	shēn：伸　呻　砷　紳 shén：神	chēn：抻

包	bāo：孢　胞　苞 báo：雹 bǎo：飽 bào：鮑　抱　刨（刨子）	páo：袍　狍　咆　刨（刨土）　炮（炮製） pǎo：跑 pào：炮（鞭炮）　泡

三、選擇判斷練習

1. 詞語判斷

(1)	差勿多	差唔多	差不多	
(2)	勿夠	不夠	無夠	唔夠
(3)	方才	剛剛再	頭先	啱先
(4)	鷂子	風箏	風吹	紙鷂欸
(5)	亞婆	老阿婆	老大媽	娭毑
(6)	囝婿	婿郎	女婿	郎崽子
(7)	捋仔	梳子	梳裹	梳欸
(8)	煙腸	香腸	釀腸	
(9)	夜到	晚上	晚黑	下昏
(10)	起初	初頭	初時	先起頭

2. 量詞、名詞搭配

著作	轎子	雲	商店	心臟	賬	炸彈	帳篷	花	工廠

顆	本	家	頂	朵	間

3. 語序或表達形式判斷

(1) A. 他今年二十一歲。
B. 他今年二一歲。

(2) A. 這是你的字典。
B. 這是你葛字典。

(3) A. 他要做，你也只好看起。
B. 他要做，你也只好看到。
C. 他要做，你也只好看着。

(4) A. 把花放到窗台上吧。
B. 把花放咧窗台上吧。
C. 把花放摺窗台上吧。

(5) A. 這事我真的不知道。
B. 這事我真的知不道。
C. 這事我真的找不到。

四、朗讀作品指導

Zuòpǐn 13 Hào
作品 13 號

Xīyáng luòshān bùjiǔ, xīfāng de tiānkōng, hái ránshāozhe yí piàn júhóngsè
夕陽落山不久，西方的天空，還燃燒着一片橘紅色
de wǎnxiá. Dàhǎi, yě bèi zhè xiáguāng rǎnchéngle hóngsè, érqiě bǐ tiānkōng de
的晚霞。大海，也被這霞光染成了紅色，而且比天空的
jǐngsè gèng yào zhuàngguān. Yīn•wèi tā shì huó•dòng de, měi dāng yìpáipái bōlàng
景色更要壯觀。因為它是活動的，每當一排排波浪
yǒngqǐ de shíhou, nà yìngzhào zài làngfēng•shàng de xiáguāng, yòu hóng yòu liàng,
湧起的時候，那映照在浪峰上的霞光，又紅又亮，
jiǎnzhí jiù xiàng yípiànpiàn huòhuò ránshāozhe de huǒyàn, shǎnshuòzhe, xiāoshī le.
簡直就像一片片霍霍燃燒着的火焰，閃爍着，消失了。
Ér hòu•miàn de yì pái, yòu shǎnshuòzhe, gǔndòngzhe, yǒngle guò•lái.
而後面的一排，又閃爍着，滾動着，湧了過來。

Tiānkōng de xiáguāng jiànjiàn de dàn xià•qù le, shēnhóng de yánsè biànchéngle
天空的霞光漸漸地淡下去了，深紅的顏色變成了
fēihóng, fēihóng yòu biànwéi qiǎnhóng. Zuìhòu, dāng zhè yíqiè hóngguāng dōu
緋紅，緋紅又變為淺紅。最後，當這一切紅光都
xiāoshīle de shíhou, nà tūrán xiǎn•dé gāo ér yuǎn le de tiānkōng, zé chéngxiàn
消失了的時候，那突然顯得高而遠了的天空，則呈現
chū yí piàn sùmù de shénsè. Zuì zǎo chūxiàn de qǐmíngxīng, zài zhè lánsè de
出一片肅穆的神色。最早出現的啟明星，在這藍色的
tiānmù •shàng shǎnshuò qǐ•lái le. Tā shì nàme dà, nàme liàng, zhěnggè guǎngmò
天幕上閃爍起來了。它是那麼大，那麼亮，整個廣漠
de tiānmù •shàng zhǐyǒu tā zài nà•lǐ fàngshèzhe lìng rén zhùmù de guānghuī,
的天幕上只有它在那裏放射着令人注目的光輝，
huóxiàng yì zhǎn xuánguà zài gāokōng de míngdēng.
活像一盞懸掛在高空的明燈。

Yèsè jiā nóng, cāngkōng zhōng de “míngdēng” yuè lái yuè duō le. Ér
夜色加濃，蒼空中的「明燈」越來越多了。而
chéngshì gè chù de zhēn de dēnghuǒ yě cìdì liàngle qǐ•lál, yóuqí shì wéirào zài
城市各處的真的燈火也次第亮了起來，尤其是圍繞在
hǎigǎng zhōuwéi shānpō •shàng de nà yí piàn dēngguāng, cóng bànkōng dàoyìng zài
海港周圍山坡上的那一片燈光，從半空倒映在
wūlán de hǎimiàn •shàng, suízhe bōlàng, huàngdòng zhe, shǎnshuò zhe, xiàng yí
烏藍的海面上，隨着波浪，晃動着，閃爍着，像一
chuàn liúdòngzhe de zhēnzhū, hé nà yípiànpiàn mìbù zài cāngqióng •lǐ de xīngdǒu
串流動着的珍珠，和那一片片密佈在蒼穹裏的星斗
hùxiāng huīyìng, shà shì hǎokàn.
互相輝映，煞是好看。

Zài zhè yōuměi de yèsè zhōng, wǒ tàzhe ruǎnmiánmián de shātān, yánzhe
在這幽美的夜色中，我踏着軟綿綿的沙灘，沿着
hǎibiān, mànmàn de xiàngqián zǒu•qù. Hǎishuǐ, qīngqīng de fǔmōzhe xìruǎn de
海邊，慢慢地向前走去。海水，輕輕地撫摸着細軟的
shātān, fāchū wēnróu de // shuāshuā shēng. Wǎnlái de hǎifēng, qīngxīn ér yòu
沙灘，發出溫柔的//唰唰聲。晚來的海風，清新而又
liángshuǎng. Wǒ de xīn•lǐ, yǒuzhe shuō •bù chū de xīngfèn hé yúkuài.
涼爽。我的心裏，有着說不出的興奮和愉快。

Yèfēng qīngpiāopiāo de chuīfú zhe, kōngqì zhōng piāodàngzhe yì zhǒng dàhǎi
夜風輕飄飄地吹拂着，空氣中飄蕩着一種大海

hé tiánhé xiāng hùnhé de xiāngwèir, róuruǎn de shātān ·shàng hái cánliúzhe bái·tiān
和田禾 相 混合 的 香味兒，柔軟 的 沙灘 上 還 殘留着 白天

tài·yáng zhìshài de yúwēn. Nàxiē zài gègè gōngzuò gǎngwèi ·shàng láodòngle yì tiān
太陽 炙曬 的 餘溫。那些 在 各個 工作 崗位 上 勞動了 一 天

de rénmen, sānsānliǎngliǎng de láidào zhè ruǎnmiánmián de shātān ·shàng, tāmen
的 人們，三三兩兩 地 來到 這 軟綿綿 的 沙灘 上，他們

yùzhe liángshuǎng de hǎifēng, wàngzhe nà zhuìmǎnle xīngxing de yèkōng, jìnqíng de
浴着 涼爽 的 海風，望着 那 綴滿了 星星 的 夜空，盡情 地

shuōxiào, jìnqíng de xiūqì.
說笑，盡情 地 休憩。

Jiéxuǎn zì Jùnqīng《Hǎibīn Zhòngxià Yè》
節選 自 峻青《海濱 仲夏 夜》

詞語提示

夕陽	xīyáng	燃燒	ránshāo
橘紅色	júhóngsè	湧起	yǒngqǐ
映照	yìngzhào	霍霍	huòhuò
火焰	huǒyàn	閃爍	shǎnshuò
緋紅	fēihóng	肅穆	sùmù
廣漠	guǎngmò	懸掛	xuánguà
圍繞	wéirào	倒映	dàoyìng
晃動	huàngdòng	蒼穹	cāngqióng
星斗	xīngdǒu	煞是	shà shì
撫摸	fǔmō	細軟	xìruǎn

句子分析（注：分隔號表示停頓，顏色字表示重音。下同）

1. 因為／它是活動的，每當一排排波浪／湧起的時候，那映照在／浪峰上的霞光，又紅又亮，簡直就像／一片片／霍霍燃燒着的火焰，閃爍着，消失了。

2. 它是那麼大，那麼亮，整個廣漠的天幕上 / 只有它 / 在那裏放射着 / 令人注目的光輝，活像一盞 / 懸掛在高空的明燈。

3. 而城市各處的真的燈火 / 也次第 / 亮了起來，尤其是 / 圍繞在 / 海港周圍山坡上的 / 那一片燈光，從半空 / 倒映在烏藍的海面上，隨着波浪，晃動着，閃爍着，像一串流動着的珍珠，和那一片片 / 密佈在蒼穹裏的星斗 / 互相輝映，煞是好看。

Zuòpǐn 39 Hào
作品 39 號

Běi Sòng shíhou, yǒu wèi huàjiā jiào Zhāng Zéduān. Tā huàle yì fú
北宋時候，有位畫家叫張擇端。他畫了一幅

míngyáng-zhōngwài de huà《Qīngmíng Shàng Hé Tú》. Zhè fú huà cháng wǔbǎi
名揚中外的畫《清明上河圖》。這幅畫長五百

èrshíbā límǐ, gāo èrshísì diǎn bā límǐ, huà de shì Běi Sòng dūchéng
二十八厘米，高二十四點八厘米，畫的是北宋都城

Biànliáng rènao de chǎngmiàn. Zhè fú huà yǐ·jīng yǒu bābǎi duō nián de lìshǐ
汴梁熱鬧的場面。這幅畫已經有八百多年的歷史

le, xiànzài hái wánzhěng de bǎocún zài Běijīng de Gùgōng Bówùyuàn ·lǐ.
了，現在還完整地保存在北京的故宮博物院裏。

Zhāng Zéduān huà zhè fú huà de shíhou, xiàle hěn dà de gōngfu.
張擇端畫這幅畫的時候，下了很大的功夫。

Guāng shì huà ·shàng de rénwù, jiù yǒu wǔbǎi duō gè: yǒu cóng xiāngxia lái de
光是畫上的人物，就有五百多個：有從鄉下來的

nóngmín, yǒu chēngchuán de chuángōng, yǒu zuò gè zhǒng mǎimai de shēngyirén,
農民，有撐船的船工，有做各種買賣的生意人，

yǒu liúzhe cháng húzi de dàoshi, yǒu zǒu jiānghú de yīshēng, yǒu bǎi xiǎotānr de
有留着長鬍子的道士，有走江湖的醫生，有擺小攤的

tānfàn, yǒu guānlì hé dúshūrén, sānbǎi liùshí háng, nǎ yì háng de rén dōu huà
攤販，有官吏和讀書人，三百六十行，哪一行的人都畫

zài shàng·miàn le.
在上面了。

Huà ·shàng de jiēshì kě rènao le. Jiē ·shàng yǒu guàzhe gè zhǒng
畫上的街市可熱鬧了。街上有掛着各種
zhāopai de diànpù、 zuōfang、 jiǔlóu、 cháguǎnr, zǒu zài jiē ·shàng de, shì
招牌的店鋪、作坊、酒樓、茶館，走在街上的，是
láiláiwǎngwǎng、 xíngtài-gèyì de rén: yǒude qízhe mǎ, yǒude tiāozhe dàn, yǒude
來來往往、形態各異的人：有的騎着馬，有的挑着擔，有的
gǎnzhe máolǘ, yǒude tuīzhe dúlúnchē, yǒude yōuxián de zài jiē ·shàng liūda.
趕着毛驢，有的推着獨輪車，有的悠閒地在街上蹓躂。
Huàmiàn ·shàng de zhèxiē rén, yǒude bú dào yí cùn, yǒude shènzhì zhǐ yǒu
畫面上的這些人，有的不到一寸，有的甚至只有
huángdòu nàme dà. Bié kàn huà ·shàng de rén xiǎo, měi gè rén zài gàn shénme,
黃豆那麼大。別看畫上的人小，每個人在幹什麼，
dōu néng kàn de qīngqīngchǔchǔ.
都能看得清清楚楚。

Zuì yǒu yìsi de shì qiáo běitou de qíngjǐng: yí gè rén qízhe mǎ, zhèng
最有意思的是橋北頭的情景：一個人騎着馬，正
wǎng qiáo ·xià zǒu. Yīn·wèi rén tài duō, yǎnkàn jiù yào pèng·shàng duìmiàn lái de
往橋下走。因為人太多，眼看就要碰上對面來的
yí shèng jiàozi. Jiù zài zhège jǐnjí shíkè, nà gè mùmǎrén yíxiàzi zhuàizhùle
一乘轎子。就在這個緊急時刻，那個牧馬人一下子拽住了
mǎlóngtou, zhè cái méi pèng·shàng nà shèng jiàozi. Búguò, zhème yì lái, dào bǎ
馬籠頭，這才沒碰上那乘轎子。不過，這麼一來，倒把
mǎ yòu·biān de // liǎng tóu xiǎo máolǘ xià de yòu tī yòu tiào. Zhàn zài qiáo lángān
馬右邊的//兩頭小毛驢嚇得又踢又跳。站在橋欄杆
biān xīnshǎng fēngjǐng de rén, bèi xiǎo máolǘ jīngrǎo le, liánmáng huí·guò tóu lái gǎn
邊欣賞風景的人，被小毛驢驚擾了，連忙回過頭來趕
xiǎo máolǘ. Nǐ kàn, Zhāng Zéduān huà de huà, shì duōme chuánshén a!
小毛驢。你看，張擇端畫的畫，是多麼傳神啊！

《Qīngmíng Shàng Hé Tú》 shǐ wǒmen kàndàole bābǎi nián yǐqián de gǔdū
《清明上河圖》使我們看到了八百年以前的古都
fēngmào, kàndàole dāngshí pǔtōng lǎobǎixìng de shēnghuó chǎngjǐng.
風貌，看到了當時普通老百姓的生活場景。

Jiéxuǎn zì Téng Míngdào《Yì Fú Míngyáng-zhōngwài de Huà》
節選自滕明道《一幅名揚中外的畫》

詞語提示

張擇端	Zhāng Zéduān	汴梁	Biànliáng
熱鬧	rènao	功夫	gōngfu
撐船	chēngchuán	買賣	mǎimai
生意人	shēngyirén	道士	dàoshi
小攤	xiǎotānr	官吏	guānlì
招牌	zhāopai	作坊	zuōfang
茶館	cháguǎnr	形態各異	xíngtài-gèyì
毛驢	máolǘ	悠閒	yōuxián
蹓躂	liūda	橋北頭	qiáo běitou
碰上	pèng•shàng	一乘轎子	yí shèng jiàozi
拽住	zhuàizhù	馬籠頭	mǎlóngtou

句子分析

1. 這幅畫 / 已經有八百多年的歷史了，現在 / 還完整地保存在 / 北京的故宮博物院裏。
2. 別看畫上的人小，每個人在幹什麼，都能看得 / 清清楚楚。
3. 就在這個緊急時刻，那個牧馬人 / 一下子拽住了馬籠頭，這才沒碰上 / 那乘轎子。

Zuòpǐn 40 Hào
作品 40 號

Èr líng líng líng nián, Zhōngguó dì-yī gè yǐ kēxuéjiā míngzi mìngmíng de gǔpiào "Lóngpíng Gāokē" shàngshì. Bā nián hòu, míngyù dǒngshìzhǎng Yuán Lóngpíng suǒ chíyǒu de gǔfèn yǐ shìzhí jìsuàn yǐ·jīng guò yì. Cóngcǐ, Yuán Lóngpíng yòu duōle gè "shǒufù kēxuéjiā" de mínghào. Ér tā shēnbiān de xuésheng hé gōngzuò rényuán, què hěn nán bǎ zhè wèi lǎorén hé "fùwēng" liánxì qǐ·lái.

二〇〇〇年，中國第一個以科學家名字命名的股票「隆平高科」上市。八年後，名譽董事長袁隆平所持有的股份以市值計算已經過億。從此，袁隆平又多了個「首富科學家」的名號。而他身邊的學生和工作人員，卻很難把這位老人和「富翁」聯繫起來。

"Tā nǎ·lǐ yǒu fùrén de yàngzi." Yuán Lóngpíng de xuéshengmen xiàozhe yìlùn. Zài xuéshengmen de yìnxiàng ·lǐ, Yuán lǎoshī yǒngyuǎn hēihēishòushòu, chuān yí jiàn ruǎntātā de chènyī. Zài yí cì huìyì ·shàng, Yuán Lóngpíng tǎnyán: "Búcuò, wǒ shēnjià èr líng líng bā nián jiù yìqiān líng bā yì le, kě wǒ zhēn de yǒu nàme duō qián ma? Méi·yǒu. Wǒ xiànzài jiù shì kào měi gè yuè liùqiān duō yuán de gōngzī shēnghuó, yǐ·jīng hěn mǎnzú le. Wǒ jīntiān chuān de yīfu jiù wǔshí kuài qián, dàn wǒ xǐhuan de hái shì zuótiān chuān de nà jiàn shíwǔ kuài qián de chènshān, chuānzhe hěn jīngshen." Yuán Lóngpíng rènwéi, "yí gè rén de shíjiān hé jīnglì shì yǒuxiàn de, rúguǒ lǎo xiǎngzhe xiǎngshòu, nǎ yǒu xīnsi gǎo kēyán? Gǎo kēxué yánjiū jiù shì yào dànbó-mínglì, tāshi zuòrén".

「他哪裏有富人的樣子。」袁隆平的學生們笑着議論。在學生們的印象裏，袁老師永遠黑黑瘦瘦，穿一件軟塌塌的襯衣。在一次會議上，袁隆平坦言：「不錯，我身價二〇〇八年就一千零八億了，可我真的有那麼多錢嗎？沒有。我現在就是靠每個月六千多元的工資生活，已經很滿足了。我今天穿的衣服就五十塊錢，但我喜歡的還是昨天穿的那件十五塊錢的襯衫，穿着很精神。」袁隆平認為，「一個人的時間和精力是有限的，如果老想着享受，哪有心思搞科研？搞科學研究就是要淡泊名利，踏實做人」。

Zài gōngzuò rényuán yǎnzhōng, Yuán Lóngpíng qíshí jiù shì yí wèi shēnbǎnr yìnglang de "rénmín nóngxuéjiā", "lǎorén xià tián cóng bú yào rén chānfú,

在工作人員眼中，袁隆平其實就是一位身板硬朗的「人民農學家」，「老人下田從不要人攙扶，

náqǐ tàoxié, jiǎo yì dēng jiù zǒu". Yuán Lóngpíng shuō: "Wǒ yǒu bāshí suì
拿起套鞋，腳一蹬就走」。袁隆平說：「我有八十歲

de niánlíng, wǔshí duō suì de shēntǐ, sānshí duō suì de xīntài, èrshí duō suì
的年齡，五十多歲的身體，三十多歲的心態，二十多歲

de jīròu tánxìng." Yuán Lóngpíng de yèyú shēnghuó fēicháng fēngfù, diào yú、
的肌肉彈性。」袁隆平的業餘生活非常豐富，釣魚、

dǎ páiqiú、 tīng yīnyuè …… Tā shuō, jiù shì xǐhuan zhèxiē // bù huā qián de
打排球、聽音樂……他說，就是喜歡這些//不花錢的

píngmín xiàngmù.
平民項目。

Èr líng yī líng nián jiǔ yuè, Yuán Lóngpíng dùguole tā de bāshí suì
二〇一〇年九月，袁隆平度過了他的八十歲

shēngrì. Dāngshí, tā xǔle gè yuàn: dào jiǔshí suì shí, yào shíxiàn mǔchǎn
生日。當時，他許了個願：到九十歲時，要實現畝產

yìqiān gōngjīn! Rúguǒ quánqiú bǎi fēn zhī wǔshí de dàotián zhòngzhí zájiāo shuǐdào,
一千公斤！如果全球百分之五十的稻田種植雜交水稻，

měi nián kě zēngchǎn yì diǎn wǔ yì dūn liángshi, kě duō yǎnghuo sìyì dào wǔyì
每年可增產一點五億噸糧食，可多養活四億到五億

rénkǒu.
人口。

Jiéxuǎn zì Liú Chàng《Yí Lì Zhǒngzi Zàofú Shìjiè》
節選自劉暢《一粒種子造福世界》

詞語提示

隆平	Lóngpíng	富翁	fùwēng
軟塌塌	ruǎntātā	坦言	tǎnyán
襯衫	chènshān	精神	jīngshen
老想着	lǎo xiǎngzhe	心思	xīnsi
淡泊	dànbó	踏實	tāshi
身板	shēnbǎnr	硬朗	yìnglang
攙扶	chānfú	彈性	tánxìng

句子分析

1. 二〇〇〇年，中國第一個 / 以科學家名字命名的股票 /「隆平高科」上市。
2. 八年後，名譽董事長袁隆平所持有的股份 / 以市值計算 / 已經過億。
3. 我今天穿的衣服 / 就五十塊錢，但我喜歡的 / 還是昨天穿的那件 / 十五塊錢的襯衫，穿着很精神。

Zuòpǐn 44 Hào
作品 44 號

Zàozhǐshù de fāmíng, shì Zhōngguó duì shìjiè wénmíng de wěidà gòngxiàn zhī yī.
造紙術的發明，是中國對世界文明的偉大貢獻之一。

Zǎo zài jǐqiān nián qián, wǒmen de zǔxiān jiù chuàngzàole wénzì. Kě nà shíhou hái méi•yǒu zhǐ, yào jìlù yí jiàn shìqing, jiù yòng dāo bǎ wénzì kè zài guījiǎ hé shòugǔ •shàng, huòzhě bǎ wénzì zhùkè zài qīngtóngqì •shàng. Hòulái, rénmen yòu bǎ wénzì xiě zài zhúpiàn hé mùpiàn •shàng. Zhèxiē zhúpiàn、mùpiàn yòng shéngzi chuān qǐ•lái, jiù chéngle yí cè shū. Dànshì, zhè zhǒng shū hěn bènzhòng, yuèdú、xiédài、bǎocún dōu hěn bù fāngbiàn. Gǔshíhou yòng "xuéfùwǔchē" xíngróng yí gè rén xuéwen gāo, shì yīn•wèi shū duō de shíhou xūyào yòng chē lái lā. Zài hòulái, yǒule cánsī zhīchéng de bó, jiù kěyǐ zài bó •shàng xiě zì le. Bó bǐ zhúpiàn、mùpiàn qīngbiàn, dànshì jià•qián tài guì,
早在幾千年前，我們的祖先就創造了文字。可那時候還沒有紙，要記錄一件事情，就用刀把文字刻在龜甲和獸骨上，或者把文字鑄刻在青銅器上。後來，人們又把文字寫在竹片和木片上。這些竹片、木片用繩子穿起來，就成了一冊書。但是，這種書很笨重，閱讀、攜帶、保存都很不方便。古時候用「學富五車」形容一個人學問高，是因為書多的時候需要用車來拉。再後來，有了蠶絲織成的帛，就可以在帛上寫字了。帛比竹片、木片輕便，但是價錢太貴，

zhǐyǒu shǎoshù rén néng yòng, bù néng pǔjí.
只有少數人能用，不能普及。

Rénmen yòng cánjiǎn zhìzuò sīmián shí fāxiàn, chéngfàng cánjiǎn de mièxí ·shàng, huì liú·xià yì céng báopiàn, kě yòng yú shūxiě. Kǎogǔxuéjiā fāxiàn, zài liǎngqiān duō nián qián de Xī Hàn shídài, rénmen yǐ·jīng dǒng·déle yòng má lái zào zhǐ. Dàn mázhǐ bǐjiào cūcāo, bú biàn shūxiě.
人們用蠶繭製作絲綿時發現，盛放蠶繭的篾席上，會留下一層薄片，可用於書寫。考古學家發現，在兩千多年前的西漢時代，人們已經懂得了用麻來造紙。但麻紙比較粗糙，不便書寫。

Dàyuē zài yìqiān jiǔbǎi nián qián de Dōng Hàn shídài, yǒu gè jiào Cài Lún de rén, xīshōule rénmen chángqī jīlěi de jīngyàn, gǎijìnle zàozhǐshù. Tā bǎ shùpí、 mátóu、 dàocǎo、 pòbù děng yuánliào jiǎnsuì huò qiēduàn, jìn zài shuǐ ·lǐ dǎolàn chéng jiāng; zài bǎ jiāng lāo chū·lái shàigān, jiù chéngle yì zhǒng jì qīngbiàn yòu hǎoyòng de zhǐ. Yòng zhè zhǒng fāngfǎ zào de zhǐ, yuánliào róngyì dédào, kěyǐ dàliàng zhìzào, jiàgé yòu piányi, néng mǎnzú duōshù rén de xūyào, suǒ // yǐ zhè zhǒng zào zhǐ fāngfǎ jiù chuánchéng xià·lái le.
大約在一千九百年前的東漢時代，有個叫蔡倫的人，吸收了人們長期積累的經驗，改進了造紙術。他把樹皮、麻頭、稻草、破布等原料剪碎或切斷，浸在水裏搗爛成漿；再把漿撈出來曬乾，就成了一種既輕便又好用的紙。用這種方法造的紙，原料容易得到，可以大量製造，價格又便宜，能滿足多數人的需要，所 // 以這種造紙方法就傳承下來了。

Wǒguó de zàozhǐshù shǒuxiān chuándào línjìn de Cháoxiǎn Bàndǎo hé Rìběn, hòulái yòu chuándào Ālābó shìjiè hé Ōuzhōu, jí dà de cùjìnle rénlèi shèhuì de jìnbù hé wénhuà de fāzhǎn, yǐngxiǎngle quánshìjiè.
我國的造紙術首先傳到鄰近的朝鮮半島和日本，後來又傳到阿拉伯世界和歐洲，極大地促進了人類社會的進步和文化的發展，影響了全世界。

Jiéxuǎn zì《Zhǐ de Fāmíng》
節選自《紙的發明》

詞語提示

造紙術	zàozhǐshù	事情	shìqing
龜甲	guījiǎ	獸骨	shòugǔ
鑄刻	zhùkè	青銅器	qīngtóngqì
笨重	bènzhòng	攜帶	xiédài
學富五車	xuéfù-wǔchē	學問	xuéwen
蠶絲	cánsī	帛	bó
價錢	jià•qián	蠶繭	cánjiǎn
盛放	chéngfàng	篾席	mièxí
薄片	báopiàn	粗糙	cūcāo
搗爛成漿	dǎolàn chéng jiāng	便宜	piányi

句子分析

1 要記錄一件事情，就用刀 / 把文字刻在龜甲 / 和獸骨上，或者把文字 / 鑄刻在青銅器上。

2 人們 / 用蠶繭 / 製作絲綿時發現，盛放蠶繭的篾席上，會留下一層薄片，可用於書寫。

3 他把 / 樹皮、麻頭、稻草、破布等原料 / 剪碎 / 或切斷，浸在水裏 / 搗爛成漿；再把漿 / 撈出來曬乾，就成了一種 / 既輕便又好用的紙。

Zuòpǐn 46 Hào
作品 46 號

Duìyú Zhōngguó de niú, wǒ yǒuzhe yì zhǒng tèbié zūnjìng de gǎnqíng.
對於 中 國 的 牛，我 有着 一 種 特別 尊敬 的 感 情。

Liú gěi wǒ yìnxiàng zuì shēn de, yào suàn zài tiánlǒng ·shàng de yí cì
留給我印象最深的，要算在田壟上的一次
"xiāngyù"
「相遇」。

Yì qún péngyou jiāoyóu, wǒ lǐngtóu zài xiázhǎi de qiānmò ·shàng zǒu, zěnliào
一群朋友郊遊，我領頭在狹窄的阡陌上走，怎料
yíngmiàn láile jǐ tóu gēngniú, xiádào róng ·bú xià rén hé niú, zhōng yǒu yìfāng
迎面來了幾頭耕牛，狹道容不下人和牛，終有一方
yào rànglù. Tāmen hái méi·yǒu zǒujìn, wǒmen yǐ·jīng yùjì dòu ·bú guò chùsheng,
要讓路。牠們還沒有走近，我們已經預計鬥不過畜牲，
kǒngpà nánmiǎn cǎidào tiándì níshuǐ ·lǐ, nòng de xiéwà yòu ní yòu shī le. Zhèng
恐怕難免踩到田地泥水裏，弄得鞋襪又泥又濕了。正
chíchú de shíhou, dàitóu de yì tóu niú, zài lí wǒmen bùyuǎn de dìfang tíng
踟躕的時候，帶頭的一頭牛，在離我們不遠的地方停
xià·lái, táiqǐ tóu kànkan, shāo chíyí yíxià, jiù zìdòng zǒu·xià tián qù. Yí duì
下來，抬起頭看看，稍遲疑一下，就自動走下田去。一隊
gēngniú, quán gēnzhe tā líkāi qiānmò, cóng wǒmen shēnbiān jīngguò.
耕牛，全跟着牠離開阡陌，從我們身邊經過。

Wǒmen dōu dāi le, huí·guò tóu lái, kànzhe shēnhèsè de niúduì, zài lù de
我們都呆了，回過頭來，看着深褐色的牛隊，在路的
jìntóu xiāoshī, hūrán jué·dé zìjǐ shòule hěn dà de ēnhuì.
盡頭消失，忽然覺得自己受了很大的恩惠。

Zhōngguó de niú, yǒngyuǎn chénmò de wèi rén zuòzhe chénzhòng de
中國的牛，永遠沉默地為人做着沉重的
gōngzuò. Zài dàdì ·shàng, zài chénguāng huò lièrì xià, tā tuōzhe chénzhòng
工作。在大地上，在晨光或烈日下，牠拖着沉重
de lí, dītóu yí bù yòu yí bù, tuōchūle shēnhòu yí liè yòu yí liè sōngtǔ,
的犁，低頭一步又一步，拖出了身後一列又一列鬆土，
hǎo ràng rénmen xià zhǒng. Děngdào mǎndì jīnhuáng huò nóngxián shíhou, tā kěnéng
好讓人們下種。等到滿地金黃或農閒時候，牠可能
hái děi dāndāng bānyùn fùzhòng de gōngzuò; huò zhōngrì ràozhe shímò, cháo tóng yì
還得擔當搬運負重的工作；或終日繞着石磨，朝同一
fāngxiàng, zǒu bú jìchéng de lù.
方向，走不計程的路。

Zài tā chénmò de láodòng zhōng, rén biàn dédào yìng dé de shōucheng.
在牠沉默的勞動中，人便得到應得的收成。

Nà shíhou, yěxǔ, tā kěyǐ sōng yì jiān zhòngdàn, zhàn zài shù •xià,
那時候，也許，牠可以鬆一肩重擔，站在樹下，
chī jǐ kǒu nèn cǎo. Ǒu'ěr yáoyao wěiba, bǎibai ěrduo, gǎnzǒu fēifù shēn •shàng
吃幾口嫩草。偶爾搖搖尾巴，擺擺耳朵，趕走飛附身上
de cāngying, yǐ•jīng suàn shì tā zuì xiánshì de shēnghuó le.
的蒼蠅，已經算是牠最閒適的生活了。

Zhōngguó de niú, méi•yǒu chéngqún bēnpǎo de xí // guàn, yǒngyuǎn
中國的牛，沒有成群奔跑的習//慣，永遠
chénchénshíshí de, mòmò de gōngzuò, píngxīn-jìngqì. Zhè jiù shì Zhōngguó de
沉沉實實的，默默地工作，平心靜氣。這就是中國的
niú!
牛！

Jiéxuǎn zì (Xiānggǎng) Xiǎosī 《Zhōngguó de Niú》
節選自（香港）小思《中國的牛》

詞語提示

田壟上	tiánlǒng•shàng	狹窄	xiázhǎi
阡陌	qiānmò	耕牛	gēngniú
畜牲	chùsheng	踟躕	chíchú
深褐色	shēnhèsè	恩惠	ēnhuì
犁	lí	下種	xià zhǒng
還得	hái děi	擔當	dāndāng
繞着	ràozhe	石磨	shímò
收成	shōucheng	應得的	yīng dé de
嫩草	nèncǎo	搖搖尾巴	yáoyao wěiba
擺擺耳朵	bǎibai ěrduo	飛附	fēifù
蒼蠅	cāngying	閒適	xiánshì

句子分析

1. 對於中國的牛，我有着一種 / 特別尊敬的感情。
2. 在大地上，在陽光 / 或烈日下，牠拖着沉重的犁，低頭 / 一步 / 又一步，拖出了身後 / 一列又一列鬆土，好讓人們下種。
3. 等到滿地金黃 / 或農閒時候，牠可能還得擔當 / 搬運負重的工作；或終日 / 繞着石磨，朝同一方向，走不計程的路。

五、命題說話演練

話題：36　談談衛生與健康

提示：

衞生與健康是什麼關係？常見的與衞生有關的疾病：流感、痢疾、食物中毒等。有沒有相關的經歷？說說如何培養好的衞生習慣。

說話提綱示例：

談談衞生與健康

- 衞生包括公共衞生、家居衞生、食品衞生、個人衞生、心理衞生等。
- 衞生和疾病：有不少病多半是因為不衞生引起的，例如：流感、痢疾、食物中毒、紅眼病等。
- 拉肚子：我吃了街邊小攤兒賣的小吃，回家就拉肚子，還要去急診室。三天才好。
- 衞生習慣：常洗手，用香皂搓手最少 20 秒。在人多的地方，或者身體不舒服的時候，要戴口罩兒。家裏要經常搞衞生。不亂扔垃圾，不隨地吐痰。
- 培養衞生習慣：通過宣傳教育，建立獎罰機制。

詞語儲備

jiànkāng 健康	gān•jìng 乾淨	liúgǎn 流感	chángwèiyán 腸胃炎	shíwù zhòngdú 食物中毒
lìji 痢疾	jíbìng 疾病	zhāngláng 蟑螂	hóngyǎnbìng 紅眼病	kǒuzhàor 口罩兒
cuōshǒu 搓手	suídì 隨地	tǔtán 吐痰	dùzi téng 肚子疼	xiāngzào 香皂
jiājū 家居	jiǎngfá 獎罰	wénzi 蚊子	lādùzi 拉肚子	shàngtù-xiàxiè 上吐下瀉

話題：37　對環境保護的認識

提示：

地球上有哪些污染？可以從正、反兩方面談：保護環境與不保護環境的結果。污染有什麼危害？有哪些環保措施？可以說說自己生活中如何環保。還可以說如何培養環保意識。

說話提綱示例：

今天我談談對環境保護的認識

- 污染：地球上有噪音污染、土壤污染、空氣污染、水污染、光污染等。
- 污染的危害：污染破壞環境，引起很多疾病，威脅人類生存，引起物種滅亡。
- 環保措施：垃圾分類，回收再用，回收再造。用可再生能源（太陽能、風力發電、水力發電）。政府推出很多環保措施：收取排污費，要求汽車停車後熄火，多放一些回收桶。

- 我的環保生活：個人能做的很有限，我覺得不浪費就是環保。例如：洗澡儘量用淋浴，不泡澡，節約用水；雙面打印，節約用紙；能不開空調就儘量不開空調，節約用電。

詞語儲備

huánjìng 環境	bǎohù 保護	wūrǎn 污染	tǔrǎng 土壤	kězàishēng 可再生
zàoyīn 噪音	wēixié 威脅	mièwáng 滅亡	cuòshī 措施	gōngjiāochē 公交車
zhēngfèi 徵費	hédiàn 核電	làngfèi 浪費	xīhuǒ 熄火	tàiyángnéng 太陽能
wùzhǒng 物種	yì•shí 意識	fùyìn 複印	línyù 淋浴	xīnnéngyuán 新能源

話題：41　科技發展與社會生活

提示：

科技發展在哪些方面改善了社會生活？也可以說說科技發展帶來什麼問題。可以從衣食住行等多個方面考慮。社會生活有物質生活，還有精神生活。

說話提綱示例：

今天我要說科技發展與社會生活

科技發展和我們的衣食住行關係都很密切。

- 服裝：紡織科技的發展讓衣服面料選擇多了，夏天的衣服很透氣，冬天的羽絨衣很輕，但又很暖和。各種面料的顏色也多了。
- 食品：農業科技的發展，例如雜交水稻，讓糧食產量增加了好多倍，讓更多的人吃得飽、吃得好。目前海水種水稻的試驗也取得了成功。

- 住：建築科技發展，房子越來越安全，颱風下雨都不怕，也舒服。我很怕熱，冷氣真是個好發明。家電讓我們的生活更方便。有了洗衣機，不用手洗衣服。冰箱有冷凍格能長期保存食品，也能讓我們在夏天喝上各種冷飲，吃上冰鎮西瓜。
- 電腦：電腦、手機等電子產品的發明，更是一次革命，大大改變了人類的生存方式。未來人工智能的發展更是令人期待。

詞語儲備

kējì 科技	fāzhǎn 發展	yīliáo 醫療	fǎngzhī 紡織	xīchénqì 吸塵器
fángzi 房子	yìmiáo 疫苗	tōngxùn 通訊	lěngyǐn 冷飲	lěngdònggé 冷凍格
xī•guā 西瓜	kōngtiáo 空調	liángshi 糧食	bīngzhèn 冰鎮	réngōng-zhìnéng 人工智能
tǐjiǎn 體檢	wǎngkè 網課	géhé 隔閡	diàntī 電梯	jīyīn-gǎizào 基因改造

話題：45　對垃圾分類的認識

提示：

為什麼垃圾要分類？介紹垃圾分類的方法，可以比較各地的差異。介紹自己日常生活中如何處理垃圾。垃圾分類對生活的影響如何，實施效果如何。

說話提綱示例：

談談我對垃圾分類的認識

- 好處：垃圾分類有利於回收資源，減少資源浪費，減少垃圾填埋區的壓力，減少污染，降低垃圾處理的成本。
- 方法：分類方法很多，可回收和不可回收，可焚燒和不可焚燒，有害垃圾和無害垃圾。可回收垃圾又分為廢金屬、廢紙張、廢塑料、廢玻璃、廢棄電子電器產品、廚餘垃圾等。
- 實施：我會把垃圾仔細分類，再扔到不同的回收桶裏。分類要花時間，回收物會佔地方，但我不怕麻煩，我認為這是社會責任。
- 科技：隨着科技發展，垃圾分類會越來越細緻，環保效果會更好。

詞語儲備

rēng lājī 扔垃圾	fēnlèi 分類	tiánmái 填埋	chǔlǐ 處理	yìlāguàn 易拉罐
fénshāo 焚燒	chúyú 廚餘	jīnshǔ 金屬	bō•lí 玻璃	dēngguǎnr 燈管兒
máfan 麻煩	zīyuán 資源	guàntou 罐頭	xúnhuán 循環	zhàn dìfang 佔地方
huíshōu 回收	xièlòu 泄漏	chéngběn 成本	yǒuhài 有害	chōngdiànbǎo 充電寶

話題：46　網絡時代的生活

提示：

生活中怎樣使用網絡？網絡對生活有什麼影響？結合自己的生活經歷談談感受。可以和以前沒有網絡的生活做對比。

說話提綱示例：

談談網絡時代的生活

以前沒有網絡，生活上有好多不便；現在的生活根本離不開網絡。

- 查資料：網絡實在是太方便了，幾乎所有的問題都可以在網上找到答案，而且很快。
- 溝通：人類溝通方法多了，費用也低了，拉近了人與人之間的距離。我可以每天和在外地的姥爺、姥姥視頻通話。
- 網購：可以買到世界各地的東西，只有想不到的、沒有買不到的東西。價格也低了。
- 學習：上網課，可以報很多地方的課程，還節約了交通時間和費用。

詞語儲備

wǎnggòu 網購	fāngbiàn 方便	shìpín 視頻	hùliánwǎng 互聯網	zhìhuì jiājū 智慧家居
lǎolao 姥姥	lǎoye 姥爺	yuǎnchéng 遠程	wǎngyuēchē 網約車	wúrén jiàshǐ 無人駕駛
yáokòng 遙控	kòngzhì 控制	huìyì 會議	jīqìrén 機器人	diànzǐ zhīfù 電子支付
dǎoháng 導航	jīngpiàn 晶片	guāng X 光	fúshè 輻射	hécí-gòngzhèn 核磁共振

09

第九課

綜合訓練（七）

一、語音知識分析：【音變】三聲變調及練習

二、難點字詞認讀

三、選擇判斷練習

四、朗讀作品指導

3 朱自清《匆匆》

4 華羅庚《聰明在於學習，天才在於積累》

6 竺可楨《大自然的語言》

20 葉君健《看戲》

24 《「能吞能吐」的森林》

五、命題説話演練

24 勞動的體會

32 生活中的誠信

38 談社會公德（或職業道德）

42 談個人修養

48 談傳統美德

一、語音知識分析

【音變】三聲變調及練習

第三聲在一些情況下，必須讀本調（調值214），這時三聲調值要讀完滿，在測試中也是如此要求，否則扣分。見下面（一）的具體分析。

第三聲在第一聲、第二聲、第四聲之前要讀半三聲（調值變為21/211）。見下面（二）的具體分析。

在連續的語流中，三聲連讀雙音節詞語或者三音節以上的多音節詞語，會發生變調的情況，這種連讀變調的情況，雖然比較複雜，但是有規律可循，變調以後聽起來舒服順耳。因為第三聲是個曲折調，又比較長，連讀時會把曲折調讀成不曲折調，也會相對變短。見下面（三）的具體分析。

在測試中，三聲連讀應該變調時，必須變調，否則聽起來很彆扭，所謂怪腔怪調。測試題的第二、三、四、五項裏，都會出現三聲變調的情況，讀錯了都會扣分，不可大意。

（一）第三聲讀本調不變調（214或者2114）

第三聲在以下三種情況下讀作本調：

1. 單字出現

擀 gǎn　蟒 mǎng　瞟 piǎo　餉 xiǎng　尹 Yǐn　癸 guǐ

2. 詞語的最後一字

分娩 fēnmiǎn　針灸 zhējiǔ　拋灑 pāosǎ

奢侈 shēchǐ　田野 tiányě　戰場 zhànchǎng

3. 句子的最後一字

他喜歡住在香港。

Tā xǐhuan zhù zài Xiānggǎng 。

他的優點是勤勞勇敢。

Tā de yōudiǎn shì qínláo yǒnggǎn 。

她養的寵物是一隻小花狗。

Tā yǎng de chǒngwù shì yì zhī xiǎo huāgǒu 。

（二）第三聲讀作半三聲（21 或 211）

1. 第三聲在第一聲前

鼠標 shǔbiāo	閃失 shǎnshī	抹黑 mǒhēi	體積 tǐjī
滿腔 mǎnqiāng	鉚釘 mǎodīng	挑撥 tiǎobō	瓦斯 wǎsī
萎縮 wěisuō	理虧 lǐkuī	雪崩 xuěbēng	搶修 qiǎngxiū

2. 第三聲在第二聲前

眼簾 yǎnlián	旅行 lǚxíng	水田 shuǐtián	臉盆 liǎnpén
討饒 tǎoráo	武俠 wǔxiá	咬牙 yǎoyá	隱瞞 yǐnmán
乙醇 yǐchún	遠足 yuǎnzú	保持 bǎochí	屬於 shǔyú

3. 第三聲在第四聲前

踴躍 yǒngyuè	璀璨 cuǐcàn	柳樹 liǔshù	儲備 chǔbèi
摟抱 lǒubào	履歷 lǚlì	寢室 qǐnshì	甩賣 shuǎimài
隕落 yǔnluò	早戀 zǎoliàn	拐杖 guǎizhàng	妥善 tuǒshàn

4. 第三聲在輕聲前面

奶奶 nǎinai　　姥姥 lǎolao　　嬸嬸 shěnshen　　姐姐 jiějie
耳朵 ěrduo　　口袋 kǒudai　　口子 kǒuzi　　尺子 chǐzi

（三）兩個或者兩個以上的三聲連讀

兩個或者兩個以上的三聲連讀時，聲調會有以下幾種變調情況，下面的例子按實際讀音標調，方便大家練習：

1. 單單格（第一個音節讀第二聲）

懶散 lánsǎn　　反省 fánxǐng
抿嘴 mínzuǐ　　魯莽 lúmǎng
橄欖 gánlǎn　　口齒 kóuchǐ
遣返 qiánfǎn　　署理 shúlǐ

2. 雙單格（第一、二個音節讀第二聲）

選舉 / 法 xuánjú fǎ　　表演 / 者 biáoyán zhě
水果 / 酒 shuíguó jiǔ　　女子 / 組 nǘzízǔ
九百 / 米 jiúbáimǐ　　展覽 / 館 zhánlánguǎn
五彩 / 筆 wúcáibǐ　　廣場 / 舞 guángchángwǔ

3. 單雙格（下例如果第一音節被強調，讀半上，第二音節讀二聲；如果這三個音節連讀得緊密，第一、二音節都讀第二聲，不再列拼音）

小 / 旅館　米 / 老鼠　母 / 老虎　紫 / 雨傘　李 / 總管
總 / 主筆　小 / 海島　炒 / 米粉　小 / 組長　苦 / 水井

4. **多音節以上的三聲連讀，根據語意分段連讀**（下面按實際讀音標調）

豈有此理！

Qíyǒucílǐ！

尺有所短，寸有所長。

Chí yǒu suó duǎn，cùn yóu suǒ cháng。

你有美好的理想，我也有美好的理想。

Níyǒu méihǎo de líxiǎng，wǒ（也能讀第二聲）yé yǒu méihǎo de líxiǎng。

小滿買了九百九十九朵玫瑰送給小美。

Xiáo Mǎn（也能讀第二聲）mǎile jiúbái jiǔshíjiú duǒ méi•guī sònggěi Xiáo Měi。

二、難點字詞認讀

（一）看拼音，準確讀出以下詞語

1. **單音節第三聲字詞練習**

ǎn 俺	bǒ 跛	zhǔ 拄	Shǎn 陜	biě 癟	yǐ 乙	guǐ 詭	tuǒ 橢	shǐ 矢	rě 惹
jiǎo 皎	bǐ 鄙	pǐ 痞	yǐn 尹	xǐ 徙	mǎng 莽	zhǒu 肘	xuǎn 癬	luǎn 卵	yǔn 隕
chǎn 闡	lěi 蕾	fěi 誹	jiǎ 胛	hǒng 哄	rǒng 冗	cuǐ 璀	mǐn 皿	yǐng 穎	zhě 褶

2. **三三連讀變調練習**（第一個音節讀第二聲）

dǒusǒu 抖擻	fǔxiǔ 腐朽	shuǐtǎ 水獺	yǎotiǎo 窈窕	sǒngyǒng 慫恿
shuǎishǒu 甩手	kǎnkě 坎坷	qǐtǎo 乞討	tǔrǎng 土壤	wǔrǔ 侮辱
wǎnzhuǎn 婉轉	miǎnqiǎng 勉强	jǐyǔ 給予	mǎmǎo 瑪瑙	kuǐlěi 傀儡
ǒu’ěr 偶爾	zhǎnzhuǎn 輾轉	zhǐchǐ 咫尺	tǎngshǐ 倘使	yǎnjiǎn 眼瞼

（二）三音節／四音節詞語（含短語）中三聲字連讀變調練習

1. **三音節詞語**（三個字皆為三聲字，不同組合用分隔號隔開）

(1) 手寫／體　古典／舞　洗臉／水　掩眼／法　勇敢／者　管理／好
膽小／鬼　冷水／澡　海島／美　手指／短　五百／里　水產／品

(2) 左／扭柏　小／拇指　小／兩口　很／委婉　很／可恥　買／保險
想／阻止　鐵／匕首　女／導演　好／老闆　已／處理　已／允許

2. **三音節詞語**（其中有兩個三聲字）

（1）後兩個字是第三聲

溶解氧　赤裸裸　惡狠狠　遊覽者　無產者　外祖母
布穀鳥　分水嶺　圓舞曲　超導體　青轉紫　藍海水

（2）前兩個字是第三聲

斗母宮　女主角　老百姓　小伙計　蒙古包　腳手架
擺小攤　表演隊　小水滴　老想着　呂祖殿　領獎台

3. 四音節詞語

（1）後兩個字三聲連讀

威風凜凜　非同小可　風生水起　高瞻遠矚　歡欣鼓舞

了如指掌　一無所有　一言九鼎　取長補短　忍無可忍

（2）前兩個字三聲連讀

走筆為記　勇往直前　咫尺之間　草長鶯飛　鳥語花香

感慨萬千　品種多樣　典雅氣質　骨髓捐獻　扭轉乾坤

4. 利用同音字巧記生僻字

(1) 呂 lǚ：　縷　屢　侶　鋁　履　旅

(2) 感 gǎn：　擀　敢　稈　橄　趕　桿（桿菌）

(3) 府 fǔ：　甫　腑　俯　腐　輔　撫　斧

(4) 簡 jiǎn：　繭　瞼　撿　儉　檢　柬　揀　鹼　剪　減

(5) 腳 jiǎo：　剿　皎　攪　僥　餃　狡　絞　繳　矯　角（角落）

三、選擇判斷練習

1. 詞語判斷

(1)	椅條	板凳	長凳欸	
(2)	拍拖	談愛	戀愛	
(3)	唔奶	嫲嫲	阿嫲	奶奶
(4)	強盜	打劫賊	賊佬	搶犯
(5)	手節頭	指頭子	手指	手指姆
(6)	驚見笑	着羞	害羞	

(7)	田嬰	蜻蜓	睗咩咩	吊頸鬼裏
(8)	可口	醒喙	上口	好味
(9)	光火	激氣	火滾	惱火
(10)	呃大話	撒謊	打謊	扯白

2. 量詞、名詞搭配

葱	馬	腳	房子	草	演出	倉庫	綢緞	筷子	鋼琴

匹	間	雙	棵	對	台

3. 語序或表達形式判斷

(1) A. 我不會說英語。

B. 我不懂說英語。

(2) A. 他非常可愛。

B. 他好好可愛。

C. 他上可愛。

(3) A. 先坐下，你別慌着。

B. 先坐下，你別慌嘛。

C. 先坐下，你別慌吵。

(4) A. 我買了一頂帽的，一條褲的。

B. 我買了一頂帽兒，一條褲兒。

C. 我買了一頂帽子，一條褲子。

(5) A. 我打得過他。

B. 我打他得過。

C. 我打得他過。

四、朗讀作品指導

Zuòpǐn 3 Hào
作品 3 號

Yànzi qù le, yǒu zài lái de shíhou; yángliǔ kū le, yǒu zài qīng de
燕子去了，有再來的時候；楊柳枯了，有再青的

shíhou; táohuā xiè le, yǒu zài kāi de shíhou. Dànshì, cōng·míng de, nǐ gàosu
時候；桃花謝了，有再開的時候。但是，聰明的，你告訴

wǒ, wǒmen de rìzi wèi shénme yí qù bú fù fǎn ne? —— Shì yǒu rén tōule
我，我們的日子為什麼一去不復返呢？——是有人偷了

tāmen ba: nà shì shuí? Yòu cáng zài héchù ne? Shì tāmen zìjǐ táozǒule
他們罷：那是誰？又藏在何處呢？是他們自己逃走了

ba: xiànzài yòu dàole nǎ·lǐ ne?
罷：現在又到了哪裏呢？

Qù de jǐnguǎn qù le, lái de jǐnguǎn láizhe; qù-lái de zhōngjiān, yòu
去的儘管去了，來的儘管來着；去來的中間，又

zěnyàng de cōngcōng ne? Zǎoshang wǒ qǐ·lái de shíhou, xiǎowū ·lǐ shèjìn liǎng-sān
怎樣地匆匆呢？早上我起來的時候，小屋裏射進兩三

fāng xiéxié de tài·yáng. Tài·yáng tā yǒu jiǎo a, qīngqīngqiāoqiāo de nuóyí le;
方斜斜的太陽。太陽他有腳啊，輕輕悄悄地挪移了；

wǒ yě mángmángrán gēnzhe xuánzhuǎn. Yúshì —— xǐ shǒu de shíhou, rìzi
我也茫茫然跟着旋轉。於是——洗手的時候，日子

cóng shuǐpén ·lǐ guò·qù; chī fàn de shíhou, rìzi cóng fànwǎn ·lǐ guò·qù; mòmò
從水盆裏過去；吃飯的時候，日子從飯碗裏過去；默默

shí, biàn cóng níngrán de shuāngyǎn qián guò·qù. Wǒ juéchá tā qù de cōngcōng
時，便從凝然的雙眼前過去。我覺察他去的匆匆

le, shēnchū shǒu zhēwǎn shí, tā yòu cóng zhēwǎnzhe de shǒu biān guò·qù; tiān
了，伸出手遮挽時，他又從遮挽着的手邊過去；天

hēi shí, wǒ tǎng zài chuáng ·shàng, tā biàn línglínglìlì de cóng wǒ shēn ·shàng
黑時，我躺在床上，他便伶伶俐俐地從我身上

kuà·guò, cóng wǒ jiǎo biān fēiqù le. Děng wǒ zhēngkāi yǎn hé tài·yáng zàijiàn,
跨過，從我腳邊飛去了。等我睜開眼和太陽再見，

zhè suàn yòu liūzǒule yí rì. Wǒ yǎnzhe miàn tànxī, dànshì xīn lái de rìzi de
這算又溜走了一日。我掩着面歎息，但是新來的日子的

yǐng'ér yòu kāishǐ zài tànxī ·lǐ shǎn·guò le.
影兒又開始在歎息裏閃過了。

Zài táoqù rú fēi de rìzi ·lǐ, zài qiānmén-wànhù de shìjiè ·lǐ de wǒ néng
在逃去如飛的日子裏，在千門萬戶的世界裏的我能

zuò xiē shénme ne? Zhǐyǒu páihuái bàle, zhǐyǒu cōngcōng bàle; zài bāqiān duō
做些什麼呢？只有徘徊罷了，只有匆匆罷了；在八千多

rì de cōngcōng ·lǐ chú páihuái wài, yòu shèng xiē shénme ne? Guòqù de rìzi
日的匆匆裏，除徘徊外，又剩些什麼呢？過去的日子

rú qīngyān, bèi wēifēng chuīsàn le, rú bówù, bèi chūyáng zhēngróng le; wǒ
如輕煙，被微風吹散了，如薄霧，被初陽蒸融了；我

liúzhe xiē shénme hénjì ne? Wǒ hécéng liúzhe xiàng yóusī yàng de hénjì ne?
留着些什麼痕跡呢？我何曾留着像游絲樣的痕跡呢？

Wǒ chìluǒluǒ // láidào zhè shìjiè, zhuǎnyǎnjiān yě jiāng chìluǒluǒ de huí·qù ba?
我赤裸裸//來到這世界，轉眼間也將赤裸裸的回去罷？

Dàn bù néng píng de, wèi shénme piān báibái zǒu zhè yì zāo a?
但不能平的，為什麼偏白白走這一遭啊？

Nǐ cōng·míng de, gàosu wǒ, wǒmen de rìzi wèi shénme yí qù bú fù
你聰明的，告訴我，我們的日子為什麼一去不復

fǎn ne?
返呢？

Jiéxuǎn zì Zhū Zìqīng《Cōngcōng》
節選自朱自清《匆匆》

詞語提示

一去不復返	yí qù bú fù fǎn	聰明的	cōng·míng de
儘管	jǐnguǎn	輕輕悄悄	qīngqīng qiāoqiāo
挪移	nuóyí	茫茫然	mángmángrán
旋轉	xuánzhuǎn	洗手	xǐshǒu
凝然	níngrán	遮挽	zhēwǎn

伶伶俐俐	línglínglìlì	跨過	kuà•guò
睜開眼	zhēngkāi yǎn	溜走	liūzǒu
掩着面	yǎnzhe miàn	影兒	yǐng'ér
徘徊	páihuái	蒸融	zhēngróng
痕跡	hénjì	赤裸裸	chìluǒluǒ

句子分析（注：分隔號表示停頓，顏色字表示重音。下同）

1. 我覺察 / 他去的匆匆了，伸出手遮挽時，他又從 / 遮挽着的手邊 / 過去；天黑時，我躺在床上，他便 / 伶伶俐俐地 / 從我身上跨過，從我腳邊 / 飛去了。
2. 等我睜開眼 / 和太陽再見，這算 / 又溜走了一日。
3. 在 / 逃去如飛的日子裏，在 / 千門萬戶的 / 世界裏的我 / 能做些什麼呢？

Zuòpǐn 4 Hào
作品 4 號

Yǒude rén zài gōngzuò、 xuéxí zhōng quēfá nàixìng hé rènxìng, tāmen yídàn
有的人在工作、學習中缺乏耐性和韌性，他們一旦
pèngle dīngzi, zǒule wānlù, jiù kāishǐ huáiyí zìjǐ shìfǒu yǒu yánjiū cáinéng.
碰了釘子，走了彎路，就開始懷疑自己是否有研究才能。
Qíshí, wǒ kěyǐ gàosu dàjiā, xǔduō yǒumíng de kēxuéjiā hé zuòjiā, dōu
其實，我可以告訴大家，許多有名的科學家和作家，都
shì jīngguò hěn duō cì shībài, zǒuguo hěn duō wānlù cái chénggōng de. Yǒu rén
是經過很多次失敗，走過很多彎路才成功的。有人
kàn•jiàn yí gè zuòjiā xiěchū yì běn hǎo xiǎoshuō, huòzhě kàn•jiàn yí gè kēxuéjiā
看見一個作家寫出一本好小說，或者看見一個科學家
fābiǎo jǐ piān yǒu fèn•liàng de lùnwén, biàn yǎngmù-bùyǐ, hěn xiǎng zìjǐ nénggòu
發表幾篇有分量的論文，便仰慕不已，很想自己能夠

xìnshǒu-niānlái, miàoshǒu-chéngzhāng, yí jiào xǐnglái, yùmǎn-tiānxià. Qíshí,
信手拈來，妙手成章，一覺醒來，譽滿天下。其實，
chénggōng de zuòpǐn hé lùnwén zhǐ búguò shì zuòjiā、xuézhěmen zhěnggè chuàngzuò
成功的作品和論文只不過是作家、學者們整個創作
hé yánjiū zhōng de jí xiǎo bùfen, shènzhì shùliàng·shàng hái bù jí shībài zuòpǐn
和研究中的極小部分，甚至數量上還不及失敗作品
de shí fēn zhī yī. Dàjiā kàndào de zhǐ shì tāmen chénggōng de zuòpǐn, ér
的十分之一。大家看到的只是他們成功的作品，而
shībài de zuòpǐn shì bú huì gōngkāi fābiǎo chū·lái de.
失敗的作品是不會公開發表出來的。

Yào zhī·dào, yí gè kēxuéjiā zài gōngkè kēxué bǎolěi de chángzhēng
要知道，一個科學家在攻克科學堡壘的長征
zhōng, shībài de cìshù hé jīngyàn, yuǎn bǐ chénggōng de jīngyàn yào fēngfù、
中，失敗的次數和經驗，遠比成功的經驗要豐富、
shēnkè de duō. Shībài suīrán bú shì shénme lìng rén kuàilè de shìqing, dàn yě
深刻得多。失敗雖然不是什麼令人快樂的事情，但也
juébù yīnggāi yīncǐ qìněi. Zài jìnxíng yánjiū shí, yánjiū fāngxiàng bú zhèngquè,
決不應該因此氣餒。在進行研究時，研究方向不正確，
zǒule xiē chàlù, báifèile xǔduō jīnglì, zhè yě shì cháng yǒu de shì. Dàn bú
走了些岔路，白費了許多精力，這也是常有的事。但不
yàojǐn, kěyǐ zài diàohuàn fāngxiàng jìnxíng yánjiū. Gèng zhòngyào de shì yào shànyú
要緊，可以再調換方向進行研究。更重要的是要善於
xīqǔ shībài de jiàoxùn, zǒngjié yǐ yǒu de jīngyàn, zài jìxù qiánjìn.
吸取失敗的教訓，總結已有的經驗，再繼續前進。

Gēnjù wǒ zìjǐ de tǐhuì, suǒwèi tiāncái, jiù shì jiānchí búduàn de
根據我自己的體會，所謂天才，就是堅持不斷的
nǔlì. Yǒuxiē rén yěxǔ jué·dé wǒ zài shùxué fāngmiàn yǒu shénme tiānfèn, //
努力。有些人也許覺得我在數學方面有什麼天分，//
qíshí cóng wǒ shēn·shàng shì zhǎo ·bú dào zhè zhǒng tiānfèn de. Wǒ dú xiǎoxué
其實從我身上是找不到這種天分的。我讀小學
shí, yīn·wèi chéngjì bù hǎo, méi·yǒu nádào bìyè zhèngshū, zhǐ nádào yì zhāng
時，因為成績不好，沒有拿到畢業證書，只拿到一張
xiūyè zhèngshū. Chūzhōng yī niánjí shí, wǒ de shùxué yě shì jīngguò bǔkǎo
修業證書。初中一年級時，我的數學也是經過補考
cái jígé de. Dànshì shuō lái qíguài, cóng chūzhōng èr niánjí yǐhòu, wǒ jiù
才及格的。但是說來奇怪，從初中二年級以後，我就

fāshēngle yí gè gēnběn zhuǎnbiàn, yīn•wèi wǒ rènshi dào jìrán wǒ de zīzhì chà
發生了 一 個 根本 轉變，因為 我 認識 到 既然 我 的 資質 差

xiē, jiù yīnggāi duō yòng diǎnr shíjiān lái xuéxí. Bié•rén xué yì xiǎoshí, wǒ jiù
些，就 應該 多 用 點兒 時間 來 學習。別人 學 一 小時，我 就

xué liǎng xiǎoshí, zhèyàng, wǒ de shùxué chéngjì déyǐ búduàn tígāo.
學 兩 小時，這樣，我 的 數學 成績 得以 不斷 提高。

Yì zhí dào xiànzài wǒ yě guànchè zhège yuánzé: bié•rén kàn yì piān dōngxi
一 直 到 現在 我 也 貫徹 這個 原則：別人 看 一 篇 東西

yào sān xiǎoshí, wǒ jiù huā sān gè bàn xiǎoshí. Jīngguò chángqī jīlěi, jiù duōshǎo
要 三 小時，我 就 花 三 個 半 小時。經過 長期 積累，就 多少

kěyǐ kànchū chéngjì lái. Bìngqiě zài jīběn jìqiǎo lànshú zhīhòu, wǎngwǎng nénggòu
可以 看出 成績 來。並且 在 基本 技巧 爛熟 之後，往往 能夠

yí gè zhōngtóu jiù kàndǒng yì piān rénjia kàn shítiān-bànyuè yě jiě •bú tòu de
一 個 鐘頭 就 看懂 一 篇 人家 看 十天半月 也 解 不 透 的

wénzhāng. Suǒyǐ, qián yí duàn shíjiān de jiābèi nǔlì, zài hòu yí duàn shíjiān
文章。所以，前 一 段 時間 的 加倍 努力，在 後 一 段 時間

néng shōudào yùxiǎng •bú dào de xiàoguǒ.
能 收到 預想 不 到 的 效果。

Shì de, cōng•míng zàiyú xuéxí, tiāncái zàiyú jīlěi.
是 的，聰明 在於 學習，天才 在於 積累。

Jiéxuǎn zì Huà Luógēng《Cōng•míng zàiyú Xuéxí, Tiāncái zàiyú Jīlěi》
節選 自 華 羅庚《聰明 在於 學習，天才 在於 積累》

詞語提示

耐性	nàixìng	韌性	rènxìng
彎路	wānlù	分量	fèn•liàng
仰慕不已	yǎngmù-bùyǐ	信手拈來	xìnshǒu-niānlái
妙手成章	miàoshǒu-chéngzhāng	譽滿天下	yùmǎn-tiānxià
堡壘	bǎolěi	長征	chángzhēng
氣餒	qìněi	岔路	chàlù
調換	diàohuàn	善於	shànyú

句子分析

1. 其實，我可以告訴大家，許多有名的科學家／和作家，都是經過很多次失敗，走過／很多彎路／才成功的。
2. 一個科學家／在攻克科學堡壘的長征中，失敗的次數和經驗，遠比成功的經驗／要豐富、深刻得多。
3. 失敗／雖然不是什麼令人快樂的事情，但也決不應該／因此氣餒。

Zuòpǐn 6 Hào
作品 6 號

Lìchūn guò hòu, dàdì jiànjiàn cóng chénshuì zhōng sūxǐng guò·lái. Bīngxuě rónghuà, cǎomù méngfā, gè zhǒng huā cìdì kāifàng. Zài guò liǎng gè yuè, yànzi piānrán guīlái. Bùjiǔ, bùgǔniǎo yě lái le. Yúshì zhuǎnrù yánrè de xiàjì, zhè shì zhíwù yùnyù guǒshí de shíqī. Dàole qiūtiān, guǒshí chéngshú, zhíwù de yèzi jiànjiàn biàn huáng, zài qiūfēng zhōng sùsù de luò xià·lái. Běiyàn-nánfēi, huóyuè zài tiánjiān-cǎojì de kūnchóng yě dōu xiāoshēng-nìjì. Dàochù chéngxiàn yí piàn shuāicǎo-liántiān de jǐngxiàng, zhǔnbèi yíngjiē fēngxuě-zàitú de hándōng. Zài dìqiú ·shàng wēndài hé yàrèdài qūyù ·lǐ, niánnián rú shì, zhōu'ér-fùshǐ.

立春過後，大地漸漸從沉睡中蘇醒過來。冰雪融化，草木萌發，各種花次第開放。再過兩個月，燕子翩然歸來。不久，布穀鳥也來了。於是轉入炎熱的夏季，這是植物孕育果實的時期。到了秋天，果實成熟，植物的葉子漸漸變黃，在秋風中簌簌地落下來。北雁南飛，活躍在田間草際的昆蟲也都銷聲匿跡。到處呈現一片衰草連天的景象，準備迎接風雪載途的寒冬。在地球上溫帶和亞熱帶區域裏，年年如是，周而復始。

Jǐ qiān nián lái, láodòng rénmín zhùyìle cǎomù-róngkū、hòuniǎo-qùlái děng zìrán xiànxiàng tóng qìhòu de guānxi, jù yǐ ānpái nóngshì. Xìnghuā kāi le,

幾千年來，勞動人民注意了草木榮枯、候鳥去來等自然現象同氣候的關係，據以安排農事。杏花開了，

jiù hǎoxiàng dàzìrán zài chuányǔ yào gǎnkuài gēng dì; táohuā kāi le, yòu hǎoxiàng
就好像大自然在傳語要趕快耕地；桃花開了，又好像
zài ànshì yào gǎnkuài zhòng gǔzi. Bùgǔniǎo kāishǐ chànggē, láodòng rénmín dǒng·dé
在暗示要趕快種穀子。布穀鳥開始唱歌，勞動人民懂得
tā zài chàng shénme: “Āgōng āpó, gē mài chā hé.” Zhèyàng kànlái,
牠在唱什麼：「阿公阿婆，割麥插禾。」這樣看來，
huāxiāng-niǎoyǔ, cǎozhǎng-yīngfēi, dōu shì dàzìrán de yǔyán.
花香鳥語，草長鶯飛，都是大自然的語言。

Zhèxiē zìrán xiànxiàng, wǒguó gǔdài láodòng rénmín chēng tā wéi wùhòu.
這些自然現象，我國古代勞動人民稱它為物候。
Wùhòu zhīshi zài wǒguó qǐyuán hěn zǎo. Gǔdài liúchuán xià·lái de xǔduō nóngyàn jiù
物候知識在我國起源很早。古代流傳下來的許多農諺就
bāohánle fēngfù de wùhòu zhīshi. Dàole jìndài, lìyòng wùhòu zhīshi lái yánjiū
包含了豐富的物候知識。到了近代，利用物候知識來研究
nóngyè shēngchǎn, yǐ·jīng fāzhǎn wéi yì mén kēxué, jiù shì wùhòuxué. Wùhòuxué
農業生產，已經發展為一門科學，就是物候學。物候學
jìlù zhíwù de shēngzhǎng-róngkū, dòngwù de yǎngyù-wǎnglái, rú táohuā kāi、
記錄植物的生長榮枯，動物的養育往來，如桃花開、
yànzi lái děng zìrán xiànxiàng, cóng'ér liǎojiě suízhe shíjié // tuīyí de qìhòu
燕子來等自然現象，從而了解隨着時節//推移的氣候
biànhuà hé zhè zhǒng biànhuà duì dòng-zhíwù de yǐngxiǎng.
變化和這種變化對動植物的影響。

Jiéxuǎn zì Zhú Kězhēn 《Dàzìrán de Yǔyán》
節選自竺可楨《大自然的語言》

詞語提示

漸漸	jiànjiàn	融化	rónghuà
萌發	méngfā	翩然	piānrán
布穀鳥	bùgǔniǎo	轉入	zhuǎnrù
簌簌	sùsù	北雁南飛	běiyàn-nánfēi
銷聲匿跡	xiāoshēng-nìjì	呈現	chéngxiàn

衰草連天	shuāicǎo-liántiān	風雪載途	fēngxuě-zàitú
亞熱帶	yàrèdài	周而復始	zhōu'érfùshǐ
草木榮枯	cǎomù-róngkū	耕地	gēngdì
割麥插禾	gē mài chā hé	花香鳥語	huāxiāng-niǎoyǔ
草長鶯飛	cǎozhǎng-yīngfēi	物候	wùhòu
農諺	nóngyàn	了解	liǎojiě

句子分析

1. 幾千年來，勞動人民注意了 / 草木榮枯、候鳥去來等自然現象 / 同氣候的關係，據以安排農事。
2. 杏花開了，就好像大自然在傳語 / 要趕快耕地；桃花開了，又好像在暗示 / 要趕快種穀子。
3. 古代流傳下來的許多農諺 / 就包含了豐富的物候知識。

Zuòpǐn 20 Hào

作品 20 號

Wǔtái ·shàng de mùbù lākāi le, yīnyuè zòu qǐ·lái le. Yǎnyuánmen cǎizhe
舞台上的幕布拉開了，音樂奏起來了。演員們踩着

yīnyuè de pāizi, yǐ zhuāngzhòng ér yǒu jiézòu de bùfǎ zǒudào dēngguāng
音樂的拍子，以莊重而有節奏的步法走到燈光

qián·miàn lái le. Dēngguāng shè zài tāmen wǔyán-liùsè de fúzhuāng hé tóushì
前面來了。燈光射在他們五顏六色的服裝和頭飾

·shàng, yí piàn jīnbì-huīhuáng de cǎixiá.
上，一片金碧輝煌的彩霞。

Dāng nǚzhǔjué Mù Guìyīng yǐ qīngyíng ér jiǎojiàn de bùzi chūchǎng de
當女主角穆桂英以輕盈而矯健的步子出場的

shíhou, zhège píngjìng de hǎimiàn dǒurán dòngdàng qǐ•lái le, tā shàng•miàn
時候，這個 平靜 的 海面 陡然 動盪 起來 了，它 上面

juǎnqǐle yí zhèn bàofēngyǔ: guānzhòng xiàng chùle diàn shìde xùnjí duì zhè wèi
捲起了 一 陣 暴風雨：觀眾 像 觸了 電 似的 迅即 對 這 位

nǚyīngxióng bào yǐ léimíng bān de zhǎngshēng. Tā kāishǐ chàng le. Tā yuánrùn de
女英雄 報 以 雷鳴 般 的 掌聲。她 開始 唱 了。她 圓潤 的

gēhóu zài yèkōng zhōng chàndòng, tīng qǐ•lái liáoyuǎn ér yòu qièjìn, róuhé ér yòu
歌喉 在 夜空 中 顫動，聽 起來 遼遠 而 又 切近，柔和 而 又

kēngqiāng. Xìcí xiàng zhūzi shìde cóng tā de yí xiào yì pín zhōng, cóng tā
鏗鏘。戲詞 像 珠子 似的 從 她 的 一 笑 一 顰 中，從 她

yōuyǎ de "shuǐxiù" zhōng, cóng tā ēnuó de shēnduàn zhōng, yí lì yí lì
優雅 的「水袖」中，從 她 婀娜 的 身段 中，一 粒 一 粒

de gǔn xià•lái, dī zài dì •shàng, jiàndào kōngzhōng, luò •jìn měi yí gè rén de
地 滾 下來，滴 在 地 上，濺到 空中，落進 每 一 個 人 的

xīn•lǐ, yǐnqǐ yí piàn shēnyuǎn de huíyīn. Zhè huíyīn tīng •bú jiàn, què yānmòle
心裏，引起 一 片 深遠 的 迴音。這 迴音 聽 不 見，卻 淹沒了

gāngcái yǒngqǐ de nà yí zhèn rèliè de zhǎngshēng.
剛才 湧起 的 那 一 陣 熱烈 的 掌聲。

Guānzhòng xiàng zháole mó yíyàng, hūrán biàn de yāquè-wúshēng. Tāmen kàn
觀眾 像 着了 魔 一樣，忽然 變 得 鴉雀無聲。他們 看

de rùle shén. Tāmen de gǎnqíng hé wǔtái •shàng nǚzhǔjué de gǎnqíng róngzàile
得 入了 神。他們 的 感情 和 舞台 上 女主角 的 感情 融在了

yìqǐ. Nǚzhǔjué de gēwǔ jiànjiàn jìnrù gāocháo. Guānzhòng de qínggǎn yě jiànjiàn
一起。女主角 的 歌舞 漸漸 進入 高潮。觀眾 的 情感 也 漸漸

jìnrù gāocháo. Cháo zài zhǎng. Méi•yǒu shuí néng kòngzhì zhù tā. Zhège yídù
進入 高潮。潮 在 漲。沒有 誰 能 控制 住 它。這個 一度

píngjìng xià•lái de rénhǎi hūrán yòu dòngdàng qǐ•lái le. Xì jiù zài zhè shíhou
平靜 下來 的 人海 忽然 又 動盪 起來 了。戲 就 在 這 時候

yào dàodá dǐngdiǎn. Wǒmen de nǚzhǔjué zài zhè shíhou jiù xiàng yì duǒ shèngkāi
要 到達 頂點。我們 的 女主角 在 這 時候 就 像 一 朵 盛開

de xiānhuā, guānzhòng xiǎng bǎ zhè duǒ xiānhuā pěng zài shǒu •lǐ, bú ràng //
的 鮮花，觀眾 想 把 這 朵 鮮花 捧 在 手裏，不 讓 //

tā xiāoshì. Tāmen bùyuē'értóng de cóng zuòwèi •shàng lì qǐ•lái, xiàng cháoshuǐ
它 消逝。他們 不約而同 地 從 座位 上 立 起來，像 潮水

yíyàng, yǒngdào wǒmen zhè wèi yìshùjiā miànqián. Wǔtái yǐ•jīng shīqùle jièxiàn,
一樣，湧到 我們 這 位 藝術家 面前。舞台 已經 失去了 界限，

zhěnggè de jùchǎng chéngle yí gè pángdà de wǔtái.
整個的劇場成了一個龐大的舞台。

Wǒmen zhè wèi yìshùjiā shì shuí ne? Tā jiù shì Méi Lánfāng tóngzhì. Bàn gè shìjì de wǔtái shēngyá guò·qù le, liùshíliù suì de gāolíng, réngrán néng chuàngzào chū zhèyàng fùyǒu zhāoqì de měilì xíngxiàng, biǎoxiàn chū zhèyàng chōngpèi de qīngchūn huólì, zhè bù néng bù shuō shì qíjì. Zhè qíjì de chǎnshēng shì bìrán de, yīn·wèi wǒmen yōngyǒu zhèyàng rèqíng de guānzhòng hé zhèyàng rèqíng de yìshùjiā.
我們這位藝術家是誰呢？他就是梅蘭芳同志。半個世紀的舞台生涯過去了，六十六歲的高齡，仍然能創造出這樣富有朝氣的美麗形象，表現出這樣充沛的青春活力，這不能不說是奇跡。這奇跡的產生是必然的，因為我們擁有這樣熱情的觀眾和這樣熱情的藝術家。

Jiéxuǎn zì Yè Jūnjiàn《Kàn Xì》
節選自葉君健《看戲》

詞語提示

幕布	mùbù	奏起來了	zòuqǐ·lái le
踩着	cǎizhe	五顏六色	wǔyán-liùsè
頭飾	tóushì	莊重	zhuāngzhòng
彩霞	cǎixiá	女主角	nǚzhǔjué
穆桂英	Mù Guìyīng	輕盈	qīngyíng
矯健	jiǎojiàn	陡然	dǒurán
雷鳴	léimíng	迅即	xùnjí
女英雄	nǚyīngxióng	圓潤	yuánrùn
遼遠	liáoyuǎn	切近	qièjìn
柔和	róuhé	鏗鏘	kēngqiāng
一笑一顰	yí xiào yì pín	婀娜	ēnuó

濺到	jiàn dào	着了魔	zháole mó
鴉雀無聲	yāquè-wúshēng	潮在漲	cháo zài zhǎng
頂點	dǐngdiǎn	捧在手裏	pěngzài shǒu•lǐ

句子分析

1. 當女主角穆桂英 / 以輕盈而矯健的步子 / 出場的時候，這個平靜的海面 / 陡然動盪起來了，它上面 / 捲起了一陣暴風雨：觀眾像觸了電似的 / 迅即 / 對這位女英雄 / 報以雷鳴般的掌聲。
2. 她圓潤的歌喉 / 在夜空中顫動，聽起來 / 遼遠而又切近，柔和 / 而又鏗鏘。
3. 戲詞 / 像珠子似的 / 從她的一笑一顰中，從她優雅的「水袖」中，從她婀娜的身段中，一粒一粒地 / 滾下來，滴在地上，濺到空中，落進 / 每一個人的心裏，引起一片 / 深遠的迴音。

Zuòpǐn 24 Hào
作品 24 號

Sēnlín hányǎng shuǐyuán, bǎochí shuǐtǔ fángzhǐ shuǐ-hàn zāihài de zuòyòng
森林 涵養 水 源，保持 水土，防止 水 旱 災害 的 作用
fēicháng dà. Jù zhuānjiā cèsuàn, yí piàn shíwàn mǔ miànjī de sēnlín, xiāngdāngyú
非 常 大。據 專家 測算，一 片 十萬 畝 面積 的 森林，相當於
yí gè liǎngbǎi wàn lìfāngmǐ de shuǐkù, zhè zhèng rú nóngyàn suǒ shuō de:
一 個 兩百 萬 立方米 的 水庫，這 正 如 農諺 所 說 的：
"Shān •shàng duō zāi shù, děngyú xiū shuǐkù. Yǔ duō tā néng tūn, yǔ shǎo tā
「山 上 多 栽 樹，等於 修 水庫。雨 多 它 能 吞，雨 少 它
néng tǔ."
能 吐。」

Shuōqǐ sēnlín de gōng•láo, nà hái duō de hěn. Tā chúle wèi rénlèi tígōng
說起 森林 的 功 勞，那 還 多 得 很。它 除了 為 人類 提供

mùcái jí xǔduō zhǒng shēngchǎn、 shēnghuó de yuánliào zhī wài, zài wéihù shēngtài
木材及許多種生產、生活的原料之外，在維護生態
huánjìng fāngmiàn yě shì gōng·láo zhuózhù, tā yòng lìng yì zhǒng "néngtūn-néngtǔ"
環境方面也是功勞卓著，它用另一種「能吞能吐」
de tèshū gōngnéng yùnyùle rénlèi. Yīn·wèi dìqiú zài xíngchéng zhī chū, dàqì
的特殊功能孕育了人類。因為地球在形成之初，大氣
zhōng de èryǎnghuàtàn hánliàng hěn gāo, yǎngqì hěn shǎo, qìwēn yě gāo, shēngwù
中的二氧化碳含量很高，氧氣很少，氣溫也高，生物
shì nányǐ shēngcún de. Dàyuē zài sìyì nián zhīqián, lùdì cái chǎnshēngle
是難以生存的。大約在四億年之前，陸地才產生了
sēnlín. Sēnlín mànmàn jiāng dàqì zhōng de èryǎnghuàtàn xīshōu, tóngshí tǔchū
森林。森林慢慢將大氣中的二氧化碳吸收，同時吐出
xīn·xiān yǎngqì, tiáojié qìwēn: zhè cái jùbèile rénlèi shēngcún de tiáojiàn, dìqiú
新鮮氧氣，調節氣溫：這才具備了人類生存的條件，地球
·shàng cái zuìzhōng yǒule rénlèi.
上才最終有了人類。

Sēnlín, shì dìqiú shēngtài xìtǒng de zhǔtǐ, shì dàzìrán de zǒng
森林，是地球生態系統的主體，是大自然的總
diàodùshì, shì dìqiú de lǜsè zhī fèi. Sēnlín wéihù dìqiú shēngtài huánjìng de
調度室，是地球的綠色之肺。森林維護地球生態環境的
zhè zhǒng "néngtūn-néngtǔ" de tèshū gōngnéng shì qítā rènhé wùtǐ dōu bù
這種「能吞能吐」的特殊功能是其他任何物體都不
néng qǔdài de. Rán'ér, yóuyú dìqiú ·shàng de ránshāowù zēngduō, èryǎnghuàtàn
能取代的。然而，由於地球上的燃燒物增多，二氧化碳
de páifàngliàng jíjù zēngjiā, shǐ·dé dìqiú shēngtài huánjìng jíjù èhuà, zhǔyào
的排放量急劇增加，使得地球生態環境急劇惡化，主要
biǎoxiàn wéi quánqiú qìhòu biàn nuǎn, shuǐfèn zhēngfā jiākuài, gǎibiànle qìliú de
表現為全球氣候變暖，水分蒸發加快，改變了氣流的
xúnhuán, shǐ qìhòu biànhuà jiājù, cóng'ér yǐnfā rèlàng、 jùfēng、 bàoyǔ、 hónglào
循環，使氣候變化加劇，從而引發熱浪、颶風、暴雨、洪澇
jí gānhàn.
及乾旱。

Wèile // shǐ dìqiú de zhège "néngtūn-néngtǔ" de lǜsè zhī fèi huīfù
為了//使地球的這個「能吞能吐」的綠色之肺恢復
jiànzhuàng, yǐ gǎishàn shēngtài huánjìng, yìzhì quánqiú biàn nuǎn, jiǎnshǎo shuǐ-hàn
健壯，以改善生態環境，抑制全球變暖，減少水旱

děng zìrán zāihài wǒmen yīnggāi dàlì zàolín、hùlín, shǐ měi yí zuò huāngshān
等 自然 災害，我們 應該 大力 造林、護林，使 每 一 座 荒 山

dōu lǜ qǐ•lái.
都 綠 起來。

Jiéxuǎn zì 《"Néngtūn-néngtǔ" de Sēnlín》
節選 自《「能吞能吐」的 森林》

詞語提示

森林	sēnlín	涵養	hányǎng
水旱災害	shuǐ-hàn zāihài	畝	mǔ
功勞卓著	gōng•láo zhuózhù	能吞能吐	néngtūn-néngtǔ
二氧化碳	èryǎnghuàtàn	調度室	diàodùshì
增加	zēngjiā	循環	xúnhuán
加劇	jiājù	颶風	jùfēng
洪澇	hónglào	乾旱	gānhàn

句子分析

1. 它除了為人類 / 提供木材 / 及許多種 / 生產、生活的原料之外，在維護生態環境方面 / 也是功勞卓著，它用另一種 / 「能吞能吐」的特殊功能 / 孕育了人類。
2. 因為 / 地球在形成之初，大氣中的二氧化碳 / 含量很高，氧氣很少，氣溫也高，生物 / 是難以生存的。
3. 森林 / 維護地球生態環境的 / 這種 / 「能吞能吐」的特殊功能 / 是其他任何物體 / 都不能取代的。

五、命題説話演練

話題：24　勞動的體會

提示：

勞動是人創造物質或精神財富的活動，勞動包含體力勞動和腦力勞動。談談勞動對社會的作用，説説勞動於個人的作用和意義。介紹一些勞動經歷（工作，家務勞動等），説説體會。

說話提綱示例：

談談勞動的體會

- 勞動：是人創造物質或精神財富的活動。
- 意義：人只有不斷創造價值，才能延續下去，所以，勞動是人类生存的需要，只有勞動才能體現出一個人的價值。
- 經歷：我是一名老師，當班主任。每天一早要處理班務，接着上課，課間還要值班。放學後，要帶課外活動，判作業。

  周末，我在家搞衛生，澆澆花。我喜歡通過勞動，把家裏搞得舒舒服服，漂漂亮亮的！節假日的時候，我喜歡做飯，青醬蘑菇意麵是我最拿手的。把家裏弄得整整齊齊的，雖然累，我卻很享受。
- 感受：在勞動中，我找到了人生價值。學生的進步就是對我的獎勵，我的付出得到了回報，也充分體會到了勞動是最光榮的。

詞語儲備

láodòng 勞動	tǐhuì 體會	chuàngzào 創造	cáifù 財富	jiàzhí 價值

fùchū 付出	huíbào 回報	yánxù 延續	mǎnzú 滿足	jiǎnglì 獎勵
guāngróng 光榮	rénshēng 人生	gēngyún 耕耘	shōuhuò 收穫	shōushi 收拾
jiāohuā 澆花	qīngjiàng 青醬	mógu 蘑菇	yìmiàn 意麵	xiǎngshòu 享受

話題：32　生活中的誠信

提示：

什麼是誠信？說說誠信對個人的影響。講有關誠信的故事，談談自己的看法。

說話提綱示例：

談談生活中的誠信

俗話說：言而有信，這個「信」就是誠信。

- 我的一段經歷。有個朋友，答應幫我一個忙。但是他突然有事要離開香港。他臨走之前安慰我，讓我不要着急，並特地安排他的朋友接替他幫我，我非常感動。
- 故事：古今中外有很多關於誠信的故事，例如：一諾千金。
- 作用：一個人有誠信，別人才會信賴他，尊重他。沒有誠信的人是不靠譜兒的，因為沒有人會信任他，他的人緣兒肯定不怎麼樣。

詞語儲備

chéngxìn 誠信	xìnlài 信賴	rénpǐn 人品	bú kàopǔr 不靠譜兒	yínuò-qiānjīn 一諾千金
láokào 牢靠	xìnrèn 信任	chéngnuò 承諾	yìyán-jìchū 一言既出	sìmǎ-nánzhuī 駟馬難追
wúxíng 無形	zīchǎn 資產	xìnyòng 信用	qìyuē jīngshén 契約精神	shuōhuà suànshù 說話算數
fǎnhuǐ 反悔	shíyán 食言	jiàozhēnr 較真兒	shíxīnyǎnr 實心眼兒	bùkēng búpiàn 不坑不騙

話題：38　談社會公德（或職業道德）

提示：

社會公德就是社會公共道德，是公共秩序、文明禮貌、清潔衛生等方面影響社會生活的行為準則。一個人是否有社會公德要看他的言行舉止。說說有關社會公德的故事，談談社會公德對社會生活的影響。可以從正反兩個方面說。可以說說如何培養社會公德。

說話提綱示例：

今天我來談談社會公德的問題

社會公德就是社會公共道德。

- 公共秩序：社會公德要求大家遵守公共秩序，例如：自覺排隊，不加塞兒。公共場合不大聲喧嘩。在公交車上，有人開着免提看視頻，很吵，讓人討厭。

- 文明禮貌：每個人都要有禮貌，不説髒話。要尊老愛幼，坐車的時候要給老人、孕婦和有需要的人讓座。
- 清潔衛生：要愛護公物，不塗鴉。要講衛生，不亂扔垃圾，如果感冒咳嗽，要戴口罩兒。每個人都有責任保護公共衛生。有一天，在公司，一個同事用微波爐熱飯，飯灑出來一些，他以為「神不知，鬼不覺」，沒弄乾淨就走了，真不像話！

詞語儲備

gōngdé 公德	dàodé 道德	lǐràng 禮讓	quēdé 缺德	nòng gān•jìng 弄乾淨
túyā 塗鴉	miǎntí 免提	xuānhuá 喧嘩	bú xiànghuà 不像話	jiǎng wèishēng 講衛生
zhìxù 秩序	zānghuà 髒話	ràngzuò 讓座	bié chāduì 別插隊	ràng rén tǎoyàn 讓人討厭
zhǔnzé 準則	késou 咳嗽	xíngwéi 行為	bié jiāsāir 別加塞兒	shén bù zhī, guǐ bù jué 神不知，鬼不覺

話題：42　談個人修養

提示：

個人修養表現在兩個方面：在理論、藝術、知識、思想等方面有一定水平；養成正確的待人處事的態度。通過一個人的言談舉止可以看出他的個人修養水平。例如：如何面對困難或挫折，如何面對別人的誤解，如何看待別人的優缺點，是否有公德心等。談談如何培養個人修養。

說話提綱示例：

今天我談談個人修養問題

- 面對挫折：我的同事，工作中遇到挫折，從來不怨天尤人，不推卸責任，不發脾氣，不遷怒他人。他會發動團隊成員，大家一起商量，出主意，想辦法。
- 面對誤解：我的一位朋友，幫了我很大的忙，我卻誤會了他。他什麼都沒説，不辯解。後來我了解到真相，向他道歉，他只笑了笑，還反過來安慰我，我覺得很過意不去。
- 文學修養：我的歷史老師，我們都喜歡上他的課。古今中外，上下五千年，他什麼事兒都知道。我問他為什麼知道這麼多，他説：他從小就喜歡看書，看各種書。他人也很儒雅，總是面帶微笑，對學生也很有耐心。

詞語儲備

xiūyǎng 修養	wùjiě 誤解	wùhuì 誤會	biànjiě 辯解	guòyì búqù 過意不去
cuòzhé 挫折	tuīxiè 推卸	táigàng 抬槓	chū zhúyi 出主意	yuàntiān-yóurén 怨天尤人
xuéshí 學識	shìliyǎn 勢利眼	dāndāng 擔當	bù jiē duǎnr 不揭短兒	xiūshēn-yǎngxìng 修身養性
qiānnù 遷怒	rúyǎ 儒雅	shāngliang 商量	xiǎoxīnyǎnr 小心眼兒	shēng mènqì 生悶氣

話題：48　談傳統美德

提示：

中華民族的傳統美德有很多：仁愛、忠義、愛國、誠信、勤奮、節儉、堅毅、虛心、包容、坦蕩、謙遜、尊重他人、自我反省、認真負責、積極進取、知恩圖報、尊老愛幼等。自古以來有很多故事。

說話提綱示例：

今天我來談談傳統美德

中華民族的傳統美德有很多方面。

- 堅毅：中國人尊重自然，但從不向自然低頭。有克服困難的勇氣，堅韌、勇敢。例子有大禹治水、愚公移山。
- 尊老愛幼：中國人重視家庭，尤其敬重長輩。俗話說：百善孝為先。父母年紀大了，應該經常回家看望、照顧。
- 虛心：中國人以謙遜為美德，肯虛心聽取別人的意見。孔子說：三人行必有我師。這是不恥下問的故事。

詞語儲備

chuántǒng 傳統	měidé 美德	rén'ài 仁愛	Dàyǔ zhìshuǐ 大禹治水	yúgōng-yíshān 愚公移山
xiàoshùn 孝順	qiānxùn 謙遜	fǎnxǐng 反省	zhī'ēn-túbào 知恩圖報	Kǒng Róng ràng lí 孔融讓梨
jiéjiǎn 節儉	qínfèn 勤奮	jiānyì 堅毅	zūnlǎo-àiyòu 尊老愛幼	bùchǐ-xiàwèn 不恥下問
hòudao 厚道	zhàngyì 仗義	hémù 和睦	bù jiāo'ào 不驕傲	zhùrénwéilè 助人為樂

10

第十課

綜合訓練（八）

一、語音知識分析：【音變】一、不變調及練習

二、難點字詞認讀

三、選擇判斷練習

四、朗讀作品指導

11 趙宗成、朱明元《觀潮》

17 姜桂華《將心比心》

21 嚴文井《蓮花和櫻花》

25 季羨林《清塘荷韻》

27 呂叔湘《人類的語言》

五、命題說話演練

6 我的理想（或願望）

25 我喜歡的職業（或專業）

34 自律與我

35 對終身學習的看法

44 如何保持良好的心態

一、語音知識分析

【音變】「一」、「不」變調及練習

「一」和「不」，單獨讀時，保持原調，「一」讀第一聲（yī），「不」讀第四聲（bù）。在句子的末尾，也維持讀原調。例如：「服裝必須統一（yī）！」「面對毒品要堅決說不（bù）！」

在語流中，「一」和「不」會出現變調的情況，由於這兩個字出現的頻率比較高，所以歸納出規律來，大家要遵守。和三聲連讀變調的規律一樣，如果不遵守規律，測試時就會被扣分。普通話是聲調語言，所以在語流中音節互相影響，聲調會相應地發生一定的變化，應試者一定要重視。

按照《漢語拼音正詞法》規定，在拼寫中，三聲不標變調，「一」和「不」也不標變調，都按原調標記。本書為了方便大家掌握「一」和「不」的變調，在朗讀短文和命題說話演練部分，特將變調標注出來。

（一）「一」的變調

1. 在第四聲前變第二聲（yí）

一頁　一隊　一站　一件　一副　一架　一致　一個　一月　一粒

2. 在非四聲前變第四聲（yì）

（1）在第一聲前（yì）

一天　一雙　一家　一般　一周　一根　一間　一堆　一張　一章

（2）在第二聲前（yì）

一成　一節　一層　一船　一條　一碟　一壺　一拳　一頭　一年

(3) 在第三聲前（yì）

一點　一匹　一本　一把　一朵　一秒　一碗　一盞　一口　一百

3. 在詞語中間讀輕聲（yi）

想一想　看一看　學一學　説一説　讀一讀

試一試　走一走　挑一挑　泡一泡　推一推

（二）「不」的變調

1. 在第四聲前變第二聲（bú）

不進　不退　不碰　不撞　不跪　不到　不蹦　不跳　不夠　不欠

不賣　不坐　不燙　不是　不費　不對　不配　不再　不必　不會

2. 在詞語中間一般輕讀（•bù）

好不好　壞不壞　美不美　醜不醜

辣不辣　酸不酸　潮不潮　乾不乾

打不開　管不着　惹不起　挪不動

掏不起　拿不了　拽不動　靠不住

二、難點字詞認讀

（一）看拼音，準確讀出以下詞語（「一」和「不」按實際讀音標示）

1. 讀含「一」的詞語

yí fù 一副	yí guàn 一貫	yí shèng 一乘	yí cù 一簇	yí tàng 一趟
yì fú 一幅	yì zūn 一尊	yì hóng 一泓	yì pǐ 一匹	yì dié 一疊
qīngyísè 清一色	yíchànà 一剎那	yí shùnjiān 一瞬間	yíbèizi 一輩子	yìlǎnzi 一攬子
yímài-xiāngchéng 一脈相承	yìchóu-mòzhǎn 一籌莫展	yìfān-fēngshùn 一帆風順	yìmú-yíyàng 一模一樣	yí xiào yì pín 一笑一顰

2. 讀含「不」的詞語

búchì 不啻	búshì 不適	búfèn 不忿	búxiè 不屑	búxiè 不懈
bùjīn 不禁	bùkěn 不肯	jīn•búzhù 禁不住	búxiùgāng 不鏽鋼	bújiàngjiě 不降解
qiáo•bùqǐ 瞧不起	cóngróng-búpò 從容不迫	qíngbúzìjīn 情不自禁	xīnbú-zàiyān 心不在焉	bújìng'érzǒu 不脛而走
bù lí yú qín 不離於禽	zhuó'ěr-bùqún 卓爾不群	bùkě-bǔcháng 不可補償	yǎngmù-bùyǐ 仰慕不已	bùzhé-búkòu 不折不扣

（二）看漢字，準確讀出以下詞語

1.「一」的變調練習

（1）「一」在第四聲前

一律　一樣　一旦　一致　一陣　一度　一寸　一再　一概

（2）「一」在第一、二、三聲前

一端　一般　一心　一直　一旁　一齊　一起　一舉　一體　一縷

（3）「一」讀原調

獨一無二　一無所有　不一而足　整齊劃一　第一冊　統一體

2.「不」的變調練習

不論　不顧　不斷　不妙　不錯　不善　不孝　不幸　不當

3.「一」「不」混合變調練習

不拘一格　一絲不苟　一成不變　一去不返　不屑一顧

一塵不染　一毛不拔　一竅不通　一言不發　一聲不響

4. 巧記多音字

（1）號：háo 風號浪吼 / hào 名號

（2）角：jué 女主角 / jiǎo 角落

（3）壓：yā 壓力 / yà 壓根兒

（4）作：zuō 作坊 / zuò 瓦作

（5）乘：shèng 一乘轎子 /chéng 乘法

（6）把：bǎ 把握 / bàr 刀把兒

（7）載：zài 風雪載途 / zǎi 記載

（8）禁：jīn 禁不住 / jìn 禁止

（9）吐：tǔ 能吞能吐 / tù 嘔吐

（10）和：huo 摻和 / hé 頤和園

（11）間：jiān 瞬間 / jiàn 間隔

（12）露：lòu 露出 / lù 露宿

三、選擇判斷練習

1. 詞語判斷

(1)	唔免	不必	勿要	唔使
(2)	哆嗦	打震	抖震	打抖
(3)	各到各處	四路裏	到處	四界
(4)	飛蛾子	撲燈蟲	頁仔	蛾子
(5)	鬍子	牙蘇	喙鬚	捲鬚
(6)	決勿	定着唔	絕對勿	決不
(7)	老阿伯	老頭子	伯爺公	老倌子
(8)	閃電	豁閃	薛那	扯閃
(9)	説勿定	講唔定	説不定	話不定
(10)	夜到	夜間	暝時	夜晚黑

2. 量詞、名詞搭配

報紙	島嶼	考試	嘴	作家	措施	大鐘	珍珠	犯人	藥

台	張	座	名	項	粒

3. 語序或表達形式判斷

(1) A. 咱們一邊吃飯，一邊説話。
B. 咱趕着吃飯，趕着説話。
C. 咱們一抹吃飯，一抹説話。

(2) A. 菜鹹不鹹？
B. 菜實鹹？
C. 菜啊鹹？

(3) A. 你吃一碗添。

B. 你吃添一碗。

C. 你再吃一碗。

D. 你再吃一碗添。

(4) A. 這件事我說過。

B. 這件事我有說。

C. 這件事我有說過。

(5) A. 能我去，也不能叫你去。

B. 寧可我去，也不能叫你去。

四、朗讀作品指導

Zuòpǐn 11 Hào
作品 11 號

Qiántáng Jiāng dàcháo, zìgǔ yǐlái bèi chēngwéi tiānxià qíguān.
錢塘江大潮，自古以來被稱為天下奇觀。

Nónglì bāyuè shíbā shì yì nián yí dù de guāncháorì. Zhè yì tiān
農曆八月十八是一年一度的觀潮日。這一天

zǎoshang, wǒmen láidàole Hǎiníng Shì de Yánguān Zhèn, jùshuō zhè•lǐ shì guāncháo
早上，我們來到了海寧市的鹽官鎮，據說這裏是觀潮

zuì hǎo de dìfang. Wǒmen suízhe guāncháo de rénqún, dēng•shàngle hǎitáng dàdī.
最好的地方。我們隨着觀潮的人群，登上了海塘大堤。

Kuānkuò de Qiántáng Jiāng héngwò zài yǎnqián. Jiāngmiàn hěn píngjìng, yuè wǎng dōng
寬闊的錢塘江橫臥在眼前。江面很平靜，越往東

yuè kuān, zài yǔhòu de yángguāng •xià, lǒngzhàozhe yì céng méngméng de bówù.
越寬，在雨後的陽光下，籠罩着一層濛濛的薄霧。

Zhènhǎi gǔtǎ、 Zhōngshāntíng hé Guāncháotái yìlì zài jiāng biān. Yuǎnchù, jǐ
鎮海古塔、中山亭和觀潮台屹立在江邊。遠處，幾

zuò xiǎoshān zài yúnwù zhōng ruòyǐn-ruòxiàn. Jiāngcháo hái méi•yǒu lái, hǎitáng dàdī
座小山在雲霧中若隱若現。江潮還沒有來，海塘大堤

•shàng zǎoyǐ rénshān-rénhǎi. Dàjiā ángshǒu dōng wàng, děngzhe, pànzhe.
上 早已 人山人海。大家 昂首 東 望，等着，盼着。

Wǔhòu yì diǎn zuǒyòu, cóng yuǎnchù chuánlái lónglóng de xiǎngshēng, hǎoxiàng
午後 一 點 左右，從 遠處 傳來 隆隆 的 響 聲，好像

mènléi gǔndòng. Dùnshí rénshēng-dǐngfèi, yǒu rén gàosu wǒmen, cháo lái le!
悶雷 滾動。頓時 人聲鼎沸，有 人 告訴 我們，潮 來 了！

Wǒmen diǎnzhe jiǎo wǎng dōng wàng•qù, jiāngmiàn háishi fēngpíng-làngjìng, kàn •bù chū
我們 踮着 腳 往 東 望去，江 面 還是 風平浪靜，看 不 出

yǒu shénme biànhuà. Guòle yíhuìr, xiǎng shēng yuè lái yuè dà, zhǐ jiàn dōng•biān
有 什麼 變化。過了 一會兒，響 聲 越 來 越 大，只 見 東 邊

shuǐtiān-xiāngjiē de dìfang chūxiànle yì tiáo báixiàn, rénqún yòu fèiténg qǐ•lái.
水天相接 的 地方 出現了 一 條 白線，人群 又 沸騰 起來。

Nà tiáo báixiàn hěn kuài de xiàng wǒmen yí•lái, zhújiàn lā cháng, biàn cū,
那 條 白線 很 快 地 向 我們 移來，逐漸 拉 長，變 粗，

héngguàn jiāngmiàn. Zài jìn xiē, zhǐ jiàn báilàng fāngǔn, xíngchéng yì dǔ liǎng zhàng
橫 貫 江 面。再 近 些，只 見 白浪 翻滾，形 成 一 堵 兩 丈

duō gāo de shuǐqiáng. Làngcháo yuè lái yuè jìn, yóurú qiān-wàn pǐ báisè zhànmǎ
多 高 的 水 牆。浪 潮 越 來 越 近，猶如 千 萬 匹 白色 戰馬

qítóu-bìngjìn, hàohàodàngdàng de fēibēn'érlái; nà shēngyīn rútóng shānbēng-dìliè,
齊頭並進，浩 浩 蕩 蕩 地 飛奔而來；那 聲 音 如同 山崩地裂，

hǎoxiàng dàdì dōu bèi zhèn de chàndòng qǐ•lái.
好 像 大地 都 被 震 得 顫 動 起來。

Shàshí, cháotóu bēnténg xī qù, kěshì yúbō hái zài màntiān-juǎndì bān
霎時，潮 頭 奔騰 西 去，可是 餘波 還 在 漫天捲地 般

yǒng•lái, jiāngmiàn •shàng yījiù fēngháo-lànghǒu. Guòle hǎojiǔ, Qiántáng Jiāng cái
湧 來，江 面 上 依舊 風 號 浪 吼。過了 好久，錢 塘 江 才

huīfùle // píngjìng. Kànkan dī xià, jiāngshuǐ yǐ•jīng zhǎngle liǎng zhàng lái gāo
恢復了 // 平 靜。看看 堤 下，江 水 已經 漲了 兩 丈 來 高

le.
了。

Jiéxuǎn zì Zhào Zōngchéng、 Zhū Míngyuán《 Guān Cháo 》
節選 自 趙 宗 成、朱 明 元《觀 潮》

詞語提示

錢塘江	Qiántáng Jiāng	農曆	nónglì
觀潮	guāncháo	鹽官鎮	Yánguān Zhèn
大堤	dàdī	寬闊	kuānkuò
橫臥	héngwò	薄霧	bówù
屹立	yìlì	若隱若現	ruòyǐn-ruòxiàn
悶雷滾動	mènléi gǔndòng	人聲鼎沸	rénshēng-dǐngfèi
踮着腳	diǎnzhe jiǎo	逐漸	zhújiàn
橫貫	héngguàn	浩浩蕩蕩	hàohàodàngdàng
山崩地裂	shānbēng-dìliè	霎時	shàshí
漫天捲地	màntiān-juǎndì	風號浪吼	fēngháo-lànghǒu

句子分析（注：分隔號表示停頓，顏色字表示重音。下同）

1. 頓時／人聲鼎沸，有人告訴我們，潮來了！
2. 過了一會兒，響聲越來越大，只見東邊／水天相接的地方／出現了一條白線，人群／又沸騰起來。
3. 浪潮／越來越近，猶如千萬匹白色戰馬／齊頭並進，浩浩蕩蕩地／飛奔而來；那聲音／如同山崩地裂，好像大地／都被震得顫動起來。

Zuòpǐn 17 Hào
作品 17 號

Nǎinai gěi wǒ jiǎngguo zhèyàng yí jiàn shì: yǒu yí cì tā qù shāngdiàn,
奶奶給我講過這樣一件事：有一次她去商店，
zǒu zài tā qián·miàn de yí wèi āyí tuīkāi chénzhòng de dàmén, yìzhí děngdào
走在她前面的一位阿姨推開沉重的大門，一直等到

tā gēn shàng•lái cái sōngkāi shǒu. Dāng nǎinai xiàng tā dàoxiè de shíhou, nà wèi
她跟上來才鬆開手。當奶奶向她道謝的時候，那位

āyí qīngqīng de shuō: "Wǒ de māma hé nín de niánlíng chà•bùduō, wǒ xīwàng
阿姨輕輕地說：「我的媽媽和您的年齡差不多，我希望

tā yùdào zhèzhǒng shíhou, yě yǒu rén wèi tā kāimén". Tīngle zhè jiàn shì, wǒ
她遇到這種時候，也有人為她開門。」聽了這件事，我

de xīn wēnnuǎnle xǔjiǔ.
的心溫暖了許久。

Yì tiān, wǒ péi huànbìng de mǔ•qīn qù yīyuàn shūyè, niánqīng de hùshi
一天，我陪患病的母親去醫院輸液，年輕的護士

wèi mǔ•qīn zhāle liǎng zhēn yě méi•yǒu zhā jìn xuèguǎn •lǐ, yǎnjiàn zhēnyǎnr chù
為母親扎了兩針也沒有扎進血管裏，眼見針眼處

gǔqǐ qīngbāo. Wǒ zhèng yào bàoyuàn jǐ jù, yì tái tóu kàn•jiànle mǔ•qīn píngjìng
鼓起青包。我正要抱怨幾句，一抬頭看見了母親平靜

de yǎnshén —— tā zhèngzài zhùshìzhe hùshi étóu •shàng mìmì de hànzhū,
的眼神——她正在注視着護士額頭上密密的汗珠，

wǒ bùjīn shōuzhùle yǒngdào zuǐ biān de huà. Zhǐ jiàn mǔ•qīn qīngqīng de duì hùshi
我不禁收住了湧到嘴邊的話。只見母親輕輕地對護士

shuō: "Bú yàojǐn, zài lái yí cì!" Dì-sān zhēn guǒrán chénggōng le. Nà
說：「不要緊，再來一次！」第三針果然成功了。那

wèi hùshi zhōngyú cháng chūle yì kǒu qì, tā liánshēng shuō: "Āyí, zhēn
位護士終於長出了一口氣，她連聲說：「阿姨，真

duì•bùqǐ. Wǒ shì lái shíxí de, zhè shì wǒ dì-yī cì gěi bìngrén zhā zhēn tài
對不起。我是來實習的，這是我第一次給病人扎針，太

jǐnzhāng le. Yào•búshì nín de gǔlì, wǒ zhēn bù gǎn gěi nín zhā le." Mǔ•qīn
緊張了。要不是您的鼓勵，我真不敢給您扎了。」母親

yòng lìng yì zhī shǒu lāzhe wǒ, píngjìng de duì hùshi shuō: "Zhè shì wǒ de
用另一隻手拉着我，平靜地對護士說：「這是我的

nǚ'ér, hé nǐ chà•bùduō dàxiǎo, zhèngzài yīkē dàxué dúshū, tā yě jiāng miànduì
女兒，和你差不多大小，正在醫科大學讀書，她也將面對

zìjǐ de dì-yī gè huànzhě. Wǒ zhēn xīwàng tā dì-yī cì zhā zhēn de shíhou,
自己的第一個患者。我真希望她第一次扎針的時候，

yě néng dédào huànzhě de kuānróng hé gǔlì." Tīngle mǔ•qīn de huà, wǒ de
也能得到患者的寬容和鼓勵。」聽了母親的話，我的

xīn•lǐ chōngmǎnle wēnnuǎn yǔ xìngfú.
心裏充滿了溫暖與幸福。

Shì a, rúguǒ wǒmen zài shēnghuó zhōng néng jiāngxīn-bǐxīn, jiù huì duì
是啊，如果我們在生活中能將心比心，就會對
lǎorén shēngchū yí fèn // zūnzhòng, duì háizi zēngjiā yí fèn guān'ài, jiù huì shǐ
老人生出一份//尊重，對孩子增加一份關愛，就會使
rén yǔ rén zhījiān duō yìxiē kuānróng hé lǐjiě.
人與人之間多一些寬容和理解。

Jiéxuǎn zì Jiāng Guìhuá《Jiāngxīn-bǐxīn》
節選自姜桂華《將心比心》

詞語提示

年齡	niánlíng	差不多	chà•bùduō
溫暖	wēnnuǎn	患病	huànbìng
輸液	shūyè	護士	hùshi
血管	xuèguǎn	針眼	zhēnyǎnr
抱怨	bàoyuàn	額頭	étóu
不禁	bùjīn	扎針	zhā zhēn
寬容	kuānróng	將心比心	jiāngxīn-bǐxīn

句子分析

1. 我陪患病的母親 / 去醫院輸液，年輕的護士 / 為母親扎了**兩**針 / 也沒有扎進血管裏，**眼見**針眼處 / 鼓起青包。
2. 我正要**抱怨**幾句，一抬頭 / 看見了母親**平靜**的眼神——她正在**注視**着 / 護士額頭上 / 密密的汗珠，我不禁**收住**了 / 湧到嘴邊的話。
3. 只見母親**輕輕地**對護士說：「不要緊，**再**來一次！」第三針 / **果然**成功了。

Zuòpǐn 21 Hào

作品 21 號

Shí nián, zài lìshǐ •shàng búguò shì yí shùnjiān. Zhǐyào shāo jiā zhùyì, rénmen jiù huì fāxiàn: zài zhè yí shùnjiān •lǐ, gè zhǒng shìwù dōu qiāoqiāo jīnglìle zìjǐ de qiānbiàn-wànhuà.

十年，在歷史上不過是一瞬間。只要稍加注意，人們就會發現：在這一瞬間裏，各種事物都悄悄經歷了自己的千變萬化。

Zhè cì chóngxīn fǎng Rì, wǒ chùchù gǎndào qīnqiè hé shú•xī, yě zài xǔduō fāngmiàn fājuéle Rìběn de biànhuà. Jiù ná Nàiliáng de yí gè jiǎoluò lái shuō ba, wǒ chóngyóule wèi zhī gǎnshòu hěn shēn de Táng Zhāotí Sì, zài sì nèi gè chù cōngcōng zǒule yí biàn, tíngyuàn yījiù, dàn yìxiǎng •bú dào hái kàndàole yìxiē xīn de dōngxi. Qízhōng zhīyī, jiù shì jìn jǐ nián cóng Zhōngguó yízhí lái de "yǒuyì zhī lián".

這次重新訪日，我處處感到親切和熟悉，也在許多方面發覺了日本的變化。就拿奈良的一個角落來說吧，我重遊了為之感受很深的唐招提寺，在寺內各處匆匆走了一遍，庭院依舊，但意想不到還看到了一些新的東西。其中之一，就是近幾年從中國移植來的「友誼之蓮」。

Zài cúnfàng Jiànzhēn yíxiàng de nàge yuànzi •lǐ, jǐ zhū Zhōngguó lián ángrán tǐnglì, cuìlǜ de kuāndà héyè zhèng yíngfēng ér wǔ, xiǎn•dé shífēn yúkuài. Kāihuā de jìjié yǐ guò, héhuā duǒduǒ yǐ biànwéi liánpeng léiléi. Liánzǐ de yánsè zhèngzài yóu qīng zhuǎn zǐ, kànlái yǐ•jīng chéngshú le.

在存放鑒真遺像的那個院子裏，幾株中國蓮昂然挺立，翠綠的寬大荷葉正迎風而舞，顯得十分愉快。開花的季節已過，荷花朵朵已變為蓮蓬累累。蓮子的顏色正在由青轉紫，看來已經成熟了。

Wǒ jīn•búzhù xiǎng: "yīn" yǐ zhuǎnhuà wéi "guǒ".

我禁不住想：「因」已轉化為「果」。

Zhōngguó de liánhuā kāi zài Rìběn, Rìběn de yīnghuā kāi zài Zhōngguó, zhè bú shì ǒurán. Wǒ xīwàng zhèyàng yì zhǒng shèngkuàng yánxù bù shuāi.

中國的蓮花開在日本，日本的櫻花開在中國，這不是偶然。我希望這樣一種盛況延續不衰。

Zài zhèxiē rìzi ·lǐ, wǒ kàndàole bùshǎo duō nián bú jiàn de lǎo péngyou,
在這些日子裏，我看到了不少多年不見的老朋友，

yòu jiéshíle yìxiē xīn péngyou. Dàjiā xǐhuan shèjí de huàtí zhī yī, jiù shì
又結識了一些新朋友。大家喜歡涉及的話題之一，就是

gǔ Cháng'ān hé gǔ Nàiliáng. Nà hái yòng de zháo wèn ma, péngyoumen miǎnhuái
古長安和古奈良。那還用得着問嗎，朋友們緬懷

guòqù, zhèng shì zhǔwàng wèilái. Zhǔmù yú wèilái de rénmen bìjiāng huòdé
過去，正是矚望未來。矚目於未來的人們必將獲得

wèilái.
未來。

Wǒ bú lìwài, yě xīwàng yí gè měihǎo de wèilái.
我不例外，也希望一個美好的未來。

Wèile Zhōng-Rì rénmín zhījiān de yǒuyì, wǒ jiāng bú huì làngfèi jīnhòu
為了中日人民之間的友誼，我將不會浪費今後

shēngmìng de měi yí shùnjiān. //
生命的每一瞬間。//

Jiéxuǎn zì Yán Wénjǐng《Liánhuā hé Yīnghuā》
節選自嚴文井《蓮花和櫻花》

詞語提示

奈良	Nàiliáng	唐招提寺	Táng Zhāotí Sì
友誼	yǒuyì	鑒真	Jiànzhēn
遺像	yíxiàng	昂然	ángrán
迎風而舞	yíngfēng'érwǔ	蓮蓬累累	liánpeng léiléi
蓮子	liánzǐ	成熟	chéngshú
盛況	shèngkuàng	延續不衰	yánxù bù shuāi
結識	jiéshí	涉及	shèjí
緬懷	miǎnhuái	矚望	zhǔwàng

句子分析

1. 在寺內各處 / 匆匆走了一遍，庭院依舊，但意想不到 / 還看到了一些 / 新的東西。
2. 我禁不住想：「因」/ 已轉化為「果」。
3. 那還用得着問嗎，朋友們緬懷過去，正是 / 矚望未來，矚目於未來的人們 / 必將獲得未來。

Zuòpǐn 25 Hào
作品 25 號

Zhōngguó méi•yǒu rén bú ài héhuā de. Kě wǒmen lóu qián chítáng zhōng
中國沒有人不愛荷花的。可我們樓前池塘中

dúdú quēshǎo héhuā. Měi cì kàndào huò xiǎngdào, zǒng jué•dé shì yí kuài
獨獨缺少荷花。每次看到或想到，總覺得是一塊

xīnbìng. Yǒu rén cóng Húběi lái, dàiláile Hóng Hú de jǐ kē liánzǐ, wàiké
心病。有人從湖北來，帶來了洪湖的幾顆蓮子，外殼

chéng hēisè, jí yìng. Jùshuō, rúguǒ mái zài yūní zhōng, nénggòu qiān nián bú
呈黑色，極硬。據説，如果埋在淤泥中，能夠千年不

làn. Wǒ yòng tiěchuí zài liánzǐ •shàng zákāile yì tiáo fèngr, ràng liányár nénggòu
爛。我用鐵錘在蓮子上砸開了一條縫，讓蓮芽能夠

pòké-érchū bú zhì yǒngyuǎn mái zài ní zhōng. Bǎ wǔ-liù kē qiāopò de liánzǐ
破殼而出，不至永遠埋在泥中。把五六顆敲破的蓮子

tóurù chítáng zhōng, xià•miàn jiù shì tīngtiān-yóumìng le.
投入池塘中，下面就是聽天由命了。

Zhèyàng yì lái wǒ měi tiān jiù duōle yí jiàn gōngzuò: dào chítáng
這樣一來，我每天就多了一件工作：到池塘

biān•shàng qù kàn•shàng jǐ cì. Xīn•lǐ zǒng shì xīwàng, hūrán yǒu yì tiān,
邊上去看上幾次。心裏總是希望，忽然有一天，

"Xiǎo hé cái lù jiān jiān jiǎo" yǒu cuìlǜ de liányè zhǎngchū shuǐmiàn.
「小荷才露尖尖角」，有翠綠的蓮葉長出水面。

Kěshì, shìyǔyuànwéi, tóu xià•qù de dì-yī nián yìzhí dào qiūliáng luòyè,
可是，事與願違，投 下去 的 第一 年，一直 到 秋涼 落葉，

shuǐmiàn •shàng yě méi•yǒu chūxiàn shénme dōngxi. Dànshì dàole dì-sān nián, què
水面 上 也 沒有 出現 什麼 東西。但是 到了 第三 年，卻

hūrán chūle qíjì. Yǒu yì tiān, wǒ hūrán fāxiàn, zài wǒ tóu liánzǐ de dìfang
忽然 出了 奇跡。有 一 天，我 忽然 發現，在 我 投 蓮子 的 地方

zhǎngchūle jǐ gè yuányuán de lǜyè, suīrán yánsè jí rě rén xǐ'ài, dànshì què
長出了 幾 個 圓圓 的 綠葉，雖然 顏色 極 惹 人 喜愛，但是 卻

xìruò dānbó, kěliánxīxī de píngwò zài shuǐmiàn •shàng, xiàng shuǐfúlián de yèzi
細弱 單薄，可憐兮兮 地 平臥 在 水面 上，像 水浮蓮 的 葉子

yíyàng.
一樣。

Zhēnzhèng de qíjì chūxiàn zài dì-sì nián •shàng. Dàole yìbān héhuā zhǎng
真正 的 奇跡 出現 在 第四 年 上。到了 一般 荷花 長

yè de shíhou, zài qùnián piāofúzhe wǔ-liù gè yèpiàn de dìfang, yí yè zhījiān,
葉 的 時候，在 去年 飄浮着 五六 個 葉片 的 地方，一 夜 之間，

tūrán zhǎngchūle yídàpiàn lǜyè, yèpiàn kuòzhāng de sùdù, fànwéi de kuòdà,
突然 長出了 一大片 綠葉，葉片 擴張 的 速度，範圍 的 擴大，

dōu shì jīngrén de kuài. Jǐ tiān zhī nèi chítáng nèi bù xiǎo yí bùfen yǐ•jīng
都 是 驚人 地 快。幾 天 之 內，池塘 內 不 小 一 部分，已經

quán wéi lǜyè suǒ fùgài. Érqiě yuánlái píngwò zài shuǐmiàn •shàng de xiàng shì
全 為 綠葉 所 覆蓋。而且 原來 平臥 在 水面 上 的 像 是

shuǐfúlián yíyàng de // yèpiàn, bù zhīdào shì cóng nǎ•lǐ jùjí láile lì•liàng,
水浮蓮 一樣 的 // 葉片，不 知道 是 從 哪裏 聚集 來了 力量，

yǒu yìxiē jìngrán yuèchūle shuǐmiàn, zhǎngchéng le tíngtíng de héyè. Zhèyàng yì
有 一些 竟然 躍出了 水面，長成 了 亭亭 的 荷葉。這樣 一

lái, wǒ xīnzhōng de yíyún yìsǎo'érguāng: chítáng zhōng shēngzhǎng de zhēnzhèng
來，我 心中 的 疑雲 一掃而光：池塘 中 生長 的 真正

shì Hóng Hú liánhuā de zǐsūn le. Wǒ xīnzhōng kuángxǐ, zhè jǐ nián zǒngsuàn shì
是 洪 湖 蓮花 的 子孫 了。我 心中 狂喜，這 幾 年 總算 是

méi•yǒu bái děng.
沒有 白 等。

Jiéxuǎn zì Jì Xiànlín《Qīng Táng Hé Yùn》
節選 自 季羨林《清 塘 荷 韻》

詞語提示

外殼	wàiké	淤泥	yūní
鐵錘	tiěchuí	砸開了	zákāile
一條縫	yì tiáo fèngr	蓮芽	liányár
敲破	qiāopò	事與願違	shìyǔyuànwéi
惹人喜愛	rě rén xǐ'ài	單薄	dānbó
可憐兮兮	kěliánxīxī	水浮蓮	shuǐfúlián
漂浮	piāofú	覆蓋	fùgài

句子分析

1. 中國 / **沒有**人不愛荷花的，可我們樓前池塘中 / **獨獨**缺少荷花。
2. 這樣一來，我每天 / 就**多**了一件工作：到池塘邊上 / 去**看**上幾次。
3. 我**忽然**發現，在我投蓮子的地方 / 長出了幾個圓圓的**綠葉**，雖然顏色極惹人喜愛，但是 / 卻**細弱單薄**，**可憐兮兮**地 / 平臥在水面上，像水浮蓮的**葉子**一樣。

Zuòpǐn 27 Hào
作品 27 號

Yǔyán, yě jiù shì shuōhuà, hǎoxiàng shì jíqí xīsōng píngcháng de
語言，也就是說話，好像是極其稀鬆平常的

shìr. Kěshì zǐxì xiǎngxiang, shízài shì yí jiàn liǎo•bùqǐ de dàshì. Zhèngshì
事兒。可是仔細想想，實在是一件了不起的大事。正是

yīn•wèi shuōhuà gēn chīfàn、zǒulù yíyàng de píngcháng, rénmen cái bú qù xiǎng
因為說話跟吃飯、走路一樣的平常，人們才不去想

tā jiūjìng shì zěnme huí shìr. Qíshí zhè sān jiàn shìr dōu shì jí bù píngcháng
它究竟是怎麼回事兒。其實這三件事兒都是極不平常

de, dōu shì shǐ rénlèi bù tóng yú bié de dòngwù de tèzhēng.
的，都是使人類不同於別的動物的特徵。

Jì·dé zài xiǎoxué ·lǐ dúshū de shíhou, bān ·shàng yǒu yí wèi “néng wén”
記得在小學裏讀書的時候，班上有一位「能文」
de dàshīxiōng zài yì piān zuòwén de kāitóu xiě·xià zhème liǎng jù: “Yīngwǔ néng
的大師兄，在一篇作文的開頭寫下這麼兩句：「鸚鵡能
yán, bù lí yú qín; xīngxing néng yán, bù lí yú shòu.” Wǒmen kànle dōu
言，不離於禽；猩猩能言，不離於獸。」我們看了都
fēicháng pèi·fú. Hòulái zhī·dào zhè liǎng jù shì yǒu láilì de, zhǐshì zìjù yǒu xiē
非常佩服。後來知道這兩句是有來歷的，只是字句有些
chūrù. Yòu guòle ruògān nián, cái zhī·dào zhè liǎng jù huà dōu yǒu wèntí. Yīngwǔ
出入。又過了若干年，才知道這兩句話都有問題。鸚鵡
néng xué rén shuōhuà, kě zhǐshì zuòwéi xiànchéng de gōngshì lái shuō bú huì
能學人說話，可只是作為現成的公式來說，不會
jiāyǐ biànhuà. Zhǐyǒu rénmen shuōhuà shì cóng jùtǐ qíngkuàng chūfā, qíngkuàng
加以變化。只有人們說話是從具體情況出發，情況
yí biàn, huà yě gēnzhe biàn.
一變，話也跟着變。

Xīfāng xuézhě ná hēixīngxing zuò shíyàn, tāmen néng xuéhuì jíqí yǒuxiàn de
西方學者拿黑猩猩做實驗，牠們能學會極其有限的
yìdiǎnr fúhào yǔyán, kěshì xué ·bú huì bǎ tā biànchéng yǒushēng yǔyán. Rénlèi
一點兒符號語言，可是學不會把它變成有聲語言。人類
yǔyán zhīsuǒyǐ nénggòu “suíjī-yìngbiàn” zàiyú yì fāngmiàn néng bǎ yǔyīn
語言之所以能夠「隨機應變」，在於一方面能把語音
fēnxī chéng ruògān yīnsù, yòu bǎ zhèxiē yīnsù zǔhé chéng yīnjié, zài bǎ yīnjié
分析成若干音素，又把這些音素組合成音節，再把音節
liánzhuì qǐ·lái. Lìng yì fāngmiàn yòu néng fēnxī wàijiè shìwù jí qí biànhuà,
連綴起來。另一方面，又能分析外界事物及其變化，
xíngchéng wúshù de “yìniàn” yī yī pèi yǐ yǔyīn, ránhòu zōnghé yùnyòng,
形成無數的「意念」，一一配以語音，然後綜合運用，
biǎodá gèzhǒng fùzá de yìsi. Yí jù huà, rénlèi yǔyán de tèdiǎn jiù zàiyú
表達各種複雜的意思。一句話，人類語言的特點就在於
néng yòng biànhuà wúqióng de yǔyīn, biǎodá biànhuà wúqióng de // yìyì. Zhè shì
能用變化無窮的語音，表達變化無窮的//意義。這是
rènhé qítā dòngwù bàn ·bú dào de.
任何其他動物辦不到的。

Jiéxuǎn zì Lǚ Shūxiāng《Rénlèi de Yǔyán》
節選自呂叔湘《人類的語言》

詞語提示

稀鬆平常	xīsōng píngcháng	特徵	tèzhēng
鸚鵡	yīngwǔ	不離於禽	bù lí yú qín
不離於獸	bù lí yú shòu	佩服	pèi•fú
隨機應變	suíjī-yìngbiàn	音素	yīnsù
連綴	liánzhuì	意思	yìsi

句子分析

1. 只有人們說話／是從具體情況出發，情況一變，話／也跟着變。
2. 人類語言之所以能夠「隨機應變」，在於／一方面／能把語音分析成若干音素，又把這些音素／組合成音節，再把音節／連綴起來。
3. 另一方面，又能分析外界事物／及其變化，形成無數的「意念」，一一配以語音，然後／綜合運用，表達各種複雜的意思。

五、命題說話演練

話題：6　我的理想（或願望）

提示：

理想可大可小，一個人可以有多個理想。說說為什麼會有這個想法。如何實現自己的理想（或願望）。

說話提綱示例：

說說我的願望

- 身體健康：我最大的願望就是身體健康。有好的身體，工作才能順利，家庭才能幸福，生活質量才能有保證，也不會連累別人。我每天都會慢跑，跑兩千米。已經堅持三年了。我每個星期還去一次健身室。

- 周遊中國和世界：我特別喜歡旅遊，可以增加知識、開闊眼界。我想去西藏布達拉宮、新疆天池、四川九寨溝、湖南張家界；世界各個地方也都想去轉一轉。為了實現這個願望，我要努力工作，努力存錢。
- 看極光：我看過一部紀錄片，介紹黑龍江漠河的極光。極光太美了，色彩變化無窮，很魔幻。我很想去看看。

詞語儲備

lǐxiǎng 理想	yuànwàng 願望	shùnlì 順利	hǎo gōngzuò 好工作	mǎi fángzi 買房子
Běijí 北極	liánlei 連累	cǎoyuán 草原	yuǎnlí chénxiāo 遠離塵囂	shìwài-táoyuán 世外桃源
jíguāng 極光	móhuàn 魔幻	cúnqián 存錢	Zhāngjiājiè 張家界	biànhuà wúqióng 變化無窮
Tiānchí 天池	Mòhé 漠河	Jiǔzhàigōu 九寨溝	Bùdálā Gōng 布達拉宮	Xīshuāngbǎnnà 西雙版納

話題：25　我喜歡的職業（或專業）

提示：

選擇職業考慮的因素很多：自己的興趣愛好、特長、工作性質，職業前景、工資、福利、工作環境、工作地點、培訓進修機會、滿足感等。有什麼人、事情或經歷影響了你。可以說喜歡幾個職業。

說話提綱示例：

我喜歡的職業

- 消防員：我看電視劇《烈火雄心》，覺得消防員特勇敢，特有男人味兒，就想當消防員。在香港，消防員屬於紀律部隊，入職要求很嚴格的。我要做好準備，不是想當就能當的。
- 空姐：航空公司空姐的制服都很漂亮。空姐一個個又溫柔又幹練。會多種語言。當空姐有機會周遊世界。這職業讓我羨慕，讓我喜歡。
- 設計師：我喜歡畫畫兒，還得過獎。這些年我給親友的聖誕卡都是我自己設計的。我還給很多公司設計過廣告。每次完成一個作品，都很有滿足感。

詞語儲備

zhíyè 職業	bǐtǐng 筆挺	fēixíngyuán 飛行員	shèjìshī 設計師	lièhuǒ xióngxīn 烈火雄心
gōngzī 工資	zhìfú 制服	mǎnzúgǎn 滿足感	chénggōnggǎn 成功感	liánzhèng fēngbào 廉政風暴
shuàiqi 帥氣	kōngjiě 空姐	wěndìng 穩定	xiāofángyuán 消防員	chōngshàng yúnxiāo 衝上雲霄
chuàngyè 創業	lǎobǎn 老闆	nánrén wèir 男人味兒	duōméitǐ 多媒體	zìyóu zhíyè zhě 自由職業者

話題：34　自律與我

提示：

自律就是自己約束自己。自律對個人有什麼影響？對社會有什麼影響？有什麼相關經歷？說說如何培養自律能力。可以從正反兩個方面說。

說話提綱示例：

我要說的題目是自律與我

- 自律：就是自我約束自己。在沒有人監督的情況下，自己要求自己守規矩。比如：時間管理、情緒控制、行為選擇等。能不能做到自律，對個人發展影響很大。每個人都自律，社會就有秩序。
- 提高效率：我以前愛打遊戲，每天半夜還不睡，嚴重影響了白天的工作。後來我下決心改正這個壞習慣，晚上多用來看書，周末才玩兒會兒遊戲機。工作效率一下子提高了不少。自律真重要！
- 責任感：自律就是一種責任感，要知道什麼時候做什麼事、不做什麼事。做事不能拖延，要按時完成。
- 身體健康：我以前老熬夜，影響工作。後來身體出了點兒毛病，醫生要我早睡早起。我現在很自律，身體也好了。

詞語儲備

zìlǜ 自律	yuēshù 約束	zūnshǒu 遵守	guīzé 規則	méirì méiyè 沒日沒夜
guīju 規矩	tǐng 挺	tuōyán 拖延	méifǎr 沒法兒	shuā shǒujī 刷手機
zérèn 責任	qíngxù 情緒	wōnang 窩囊	zhěngxiǔ 整宿	chū máo•bìng 出毛病
jiāndū 監督	zìjué 自覺	shǎzi 傻子	bù chōuyān 不抽煙	zìwǒ xiūyǎng 自我修養

話題：35　對終身學習的看法

提示：

為什麼要終身學習？終身學習包括哪些方法？對社會、個人的影響。自己的經歷和體會。

說話提綱示例：

我對終身學習的看法

中國有句老話兒：活到老學到老，就是說人要終身學習。

- 原因：社會、科技快速發展，每天都有新發明、新事物、新知識。不堅持終身學習就會被社會淘汰。
- 爺爺：爺爺七十多了，但他很好學，以前他喜歡攝影，最近報了個軟件課程，是教剪片兒的。他自己剪輯視頻，把我們小時候的照片編成短片兒，可好看了。他還會用手機軟件打車，真是與時俱進。
- 工作：我是設計師，以前是人手畫圖，現在全是電腦畫圖，我學了好一陣兒。最近又出了人工智能繪圖軟件，必須繼續學習。
- 方法：上課，讀書，聽講座，參加研討會，然後自己實踐、自己研究有關知識。收穫不小呢！

詞語儲備

zhōngshēn 終身	pāoqì 拋棄	hàoxué 好學	ruǎnjiàn 軟件	lǎohuàr 老話兒
huàtú 畫圖	huìtú 繪圖	yǒuxiàn 有限	yízhènr 一陣兒	rìxīn-yuèyì 日新月異
jiǎnjí 剪輯	dǎchē 打車	jiǎngzuò 講座	yántǎohuì 研討會	yǔshí jùjìn 與時俱進
táotài 淘汰	shíjiàn 實踐	xiàqí 下棋	duǎnpiānr 短片兒	zhìnéng kējì 智能科技

話題：44　如何保持良好的心態

提示：

保持良好的心態有很多方法：接受現實，正面思維，自我接納，積極社交，設定小目標，培養興趣愛好，學會放鬆，學會多角度思考。談談自己或親友保持良好心態的方法、經歷，談談自己的感受。舉例說明（正面、反面）。

說話提綱示例：

如何保持良好的心態

- 接受現實：俗話說：是福不是禍，是禍躲不過。假如遇到挫折，那就面對現實，接受現實。
- 正面思維：凡事往好了想。塞翁失馬，焉知非福。
- 自我接納：尺有所短，寸有所長，不和別人比，認清自己的優點，改正自己的缺點。十隻手指有長短。
- 學會放鬆：冥想很有用，開始的時候，腦子裏總會想東想西，練了三個月才進入狀態。每次練完，感覺很輕鬆，很平靜。

詞語儲備

liánghǎo 良好	xīntài 心態	jiēnà 接納	duǒbúguò 躲不過	chǐ yǒu suǒ duǎn 尺有所短
míngxiǎng 冥想	fánshì 凡事	yújiā 瑜伽	sàiwēng-shīmǎ 塞翁失馬	cùn yǒu suǒ cháng 寸有所長
qīngsōng 輕鬆	píngjìng 平靜	huòfú 禍福	yānzhī fēifú 焉知非福	jìnrù zhuàngtài 進入狀態
méiren 媒人	rényuánr 人緣兒	wúsuǒwèi 無所謂	bú zàihu 不在乎	dà•dàliēliē 大大咧咧

11

第十一課

綜合訓練（九）

一、語音知識分析：【音變】兒化及練習

二、難點字詞認讀

三、選擇判斷練習

四、朗讀作品指導

1 老　舍《北京的春節》

2 朱自清《春》

12 丁立梅《孩子和秋風》

32 楊　朔《泰山極頂》

48 老　舍《「住」的夢》

五、命題説話演練

13 印象深刻的書籍（或報刊）

19 我了解的地域文化（或風俗）

22 我喜歡的節日

29 我了解的十二生肖

40 談中國傳統文化

一、語音知識分析

【音變】兒化及練習

兒化是一種語音的音變現象。普通話裏有一個捲舌的單韻母 er，如果前面一個音節，與後面的 er（兒）音節合成了一個音節，就形成兒化韻。音節經過兒化，就會獲得捲舌的性質。er 在兒化音節裏不獨立成聲，只作音節的韻尾，用 r 表示。例如：花（兒） huār。

兒化韻在發音上的特點是一個「化」字，要把 er 音融化到前面的音節裏面，使前面那個音節的韻母獲得捲舌的性質，er 則失去了獨立的地位，充任前面那個音節的韻尾。發兒化韻要掌握一個要領：不要在完整地念完一個音節之後再念 er，而要把它和後面的 er 當作一個音去念。

兒化與輕聲一樣，是普通話的重要特色。如果應試者要達到二甲以上的水平，發好輕聲和兒化音是必要條件。

（一）兒化韻在個別情況下起區別詞義和語法意義的作用

1. 區別詞義

火星 huǒxīng（太陽系八大行星之一）/ 火星兒 huǒxīngr（極小的火）

白麵 báimiàn（麵粉）/ 白麵兒 báimiànr（海洛英，一種毒品）

加油 jiāyóu（添加油）/ 加油兒 jiāyóur（多使點兒勁）

2. 區別詞性

包 bāo（動詞，用紙、布等把東西裹起來）/ 包兒 bāor（名詞，裝東西的口袋）

錯 cuò（形容詞）/ 錯兒 cuòr（名詞，「沒錯兒」）

個 gè（量詞）/ 個兒 gèr（名詞，「大個兒」）

（二）兒化韻的讀法

兒化韻音變和兒化韻尾前的音節的韻腹（主要元音）、韻尾有密切關係，對聲母、韻頭（介音）沒有影響。大致規律如下：

1. 被兒化的音節丟失韻尾

air → ar　　xiǎoháir（小孩兒）→ xiǎohár

yíkuàir（一塊兒）→ yíkuàr

míngpáir（名牌兒）→ míngpár

eir → er　　dāobèir（刀背兒）→ dāobèr

mōhēir（摸黑兒）→ mōhēr

ěrchuír（耳垂兒）→ ěrchuér

anr → ar　　yìdiǎnr（一點兒）→ yìdiǎr

guǎiwānr（拐彎兒）→ guǎiwār

liǎnpánr（臉盤兒）→ liǎnpár

enr → er　　bīnggùnr（冰棍兒）→ bīngguèr

méizhǔnr（沒準兒）→ méizhuěr

xìngrénr（杏仁兒）→ xìngrér

2. 被兒化的音節減弱韻尾的鼻音成分

angr → ar（鼻化）　　yàofāngr（藥方兒）→ yàofār

jìngkuàngr（鏡框兒）→ jìngkuàr

dànhuángr（蛋黃兒）→ dànhuár

engr → er（鼻化）　　bǎndèngr（板凳兒）→ bǎndèr

jiāfèngr（夾縫兒）→ jiāfèr

tíchéngr（提成兒）→ tíchér

ongr → or（鼻化）　yínghuǒchóngr（螢火蟲兒）→ yínghuǒchór

xiǎoxióngr（小熊兒）→ xiǎoxiór

chōukòngr（抽空兒）→ chōukòr

3. 被兒化的音節在韻母後面加 e 或把韻母（或韻尾）換作 e

（1）加 e 的如：

ir → ier　dùqír（肚臍兒）→ dùqiér

wányìr（玩意兒）→ wányièr

nǎipír（奶皮兒）→ nǎipiér

ür → üer　xiǎoqǔr（小曲兒）→ xiáoquěr

máolǘr（毛驢兒）→ máolüér

guīnür（閨女兒）→ guīnüer

（2）換作 e 的如：

-i［前］r → er　guāzǐr（瓜子兒）→ guāzěr

méicír（沒詞兒）→ méicér

shízǐr（石子兒）→ shízěr

-i［後］r → er　méishìr（沒事兒）→ méishèr

jùchǐr（鋸齒兒）→ jùchěr

shùzhīr（樹枝兒）→ shùzhēr

iêr → ier　shùyèr（樹葉兒）→ shùyèr

bànjiér（半截兒）→ bànjiér

xiǎoxiér（小鞋兒）→ xiǎoxiér

inr → ier　sòngxìnr（送信兒）→ sòngxièr

yǒujìnr（有勁兒）→ yǒujièr

jiǎoyìnr（腳印兒）→ jiǎoyièr

ünr → üer　　héqúnr（合群兒）→ héquér

hóngqúnr（紅裙兒）→ hóngquér

4. 兒化後無需改變發音的韻母

ar　豆芽兒、大褂兒

or　泡沫兒、幹活兒

er　山歌兒、模特兒

ur　沒譜兒、魚肚兒

（三）兒化韻在詞義、語法、風格方面表現出的特點

1. 帶有喜愛、親切、溫和的感情

xiǎoháir（小孩兒）　xiǎobiànr（小辮兒）

lǎotóur（老頭兒）　bǎobèir（寶貝兒）

dàshěnr（大嬸兒）　lǎobànr（老伴兒）

2. 形容東西細小、輕微，或者時間短暫

zhūr（珠兒）　pàor（泡兒）

huāshēngdòur（花生豆兒）

yùmǐlìr（玉米粒兒）

yíhuìr（一會兒）　dāihuìr（待會兒）

3. 疊字形容詞的第二個音節有些要讀兒化

gāogāorde（高高兒的）　guāiguāirde（乖乖兒的）

huánghuāngrde（黃黃兒的）　mànmānrde（慢慢兒的）

hǎohāorde（好好兒的）　yuǎnyuānrde（遠遠兒的）

4. 由動詞轉化來的名詞要讀兒化

dǎmíngr（打鳴兒）　　dǎgǔnr（打滾兒）

méizhǔnr（沒準兒）　　tǎohǎor（討好兒）

5. 口語化的風格

在絕大多數情況下，兒化韻創造一種特殊的風格，就是口語化的風格。北京人常這樣説話，例如：「啥時候你有空兒（yǒukòngr），咱們一塊兒（yíkuàir）看電影兒（diànyǐngr）去。」「明兒（míngr）早上，天兒（tiānr）好的話，帶上小狗兒（xiǎogǒur），去公園兒（gōngyuánr）遛遛。」這裏面有可兒化可不兒化的詞，我們不要求説話加這麼多兒化詞，但是要慢慢練習多掌握一些兒化詞。在每一課的説話演練部分，常有幾個兒化詞提供給大家參考，希望在口語表達時，加一兩個兒化詞，增添口語色彩。

我們還要特別注意，科學術語、專有名詞、公告、命令、聲明、合約等等，不用兒化音節。

此外，實際語言有與上述規律不一致的地方，這就需要我們多掌握一些語言素材，規律只能輔助我們掌握語言現象。例如，「大個兒」（dàgèr）並不小，但在普通話裏讀兒化韻；「小偷兒」（xiǎotōur）雖然藐小，但絕不可愛，還惹人討厭，也要念兒化韻。名詞以外的動詞「玩兒」（wánr）也要讀兒化韻。由此可見，很多語言規律是從大部分語言現象中歸納出來的，都可能有例外的情況。

二、難點字詞認讀

(一)看拼音，準確讀出以下兒化詞語

suànbànr 蒜瓣兒	líhúr 梨核兒	dàwànr 大腕兒	gāngbèngr 鋼鏰兒	xiǎowèngr 小甕兒
dǎgér 打嗝兒	yóuchuōr 郵戳兒	jiāsāir 加塞兒	yúpiāor 魚漂兒	guārángr 瓜瓤兒
kāiqiàor 開竅兒	xífur 媳婦兒	diàndǐr 墊底兒	tiāocìr 挑刺兒	zhuājiūr 抓鬮兒
yàgēnr 壓根兒	hútòngr 胡同兒	zhàlanr 柵欄兒	dǎhuàngr 打晃兒	bógěngr 脖頸兒

(二)看漢字，準確讀出以下兒化詞語

納悶兒　火鍋兒　紅包兒　打雜兒　鞋帶兒　鼻樑兒　嗓門兒

好玩兒　人緣兒　收攤兒　臉蛋兒　門檻兒　找碴兒　牙刷兒

露餡兒　走味兒　掉價兒　照片兒　蛋清兒　圍嘴兒　跑腿兒

(三)朗讀作品的拼音中，帶兒化韻尾 r 的詞語，建議讀為兒化詞語（數字表示朗讀作品的序號）

(1) 蒜瓣　辣味　長方塊　(2) 打兩個滾　踢幾腳球　(8) 石塊

(12) 小臉　(17) 針眼　(25) 一條縫　蓮芽　(32) 有點　山根

(34) 一塊　大伙　(39) 小攤　茶館　(40) 身板

（四）利用形聲字的聲旁巧記生僻字（聲旁可能有多組音）

叕	chuò：啜　輟	zhuì：綴		
臽	qiā：掐	xiàn：陷　餡		
垂	chuí：錘　捶　陲	tuò：唾		
秋	chǒu：瞅	jiū：揪	qiāo：鍬	qiū：鰍
敖	āo：熬（熬白菜） áo：螯　遨　熬（煎熬） ào：傲			
曷	è：遏	jiē：揭 jié：竭	xiē：蠍　歇	yè：謁
良	liàng：踉	láng：狼　郎　琅 lǎng：朗 làng：浪		

三、選擇判斷練習

1. 詞語判斷

(1)	寒豆	蠶豆	馬齒豆	胡豆
(2)	背後頭	背後	巴脊後	
(3)	勿像閒話	唔似樣	不像話	唔像話
(4)	做生活	幹活兒	作鬼	做嘢
(5)	恨勿得	恨不得	苦唔	喉連
(6)	納悶兒	想勿通	唔得決	想唔通
(7)	一記頭	蜀下	一下兒	一下欸

(8)	鬧着玩兒	吵字相	滾笑	逗勒
(9)	講張	聊天兒	傾偈	打牙告
(10)	大雁	雁鵝	雁子	

2. 量詞、名詞搭配

雞蛋	豬	坦克	社會	蛇	自行車	寶劍	衣服	傷痕	書

口	套	個	輛	隻	條

3. 語序或表達形式判斷

(1) A. 他們來得了來不了？

B. 他們來得倒來不倒？

(2) A. 會得看，不會摸得，

B. 可以看，不可以摸。

(3) A. 血紅紅的

B. 血紅血紅的

C. 紅蠻紅的

D. 紅紅哇的。

(4) A. 這朵花真香。

B. 這朵花老香。

C. 這朵花幾香啊。

(5) A. 給一支筆我。

B. 給我一支筆。

C. 給一支筆給我。

四、朗讀作品指導

Zuòpǐn 1 Hào
作品 1 號

Zhào Běijīng de lǎoguīju, Chūnjié chà·bùduō zài làyuè de chūxún jiù kāishǐ
照北京的老規矩，春節差不多在臘月的初旬就開始
le. "Làqī Làbā, dòngsǐ hányā", zhè shì yì nián ·lǐ zuì lěng de shíhou.
了。「臘七臘八，凍死寒鴉」，這是一年裏最冷的時候。
Zài Làbā zhè tiān, jiājiā dōu áo làbāzhōu. Zhōu shì yòng gè zhǒng mǐ, gè
在臘八這天，家家都熬臘八粥。粥是用各種米，各
zhǒng dòu, yǔ gè zhǒng gānguǒ áochéng de. Zhè bú shì zhōu, ér shì xiǎoxíng de
種豆，與各種乾果熬成的。這不是粥，而是小型的
nóngyè zhǎnlǎnhuì.
農業展覽會。

Chú cǐ zhī wài, zhè yì tiān hái yào pào làbāsuàn. Bǎ suànbànr fàngjìn cù
除此之外，這一天還要泡臘八蒜。把蒜瓣放進醋
·lǐ, fēng qǐ·lái, wèi guònián chī jiǎozi yòng. Dào niándǐ, suàn pào de sè rú
裏，封起來，為過年吃餃子用。到年底，蒜泡得色如
fěicuì, cù yě yǒule xiē làwèir, sè wèi shuāng měi, shǐ rén rěn·búzhù yào duō
翡翠，醋也有了些辣味，色味雙美，使人忍不住要多
chī jǐ gè jiǎozi. Zài Běijīng, guònián shí, jiājiā chī jiǎozi.
吃幾個餃子。在北京，過年時，家家吃餃子。

Háizimen zhǔnbèi guònián, dì-yī jiàn dàshì jiù shì mǎi zábànr. Zhè shì
孩子們準備過年，第一件大事就是買雜拌兒。這是
yòng huāshēng、jiāozǎo、zhēnzi、lìzi děng gānguǒ yǔ mìjiàn chānhuo chéng de.
用花生、膠棗、榛子、栗子等乾果與蜜餞摻和成的。
Háizimen xǐhuan chī zhèxiē língqī-bāsuìr. Dì-èr jiàn dàshì shì mǎi bàozhú,
孩子們喜歡吃這些零七八碎兒。第二件大事是買爆竹，
tèbié shì nánháizimen. Kǒngpà dì-sān jiàn shì cái shì mǎi gè zhǒng wányìr ——
特別是男孩子們。恐怕第三件事才是買各種玩意兒——
fēngzheng、kōngzhú、kǒuqín děng.
風箏、空竹、口琴等。

Háizimen huānxǐ, dà·rénmen yě mángluàn. Tāmen bìxū yùbèi guònián
孩子們歡喜，大人們也忙亂。他們必須預備過年

chīde、 hēde、 chuānde、 yòngde, hǎo zài xīnnián shí xiǎnchū wànxiàng-gēngxīn de
吃的、喝的、穿的、用的，好在新年時顯出萬象更新的

qìxiàng.
氣象。

Làyuè èrshísān guò xiǎonián, chà·bùduō jiù shì guò Chūnjié de "cǎipái".
臘月二十三過小年，差不多就是過春節的「彩排」。

Tiān yì cāhēir, biānpào xiǎng qǐ·lái, biàn yǒule guònián de wèi·dào. Zhè yì
天一擦黑兒，鞭炮響起來，便有了過年的味道。這一

tiān, shì yào chī táng de, jiē ·shàng zǎo yǒu hǎoduō mài màiyátáng yǔ jiāngmǐtáng
天，是要吃糖的，街上早有好多賣麥芽糖與江米糖

de, tángxíng huò wéi chángfāngkuàir huò wéi guāxíng, yòu tián yòu nián, xiǎoháizimen
的，糖形或為長方塊或為瓜形，又甜又黏，小孩子們

zuì xǐhuan.
最喜歡。

Guòle èrshísān, dàjiā gèng máng. Bìxū dàsǎochú yí cì, hái yào bǎ
過了二十三，大家更忙。必須大掃除一次，還要把

ròu、 jī、 yú、 qīngcài、 niángāo shénme de dōu yùbèi chōngzú —— diàn // pù
肉、雞、魚、青菜、年糕什麼的都預備充足——店//鋪

duōshù zhēngyuè chūyī dào chūwǔ guānmén, dào zhēngyuè chūliù cái kāizhāng.
多數正月初一到初五關門，到正月初六才開張。

Jiéxuǎn zì Lǎoshě《Běijīng de Chūnjié》
節選自老舍《北京的春節》

詞語提示

規矩	guīju	臘八粥	làbāzhōu
蒜瓣	suànbànr	翡翠	fěicuì
辣味	làwèir	雜拌兒	zábànr
榛子	zhēnzi	蜜餞	mìjiàn
摻和	chānhuo	零七八碎兒	língqī-bāsuìr

玩意兒	wányìr	風箏	fēngzheng
萬象更新	wànxiàng-gēngxīn	擦黑兒	cāhēir
長方塊	chángfāngkuàir	又甜又黏	yòu tián yòu nián

句子分析（注：分隔號表示停頓，顏色字表示重音。下同）

1.「臘七臘八，凍死寒鴉」，這是一年裏 / 最冷的季節。

2. 粥 / 是用各種米，各種豆，與各種乾果熬成的。

3. 街上早有好多 / 賣麥芽糖 / 與江米糖的，糖形 / 或為長方塊 / 或為瓜形，又甜又黏，小孩子們 / 最喜歡。

Zuòpǐn 2 Hào
作品 2 號

Pànwàngzhe, pànwàngzhe, dōngfēng lái le, chūntiān de jiǎobù jìn le.
盼望着，盼望着，東風來了，春天的腳步近了。

Yíqiè dōu xiàng gāng shuìxǐng de yàngzi, xīnxīnrán zhāngkāile yǎn. Shān lǎngrùn qǐ·lái le, shuǐ zhǎng qǐ·lái le, tài·yáng de liǎn hóng qǐ·lái le.
一切都像剛睡醒的樣子，欣欣然張開了眼。山朗潤起來了，水漲起來了，太陽的臉紅起來了。

Xiǎocǎo tōutōu de cóng tǔ ·lǐ zuān chū·lái, nènnèn de, lǜlǜ de. Yuánzi ·lǐ, tiányě ·lǐ, qiáo·qù, yí dà piàn yí dà piàn mǎn shì de. Zuòzhe, tǎngzhe, dǎ liǎng gè gǔnr, tī jǐ jiǎo qiúr, sài jǐ tàng pǎo, zhuō jǐ huí mícáng. Fēng qīngqiāoqiāo de, cǎo ruǎnmiánmián de.
小草偷偷地從土裏鑽出來，嫩嫩的，綠綠的。園子裏，田野裏，瞧去，一大片一大片滿是的。坐着，躺着，打兩個滾，踢幾腳球，賽幾趟跑，捉幾回迷藏。風輕悄悄的，草軟綿綿的。

……

"Chuī miàn bù hán yángliǔ fēng", búcuò de, xiàng mǔ·qīn de shǒu
「吹面不寒楊柳風」，不錯的，像母親的手

fǔmōzhe nǐ. Fēng ·lǐ dàilái xiē xīn fān de nítǔ de qìxī, hùnzhe qīngcǎo
撫摸着你。風裏帶來些新翻的泥土的氣息，混着青草

wèir, hái yǒu gè zhǒng huā de xiāng, dōu zài wēiwēi shīrùn de kōngqì ·lǐ
味兒，還有各種花的香，都在微微濕潤的空氣裏

yùnniàng. Niǎo'ér jiāng cháo ān zài fánhuā-lǜyè dāngzhōng, gāoxìng qǐ·lái le,
醞釀。鳥兒將巢安在繁花綠葉當中，高興起來了，

hūpéng-yǐnbàn de mài·nòng qīngcuì de hóu·lóng, chàngchū wǎnzhuǎn de qǔzi, gēn
呼朋引伴地賣弄清脆的喉嚨，唱出婉轉的曲子，跟

qīngfēng-liúshuǐ yìnghèzhe. Niúbèi ·shàng mùtóng de duǎndí, zhè shíhou yě chéngtiān
輕風流水應和着。牛背上牧童的短笛，這時候也成天

liáoliàng de xiǎngzhe.
嘹亮地響着。

Yǔ shì zuì xúncháng de, yí xià jiù shì sān-liǎng tiān. Kě bié nǎo. Kàn,
雨是最尋常的，一下就是三兩天。可別惱。看，

xiàng niúmáo, xiàng huāzhēn, xiàng xìsī, mìmì de xié zhīzhe, rénjiā wūdǐng
像牛毛，像花針，像細絲，密密地斜織着，人家屋頂

·shàng quán lǒngzhe yì céng bóyān. Shùyèr què lǜ de fāliàng, xiǎocǎor yě
上全籠着一層薄煙。樹葉兒卻綠得發亮，小草兒也

qīng de bī nǐ de yǎn. Bàngwǎn shíhou, shàngdēng le, yìdiǎndiǎn huángyùn de
青得逼你的眼。傍晚時候，上燈了，一點點黃暈的

guāng, hōngtuō chū yí piàn ānjìng ér hépíng de yè. Zài xiāngxia, xiǎolù ·shàng,
光，烘托出一片安靜而和平的夜。在鄉下，小路上，

shíqiáo biān, yǒu chēngqǐ sǎn mànmàn zǒuzhe de rén, dì·lǐ hái yǒu gōngzuò de
石橋邊，有撐起傘慢慢走着的人，地裏還有工作的

nóngmín, pīzhe suō dàizhe lì. Tāmen de fángwū, xīxīshūshū de, zài yǔ ·lǐ
農民，披着蓑戴着笠。他們的房屋，稀稀疏疏的，在雨裏

jìngmòzhe.
靜默着。

Tiān·shàng fēngzheng jiànjiàn duō le, dì·shàng háizi yě duō le. Chéng·lǐ
天上風箏漸漸多了，地上孩子也多了。城裏

xiāngxia, jiājiāhùhù, lǎolǎoxiǎoxiǎo, // yě gǎntàngr shìde, yígègè dōu chū·lái
鄉下，家家戶戶，老老小小，// 也趕趟兒似的，一個個都出來

le. Shūhuó shūhuó jīngǔ, dǒusǒu dǒusǒu jīngshen, gè zuò gè de yí fènr shì
了。舒活舒活筋骨，抖擻抖擻精神，各做各的一份兒事

·qù. "Yì nián zhī jì zàiyú chūn", gāng qǐtóur, yǒu de shì gōngfu, yǒu
去。「一年之計在於春」，剛起頭兒，有的是工夫，有

de shì xīwàng.
的是希望。

Chūntiān xiàng gāng luòdì de wáwa, cóng tóu dào jiǎo dōu shì xīn de, tā
春天像剛落地的娃娃，從頭到腳都是新的，它

shēngzhǎngzhe.
生長着。

Chūntiān xiàng xiǎo gūniang, huāzhī-zhāozhǎn de, xiàozhe, zǒuzhe.
春天像小姑娘，花枝招展的，笑着，走着。

Chūntiān xiàng jiànzhuàng de qīngnián, yǒu tiě yìbān de gēbo hé yāojiǎo,
春天像健壯的青年，有鐵一般的胳膊和腰腳，

lǐngzhe wǒmen shàngqián ·qù.
領着我們上前去。

Jiéxuǎn zì Zhū Zìqīng《Chūn》
節選自朱自清《春》

詞語提示

盼望	pànwàng	朗潤	lǎngrùn
嫩嫩的	nènnènde	打兩個滾	dǎ liǎng gè gǔnr
踢幾腳球	tī jǐ jiǎo qiúr	青草味兒	qīngcǎo wèir
醞釀	yùnniàng	繁花綠葉	fánhuā-lǜyè
喉嚨	hóu·lóng	婉轉	wǎnzhuǎn
應和	yìnghè	斜織着	xié zhīzhe
薄煙	bóyān	黃暈	huángyùn
烘托	hōngtuō	撐起傘	chēngqǐ sǎn
披着簑	pīzhe suō	戴着笠	dàizhe lì

句子分析

1. 坐着，躺着，打兩個滾，踢幾腳球，賽幾趟跑，捉幾回迷藏。
2. 鳥兒 / 將巢 / 安在繁花綠葉當中，高興起來了，呼朋引伴地 / 賣弄清脆的喉嚨，唱出 / 婉轉的曲子，跟 / 輕風流水 / 應和着。
3. 在鄉下，小路上，石橋邊，有撐起傘 / 慢慢走着的人，地裏 / 還有工作的農民，披着蓑 / 戴着笠。

Zuòpǐn 12 Hào
作品 12 號

Wǒ hé jǐ gè háizi zhàn zài yí piàn yuánzi ·lǐ, gǎnshòu qiūtiān de fēng.
我和幾個孩子站在一片園子裏，感受秋天的風。
Yuánzi ·lǐ zhǎngzhe jǐ kē gāodà de wútóngshù, wǒmen de jiǎo dǐ·xià, pūle
園子裏長着幾棵高大的梧桐樹，我們的腳底下，鋪了
yì céng hòuhòu de wútóngyè. Yè kūhuáng, jiǎo cǎi zài shàng·miàn, gāzhī gāzhī
一層厚厚的梧桐葉。葉枯黃，腳踩在上面，嘎吱嘎吱
cuìxiǎng. Fēng hái zài yígèjìnr de guā, chuīdǎzhe shù ·shàng kělián de jǐ piàn
脆響。風還在一個勁兒地颳，吹打着樹上可憐的幾片
yèzi, nà shàng·miàn, jiù kuài chéng guāngtūtū de le.
葉子，那上面，就快成光禿禿的了。

Wǒ gěi háizimen shàng xiězuòkè, ràng háizimen miáomó zhè qiūtiān de
我給孩子們上寫作課，讓孩子們描摹這秋天的
fēng. Yǐwéi tāmen yídìng huì shuō hánlěng、cánkù hé huāngliáng zhīlèi de,
風。以為他們一定會説寒冷、殘酷和荒涼之類的，
jiéguǒ què chūhū wǒ de yìliào.
結果卻出乎我的意料。

Yí gè háizi shuō, qiūtiān de fēng, xiàng bǎ dà jiǎndāo, tā jiǎn ya jiǎn
一個孩子説，秋天的風，像把大剪刀，它剪呀剪
de, jiù bǎ shù ·shàng de yèzi quán jiǎnguāng le.
的，就把樹上的葉子全剪光了。

Wǒ zànxǔle zhège bǐyù. Yǒu èryuè chūnfēng sì jiǎndāo zhī shuō, qiūtiān
我讚許了這個比喻。有二月春風似剪刀之說，秋天
de fēng, hécháng bú shì yì bǎ jiǎndāo ne? Zhǐ búguò, tā jiǎn chū·lái de bú shì
的風，何嘗不是一把剪刀呢？只不過，它剪出來的不是
huāhóng-yèlǜ, ér shì bàiliǔ-cánhé.
花紅葉綠，而是敗柳殘荷。

Jiǎnwán le, tā ràng yángguāng lái zhù, zhège háizi tūrán jiēzhe shuō
剪完了，它讓陽光來住，這個孩子突然接着說
yí jù. Tā yǎng xiàng wǒ de xiǎoliǎnr, bèi fēng chuīzhe, xiàng zhī tōnghóng de
一句。他仰向我的小臉，被風吹着，像隻通紅的
xiǎo píngguǒ. Wǒ zhèngzhù, tái tóu kàn shù, nà shàng·miàn, guǒzhēn de, pámǎn
小蘋果。我怔住，抬頭看樹，那上面，果真的，爬滿
yángguāng a, měi gēn zhītiáo·shàng dōu shì. Shī yǔ dé, cónglái dōu shì rúcǐ
陽光啊，每根枝條上都是。失與得，從來都是如此
jūnhéng, shù zài shīqù yèzi de tóngshí, què chéngjiēle mǎn shù de yángguāng.
均衡，樹在失去葉子的同時，卻承接了滿樹的陽光。

Yí gè háizi shuō, qiūtiān de fēng, xiàng gè móshùshī, tā huì biàn
一個孩子說，秋天的風，像個魔術師，它會變
chū hǎoduō hǎochī de, língjiao ya, huāshēng ya, píngguǒ ya, pú·táo ya. Hái yǒu
出好多好吃的，菱角呀，花生呀，蘋果呀，葡萄呀。還有
guìhuā, kěyǐ zuò guìhuāgāo. Wǒ zuótiān chīle guìhuāgāo, māma shuō, shì fēng
桂花，可以做桂花糕。我昨天吃了桂花糕，媽媽說，是風
biàn chū·lái de.
變出來的。

Wǒ xiào le. Xiǎokě'ài, jīng nǐ zhème yì shuō, qiūtiān de fēng, hái
我笑了。小可愛，經你這麼一說，秋天的風，還
zhēn shì xiāng de. Wǒ hé hái // zimen yìqǐ xiù, sìhū jiù wénjiànle fēng de
真是香的。我和孩//子們一起嗅，似乎就聞見了風的
wèi·dào, xiàng kuàir zhēng de rèqì-téngténg de guìhuāgāo.
味道，像塊蒸得熱氣騰騰的桂花糕。

Jiéxuǎn zì Dīng Lìméi 《Háizi hé Qiūfēng》
節選自丁立梅《孩子和秋風》

詞語提示

梧桐樹	wútóngshù	嘎吱嘎吱	gāzhī gāzhī
脆響	cuìxiǎng	一個勁兒	yígèjìnr
描摹	miáomó	殘酷	cánkù
敗柳殘荷	bàiliǔ-cánhé	仰向	yǎng xiàng
小臉	xiǎoliǎnr	怔住	zhèngzhù
均衡	jūnhéng	魔術師	móshùshī
菱角	língjiao	葡萄	pú•táo

句子分析

1. 以為他們 / 一定會說 / 寒冷、殘酷 / 和荒涼之類的，**結果** / 卻**出乎**我的意料。
2. 我昨天吃了桂花糕，媽媽說，是**風** / 變出來的。
3. 小可愛，經你這麼一說，秋天的風，還**真**是香的。

Zuòpǐn 32 Hào

作品 32 號

Tài Shān jí dǐng kàn rìchū, lìlái bèi miáohuì chéng shífēn zhuàngguān de qíjǐng. Yǒu rén shuō: Dēng Tài Shān ér kàn •bú dào rìchū, jiù xiàng yì chū dàxì méi•yǒu xìyǎn, wèir zhōngjiū yǒu diǎnr guǎdàn.

泰山極頂看日出，歷來被描繪成十分壯觀的奇景。有人說：登泰山而看不到日出，就像一齣大戲沒有戲眼，味兒終究有點寡淡。

Wǒ qù pá shān nà tiān, zhèng gǎn•shàng gè nándé de hǎotiān, wànlǐ

我去爬山那天，正趕上個難得的好天，萬里

chángkōng, yúncaisīr dōu bú jiàn. Sùcháng yānwù téngténg de shāntóu, xiǎn•dé
長空，雲彩絲兒都不見。素常煙霧騰騰的山頭，顯得

méi•mù fēnmíng. Tóngbànmen dōu xīnxǐ de shuō: "Míngtiān zǎo•chén zhǔn kěyǐ
眉目分明。同伴們都欣喜地說：「明天早晨準可以

kàn•jiàn rìchū le." Wǒ yě shì bàozhe zhè zhǒng xiǎngtou, pá•shàng shān •qù.
看見日出了。」我也是抱着這種想頭，爬上山去。

Yílù cóng shānjiǎo wǎng shàng pá, xì kàn shānjǐng wǒ jué•dé guà zài
一路從山腳往上爬，細看山景，我覺得掛在

yǎnqián de bú shì Wǔ Yuè dú zūn de Tài Shān què xiàng yì fú guīmó jīngrén de
眼前的不是五嶽獨尊的泰山，卻像一幅規模驚人的

qīnglǜ shānshuǐhuà, cóng xià•miàn dào zhǎn kāi•lái. Zài huàjuàn zhōng zuì xiān lòuchū
青綠山水畫，從下面倒展開來。在畫卷中最先露出

de shì shāngēnr dǐ nà zuò Míngcháo jiànzhù Dàizōngfāng, mànmàn de biàn xiànchū
的是山根底那座明朝建築岱宗坊，慢慢地便現出

Wángmǔchí、Dǒumǔgōng、Jīngshíyù. Shān shì yì céng bǐ yì céng shēn, yì dié
王母池、斗母宮、經石峪。山是一層比一層深，一疊

bǐ yì dié qí, céngcéngdiédié, bù zhī hái huì yǒu duō shēn duō qí. Wàn shān
比一疊奇，層層疊疊，不知還會有多深多奇。萬山

cóng zhōng, shí'ér diǎnrǎnzhe jíqí gōngxì de rénwù. Wángmǔchí páng de Lǚzǔdiàn
叢中，時而點染着極其工細的人物。王母池旁的呂祖殿

•lǐ yǒu bùshǎo zūn míngsù, sùzhe Lǚ Dòngbīn děng yìxiē rén, zītài shénqíng shì
裏有不少尊明塑，塑着呂洞賓等一些人，姿態神情是

nàyàng yǒu shēngqì, nǐ kàn le, bùjīn huì tuōkǒu zàntàn shuō: "Huó la."
那樣有生氣，你看了，不禁會脱口讚歎說：「活啦。」

Huàjuàn jìxù zhǎnkāi, lǜyīn sēnsēn de Bǎidòng lòumiàn bú tài jiǔ, biàn
畫卷繼續展開，綠蔭森森的柏洞露面不太久，便

láidào Duìsōngshān. Liǎngmiàn qífēng duìzhìzhe, mǎn shānfēng dōu shì qíxíng-guàizhuàng
來到對松山。兩面奇峰對峙着，滿山峰都是奇形怪狀

de lǎosōng, niánjì pà dōu yǒu shàng qiān suì le, yánsè jìng nàme nóng, nóng
的老松，年紀怕都有上千歲了，顏色竟那麼濃，濃

de hǎoxiàng yào liú xià•lái shìde. Láidào zhèr, nǐ bùfáng quán dàng yí cì huà
得好像要流下來似的。來到這兒，你不妨權當一次畫

•lǐ de xiěyì rénwù, zuò zài lùpáng de Duìsōngtíng •lǐ, kànkan shānsè, tīngting liú
裏的寫意人物，坐在路旁的對松亭裏，看看山色，聽聽流

// shuǐ hé sōngtāo.
//水和松濤。

Yìshíjiān, wǒ yòu jué·dé zìjǐ bùjǐn shì zài kàn huàjuàn, què yòu xiàng shì
一時間，我又覺得自己不僅是在看畫卷，卻又像是

zài línglíngluànluàn fānzhe yí juàn lìshǐ gǎoběn.
在零零亂亂翻着一卷歷史稿本。

Jiéxuǎn zì Yáng Shuò《Tài Shān Jí Dǐng》
節選自楊朔《泰山極頂》

詞語提示

味兒	wèir	終究	zhōngjiū
有點	yǒudiǎnr	寡淡	guǎdàn
雲彩絲兒	yúncaisīr	煙霧騰騰	yānwù téngténg
想頭	xiǎngtou	五嶽獨尊	Wǔ Yuè dú zūn
一幅	yì fú	規模驚人	guīmó jīngrén
倒展	dàozhǎn	山根	shāngēnr
岱宗坊	Dàizōngfāng	斗母宫	Dǒumǔgōng
經石峪	Jīngshíyù	層層疊疊	céngcéngdiédié
呂祖殿	Lǚzǔdiàn	綠蔭森森	lǜyīn sēnsēn
柏洞	Bǎidòng	對峙	duìzhì
奇形怪狀	qíxíng-guàizhuàng	權當	quán dàng

句子分析

1. 我覺得／掛在眼前的／不是五嶽獨尊的泰山，卻像一幅／規模驚人的／青綠山水畫，從下面／倒展開來。
2. 在畫卷中／最先露出的／是山根底／那座明朝建築／岱宗坊，慢慢地／便現出／王母池、斗母宫、經石峪。
3. 山／是一層／比一層深，一疊／比一疊奇，層層疊疊，不知／還會有多深多奇。

Zuòpǐn 48 Hào
作品 48 號

Bùguǎn wǒ de mèngxiǎng néngfǒu chéngwéi shìshí, shuō chū·lái zǒngshì hǎowánr
不管我的夢想能否成為事實，說出來總是好玩兒
de:
的：

Chūntiān, wǒ jiāng yào zhù zài Hángzhōu. Èrshí nián qián, jiùlì de èryuè
春天，我將要住在杭州。二十年前，舊曆的二月
chū, zài Xī Hú wǒ kàn·jiànle nènliǔ yǔ càihuā, bìlàng yǔ cuìzhú. Yóu wǒ kàndào
初，在西湖我看見了嫩柳與菜花，碧浪與翠竹。由我看到
de nà diǎnr chūnguāng, yǐ·jīng kěyǐ duàndìng, Hángzhōu de chūntiān bìdìng huì
的那點兒春光，已經可以斷定，杭州的春天必定會
jiào rén zhěngtiān shēnghuó zài shī yǔ túhuà zhīzhōng. Suǒyǐ, chūntiān wǒ de jiā
教人整天生活在詩與圖畫之中。所以，春天我的家
yīngdāng shì zài Hángzhōu.
應當是在杭州。

Xiàtiān, wǒ xiǎng Qīngchéng Shān yīngdāng suànzuò zuì lǐxiǎng de dìfang.
夏天，我想青城山應當算作最理想的地方。
Zài nà·lǐ, wǒ suīrán zhǐ zhùguo shí tiān, kěshì tā de yōujìng yǐ shuānzhùle wǒ
在那裏，我雖然只住過十天，可是它的幽靜已拴住了我
de xīnlíng. Zài wǒ suǒ kàn·jiànguo de shānshuǐ zhōng, zhǐyǒu zhè·lǐ méi·yǒu shǐ wǒ
的心靈。在我所看見過的山水中，只有這裏沒有使我
shīwàng. Dàochù dōu shì lǜ, mù zhī suǒ jí, nà piàn dàn ér guāngrùn de lǜsè
失望。到處都是綠，目之所及，那片淡而光潤的綠色
dōu zài qīngqīng de chàndòng, fǎngfú yào liúrù kōngzhōng yǔ xīnzhōng shìde.
都在輕輕地顫動，彷彿要流入空中與心中似的。
Zhège lǜsè huì xiàng yīnyuè, díqīngle xīnzhōng de wàn lǜ.
這個綠色會像音樂，滌清了心中的萬慮。

Qiūtiān yídìng yào zhù Běipíng. Tiāntáng shì shénme yàngzi, wǒ bù zhīdào,
秋天一定要住北平。天堂是什麼樣子，我不知道，
dànshì cóng wǒ de shēnghuó jīngyàn qù pànduàn, Běipíng zhī qiū biàn shì tiāntáng. Lùn
但是從我的生活經驗去判斷，北平之秋便是天堂。論
tiānqì, bù lěng bú rè. Lùn chīde, píngguǒ、 lí、 shìzi、 zǎor、 pú·táo, měi
天氣，不冷不熱。論吃的，蘋果、梨、柿子、棗兒、葡萄，每

yàng dōu yǒu ruògān zhǒng. Lùn huācǎo, júhuā zhǒnglèi zhī duō, huā shì zhī qí,
樣都有若干種。論花草，菊花種類之多，花式之奇，

kěyǐ jiǎ tiānxià. Xī Shān yǒu hóngyè kě jiàn, Běi Hǎi kěyǐ huáchuán —— suīrán
可以甲天下。西山有紅葉可見，北海可以划船——雖然

héhuā yǐ cán, héyè kě hái yǒu yí piàn qīngxiāng. Yī-shí-zhù-xíng, zài Běipíng de
荷花已殘，荷葉可還有一片清香。衣食住行，在北平的

qiūtiān, shì méi•yǒu yí xiàng bù shǐ rén mǎnyì de.
秋天，是沒有一項不使人滿意的。

Dōngtiān, wǒ hái méi•yǒu dǎhǎo zhǔyi, Chéngdū huòzhě xiāngdāng de
冬天，我還沒有打好主意，成都或者相當地

héshì, suīrán bìng bù zěnyàng hénuǎn, kěshì wèile shuǐxiān, sù xīn làméi,
合適，雖然並不怎樣和暖，可是為了水仙，素心臘梅，

gè sè de cháhuā, fǎngfú jiù shòu yìdiǎnr hán // lěng, yě pō zhí•dé qù le.
各色的茶花，彷彿就受一點兒寒//冷，也頗值得去了。

Kūnmíng de huā yě duō, érqiě tiānqì bǐ Chéngdū hǎo, kěshì jiù shūpù yǔ
昆明的花也多，而且天氣比成都好，可是舊書鋪與

jīngměi ér piányi de xiǎochī yuǎn bù jí Chéngdū nàme duō. Hǎo ba, jiù zàn
精美而便宜的小吃遠不及成都那麼多。好吧，就暫

zhème guīdìng: dōngtiān bú zhù Chéngdū biàn zhù Kūnmíng ba.
這麼規定：冬天不住成都便住昆明吧。

Jiéxuǎn zì Lǎoshě 《"Zhù" de Mèng》
節選自老舍《「住」的夢》

詞語提示

好玩兒	hǎowánr	嫩柳	nènliǔ
碧浪	bìlàng	翠竹	cuìzhú
那點兒	nà diǎnr	拴住了	shuānzhùle
光潤	guāngrùn	滌清	díqīng
萬慮	wàn lǜ	柿子	shìzi
棗兒	zǎor	菊花	júhuā
主意	zhǔyi (zhúyi)	和暖	hénuǎn

句子分析

1. 由我看到的那點兒春光，已經**可以**斷定，杭州的春天／**必定**會教人／**整天**生活在／**詩**／與**圖畫**之中。
2. **到處**／都是綠，目之所及，那片／淡而光潤的綠色／都在輕輕地顫動，彷彿／要流入**空中**／與**心中**似的。
3. **天堂**是什麼樣子，我不知道，但是／從我的**生活經驗**／去判斷，**北平之秋**／**便是**天堂。

五、命題說話演練

話題：13　印象深刻的書籍（或報刊）

提示：

介紹一下書刊的內容。說說印象深刻的原因。書刊可以是紙質的，也可以是電子的。可以介紹多種書刊。

說話提綱示例：

印象深刻的書刊

- 地理雜誌：我喜歡看地理雜誌，因為內容特別豐富。它介紹各地的風景，介紹最新科技成果。給我留下深刻印象的是裏面的一幅照片兒，攝影師是在非洲拍的，整個畫面都是奔跑的斑馬，是真正的「千軍萬馬」，衝擊力太強了，很震撼。
- 寵物雜誌：這是一個平台，上面有許多養寵物的知識、經驗，還有不少寵物故事和視頻。我最喜歡看那些視頻。我印象最深的是一個視頻，介紹世界上最大的幾種狗。好傢伙！那大狗站起來，比人還高出好幾個頭！

- 報紙：以前我每天都買一份報紙，現在都是看網上版，走到哪兒都能看報紙，而且新聞實時更新，特別快。
- 小說兒：我非常喜歡世界名著《簡愛》，我很欣賞男女主人翁對待愛情的態度，這對我影響很大。

詞語儲備

shūjí 書籍	bàokān 報刊	zázhì 雜誌	wǎngzhàn 網站	diànzǐshū 電子書
dìlǐ 地理	túpiàn 圖片	xīnqí 新奇	píngtái 平台	chōngjīlì 衝擊力
nǎr 哪兒	qíngjié 情節	jīngměi 精美	fēngmiàn 封面	hǎojiāhuo 好傢伙
zhènhàn 震撼	qūzhé 曲折	guāndiǎn 觀點	tuīlǐ 推理	xiǎoshuōr 小說兒

話題：19　我了解的地域文化（或風俗）

提示：

地域文化包括：風俗、節日、飲食、藝術、傳說、行為模式等。可以說多個地方的地域文化。

說話提綱示例：

我了解的地域文化

- 太平清醮：是香港長州島的一個傳統活動，是國家級非物質文化遺產。有搶包山比賽。飄色巡遊很神奇，小孩兒站在特製的鐵架子上面，看起來就像懸空站着一樣。

- 大坑舞火龍：傳説一百多年前大坑村出現了瘟疫，當地居民舞火龍把瘟疫趕走了。用藤條編的龍身，六十多米長，上面插滿點燃的香，就像一條着火的龍。
- 大澳端午龍舟遊涌：這是一個祈求平安的傳統活動，有上百年的歷史。端午節那天，龍舟載着大澳當地的各種神像，在大澳涌裏巡遊。

詞語儲備

dìyù 地域	lóngzhōu 龍舟	Dàkēng 大坑	wǔ huǒlóng 舞火龍	tàipíng qīngjiào 太平清醮
wēnyì 瘟疫	zàizhe 載着	dōngzhì 冬至	Huángdàxiān 黃大仙	qiǎng bāo shān 搶包山
qíqiú 祈求	Dà'ào 大澳	xuánkōng 懸空	dǎ xiǎorén 打小人	piāosè xúnyóu 飄色巡遊
téng 藤	tèzhì 特製	hóngbāor 紅包兒	Yúlán Jié 盂蘭節	Chēgōngmiào 車公廟

話題：22　我喜歡的節日

提示：

節日有什麼活動，要吃什麼，有什麼禁忌。可以説有關的傳説、典故。自己有沒有難忘的經歷。中外節日都可以説。

説話提綱示例：

我喜歡的節日

- 春節：是中國人的傳統新年。聯合國確定春節是世界非物質文化遺產。過年前，廣東各地都有花市，香港有「年宵市場」。過年要吃年糕、蘿蔔糕，小吃有油角、煎堆、笑口棗兒、糖冬瓜等，放到一個有很多格子的盒兒裏，那盒兒廣東人叫「全盒」。小時候我和奶奶一起做油角，現在我也會做了。年夜飯很多菜的菜名都是很吉利的，像鴻運當頭（烤乳豬）、年年有餘（蒸魚）、大吉大利（白斬雞）。

- 中秋節：中秋節一定要吃月餅，有好多餡兒的：蓮蓉、五仁兒、豆沙、火腿，我都愛吃。晚上玩兒燈籠，在海灘上或公園裏點蠟燭、賞月。一家團聚。

詞語儲備

jiérì 節日	Chūnjié 春節	tuánjù 團聚	niányèfàn 年夜飯	Chóngyáng Jié 重陽節
dēnggāo 登高	niánxiāo 年宵	báizhǎnjī 白斬雞	tángdōngguā 糖冬瓜	Duānwǔ Jié 端午節
yóujiǎo 油角	jiānduī 煎堆	wǔrénr 五仁兒	xiàokǒuzǎor 笑口棗兒	Shèngdàn Jié 聖誕節
quánhé 全盒	làzhú 蠟燭	dàsǎochú 大掃除	Zhōngqiū Jié 中秋節	huá lóngzhōu 划龍舟

話題：29　我了解的十二生肖

提示：

鼠、牛、虎、兔、龍、蛇、馬、羊、猴、雞、狗、豬。說說十二生肖的故事。說說不同生肖的人的特點。說說自己和周圍的人的生肖及性格。

說話提綱示例：

我了解的十二生肖

- 比賽：老鼠、貓、牛參加十二生肖選拔賽。老鼠贏了，貓沒選上。
- 民間說法：民間有很多說法，例如，屬鼠的人靈活，節儉；屬牛的人勤勞，有耐力；屬虎的人自尊心強，不怕失敗；屬兔的人溫和，文靜；屬龍的人精力旺盛，有魅力；屬蛇的人思維敏捷，意志堅定。
- 爸爸：我爸爸屬牛。他就像牛一樣，工作很努力，每天一早出去，很晚才回來。他很倔，他認準的事兒，很難改變，媽媽老說他是一頭強牛。

詞語儲備

shēngxiào 生肖	shǔ shǔ 屬鼠	línghuó 靈活	nàilì 耐力	xuǎnbásài 選拔賽
wēnhé 溫和	tǐtiē 體貼	juè 倔	jiàng 強	yǒu mèilì 有魅力
jiāndìng 堅定	zhèngzhí 正直	hānhòu 憨厚	jīngmíng 精明	zìzūnxīn 自尊心
mǐnruì 敏銳	yuánhuá 圓滑	cōng•míng 聰明	lǎoshi 老實	luōsuo 囉嗦

話題：40　談中國傳統文化

提示：

文化包含物質文化和精神文化。中國傳統文化表現在中國人的世界觀、人生觀、價值觀等多方面。例如：尊重自然，和諧共生，有家國情懷，相信中庸之道，開放包容，海納百川；為人處世的標準是仁、義、禮、智、信；修身、齊家、治國、平天下，重修身；尊老愛幼，與人和睦相處，無私奉獻等。結合歷史、現實事例說明。說說自己的經歷。

說話提綱示例：

今天我來談談中國傳統文化

- 包容：中文有很多關於包容的詞句。海納百川，有容乃大，得饒人處且饒人，量大好做事、樹大好遮蔭，宰相肚裏能撐船。
- 修身養性：嚴於律己，寬於待人。人面對錯誤、挫折時，首先要從自己身上找原因。
- 和睦相處：家和萬事興，遠親不如近鄰，團結就是力量。
- 注重教育：中國人特別重視教育，強調學習。重視孩子的教育是中國人的傳統。
- 吃苦耐勞：中國人能吃苦，經過努力奮鬥取得成功的例子有很多。

詞語儲備

jiàzhíguān 價值觀	ráorén 饒人	zhēyīn 遮蔭	chīkǔ-nàiláo 吃苦耐勞	hǎinàbǎichuān 海納百川
qínghuái 情懷	chǔshì 處事	jiǎnzhǐ 剪紙	wànshì xīng 萬事興	yǒuróngnǎidà 有容乃大
jìnlín 近鄰	zǎixiàng 宰相	chēngchuán 撐船	hémù-xiāngchǔ 和睦相處	zhōngyōngzhīdào 中庸之道
xiūshēn 修身	qíjiā 齊家	píng tiānxià 平天下	yányúlǜjǐ 嚴於律己	kuānyúdàirén 寬於待人

12

第十二課

綜合訓練（十）

一、語音知識分析：【音節辨正】音節拼讀及練習

二、難點字詞認讀

三、選擇判斷練習

四、朗讀作品指導

16 舒　翼《記憶像鐵軌一樣長》

26 葉聖陶《驅遣我們的想像》

28 林　夕《人生如下棋》

33 楊利偉《天地九重》

45《中國的寶島——台灣》

五、命題説話演練

16 我所在的學校（或公司、團隊、其他機構）

31 家庭對個人成長的影響

39 對團隊精神的理解

43 對幸福的理解

50 小家、大家與國家

一、語音知識分析

【音節辨正】音節拼讀及練習

（一）什麼是《普通話基本音節表》

《普通話基本音節表》是學習普通話的重要資料。聲母、韻母、聲調分別學習之後，最終是要相拼之後落實到一個一個音節上。音節由一個或幾個語素按照一定的規則組織起來，漢語普通話的音節結構通常分析為聲母和韻母。音節是我們在語言交流中能夠發出和覺察到的最小語音單位。

國際標準《ISO7098:2015》中給出了漢語普通話音節形式表，此表覆蓋了漢語普通話中除了音節 ê 和兒化音節之外的所有音節。普通話的音節一共 407 個，加上四個聲調，約有 1300 多個。

（二）普通話的拼音規則

聲韻拼合有一定的規則，不是任何聲母與任何韻母都可以拼在一起的。請看附錄二《普通話基本音節表》。凡是表中空白的地方，就是不存在的音節，聲母和韻母不能相拼。

學習《普通話基本音節表》，要特別注意以下幾點：

1. 唇音 b p m f 與合口呼韻母相拼，只拼單個的 u，不拼其他。
2. 唇音 b p m f 拼 o，不拼 e（「什麼」的「麼」讀 如 me 是輕聲形成的。非輕聲讀音是 mo）、uo；其他聲母與之相反，即只拼 e、uo，不拼 o。
3. 舌面前音 j q x 只拼齊齒呼韻母和撮口呼韻母；與之相反，舌尖前音 z c s，舌尖後音 zh ch sh 和舌面後音 g k h 只拼開口呼韻母和合口呼韻母。

4. b p m f 和 d t 不拼撮口呼韻母。

5. 唇齒音 f 不拼齊齒呼韻母，沒有 f 與 i 或者以 i 開頭的韻母相拼的音節。

普通話聲韻配合的拼音規則可以列成下表。

普通話聲韻配合簡表

<table>
<tr><th colspan="2">韻母
能否配合
聲母</th><th>開口呼</th><th>齊齒呼</th><th>合口呼</th><th>撮口呼</th></tr>
<tr><td>雙唇音</td><td>b、p、m</td><td>+</td><td>+</td><td>只跟 u 相拼</td><td></td></tr>
<tr><td>唇齒音</td><td>f</td><td>+</td><td></td><td>只跟 u 相拼</td><td></td></tr>
<tr><td rowspan="2">舌尖中音</td><td>d、t</td><td rowspan="2">+</td><td rowspan="2">+</td><td rowspan="2">+</td><td></td></tr>
<tr><td>n、l</td><td>+</td></tr>
<tr><td>舌面後音</td><td>g、k、h</td><td>+</td><td></td><td>+</td><td></td></tr>
<tr><td>舌面前音</td><td>j、q、x</td><td></td><td>+</td><td></td><td>+</td></tr>
<tr><td>舌尖後音</td><td>zh、ch、sh、r</td><td>+</td><td></td><td>+</td><td></td></tr>
<tr><td>舌尖前音</td><td>z、c、s</td><td>+</td><td></td><td>+</td><td></td></tr>
<tr><td>零聲母</td><td>Ø</td><td>+</td><td>+</td><td>+</td><td>+</td></tr>
</table>

注：簡表中「+」表示聲母和韻母可以相拼，空白表示不可以相拼。

（三）拼音的三種方法

要將聲母和韻母組合成音節，就要看綜合的功夫，這綜合的功夫就是拼音。拼音的要領是將組成音節的幾個要素結合得十分緊湊嚴密，聽起來是一個完整的語音單位。

漢語拼音主要有以下三種拼音方法：

1. 聲韻兩拼法

聲母和韻母兩部分相拼，得出一個音節。這時要把韻母作為一個整體。這是傳統的拼音方法，漢語音節的面貌得以清晰展現。兩拼法，例如：

b-ào（報）、ch-áng（常）、g-ēn（根）、j-uǎn（捲）

2. 三拼法

把有介音（韻頭）的音節分成三部分，即：聲母－介音（韻頭）－韻母（韻腹及韻尾）。三部分相拼，成為音節。介音就是位於韻母前部的成分，普通話有三個元音可以充當介音：i、u、ü。三拼法，例如：

j-i-ā（佳）、x-u-ǎn（癬）、ch-u-āng（瘡）、x-i-àng（嚮）

粵方言人士要特別注意不要丟掉介音。丟介音會扣缺陷分，嚴重的會全扣。本課的難點字詞認讀的第一部分，集中列出了含介音的字詞，供大家練習。

3. 聲介合母法

聲母和介音相拼為聲介合母，再以聲介合母來拼韻母的主要部分。可以有效地防止介音丟失的現象。這種拼法的局限在於，只能是拼有介音的音節。聲介合母拼音法，例如：

bi-āo（彪）　qu-án（蜷）　ku-āng（誆）　Ji-āng（姜）

以上三種方法在相拼時，聲調隨後面的韻母一起念出。

（四）學習《普通話基本音節表》的重要性

在《普通話水平測試實施綱要（2021 年版）》裏面，第二部分是《普通話水平測試用普通話詞語表》，該表共收字詞 18442 條，按照常用度分為「表一」

8361 條，「表二」10081 條。該表包括了 2013 年國務院公佈的《通用規範漢字表》的一級字表的全部 3500 個，包括了二級字表裏的 458 個（二級字表共計 3000 個），共計 3958 個漢字。

《普通話水平測試用普通話詞語表》，是試題第一題讀單音節字詞（100 個音節）和試題第二題讀多音節詞語（100 個音節）的測試範圍。它和《普通話基本音節表》的關係是怎樣的呢？全部詞語表的字詞讀音都在《普通話基本音節表》加上四聲的範圍之內。也就是說，18442 條字詞的讀音都在 1300 多個音節裏面（兒化音節除外）。

所以，應試人如果讀準了《普通話基本音節表》裏每個音節的讀音，發音部位、發音方法都準確無誤，那就打好了讀 18442 條字詞的基礎。如果你還在用 z c s 開頭的聲母和 i 及 i 開頭的韻母（齊齒呼）相拼，那就出來了尖音（有時北京的一些年輕女孩喜歡發尖音）；如果你把翹舌音（zh ch sh ）發成平舌音（z c s），那就會讀錯一大批字詞，普通話以翹舌音為聲母的字很多；不僅第一二題會扣分，其他各題都會扣錯字分，嚴重影響測試成績。例如，有的應試人聲調把握得很好，聽起來順耳，可是就是不會翹舌音，總成績是否能到二級乙等都不保險。這是非常可惜的事。

應試人要熟練讀好音節表，這是一個基本的操練。要準確分析出自己哪些音節讀得不準，有針對性地去練習。例如，母方言為粵方言的人，聲母系統裏沒有 j q x、zh ch sh r、z c s 三組聲母，就要按照音節表所列出的它們和韻母相拼的系列，反覆誦讀，直到發音準確。本書第三課的練習就是以此為重點的內容。

二、難點字詞認讀

（一）看拼音，準確讀出以下詞語

1. 讀單音節字詞

qiè 怯	xiá 狹	niān 蔫	qiā 掐	jiù 臼	xiōng 兇	jiǎo 剿	jiǎo 繳	qiú 囚	niè 孽
luò 摞	shuǎng 爽	huì 穢	huà 樺	luán 攣	zhuài 拽	shuā 刷	cuō 搓	suàn 蒜	shùn 舜
qué 瘸	juàn 絹	lüè 掠	Xuē 薛	xuán 玄	quán 痊	quàn 勸	jué 爵	jué 訣	xuān 暄

2. 讀多音節詞語

liányī 漣漪	qièyì 愜意	shāngquè 商榷	juézé 抉擇	tiǎoxìn 挑釁
yújiā 瑜伽	xiūsè 羞澀	shēnsuì 深邃	xièdài 懈怠	chuǎimó 揣摩
chuānghu 窗戶	jiāngyù 疆域	shòuxuē 瘦削	huǎng•hū 恍惚	chuòqì 啜泣
liǎngjiá 兩頰	nüèdài 虐待	tuānliú 湍流	zhànlüè 戰略	tuóluó 陀螺

（二）看漢字，準確讀出以下詞語

神龕　水漬　回眸　佇立　掰開　髮髻　麝香　酗酒

抽搐　驀然　拘泥　瞌睡　平仄　須臾　噴嚏　扼殺

詆毀　鄙夷　抻拉　呆滯　惆悵　邊陲　吆喝　貽誤

蔭庇　芋頭　碉堡　堆砌　滑稽　敷衍　勾勒　桅杆

俯瞰　潰瘍　奚落　提攜　胚芽　逃竄　飛濺　褥子

舵手　荊棘　薄荷　糟蹋　夯實　瓦礫　黯然　蜿蜒

肇事　真摯　點綴　驟然　匍匐　緘默　瘧疾　蓑衣

入場券　無所謂　丹頂鶴　荷爾蒙　螺旋槳　芭蕾舞　氨基酸

亞熱帶　食物鏈　混凝土　惡狠狠　黃澄澄　甲狀腺　膽固醇

夢寐以求　乏善可陳　高瞻遠矚　汗流浹背　居安思危　嘔心瀝血

抑揚頓挫　有條不紊　咄咄逼人　潛移默化　刻不容緩　矯揉造作

（三）同音詞練習

恬靜－田徑　佇立－助力　波瀾－波蘭　綺麗－起立　魄力－破例

心悸－心計　楔子－蠍子　微薄－微博　虔誠－前程　情節－情結

（四）利用同音字巧記生僻字

1. 易 yì：裔　屹　逸　翌　驛　詣　臆　蜴　益　熠

2. 級 jí：瘠　吉　嫉　集　輯　即　汲　籍　疾　棘

3. 其 qí：畦　鰭　崎　騎　齊　臍　旗　棋　歧　祈

4. 希 xī：皙　曦　嬉　奚　溪　夕　汐　兮　犀　蜥

5. 決 jué：攫　爵　訣　抉　獗　蕨　厥　絕　崛　掘

三、選擇判斷練習

1. 詞語判斷

(1)	來三	能幹	叻	㗎
(2)	常怕	生怕	恐防	驚住
(3)	孫女	查某孫	孫女子	孫囡
(4)	共間	同房間	同屋	共屋
(5)	陽光	日頭	日頭花	
(6)	賊	賊骨頭	賊老倌	賊古
(7)	一生人	終死	終身	
(8)	推板	露災	糟糕	弊傢伙
(9)	通通紅	通紅	掀紅	瞅紅
(10)	合式	啱	適宜	合摳

2. 量詞、名詞搭配

雜技	牛	衛星	著作	試題	豬	種子	考試	攝像機	命令

頭	場	道	顆	部	副

3. 語序或表達形式判斷

(1) A. 爸爸早年做過苦力。

B. 爸爸早年有做過苦力。

(2) A. 他的手洗得白白。

B. 他的手洗得很白。

C. 他的手洗得白白白。

(3) A. 我的書遭別人借走囉。

B. 我的書拿給別人借走了。

C. 我的書被別人借走了。

(4) A. 我們寫作業用了一點半鐘。

B. 我們寫作業用了一個半小時。

C. 我們寫作業用了點半鐘。

(5) A. 你有錢啊吧？

B. 你有沒有錢？

C. 你有錢啊不？

四、朗讀作品指導

Zuòpǐn 16 Hào
作品 16 號

Yú hěnduō Zhōngguórén ér yán, huǒchē jiù shì gùxiāng. Zài Zhōngguórén de
於很多中國人而言，火車就是故鄉。在中國人的

xīnzhōng, gùxiāng de dìwèi yóuwéi zhòngyào, lǎojiā de yìyì fēitóng-xúncháng,
心中，故鄉的地位尤為重要，老家的意義非同尋常，

suǒyǐ, jíbiàn shì zuòguo wúshù cì huǒchē, dàn yìnxiàng zuì shēnkè de, huòxǔ hái
所以，即便是坐過無數次火車，但印象最深刻的，或許還

shì fǎnxiāng nà yí tàng chē. Nà yílièliè fǎnxiāng de huǒchē suǒ tíngkào de zhàntái
是返鄉那一趟車。那一列列返鄉的火車所停靠的站台

biān, xīrǎng de rénliú zhōng, cōngmáng de jiǎobù •lǐ, zhāngwàng de mùguāng
邊，熙攘的人流中，匆忙的腳步裏，張望的目光

•xià, yǒngdòngzhe de dōu shì sīxiāng de qíngxù. Měi yí cì kàn•jiàn fǎnxiāng nà
下，湧動着的都是思鄉的情緒。每一次看見返鄉那

tàng huǒchē, zǒng jué•dé shì nàyàng kě'ài yǔ qīnqiè, fǎngfú kàn•jiànle qiānlǐ zhī
趟火車，總覺得是那樣可愛與親切，彷彿看見了千里之

wài de gùxiāng. Shàng huǒchē hòu, chē qǐdòng de yíchànà, zài chēlún yǔ tiěguǐ
外的故鄉。上火車後，車啟動的一剎那，在車輪與鐵軌

pèngzhuàng de "kuàngqiě" shēng zhōng, sīxiāng de qíngxù biàn dǒurán zài chēxiāng
碰撞的「況且」聲中，思鄉的情緒便陡然在車廂
•lǐ mímàn kāi•lái. Nǐ zhī•dào, tā jiāng shǐxiàng de, shì nǐ zuì shú•xī yě zuì
裏瀰漫開來。你知道，它將駛向的，是你最熟悉也最
wēnnuǎn de gùxiāng. Zài guò jǐ gè huòzhě shíjǐ gè xiǎoshí, nǐ jiù huì huídào
溫暖的故鄉。再過幾個或者十幾個小時，你就會回到
gùxiāng de huáibào. Zhèbān gǎnshòu, xiāngxìn zài hěnduō rén de shēn•shàng dōu céng
故鄉的懷抱。這般感受，相信在很多人的身上都曾
fāshēngguo. Yóuqí zài Chūnjié、Zhōngqiū děng chuántǒng jiérì dàolái zhījì, qīnrén
發生過。尤其在春節、中秋等傳統節日到來之際，親人
tuánjù de shíkè, gèngwéi qiángliè.
團聚的時刻，更為強烈。

Huǒchē shì gùxiāng, huǒchē yě shì yuǎnfāng. Sùdù de tíshēng, tiělù
火車是故鄉，火車也是遠方。速度的提升，鐵路
de yánshēn, ràng rénmen tōngguò huǒchē shíxiànle xiàng yuǎnfāng zìyóu liúdòng de
的延伸，讓人們通過火車實現了向遠方自由流動的
mèngxiǎng. Jīntiān de Zhōngguó lǎobǎixìng, zuòzhe huǒchē, kěyǐ qù wǎng jiǔbǎi
夢想。今天的中國老百姓，坐着火車，可以去往九百
liùshí duō wàn píngfāng gōnglǐ tǔdì •shàng de tiānnán-dìběi, láidào zǔguó dōngbù
六十多萬平方公里土地上的天南地北，來到祖國東部
de píngyuán, dàodá zǔguó nánfāng de hǎi biān, zǒu•jìn zǔguó xībù de shāmò,
的平原，到達祖國南方的海邊，走進祖國西部的沙漠，
tà•shàng zǔguó běifāng de cǎoyuán, qù guān sānshān-wǔyuè qù kàn dàjiāng-dàhé
踏上祖國北方的草原，去觀三山五嶽，去看大江大河……

Huǒchē yǔ kōng // jiān yǒuzhe mìqiè de liánxì, yǔ shíjiān de guānxi yě
火車與空//間有着密切的聯繫，與時間的關係也
ràng rén jué•dé pō yǒu yìsi. Nà chángcháng de chēxiāng, fǎngfú yìtóu liánzhe
讓人覺得頗有意思。那長長的車廂，彷彿一頭連着
Zhōngguó de guòqù, yìtóu liánzhe Zhōngguó de wèilái.
中國的過去，一頭連着中國的未來。

Jiéxuǎn zì Shū Yì 《Jìyì Xiàng Tiěguǐ Yíyàng Cháng》
節選自舒翼《記憶像鐵軌一樣長》

詞語提示

非同尋常	fēitóng-xúncháng	一趟車	yí tàng chē
熙攘	xīrǎng	匆忙	cōngmáng
湧動	yǒngdòng	情緒	qíngxù
一剎那	yíchànà	鐵軌	tiěguǐ
碰撞	pèngzhuàng	陡然	dǒurán
瀰漫	mímàn	熟悉	shú•xī
團聚	tuánjù	延伸	yánshēn
老百姓	lǎobǎixìng	踏上	tà•shàng

句子分析（注：分隔號表示停頓，顏色字表示重音。下同）

1. 於很多中國人而言，火車 / 就是故鄉。
2. 在車輪與鐵軌碰撞的「況且」聲中，思鄉的情緒 / 便陡然在車廂裏 / 瀰漫開來。
3. 坐着火車，可以去往 / 九百六十多萬平方公里土地上的 / 天南地北，來到 / 祖國東部的平原，到達 / 祖國南方的海邊，走進 / 祖國西部的沙漠，踏上 / 祖國北方的草原，去觀 / 三山五嶽，去看 / 大江大河……

Zuòpǐn 26 hào
作品 26 號

Zài yuánshǐ shèhuì •lǐ, wénzì hái méi•yǒu chuàngzào chū•lái, què xiān yǒule gēyáo yí lèi de dōngxi. Zhè yě jiù shì wényì.

在原始社會裏，文字還沒有創造出來，卻先有了歌謠一類的東西。這也就是文藝。

Wénzì chuàngzào chū·lái yǐhòu, rén jiù yòng tā bǎ suǒjiàn suǒwén suǒxiǎng
文字創造出來以後，人就用它把所見所聞所想
suǒgǎn de yíqiè jìlù xià·lái. Yì shǒu gēyáo, búdàn kǒutóu chàng, hái yào kè
所感的一切記錄下來。一首歌謠，不但口頭唱，還要刻
ya, qī ya, bǎ tā bǎoliú zài shénme dōngxi ·shàng. Zhèyàng, wényì hé wénzì
呀，漆呀，把它保留在什麼東西上。這樣，文藝和文字
jiù bìngle jiā.
就併了家。

Hòulái zhǐ hé bǐ pǔbiàn de shǐyòng le, érqiě fāmíngle yìnshuāshù. Fánshì
後來紙和筆普遍地使用了，而且發明了印刷術。凡是
xūyào jìlù xià·lái de dōngxi, yào duōshao fèn jiù kěyǐ yǒu duōshao fèn. Yúshì
需要記錄下來的東西，要多少份就可以有多少份。於是
suǒwèi wényì, cóng wàibiǎo shuō, jiù shì yì piān gǎozi, yí bù shū, jiù shì
所謂文藝，從外表說，就是一篇稿子，一部書，就是
xǔduō wénzì de jíhétǐ.
許多文字的集合體。

Wénzì shì yí dào qiáoliáng, tōngguòle zhè yí dào qiáoliáng, dúzhě cái hé
文字是一道橋樑，通過了這一道橋樑，讀者才和
zuòzhě huìmiàn. Búdàn huìmiàn, bìngqiě liǎojiě zuòzhě de xīnqíng, hé zuòzhě de
作者會面。不但會面，並且了解作者的心情，和作者的
xīnqíng xiāng qìhé.
心情相契合。

Jiù zuòzhě de fāngmiàn shuō, wényì de chuàngzuò jué bú shì suíbiàn qǔ
就作者的方面說，文藝的創作決不是隨便取
xǔduō wénzì lái jíhé zài yìqǐ. Zuòzhě zhuóshǒu chuàngzuò, bìrán duìyú
許多文字來集合在一起。作者着手創作，必然對於
rénshēng xiān yǒu suǒjiàn, xiān yǒu suǒgǎn. Tā bǎ zhèxiē suǒjiàn suǒgǎn xiě chū·lái,
人生先有所見，先有所感。他把這些所見所感寫出來，
bú zuò chōuxiàng de fēnxī, ér zuò jùtǐ de miáoxiě, bú zuò kèbǎn de jìzǎi,
不作抽象的分析，而作具體的描寫，不作刻板的記載，
ér zuò xiǎngxiàng de ānpái. Tā zhǔnbèi xiě de bú shì pǔtōng de lùnshuōwén、
而作想像的安排。他準備寫的不是普通的論說文、
jìxùwén; tā zhǔnbèi xiě de shì wényì. Tā dòngshǒu xiě, búdàn xuǎnzé nàxiē
記敘文；他準備寫的是文藝。他動手寫，不但選擇那些
zuì shìdàng de wénzì, ràng tāmen jíhé qǐ·lái, háiyào shěnchá nàxiē xiě xià·lái
最適當的文字，讓它們集合起來，還要審查那些寫下來

de wénzì, kàn yǒuméiyǒu yīngdāng xiūgǎi huòshì zēngjiǎn de. Zǒngzhī, zuòzhě xiǎng
的 文字，看 有沒有 應 當 修改 或是 增 減 的。總 之，作者 想

zuòdào de shì: xiě xià·lái de wénzì zhènghǎo chuándá chū tā de suǒjiàn suǒgǎn
做到 的 是：寫 下來 的 文字 正 好 傳 達 出 他 的 所見 所感。

Jiù dúzhě de // fāngmiàn shuō, dúzhě kàndào de shì xiě zài zhǐmiàn huòzhě
就 讀者 的 // 方 面 説，讀者 看到 的 是 寫 在 紙面 或者

yìn zài zhǐmiàn de wénzì, dànshì kàndào wénzì bìng bú shì tāmen de mùdì.
印 在 紙面 的 文字，但是 看到 文字 並 不 是 他們 的 目的。

Tāmen yào tōngguò wénzì qù jiēchù zuòzhě de suǒjiàn suǒgǎn
他們 要 通過 文字 去 接觸 作者 的 所見 所感。

Jiéxuǎn zì Yè Shèngtáo 《Qūqiǎn Wǒmen de Xiǎngxiàng》
節 選 自 葉 聖 陶《驅遣 我們 的 想 像》

詞語提示

歌謠	gēyáo	印刷術	yìnshuāshù
集合體	jíhétǐ	契合	qìhé
着手	zhuóshǒu	抽象	chōuxiàng
刻板	kèbǎn	記敘文	jìxùwén
選擇	xuǎnzé	適當	shìdàng
審查	shěnchá	增減	zēngjiǎn

句子分析

1. 文字創造出來以後，人就用它 / 把所見所聞 / 所想所感的一切 / 記錄下來。
2. 他把這些所見所感 / 寫出來，不作 / 抽象的分析，而作 / 具體的描寫，不作 / 刻板的記載，而作 / 想像的安排。
3. 他動手寫，不但選擇那些 / 最適當的文字，讓它們 / 集合起來，還要審查 / 那些寫下來的文字，看 / 有沒有應當修改 / 或是增減的。

Zuòpǐn 28 hào
作品 28 號

Fù·qīn xǐhuan xià xiàngqí. Nà yì nián, wǒ dàxué huíjiā dùjià, fù·qīn jiāo
父親喜歡下象棋。那一年，我大學回家度假，父親教
wǒ xiàqí.
我下棋。

Wǒmen liǎ bǎihǎo qí, fù·qīn ràng wǒ xiān zǒu sān bù, kě bú dào sān
我們倆擺好棋，父親讓我先走三步，可不到三
fēnzhōng, sān xià wǔ chú èr, wǒ de bīng jiàng sǔnshī dàbàn, qípán ·shàng
分鐘，三下五除二，我的兵將損失大半，棋盤上
kōngdàngdàng de, zhǐ shèngxià lǎoshuài、shì hé yì jū liǎng zú zài gūjūn-fènzhàn.
空蕩蕩的，只剩下老帥、士和一車兩卒在孤軍奮戰。
Wǒ hái bù kěn bàxiū, kěshì yǐ wúlì-huítiān, yǎnzhēngzhēng kànzhe fù·qīn "jiāng
我還不肯罷休，可是已無力回天，眼睜睜看着父親「將
jūn" wǒ shū le.
軍」，我輸了。

Wǒ bù fúqì, bǎi qí zài xià. Jǐ cì jiāofēng, jīběn ·shàng dōu shì bú
我不服氣，擺棋再下。幾次交鋒，基本上都是不
dào shí fēnzhōng wǒ jiù bài xià zhèn lái. Wǒ bùjīn yǒuxiē xièqì. Fù·qīn duì wǒ
到十分鐘我就敗下陣來。我不禁有些泄氣。父親對我
shuō "Nǐ chū xué xiàqí, shū shì zhèngcháng de. Dànshì nǐ yào zhī·dào shū zài
說：「你初學下棋，輸是正常的。但是你要知道輸在
shénme dìfang; fǒuzé, nǐ jiùshì zài xià·shàng shí nián, yě háishi shū."
什麼地方；否則，你就是再下上十年，也還是輸。」

"Wǒ zhī·dào, shū zài qíyì ·shàng. Wǒ jìshù ·shàng bù rú nǐ, méi
「我知道，輸在棋藝上。我技術上不如你，沒
jīngyàn."
經驗。」

"Zhè zhǐ shì cìyào yīnsù, bú shì zuì zhòngyào de."
「這只是次要因素，不是最重要的。」

"Nà zuì zhòngyào de shì shénme?" Wǒ qíguài de wèn.
「那最重要的是什麼？」我奇怪地問。

"Zuì zhòngyào de shì nǐ de xīntài bú duì. Nǐ bù zhēnxī nǐ de
「最重要的是你的心態不對。你不珍惜你的

qízǐ."
棋子。」

"Zěnme bù zhēnxī ya? Wǒ měi zǒu yí bù, dōu xiǎng bàntiān" Wǒ bù
「怎麼不珍惜呀？我每走一步，都想半天。」我不

fúqì de shuō.
服氣地說。

"Nà shì hòulái, kāishǐ nǐ shì zhèyàng ma? Wǒ gěi nǐ jìsuàn guo, nǐ
「那是後來，開始你是這樣嗎？我給你計算過，你

sān fēn zhī èr de qízǐ shì zài qián sān fēn zhī yī de shíjiān nèi diūshī de. Zhè
三分之二的棋子是在前三分之一的時間內丟失的。這

qījiān nǐ zǒu qí bùjiǎ-sīsuǒ, ná qǐ·lái jiù zǒu, shīle yě bù jué·dé kěxī.
期間你走棋不假思索，拿起來就走，失了也不覺得可惜。

Yīn·wèi nǐ jué·dé qízǐ hěn duō shī yì-liǎng gè bú suàn shénme."
因為你覺得棋子很多，失一兩個不算什麼。」

Wǒ kànkan fù·qīn, bù hǎoyìsi de dī·xià tóu. "Hòu sān fēn zhī èr de
我看看父親，不好意思地低下頭。「後三分之二的

shíjiān, nǐ yòu fànle xiāngfǎn de cuò·wù duì qízǐ guòyú zhēnxī, měi zǒu yí
時間，你又犯了相反的錯誤：對棋子過於珍惜，每走一

bù, dōu sīqián-xiǎnghòu, huàndé-huànshī, yí gè qí yě bù xiǎng shī, // jiéguǒ
步，都思前想後，患得患失，一個棋也不想失，// 結果

yí gè yí gè dōu shīqù le."
一個一個都失去了。」

Jiéxuǎn zì Lín Xī《Rénshēng Rú Xià Qí》
節選自林夕《人生如下棋》

詞語提示

我們倆	wǒmen liǎ	一車兩卒	yì jū liǎng zú
孤軍奮戰	gūjūn-fènzhàn	眼睜睜	yǎnzhēngzhēng
將軍	jiāng jūn	泄氣	xièqì
珍惜	zhēnxī	不假思索	bùjiǎ-sīsuǒ
不好意思	bù hǎoyìsi	患得患失	huàndé-huànshī

句子分析

1. 我還不肯罷休，可是 / 已無力回天，眼睜睜 / 看着父親「將軍」，我輸了。
2. 幾次交鋒，基本上 / 都是不到十分鐘 / 我就敗下陣來。
3.「這 / 只是 / 次要因素，不是 / 最重要的。」

Zuòpǐn 33 Hào
作品 33 號

Zài tàikōng de hēimù •shàng, dìqiú jiù xiàng zhàn zài yǔzhòu wǔtái zhōngyāng nà wèi zuì měi de dà míngxīng, húnshēn sànfā chū duórénxīnpò de、 cǎisè de、 míngliàng de guāngmáng, tā pīzhe qiǎnlánsè de shāqún hé báisè de piāodài, rútóng tiān•shàng de xiānnǚ huǎnhuǎn fēixíng.
在太空的黑幕上，地球就像站在宇宙舞台中央那位最美的大明星，渾身散發出奪人心魄的、彩色的、明亮的光芒，她披着淺藍色的紗裙和白色的飄帶，如同天上的仙女緩緩飛行。

Dìlǐ zhīshi gàosu wǒ, dìqiú •shàng dàbùfen dìqū fùgàizhe hǎiyáng, wǒ guǒrán kàndàole dàpiàn wèilánsè de hǎishuǐ, hàohàn de hǎiyáng jiāo'ào de pīlùzhe guǎngkuò zhuàngguān de quánmào, wǒ hái kàndàole huáng-lǜ xiāngjiàn de lùdì, liánmián de shānmài zònghéng qíjiān; wǒ kàndào wǒmen píngshí suǒ shuō de tiānkōng, dàqìcéng zhōng piāofúzhe piànpiàn xuěbái de yúncai, nàme qīngróu, nàme mànmiào, zài yángguāng pǔzhào xià, fǎngfú tiē zài dìmiàn •shàng yíyàng. Hǎiyáng、 lùdì、 báiyún, tāmen chéngxiàn zài fēichuán xià•miàn, huǎnhuǎn shǐlái,
地理知識告訴我，地球上大部分地區覆蓋着海洋，我果然看到了大片蔚藍色的海水，浩瀚的海洋驕傲地披露着廣闊壯觀的全貌，我還看到了黃綠相間的陸地，連綿的山脈縱橫其間；我看到我們平時所說的天空，大氣層中飄浮着片片雪白的雲彩，那麼輕柔，那麼曼妙，在陽光普照下，彷彿貼在地面上一樣。海洋、陸地、白雲，它們呈現在飛船下面，緩緩駛來，

yòu huǎnhuǎn lí•qù.
又緩緩離去。

Wǒ zhī•dào zìjǐ hái shì zài guǐdào •shàng fēixíng, bìng méi•yǒu wánquán tuōlí
我知道自己還是在軌道上飛行，並沒有完全脫離
dìqiú de huáibào, chōngxiàng yǔzhòu de shēnchù, rán'ér zhè yě zúyǐ ràng wǒ
地球的懷抱，衝向宇宙的深處，然而這也足以讓我
zhènhàn le, wǒ bìng bù néng kànqīng yǔzhòu zhōng zhòngduō de xīngqiú, yīn•wèi
震撼了，我並不能看清宇宙中眾多的星球，因為
shíjì•shàng tāmen lí wǒmen de jùlí fēicháng yáoyuǎn, hěnduō dōu shì yǐ guāngnián
實際上它們離我們的距離非常遙遠，很多都是以光年
jìsuàn. Zhèng yīn•wèi rúcǐ, wǒ jué•dé yǔzhòu de guǎngmào zhēnshí de bǎi zài
計算。正因為如此，我覺得宇宙的廣袤真實地擺在
wǒ de yǎnqián, jíbiàn zuòwéi Zhōnghuá Mínzú dì-yī gè fēitiān de rén wǒ yǐ•jīng
我的眼前，即便作為中華民族第一個飛天的人我已經
pǎodào lí dìqiú biǎomiàn sìbǎi gōnglǐ de kōngjiān, kěyǐ chēngwéi tàikōngrén le,
跑到離地球表面四百公里的空間，可以稱為太空人了，
dànshì shíjì•shàng zài hàohàn de yǔzhòu miànqián, wǒ jǐn xiàng yí lì chēn'āi.
但是實際上在浩瀚的宇宙面前，我僅像一粒塵埃。

Suīrán dúzì zài tàikōng fēixíng, dàn wǒ xiǎngdàole cǐkè qiānwàn //
雖然獨自在太空飛行，但我想到了此刻千萬//
Zhōngguórén qiáoshǒuyǐdài, wǒ bú shì yí gè rén zài fēi, wǒ shì dàibiǎo suǒyǒu
中國人翹首以待，我不是一個人在飛，我是代表所有
Zhōngguórén, shènzhì rénlèi láidàole tàikōng. Wǒ kàndào de yíqiè zhèngmíngle
中國人，甚至人類來到了太空。我看到的一切證明了
Zhōngguó hángtiān jìshù de chénggōng, wǒ rènwéi wǒ de xīnqíng yídìng yào biǎodá
中國航天技術的成功，我認為我的心情一定要表達
yíxià, jiù náchū tàikōngbǐ, zài gōngzuò rìzhì bèimiàn xiě le yí jù huà:
一下，就拿出太空筆，在工作日誌背面寫了一句話：
"Wèile rénlèi de hépíng yǔ jìnbù, Zhōngguórén lái dào tàikōng le." Yǐ cǐ
「為了人類的和平與進步，中國人來到太空了。」以此
lái biǎodá yí gè Zhōngguórén de jiāo'ào hé zìháo.
來表達一個中國人的驕傲和自豪。

Jiéxuǎn zì Yáng Lìwěi《Tiān Dì Jiǔ Chóng》
節選自楊利偉《天地九重》

詞語提示

宇宙	yǔzhòu	渾身	húnshēn
奪人心魄	duórénxīnpò	紗裙	shāqún
緩緩	huǎnhuǎn	蔚藍色	wèilánsè
披露	pīlù	黃綠相間	huánglǜ xiāngjiàn
連綿	liánmián	縱橫其間	zònghéng qí jiān
漂浮着	piāofúzhe	雲彩	yúncai
曼妙	mànmiào	震撼	zhènhàn
一粒	yí lì	塵埃	chén'āi

句子分析

1. 在太空的黑幕上，地球 / 就像站在宇宙舞台中央 / 那位最美的大明星，渾身散發出 / 奪人心魄的、彩色的、明亮的光芒，她披着淺藍色的紗裙 / 和白色的飄帶，如同 / 天上的仙女 / 緩緩飛行。
2. 我果然看到了 / 大片蔚藍色的海水，浩瀚的海洋 / 驕傲地披露着 / 廣闊壯觀的全貌……
3. 我覺得 / 宇宙的廣袤 / 真實地 / 擺在我的眼前，即便 / 作為中華民族第一個飛天的人 / 我已經跑到 / 離地球表面 / 四百公里的空間，可以稱為 / 太空人了，但是 / 實際上 / 在浩瀚的宇宙面前，我 / 僅像 / 一粒塵埃。

Zuòpǐn 45 Hào
作品 45 號

Zhōngguó de dì-yī dàdǎo、Táiwān Shěng de zhǔdǎo Táiwān, wèiyú Zhōngguó
中國的第一大島、台灣省的主島台灣，位於中國

dàlùjià de dōngnánfāng, dìchǔ Dōng Hǎi hé Nán Hǎi zhījiān, gézhe Táiwān Hǎixiá
大陸架的東南方，地處東海和南海之間，隔着台灣海峽
hé Dàlù xiāngwàng. Tiānqì qínglǎng de shíhou, zhàn zài Fújiàn yánhǎi jiào gāo de
和大陸相望。天氣晴朗的時候，站在福建沿海較高的
dìfang, jiù kěyǐ yǐnyǐnyuēyuē de wàng•jiàn dǎo •shàng de gāoshān hé yúnduǒ.
地方，就可以隱隱約約地望見島上的高山和雲朵。

Táiwān Dǎo xíngzhuàng xiácháng, cóng dōng dào xī, zuì kuān chù zhǐ yǒu
台灣島形狀狹長，從東到西，最寬處只有
yìbǎi sìshí duō gōnglǐ; yóu nán zhì běi, zuì cháng de dìfang yuē yǒu sānbǎi jiǔshí
一百四十多公里；由南至北，最長的地方約有三百九十
duō gōnglǐ. Dìxíng xiàng yí gè fǎngzhī yòng de suōzi.
多公里。地形像一個紡織用的梭子。

Táiwān Dǎo •shàng de shānmài zòngguàn nánběi, zhōngjiān de Zhōngyāng Shānmài
台灣島上的山脈縱貫南北，中間的中央山脈
yóurú quándǎo de jǐ•liáng. Xībù wéi hǎibá jìn sìqiān mǐ de Yù Shān Shānmài,
猶如全島的脊樑。西部為海拔近四千米的玉山山脈，
shì Zhōngguó dōngbù de zuì gāo fēng. Quándǎo yuē yǒu sān fēn zhī yī de dìfang
是中國東部的最高峰。全島約有三分之一的地方
shì píngdì, qíyú wéi shāndì. Dǎonèi yǒu duàndài bān de pùbù, lánbǎoshí shìde
是平地，其餘為山地。島內有緞帶般的瀑布，藍寶石似的
húpō, sìjì chángqīng de sēnlín hé guǒyuán, zìrán jǐngsè shífēn yōuměi.
湖泊，四季常青的森林和果園，自然景色十分優美。
Xīnánbù de Ālǐ Shān hé Rìyuè Tán, Táiběi shìjiāo de Dàtún Shān fēngjǐngqū,
西南部的阿里山和日月潭，台北市郊的大屯山風景區，
dōu shì wénmíng shìjiè de yóulǎn shèngdì.
都是聞名世界的遊覽勝地。

Táiwān dǎo dìchǔ rèdài hé wēndài zhījiān, sìmiàn huán hǎi, yǔshuǐ
台灣島地處熱帶和溫帶之間，四面環海，雨水
chōngzú, qìwēn shòudào hǎiyáng de tiáojì, dōng nuǎn xià liáng, sìjì rú chūn,
充足，氣溫受到海洋的調劑，冬暖夏涼，四季如春，
zhè gěi shuǐdào hé guǒmù shēngzhǎng tígōngle yōuyuè de tiáojiàn. Shuǐdào、
這給水稻和果木生長提供了優越的條件。水稻、
gānzhe、 zhāngnǎo shì Táiwān de “sān bǎo” Dǎo •shàng hái shèngchǎn xiānguǒ hé
甘蔗、樟腦是台灣的「三寶」。島上還盛產鮮果和
yúxiā.
魚蝦。

Táiwān Dǎo hái shì yí gè wénmíng shìjiè de "húdié wángguó" Dǎo
台灣島還是一個聞名世界的「蝴蝶王國」。島

·shàng de húdié gòng yǒu sìbǎi duō gè pǐnzhǒng, qízhōng yǒu bùshǎo shì shìjiè
上的蝴蝶共有四百多個品種，其中有不少是世界

xīyǒu de zhēnguì pǐnzhǒng. Dǎo ·shàng hái yǒu bùshǎo niǎoyǔ-huāxiāng de hú // dié
稀有的珍貴品種。島上還有不少鳥語花香的蝴//蝶

gǔ, Dǎo ·shàng jūmín lìyòng húdié zhìzuò de biāoběn hé yìshùpǐn, yuǎnxiāo xǔduō
谷，島上居民利用蝴蝶製作的標本和藝術品，遠銷許多

guójiā.
國家。

Jiéxuǎn zì 《Zhōngguó de Bǎodǎo — Táiwān》
節選自《中國的寶島—台灣》

詞語提示

主島	zhǔdǎo	地處	dìchǔ
海峽	hǎixiá	狹長	xiácháng
紡織	fǎngzhī	梭子	suōzi
縱貫	zòngguàn	脊樑	jǐ·liáng
湖泊	húpō	大屯山	Dàtún Shān
充足	chōngzú	調劑	tiáojì
水稻	shuǐdào	甘蔗	gānzhe
樟腦	zhāngnǎo	盛產	shèngchǎn
魚蝦	yúxiā	蝴蝶	húdié

句子分析

1. 中國的第一大島、台灣省的主島／台灣，位於／中國大陸架的東南方，地處／東海／和南海之間，隔着台灣海峽／和大陸相望。

2. 西南部的阿里山和日月潭，台北市郊的 / 大屯山風景區，都是 / 聞名世界的 / 遊覽勝地。
3. 台灣島 / 地處熱帶和溫帶之間，四面環海，雨水充足，氣溫 / 受到海洋的調劑，冬暖夏涼，四季如春，這給水稻和果木生長 / 提供了優越的條件。

五、命題説話演練

話題：16　我所在的學校（或公司、團隊、其他機構）

提示：

介紹學校或者其他機構的組織結構、歷史、內部人員、人際關係。可以介紹幾個機構。

説話提綱示例：

介紹一下我所在的學校

- 組織：我是一個中學老師。我們學校有教職員 70 多人，包括正副校長，教師和後勤行政人員。學生有 700 多人。學校建校 50 多年了。
- 同事關係：同事們關係很好，大家互相幫助。有一次，在畢業典禮的前一天，我負責的禮堂裝飾物突然掉了下來，摔壞了，兩個同事放下手上的活兒，幫我修理，再裝上去，我很感動。
- 師生關係：我們學校老師和學生的關係也很好。我負責普通話朗誦和演講比賽的訓練，每星期訓練兩次。有時候，我嗓子啞了，學生會送我潤喉糖，還讓我少説話，他們自己練。

詞語儲備

suǒzài de 所在的	jiàozhíyuán 教職員	hòuqín 後勤	guānxi 關係	hùxiāng 互相
diào xià•lái 掉下來	shuāihuàile 摔壞了	gànhuór 幹活兒	xiūlǐ 修理	bìyè diǎnlǐ 畢業典禮
sǎngzi 嗓子	yǎle 啞了	jiūzhèng 糾正	yǎnjiǎng 演講	rùnhóutáng 潤喉糖
dǎzár 打雜兒	pǎotuǐr 跑腿兒	bāogānr 包乾兒	āigèr 挨個兒	jiāyóur 加油兒

話題：31　家庭對個人成長的影響

提示：

家庭對一個人的世界觀、人生觀、價值觀、性格、自我認知、行為習慣等有着深遠的影響。談談自己的家庭，也可以說其他人的故事。

說話提綱示例：

家庭對個人成長的影響很大

- 性格：家庭對個人性格的形成影響非常大。父母的教育方法、言行、處事方法，都會影響子女的性格。如果家庭對孩子寬容、支持，孩子會自信、樂觀。例如，我的朋友大文的家庭氛圍就很好。
- 价值觀：家庭對個人價值觀影響也很大。表現在道德觀念、社會責任感、尊重他人、公平正義等方面。我爸爸媽媽經常參加義工活動，幫助孤寡老人，我現在也經常參加關愛服務隊的活動。
- 社交技能：一個人和父母、兄弟姐妹共同生活，可以從中學會與人相處的技巧。我的同事小李，他有哥哥、姐姐和弟弟，他排行第三。小李兄弟姐妹關係融洽。他在公司管理一個小組，他很會溝通，能平衡各方面的意見。

詞語儲備

jiātíng 家庭	yuánshēng 原生	xìnggé 性格	rènzhī 認知	guīshǔ gǎn 歸屬感
gūguǎ 孤寡	kuānróng 寬容	páiháng 排行	ruǎnruò 軟弱	rénshēngguān 人生觀
fēnwéi 氛圍	chōngtū 衝突	bēiguān 悲觀	kāilǎng 開朗	qíngshāng 情商
kàngyā 抗壓	huópo 活潑	jiǎng·jiū 講究	qínkuai 勤快	mǎnbúzàihu 滿不在乎

話題：39　對團隊精神的理解

提示：

為什麼要有團隊？在團隊之中，對個人有什麼要求？

你怎樣理解團隊精神？結合過去的經歷說一說團隊精神的重要。

說話提綱示例：

說說我對團隊精神的理解

- 團隊：人類是社會性的，需要組成團隊完成工作，做好工作。
- 團隊精神：指集體合作、共同奮鬥的精神，是一種思想意識和行為的表現。團隊要求成員緊密合作、有效溝通、相互信任、互相尊重、有責任感，有奉獻精神。

- 作用：團隊成員有團隊精神，可以集中力量克服困難，在競爭中取勝。可以集思廣益，促進創新。可以更好地、更高效地完成任務。我上次做的一個項目，遇到問題，大家想了很多辦法，每天加班加點，最後按時完成了。

詞語儲備

tuánduì 團隊	jítǐ 集體	jǐnmì 緊密	gōutōng 溝通	qiútóng-cúnyì 求同存異
dàyàn 大雁	fēixíng 飛行	zìsī 自私	jiāoqing 交情	jísī-guǎngyì 集思廣益
xiézuò 協作	róngyù 榮譽	dāqiáo 搭橋	jīlì 激勵	gùquán-dàjú 顧全大局
shàngsi 上司	shīfu 師傅	zhāngluo 張羅	rén duō lì•liàng dà 人多力量大	qíxīng-xiélì 齊心協力

話題：43　對幸福的理解

提示：

什麼是幸福，每個人對幸福的看法都不同。什麼事能讓自己感到幸福？什麼時候自己感到幸福？結合自己的經歷說說。

說話提綱示例：

談談我對幸福的理解

- 幸福：我上課的時候，老師讓每一個同學站在前邊演講，題目是「什麼是幸福？」。每個同學說的都不一樣：父母身體健康，吃了一頓好飯，看了一本好書，聽好聽的音樂，每天能去跑步，買到很想要的東西，和家人去旅行，有假期，把家收拾乾淨，考試取得好成績，找到喜歡的工作，和朋友聊天兒，和心愛的人在一起，考上心儀的大學，有自己的房子，生活安定。這些事情看似平常，但都能讓人感受到幸福。還有很多事情讓人感覺幸福。

- 我的理解：有一位作家説：簡而言之，幸福就是沒有痛苦的時刻。我很認同這句話。我覺得家裏人平平安安，健健康康就是幸福。古人説「無事以當貴」，大概就是這個意思。有一段時間，我的身體不太好，老生病。後來好了，我感覺現在特別幸福。
- 創業：我開了一家餐廳，從設計裝修，招聘員工到買設備，碰到很多問題，都克服了。開張後兩個月顧客很少，我很着急，家人和朋友出了很多主意，去小區發廣告和優惠券，發帖子，終於渡過了難關。我現在感覺在創業中奮鬥很幸福。

詞語儲備

xìngfú 幸福	kànfǎ 看法	tài•dù 態度	jiǎodù 角度	jiǎn'éryánzhī 簡而言之
fùguì 富貴	píngdàn 平淡	ānníng 安寧	dāngxià 當下	zìwǒ shíxiàn 自我實現
xīnyí 心儀	zhāopìn 招聘	fúqi 福氣	xiǎng de kāi 想得開	zuān niújiǎojiān 鑽牛角尖
jījí 積極	xiǎoqū 小區	tiězi 帖子	yōuhuìquàn 優惠券	dùguò nánguān 渡過難關

話題：50　小家、大家與國家

提示：

小家、大家和國家是什麼關係？每個國家都有保家衛國的英雄故事，可以講述自己熟悉的保家衛國的英雄故事，說明三者的關係。

說話提綱示例：

我今天說話的題目是小家、大家與國家

- 小家是個人的家庭，是社會的基本細胞。小家穩定、和諧、幸福可以促進社會穩定。在小家裏，每個家庭成員學會了怎樣正確地看待世界，怎樣和別人相處，如何處理問題，到社會上才能做個有用的人。
- 人生活在社會當中，必須組成各種團體，分工合作，才能達成各種目標，才能生存下去。這些團體就是大家。
- 國家：國家管理公共資源，維護公共安全。國家的管理制度、政策、法律都會影響小家和大家。例如國家強大了，可以提供安全保障，保護小家，也可以為社會發展提供更多的機會。
- 每個人都應該為家庭的幸福、社會的和諧和國家的繁榮貢獻自己的力量。我覺得每個人都做好自己的工作，富有創新改革精神，就是在貢獻自己的力量。
- 英雄故事：楊靖宇將軍是東北抗日聯軍的領導人。他在冰天雪地、彈盡糧絕的情況下，一個人和敵人周旋了5天5夜，最後壯烈犧牲，年僅35歲。正是千千萬萬楊靖宇這樣的英烈，捨棄了小家，才打敗了日本侵略者，捍衛了民族獨立、國家統一，讓人民免受奴役。

詞語儲備

xiǎojiā 小家	dàjiā 大家	guójiā 國家	bǎozhàng 保障	jīngzhōng-bàoguó 精忠報國
bǎowèi 保衛	zīyuán 資源	zhìdù 制度	zhèngcè 政策	tūfēi-měngjìn 突飛猛進
xūnzhāng 勳章	qīnlüè 侵略	yīngliè 英烈	yīngxióng 英雄	wēibùzúdào 微不足道
kàngzhàn 抗戰	lìgōng 立功	xīshēng 犧牲	zhōuxuán 周旋	wèi guó juānqū 為國捐軀
núyì 奴役	fǎn fǎxīsī zhànzhēng 反法西斯戰爭		guójiā xīngwáng pǐfū yǒuzé 國家興亡匹夫有責	

13

第十三課

考場指南及模擬試卷

一、備考注意事項

二、臨場測試注意事項

三、普通話水平測試模擬試卷

四、普通話水平測試模擬試卷答案

要報考國家普通話水平測試，首先要全面認真學習國家語委普通話與文字應用培訓測試中心編制的《普通話水平測試實施綱要（2021 年版）》。而本書則是針對應試人備考時的一些誤區，選擇粵方言區人士學習普通話的難點，撮要點睛，突出重點，系統歸納，希望幫助應試人在測試時，能夠取得理想成績。

本書第一課講解了普通話水平測試的基本知識；通過第二課，又令應試人了解了測試中可能出現什麼問題，如何解決這些問題；再經過第三課到第十二課的具體培訓，那麼，應試人應該已經做好上考場的準備了。

報名時注意，測試除了繁體版試卷，還有簡體版試卷（需在報名表上特別勾選）。如果只熟悉簡體字的應試人，可以申請用簡體版試卷測試，「電腦測」的也一樣可以申請。這是國家語委和香港測試機構細心周到的安排。

當報名被接受以後，測試那天要怎樣去應考呢？

一、備考注意事項

（一）嚴格遵守報到時間

測試當天，出發前要檢查是否帶齊所需文件，如准考證、身份證等。還要帶筆，以備書寫之用。為防止交通不暢，或報到地點及考場所在地不好找等意外情況，加之，報到時要核實身份證明文件、簽名等，這些都需要時間，所以要提早到達考場，以免遲到。

由於每位應試人的測試時間是早已安排好的，一旦遲到，很有可能無法進行測試。再者，港澳及海外地區舉辦的普通話水平測試，每位應試人有 15 分鐘準備時間，如果遲到，準備時間很可能不足 15 分鐘。

應試人按准考證所列報到時間，到報到地點報到。

（二）15 分鐘備考建議

港澳及海外地區舉辦的普通話水平測試，應試人抽取試卷後，有 15 分鐘的準備時間，備考統一在考場附近的備考室內進行。應試人可以在這 15 分鐘內，在抽到的試卷上做考試前的最後備考。但需要特別注意，應試人只可以拿出文具，即筆、尺子等。手機等電子產品須一律調至關閉狀態，並連同其他隨身物品收進包裹。每個備考座位上都有一本由測試機構提供的《普通話水平測試實施綱要（2021 年版）》，備考期間應試人可以查閱，但不得在上面書寫。申請簡體版試卷的應試人，會有《普通話水平測試實施綱要（2021 年版）》簡體版本提供。

15 分鐘備考時，應試人前面有計時器，一定要看時間。要根據自己的實際情況，合理分配備考時間。注意：測試最後兩項「朗讀短文」和「命題說話」共佔 60 分。切忌「前鬆後緊」，把過多的時間用在前面三項，而佔 60 分的後兩項沒有足夠的時間準備。

具體建議如下：

1. 第一項，讀單音節字詞

快速閱讀，標出自己不認識或平時容易讀錯的字。注意，可以在試卷上面書寫。由於新版綱要的《詞語表》不是按偏旁部首排列，是按音序排列的，不會讀音就難以找到不認識的字，因此，如遇到不認識的字，鑒於時間的關係，不建議此時再翻查《詞語表》。

2. 第二項，讀多音節詞語

標注輕聲（不少於 3 個）、三三聲連讀詞語（不少於 3 個），標出其他自己不認識或平時容易讀錯的字詞。如遇到不認識的詞語，鑒於時間的關係，不建議此時再翻查《詞語表》。

標注輕聲和三三聲連讀詞語時，注意要用不同的符號。三三聲連讀詞語的上面最好標變調後的讀音，提醒自己在讀這個詞時要變調。

如果應試人對第三聲的發音掌握得不是很理想，就要特別留意詞尾是第三聲的詞，例如「奢侈」，可以在「侈」字上面寫上第三聲符號，提醒自己「侈」要讀全三聲。

準備第一項和第二項時，建議只標注自己平時容易讀錯的部分，例如應試人平翹舌音容易混淆，見到「商」字，只標出聲母「sh」即可，可以不標「shāng」。因為標出「sh」的目的是提醒自己在讀「商」字時要發翹舌音，不要讀成平舌音「桑 sāng」。如果拼讀不是十分熟練，標「shāng」既浪費時間，測試時又可能會分散精力，造成干擾。

3. 第三項，選擇判斷

（1）第一小項，詞語判斷

在每組詞語中，圈出唯一符合普通話規範的詞語。如有輕聲詞需標出。

（2）第二小項，量詞、名詞搭配

把選出的量詞寫在每個名詞的前面，前邊都寫上「一」字，並標出「一」的實際讀音（第二聲或第四聲）。注意：必須使用試卷所列的量詞，不要使用干擾項的量詞。如有輕聲詞需標出。

（3）第三小項，語序或表達形式判斷

在每組語句中，圈出唯一符合普通話規範的語句。可以圈句子前面的英文字母。如有輕聲詞需標出。

4. 第四項，朗讀短文

默讀一遍，一邊讀一邊用分隔號標出長句子的停頓之處，標注出自己平時容易讀錯的字。

5. 第五項，命題說話

快速從試卷所給的兩個題目中選定一道題。寫一個較詳細的說話提綱，例子可以簡單寫出來。注意，不要寫成文章。通常試卷最後一頁是空白頁，可以在上面寫說話提綱。

（三）「電腦測」建議

香港中文大學與香港考試及評核局舉辦的「電腦測」，試卷都在電腦屏幕上顯示，備考 15 分鐘內，可以隨意翻頁。每位應試人座位上有白紙可作草稿紙使用（測試後不能帶走）。建議在準備第三項「選擇判斷」時，把選出的普通話詞語、句子按順序寫在草稿紙上。另外，把說話提綱寫在草稿紙上。

二、臨場測試注意事項

15 分鐘備考結束後，應試人在工作人員的領引下進入考場，並按規定把所帶物品放在座位旁邊的椅子上，然後坐下，聽從測試員的指示，説出自己的姓名、試卷編號。部分測試機構或要求説出證件號碼。

在整個測試過程中，要保持冷靜、專心致志。不要被考官的表情、動作或其他事情所干擾。

測試開始後，需注意以下事項：

（一）按試卷順序橫讀

不用讀題號、題幹，按順序橫行讀出測試內容。注意音量，控制速度，要讓考官清楚聽到你的聲音。

（二）讀單音節字詞

每讀完一個字，停頓一下。注意聲母、韻母發音要到位，不要丟介音。特別要注意，三聲字要滿調（全三聲）。如果讀錯了或讀得不好，每個字可以回讀一次，以第二次為準，但回讀次數不宜多，要控制好時間。

如遇到不認識的字，千萬不要跳過去不讀，否則會弄亂次序。正確的處理辦法是，如果是形聲字，就讀聲旁，例如「氦」字不認識，如果知道「辛亥革命」的亥怎麼讀，就讀「亥」。

（三）讀多音節詞語

每讀完一個詞語，停頓一下。注意聲母、韻母發音要到位，不要丟介音。特別要注意，如果詞語最後一個音節是第三聲，需要讀滿調（全三聲）。還要注意輕聲、三聲連讀、兒化等音變。如果讀錯了或讀得不好，每個詞語可以回讀一次，以第二次為準，要控制好時間。

如果遇到不認識的字，千萬不要跳過去不讀，假如一個詞語當中有一個字不認識，不要放棄整個詞語，例如「深邃」，把會讀的「深」字讀好，即便「邃」字讀錯了，起碼還能拿到0.2分。

（四）選擇判斷

注意輕聲、「一」和「不」變調、三三聲連讀變調。量詞、名詞搭配，一定要按名詞的順序讀出10個名量詞搭配。如果讀錯了或讀得不好，每個詞語可以回讀一次，以第二次為準，但要控制好時間。

（五）朗讀短文

如果讀錯了建議不要回讀，因為回讀會被扣分。注意輕聲、兒化、各種音變、停連、重音、語調、語速等，這些都要處理好。

（六）命題說話

建議開場這樣說：我今天要說的題目是……。然後，看着所寫提綱連續流暢地說話。注意，可以看着提綱說，但不要一直低着頭。說話時以聊天兒的心態說，可以減低緊張感。

（七）試卷必須留在考場

考試結束，放下試卷，拿好自己的東西離開考場。注意，試卷內容是保密的，不可以拿走。

三、普通話水平測試模擬試卷

普通話水平測試模擬試卷（A 卷）

（一）讀單音節字詞（100 個音節，共 10 分，限時 3.5 分鐘）

紐	瓶	槐	賊	扔	塊	骯	責	握	往
逞	剜	縷	岳	捐	佳	熏	壤	兄	票
獺	隨	僧	刷	俺	防	瓣	腮	臻	黃
勺	烤	茶	焚	追	碳	撓	寡	賭	漬
末	鬱	瑟	乖	聶	汞	咒	諷	抬	捶
吉	懇	凝	而	拆	湊	弘	棍	窪	淺
庸	彌	擲	哈	策	論	丫	癢	堤	元
靴	瞧	野	蹲	釁	餉	批	君	冬	甕
眸	兩	博	贏	二	賺	卉	努	匪	聯
卵	舵	北	沁	蹉	允	善	畝	絨	娶

（二）讀多音節詞語（100 個音節，共 20 分，限時 2.5 分鐘）

感慨	惡劣	刻苦	鑽探	女婿	艦艇
採摘	音訊	內耗	兜售	瓜瓤兒	拾掇
恰似	抓緊	鏗鏘	挑刺兒	缺乏	帳篷
預約	腐朽	闡明	否認	咀嚼	所有制
勸誡	果凍兒	標本	渾濁	壯美	圓圈
蒼穹	和諧	利潤	蘊藏	滋味	芭蕾舞

宏觀	率領	花樣兒	街道	文雅	眼光
中外	虧損	糟粕	模擬	雲端	毛骨悚然

（三）選擇判斷（共 10 分，限時 3 分鐘）

1. 詞語判斷：請判斷並讀出下列各組中的普通話詞語

（1）	搣	拔	掫	扚
（2）	別個地方	別位	別處	第二度
（3）	不禁	熬勿勞	忍唔住	艙擋得
（4）	阿婆	伯姆	大媽	伯媽
（5）	低劣	推板	差氣	差門
（6）	依然	原舊	原至	照原
（7）	打震	抖震	打噤	發抖
（8）	隔壁	隔籬	隔壁頭	間壁
（9）	運道	運氣	氣運	字運
（10）	倒來	來歸	回來	返嚟

2. 量詞、名詞搭配：請搭配並讀出下列符合普通話規範的數量名短語。（例如：一條魚）

茶壺	飛機	眼鏡	扇子	手錶	鋼琴	擔架	汽車	肥皂	三輪車

把	座	副	塊	架	輛

3. 語序或表達形式判斷：請判斷並讀出下列各組中的普通話語句

(1) A. 我捉住牠的小腿，把牠帶回去。
B. 我捉住牠的小腿子，把牠帶回去。

(2) A. 我們被他罵了一頓。
B. 我們遭他罵了一頓。
C. 我們招他罵了一頓。

(3) A. 他曉得聽。
B. 他聽會來。
C. 他能聽得懂。
D. 他會聽得來。

(4) A. 別客氣，你看先。
B. 別客氣，你先看。
C. 別客氣，你看頭先。
D. 別客氣，你看在先。

(5) A. 他吃着飯在。
B. 他吃飯着呢。
C. 他吃着飯呢。

（四）朗讀短文（400 個音節，共 30 分，限時 4 分鐘）

晉祠之美，在山，在樹，在水。

這裏的山，巍巍的，有如一道屏障；長長的，又如伸開的兩臂，將晉祠擁在懷中。春日黃花滿山，徑幽香遠；秋來草木蕭疏，天高水清。無論什麼時候拾級登山都會心曠神怡。

這裏的樹，以古老蒼勁見長。有兩棵老樹：一棵是周柏，另一棵是唐槐。那周柏，樹幹勁直，樹皮皺裂，頂上挑着幾根青青的疏枝，偃臥於石階旁。那唐槐，老幹粗大，虬枝盤屈，一簇簇柔條，綠葉如蓋。還有水邊殿外的松柏槐柳，無不顯出蒼勁的風骨。以造型奇特見長的，有的偃如老嫗負水，有的挺如壯士托天，不一而足。聖母殿前的左扭柏，拔地而起，直衝雲霄，它的樹皮上的紋理一齊向左邊擰去，一圈一圈，絲紋不亂，像地下旋起了一股煙，又似天上垂下了一根繩。晉祠在古木的蔭護下，顯得分外幽靜、典雅。

這裏的水，多、清、靜、柔。在園裏信步，但見這裏一泓深潭，那裏一條小渠。橋下有河，亭中有井，路邊有溪。石間細流脈脈，如線如縷；林中碧波閃閃，如錦如緞。這些水都來自「難老泉」。泉上有亭，亭上懸掛着清代著名學者傅山寫的「難老泉」三個字。這麼多的水長流不息，日日夜夜發出叮叮咚咚的響聲。水的清澈真令人叫絕，無論 // 多深的水。

（五）命題說話（請在下列話題中任選一個，共 30 分，限時 3 分鐘）

1. 對團隊精神的理解
2. 讓我感动的事情

普通話水平測試模擬試卷（B 卷）

（一）讀單音節字詞（100 個音節，共 10 分，限時 3.5 分鐘）

德	醉	爵	攮	奔	損	受	餌	沼	椿
娘	娩	柔	湧	逛	慈	椰	佛	斷	揍
翎	瓢	廓	浙	淮	盆	惹	娃	吻	柿
篩	昂	迥	慣	匕	揪	乳	霞	戟	摻
寢	隕	築	乃	寺	券	魅	女	裙	閃
柳	膏	獵	吞	淬	砸	沸	彈	馨	菌
崖	砍	繩	翁	澇	馮	日	舔	眷	源
刁	瀕	歪	寵	棕	橋	揩	森	椎	牆
鬩	剖	超	凍	粗	擦	庭	穴	戳	挫
柄	躍	琅	乖	皖	墨	猾	環	耍	粒

（二）讀多音節詞語（100 個音節，共 20 分，限時 2.5 分鐘）

外語	偶爾	憂慮	耳朵	打嗝兒	狂妄
光澤	跌落	悲慘	冤枉	蹂躪	倉促
滿足	挖掘	荒謬	摸黑兒	順序	小伙子
迄今	統帥	盤算	遵循	商洽	委員會
掛念	窮困	個頭兒	內涵	渣滓	扭轉
孔雀	眩暈	波濤	躊躇	能量	咫尺
擺脱	憐憫	遭殃	縫紉	定額	壓根兒
差價	窘迫	粉碎	憑藉	寬窄	一脈相承

（三）選擇判斷（共 10 分，限時 3 分鐘）

1. 詞語判斷：請判斷並讀出下列各組中的普通話詞語

(1)	炮仗	炮竹	爆竹	炮仔
(2)	脖子	頭頸	頸根	頷管
(3)	呀咦欸	奄埔螃	蟑良子	蟬
(4)	驚吵	打擾	攪吵	滾攪
(5)	鈎子	扎鈎	搭鈎	鈎欸
(6)	恐防	驚了	恐怕	怕莫
(7)	下背	下面	下底頭	下爿
(8)	紐扣	扣欸	紐子	紐仔
(9)	無去	失掉	失咗	落巴
(10)	蒜仔	蒜子裏	蒜	蒜欸

2. 量詞、名詞搭配：請搭配並讀出下列符合普通話規範的數量名短語。

（例如：一條魚）

閃電	夫妻	話劇	電線	牆	眼睛	比賽	車廂	計算機	冰棍兒

條	道	對	根	節	台

3. 語序或表達形式判斷：請判斷並讀出下列各組中的普通話語句

(1) A. 這是上次看的電影吧？
B. 這是上次看的電影哇？

(2) A. 姐姐看書呢。
B. 姐姐看書的嘞。
C. 姐姐看書的哩。

(3) A. 我給三斤蘋果他。
B. 我給他三斤蘋果。
C. 我三斤蘋果給他。

(4) A. 天氣熱得很。
B. 天熱得太太。
C. 天熱得來來。

(5) A. 我大過他。
B. 我大起他。
C. 我比他大。
D. 我大他。

（四）朗讀短文（400 個音節，共 30 分，限時 4 分鐘）

在我國歷史地理中，有三大都城密集區，它們是：關中盆地、洛陽盆地、北京小平原。其中每一個地區都曾誕生過四個以上大型王朝的都城。而關中盆地、洛陽盆地是前朝歷史的兩個都城密集區，正是它們構成了早期文明核心地帶中最重要的內容。

為什麼這個地帶會成為華夏文明最先進的地區？這主要是由兩個方面的條件促成的，一個是自然環境方面的，一個是人文環境方面的。

在自然環境方面，這裏是我國溫帶季風氣候帶的南部，降雨、氣溫、土壤等條件都可以滿足旱作農業的需求。中國北方的古代農作物，主要是一年生的粟和黍。黃河中下游的自然環境為粟黍作物的種植和高產提供了得天獨厚的條件。農業生產的發達，會促進整個社會經濟的發展，從而推動社會的進步。

在人文環境方面，這裏是南北方、東西方大交流的軸心地區。在最早的六大新石器文化分佈形勢圖中可以看到，中原處於這些文化分佈的中央地帶。無論是考古發現還是歷史傳説，都有南北文化長距離交流、東西文化相互碰撞的證據。中原地區在空間上恰恰位居中心，成為信息最發達、眼界最寬廣、活動最 // 繁忙、競爭最激烈的地方。

（五）命題說話（請在下列話題中任選一個，共 30 分，限時 3 分鐘）

1. 談談衛生與健康
2. 我欣賞的歷史人物

普通話水平測試模擬試卷（C 卷）

（一）讀單音節字詞（100 個音節，共 10 分，限時 3.5 分鐘）

魄	螃	賓	兒	丹	仄	饒	餒	糟	綹
恐	魔	張	攥	朽	閱	準	增	貶	笨
非	絹	帆	池	滅	颳	狗	迢	抵	綴
跛	鉛	窨	翁	艘	幢	牢	贏	令	屈
忖	篆	陽	想	崇	徘	瓤	躥	鶴	澆
掠	虛	甩	品	濕	因	雅	瓊	嶙	拽
冪	爹	瓷	蝦	尿	舒	摒	勛	划	醋
梭	緘	剩	睿	亥	瘸	腔	颱	浮	司
乏	神	柯	搭	蠢	筷	稟	江	裹	踏
狩	嫩	彤	狂	耕	瓦	罪	皇	枚	傘

（二）讀多音節詞語（100 個音節，共 20 分，限時 2.5 分鐘）

寬廣	領獎	嘀咕	群雄	活潑	攫取
缺損	豆芽兒	高聳	揣摩	羈絆	膚淺
關懷	青蛙	咧嘴	遙望	加塞兒	窒息
源泉	肆虐	眨巴	瞥見	眉毛	奧運會
丟掉	擴大	小甕兒	手掌	擇菜	水果
培育	踉蹌	宰割	頽然	舷窗	認識論
紊亂	抗衡	仲夏	貨款	鼾聲	分蘖
化肥	融洽	饅頭	鋼鏰兒	湍流	不脛而走

（三）選擇判斷（共 10 分，限時 3 分鐘）

1. 詞語判斷：請判斷並讀出下列各組中的普通話詞語

(1)	熬勿牢	忍不住	忍唔住	艙忍咧
(2)	嚨喉	嗓子	胡嚨	喉連
(3)	嬸子	嬸媽	阿嬸	叔姆
(4)	索介	歸氣	索性	巡經
(5)	淘氣	百厭	孽詔	翻燦
(6)	心抱	媳婦	新婦	心舅
(7)	洗身間	浴室	沖涼房	浴堂
(8)	即爿	個面	這邊	呢便
(9)	磚仔	磚	碌磚	磚欿
(10)	眠夢	發夢	做夢	連夢

2. 量詞、名詞搭配：請搭配並讀出下列符合普通話規範的數量名短語。

（例如：一條魚）

人	房子	科學	布	繩子	家具	大鐘	圖畫	手絹兒	學問

條	套	口	門	面	幅

3. 語序或表達形式判斷：請判斷並讀出下列各組中的普通話語句

(1) A. 他累得滿頭大汗。
B. 他累得汗流。
C. 他累得汗滴滴聲。

(2) A. 冬天北方非常冷。
B. 冬天北方過冷。
C. 冬天北方老冷。
D. 冬天北方異冷。

(3) A. 師傅把着手教我。
B. 師傅把倒手教我。

(4) A. 那是個日能人，要一套有一套。
B. 那是個能人，要一套有一套。

(5) A. 這件事我曉不得。
B. 這件事我不知道。
C. 這件事我知不道。

(四)朗讀短文(400 個音節，共 30 分，限時 4 分鐘)

舞台上的幕布拉開了，音樂奏起來了。演員們踩着音樂的拍子，以莊重而有節奏的步法走到燈光前面來了。燈光射在他們五顏六色的服裝和頭飾上，一片金碧輝煌的彩霞。

當女主角穆桂英以輕盈而矯健的步子出場的時候，這個平靜的海面陡然動盪起來了，它上面捲起了一陣暴風雨：觀眾像觸了電似的迅即對這位女英雄報以雷鳴般的掌聲。她開始唱了。她圓潤的歌喉在夜空中顫動，聽起來遼遠而又切近，柔和而又鏗鏘。戲詞像珠子似的從她的一笑一顰中，從她優雅的「水袖」中，從她婀娜的身段中，一粒一粒地滾下來，滴在地上，濺到空中，落進每一個人的心裏，引起一片深遠的迴音。這迴音聽不見，卻淹沒了剛才湧起的那一陣熱烈的掌聲。

觀眾像着了魔一樣，忽然變得鴉雀無聲。他們看得入了神。他們的感情和舞台上女主角的感情融在了一起。女主角的歌舞漸漸進入高潮。觀眾的情感也漸漸進入高潮。潮在漲。沒有誰能控制住它。這個一度平靜下來的人海忽然又動盪起來了。戲就在這時候要到達頂點。我們的女主角在這時候就像一朵盛開的鮮花，觀眾想把這朵鮮花捧在手裏，不讓 // 它消逝。

(五)命題說話（請在下列話題中任選一個，共 30 分，限時 3 分鐘）

1. 小家、大家與國家
2. 我了解的十二生肖

四、普通話水平測試模擬試卷答案

普通話水平測試模擬試卷（A 卷）答案

（一）讀單音節字詞

niǔ 紐	píng 瓶	huái 槐	zéi 賊	rēng 扔	kuài 塊	āng 骯	zé 責	wò 握	wǎng 往
chěng 逞	wān 剜	lǚ 縷	yuè 岳	juān 捐	jiā 佳	xūn 熏	rǎng 壤	xiōng 兄	piào 票
tǎ 獺	suí 隨	sēng 僧	shuā 刷	ǎn 俺	fáng 防	bàn 瓣	sāi 腮	zhēn 臻	huáng 黃
sháo 勺	kǎo 烤	chá 茶	fén 焚	zhuī 追	tàn 碳	náo 撓	guǎ 寡	dǔ 賭	zì 漬
mò 末	yù 鬱	sè 瑟	guāi 乖	Niè 聶	gǒng 汞	zhòu 咒	fěng 諷	tái 抬	chuí 捶
jí 吉	kěn 懇	níng 凝	ér 而	chāi 拆	còu 湊	hóng 弘	gùn 棍	wā 窪	qiǎn 淺
yōng 庸	mí 彌	zhì 擲	hā 哈	cè 策	lùn 論	yā 丫	yǎng 癢	dī 堤	yuán 元
xuē 靴	qiáo 瞧	yě 野	dūn 蹲	xìn 釁	xiǎng 餉	pī 批	jūn 君	dōng 冬	wèng 甕
móu 眸	liǎng 兩	bó 博	yíng 贏	èr 二	zhuàn 賺	huì 卉	nǔ 努	fěi 匪	lián 聯
luǎn 卵	duò 舵	běi 北	qìn 沁	cuō 蹉	yǔn 允	shàn 善	mǔ 畝	róng 絨	qǔ 娶

（二）讀多音節詞語

gǎnkǎi 感慨	èliè 惡劣	kèkǔ 刻苦	zuāntàn 鑽探	nǚxu 女婿	jiàntǐng 艦艇
cǎizhāi 採摘	yīnxùn 音訊	nèihào 內耗	dōushòu 兜售	guārángr 瓜瓤兒	shíduo 拾掇
qiàsì 恰似	zhuājǐn 抓緊	kēngqiāng 鏗鏘	tiāocìr 挑刺兒	quēfá 缺乏	zhàngpeng 帳篷
yùyuē 預約	fǔxiǔ 腐朽	chǎnmíng 闡明	fǒurèn 否認	jǔjué 咀嚼	suǒyǒuzhì 所有制
quànjiè 勸誡	guǒdòngr 果凍兒	biāoběn 標本	húnzhuó 渾濁	zhuàngměi 壯美	yuánquān 圓圈
cāngqióng 蒼穹	héxié 和諧	lìrùn 利潤	yùncáng 蘊藏	zīwèi 滋味	bālěiwǔ 芭蕾舞
hóngguān 宏觀	shuàilǐng 率領	huāyàngr 花樣兒	jiēdào 街道	wényǎ 文雅	yǎnguāng 眼光
zhōngwài 中外	kuīsǔn 虧損	zāopò 糟粕	mónǐ 模擬	yúnduān 雲端	máogǔ-sǒngrán 毛骨悚然

（三）選擇判斷

1. 詞語判斷

（1）	拔		（6）	依然
（2）	別處		（7）	發抖
（3）	不禁		（8）	隔壁
（4）	大媽		（9）	運氣
（5）	低劣		（10）	回來

2. 量詞、名詞搭配

一把茶壺	一架飛機	一副眼鏡	一把扇子	一塊手錶
一架鋼琴	一副擔架	一輛汽車	一塊肥皂	一輛三輪車

3. 語序或表達形式判斷

(1)	我捉住牠的小腿，把牠帶回去。	(2)	我們被他罵了一頓。
(3)	他能聽得懂。	(4)	別客氣，你先看。
(5)	他吃着飯呢。		

普通話水平測試模擬試卷（B）卷答案

（一）讀單音節字詞

dé 德	zuì 醉	jué 爵	rǎng 攘	bēn/bèn 奔	sǔn 損	shòu 受	ěr 餌	zhǎo 沼	zhuāng 樁
niáng 娘	miǎn 娩	róu 柔	yǒng 湧	guàng 逛	cí 慈	yē 椰	fó 佛	duàn 斷	zòu 揍
líng 翎	piáo 瓢	kuò 廓	Zhè 浙	Huái 淮	pén 盆	rě 惹	wá 娃	wěn 吻	shì 柿
shāi 篩	áng 昂	jiǒng 迥	guàn 慣	bǐ 匕	jiū 揪	rǔ 乳	xiá 霞	jǐ 戟	chān 摻
qǐn 寢	yǔn 隕	zhù 築	nǎi 乃	sì 寺	quàn 券	mèi 魅	nǚ 女	qún 裙	shǎn 閃
liǔ 柳	gāo 膏	liè 獵	tūn 吞	cuì 淬	zá 砸	fèi 沸	jiàng 犟	xīn 馨	jūn 菌
yá 崖	kǎn 砍	shéng 繩	wēng 翁	lào 澇	Féng 馮	rì 日	tiǎn 舔	juàn 眷	yuán 源
diāo 刁	bīn 瀕	wāi 歪	chǒng 寵	zōng 棕	qiáo 橋	kāi 揩	sēn 森	zhuī 椎	qiáng 牆
piān 翩	pōu 剖	chāo 超	dòng 凍	cū 粗	cā 擦	tíng 庭	xué 穴	chuō 戳	cuò 挫
bǐng 柄	yuè 躍	láng 琅	guāi 乖	Wǎn 皖	mò 墨	huá 猾	huán 環	shuǎ 耍	lì 粒

（二）讀多音節詞語

wàiyǔ 外語	ǒu'ěr 偶爾	yōulǜ 憂慮	ěrduo 耳朵	dǎgér 打嗝兒	kuángwàng 狂妄
guāngzé 光澤	diēluò 跌落	bēicǎn 悲慘	yuānwang 冤枉	róulìn 蹂躪	cāngcù 倉促
mǎnzú 滿足	wājué 挖掘	huāngmiù 荒謬	mōhēir 摸黑兒	shùnxù 順序	xiǎohuǒzi 小伙子
qìjīn 迄今	tǒngshuài 統帥	pánsuan 盤算	zūnxún 遵循	shāngqià 商洽	wěiyuánhuì 委員會
guàniàn 掛念	qióngkùn 窮困	gètóur 個頭兒	nèihán 內涵	zhā•zǐ 渣滓	niǔzhuǎn 扭轉
kǒngquè 孔雀	xuànyūn 眩暈	bōtāo 波濤	chóuchú 躊躇	néngliàng 能量	zhǐchǐ 咫尺
bǎituō 擺脱	liánmǐn 憐憫	zāoyāng 遭殃	féngrèn 縫紉	dìng'é 定額	yàgēnr 壓根兒
chājià 差價	jiǒngpò 窘迫	fěnsuì 粉碎	píngjiè 憑藉	kuānzhǎi 寬窄	yímài-xiāngchéng 一脈相承

（三）選擇判斷

1. 詞語判斷

（1）	爆竹		（6）	恐怕
（2）	脖子		（7）	下面
（3）	蟬		（8）	紐扣
（4）	打擾		（9）	失掉
（5）	鈎子		（10）	蒜

2. 量詞、名詞搭配

一道閃電	一對夫妻	一台話劇	一根電線	一道牆
一對眼睛	一節比賽	一節車廂	一台計算機	一根冰棍兒

3. 語序或表達形式判斷

(1)	這是上次看的電影吧？	(2)	姐姐看書呢。
(3)	我給他三斤蘋果。	(4)	天氣熱得很。
(5)	我比他大。		

普通話水平測試模擬試卷（C 卷）答案

（一）讀單音節字詞

pò 魄	páng 螃	bīn 賓	ér 兒	dān 丹	zè 仄	ráo 饒	něi 餒	zāo 糟	liǔ 綹
kǒng 恐	mó 魔	zhāng 張	zuàn 攥	xiǔ 朽	yuè 閱	zhǔn 準	zēng 增	biǎn 貶	bèn 笨
fēi 非	juàn 絹	fān 帆	chí 池	miè 滅	guā 颳	gǒu 狗	tiáo 迢	dǐ 抵	zhuì 綴
bǒ 跛	qiān 鉛	jiǒng 窘	wēng 翁	sōu 艘	chuáng/zhuàng 幢	láo 牢	yíng 贏	lìng 令	qū 屈
cǔn 忖	zhuàn 篆	yáng 陽	xiǎng 想	chóng 崇	pái 徘	ráng 瓤	cuān 躥	hè 鶴	jiāo 澆
lüè 掠	xū 虛	shuǎi 甩	pǐn 品	shī 濕	yīn 因	yǎ 雅	qióng 瓊	lín 嶙	zhuài 拽
mì 冪	diē 爹	cí 瓷	xiā 蝦	niào 尿	shū 舒	bìng 摒	xūn 勛	huá 划	cù 醋
suō 梭	jiān 緘	shèng 剩	ruì 睿	hài 亥	qué 瘸	qiāng 腔	tái 颱	fú 浮	sī 司
fá 乏	shén 神	kē 柯	dā 搭	chǔn 蠢	kuài 筷	bǐng 稟	jiāng 江	guǒ 裹	tà 踏
shòu 狩	nèn 嫩	tóng 彤	kuáng 狂	gēng 耕	wǎ 瓦	zuì 罪	huáng 皇	méi 枚	sǎn 傘

（二）讀多音節詞語

kuānguǎng 寬廣	lǐngjiǎng 領獎	dígu 嘀咕	qúnxióng 群雄	huópo 活潑	juéqǔ 攫取
quēsǔn 缺損	dòuyár 豆芽兒	gāosǒng 高聳	chuǎimó 揣摩	jībàn 羈絆	fūqiǎn 膚淺
guānhuái 關懷	qīngwā 青蛙	liězuǐ 咧嘴	yáowàng 遙望	jiāsāir 加塞兒	zhìxī 窒息
yuánquán 源泉	sìnüè 肆虐	zhǎba 眨巴	piējiàn 瞥見	méimao 眉毛	Àoyùnhuì 奧運會
diūdiào 丟掉	kuòdà 擴大	xiǎowèngr 小甕兒	shǒuzhǎng 手掌	zháicài 擇菜	shuǐguǒ 水果
péiyù 培育	liàngqiàng 踉蹌	zǎigē 宰割	tuírán 頹然	xiánchuāng 舷窗	rènshilùn 認識論
wěnluàn 紊亂	kànghéng 抗衡	zhòngxià 仲夏	huòkuǎn 貨款	hānshēng 鼾聲	fēnniè 分蘖
huàféi 化肥	róngqià 融洽	mántou 饅頭	gāngbèngr 鋼鏰兒	tuānliú 湍流	bújìng'érzǒu 不脛而走

（三）選擇判斷

1. 詞語判斷

（1）	忍不住	（6）	媳婦
（2）	嗓子	（7）	浴室
（3）	孀子	（8）	這邊
（4）	索性	（9）	磚
（5）	淘氣	（10）	做夢

2. 量詞、名詞搭配

一口人	一套房子	一門科學	一幅布	一條繩子
一套家具	一口大鐘	一幅圖畫	一條手絹兒	一門學問

3. 語序或表達形式判斷

(1)	他累得滿頭大汗。	(2)	冬天北方非常冷。
(3)	師傅把着手教我。	(4)	那是個能人，要一套有一套。
(5)	這件事我不知道。		

附錄

一、漢語拼音方案

二、普通話基本音節表

三、發音器官示意圖

四、香港、澳門部分道路名稱

五、香港港鐵、澳門輕軌部分車站名稱

六、香港、澳門行政分區名稱

七、中國省、市、自治區及省會（首府）名稱

八、世界部分國家及首都名稱

九、奧林匹克運動會項目

附錄一

漢語拼音方案（1958 年）

一、字母表

字母	名稱	字母	名稱
Aɑ	ㄚ	Nn	ㄋㄝ
Bb	ㄅㄝ	Oo	ㄛ
Cc	ㄘㄝ	Pp	ㄆㄝ
Dd	ㄉㄝ	Qq	ㄑㄧㄡ
Ee	ㄜ	Rr	ㄚㄦ
Ff	ㄝㄈ	Ss	ㄝㄙ
Gg	ㄍㄝ	Tt	ㄊㄝ
Hh	ㄏㄚ	Uu	ㄨ
Ii	ㄧ	Vv	ㄪㄝ
Jj	ㄐㄧㄝ	Ww	ㄨㄚ
Kk	ㄎㄝ	Xx	ㄒㄧ
Ll	ㄝㄌ	Yy	ㄧㄚ
Mm	ㄝㄇ	Zz	ㄗㄝ

V 只用來拼寫外來語、少數民族語言和方言。

字母的手寫體依照拉丁字母的一般書寫習慣。

二、聲母表

b	p	m	f	d	t	n	l
ㄅ玻	ㄆ坡	ㄇ摸	ㄈ佛	ㄉ得	ㄊ特	ㄋ訥	ㄌ勒

g	k	h	j	q	x
ㄍ哥	ㄎ科	ㄏ喝	ㄐ基	ㄑ欺	ㄒ希

zh	ch	sh	r	z	c	s
ㄓ知	ㄔ蚩	ㄕ詩	ㄖ日	ㄗ資	ㄘ雌	ㄙ思

在給漢字注音的時候，為了使拼式簡短，zh ch sh 可以省作 ẑ ĉ ŝ 。

三、韻母表

	i ㄧ 衣	u ㄨ 烏	ü ㄩ 迂
a ㄚ 啊	ia ㄧㄚ 呀	ua ㄨㄚ 蛙	
o ㄛ 喔		uo ㄨㄛ 窩	
e ㄜ 鵝	ie ㄧㄝ 耶		üe ㄩㄝ 約
ai ㄞ 哀		uai ㄨㄞ 歪	
ei ㄟ 欸		uei ㄨㄟ 威	
ao ㄠ 熬	iao ㄧㄠ 腰		

ou ㄡ 歐	iou ㄧㄡ 憂		
an ㄢ 安	ian ㄧㄢ 煙	uan ㄨㄢ 彎	üan ㄩㄢ 冤
en ㄣ 恩	in ㄧㄣ 因	uen ㄨㄣ 溫	ün ㄩㄣ 暈
ang ㄤ 昂	iang ㄧㄤ 央	uang ㄨㄤ 汪	
eng ㄥ亨的 韻母	ing ㄧㄥ 英	ueng ㄨㄥ 翁	
ong （ㄨㄥ） 轟的韻母	iong ㄩㄥ 雍		

(1)「知、蚩、詩、日、資、雌、思」等七個音節的韻母用 i，即：知、蚩、詩、日、資、雌、思等字拼作 zhi, chi, shi, ri, zi, ci, si。

(2) 韻母ㄦ寫成 er，用做韻尾的時候寫成 r。例如：「兒童」拼作 ertong，「花兒」拼作 huar。

(3) 韻母ㄝ單用的時候寫成 ê。

(4) i 行的韻母，前面沒有聲母的時候，寫成 yi（衣），ya（呀），ye（耶），yao（腰），you（憂），yan（煙），yin（因），yang（央），ying（英），yong（雍）。

u 行的韻母，前面沒有聲母的時候，寫成 wu（烏），wa（蛙），wo（窩），wai（歪），wei（威），wan（彎），wen（溫），wang（汪），weng（翁）。

ü 行的韻母，前面沒有聲母的時候，寫成 yu（迂），yue（約），yuan（冤），yun（暈）；ü 上兩點省略。

ü 行的韻母跟聲母 j，q，x 拼的時候，寫成 ju（居），qu（區），xu（虛），ü 上兩點也省略；但是跟聲母 n，l 拼的時候，仍然寫成 nü（女），lü（呂）。

(5) iou，uei，uen 前面加聲母的時候，寫成 iu，ui，un。例如 niu（牛），gui（歸），lun（論）。

(6) 在給漢字注音的時候，為了使拼式簡短，ng 可以寫作 ŋ。

四、聲調符號

陰平	陽平	上聲	去聲
—	/	∨	\

聲調符號標在音節的主要母音上。輕聲不標。

例如：

媽 mā	麻 má	馬 mǎ	罵 mà	嗎 ma
（陰平）	（陽平）	（上聲）	（去聲）	（輕聲）

五、隔音符號

a，o，e 開頭的音節連接在其它音節後面的時候，如果音節的界限發生混淆，用隔音符號（’）隔開，例如 pi’ao（皮襖）。

附錄二

普通話基本音節表

聲母		唇音				舌尖中音				舌面後音			舌面前音			舌尖後音				舌尖前音			
韻母		b	p	m	f	d	t	n	l	g	k	h	j	q	x	zh	ch	sh	r	z	c	s	Ø
開口呼	-i [ʅ、ʅ]															知	蚩	詩	日	資	雌	思	
	a	八	趴	媽	發	搭	他	那	拉	嘎	咖	哈				渣	插	殺		匝	擦	撒	啊
	o	玻	坡	摸	佛																		噢
	e			麼		得	特	訥	樂	哥	科	喝				遮	車	奢	熱	則	策	澀	鵝
	ê																						欸
	er																						兒
	ai	掰	拍	埋		呆	胎	乃	來	該	開	孩				摘	拆	篩		栽	猜	塞	哀
	ei	杯	胚	眉	非	得		內	勒	給	剋	黑				這		誰		賊			欸
	ao	包	拋	貓		刀	濤	鬧	撈	高	考	蒿				招	超	燒	饒	遭	操	搔	熬
	ou		剖	謀	否	兜	偷	耨	樓	溝	摳	喉				州	抽	收	柔	鄒	湊	搜	歐
	an	班	潘	蠻	帆	丹	貪	男	蘭	干	刊	憨				沾	攙	山	然	贊	餐	三	安
	en	奔	噴	悶	分	扽		嫩		根	肯	痕				針	抻	深	人	怎	岑	森	恩
	ang	幫	旁	忙	方	當	湯	囊	狼	鋼	康	夯				章	昌	商	嚷	臧	倉	桑	昂
	eng	崩	烹	蒙	風	登	疼	能	冷	耕	坑	亨				征	稱	升	扔	增	層	僧	鞥
齊齒呼	i	逼	批	迷		低	梯	妮	里				基	欺	希								衣
	ia					嗲			倆				加	掐	蝦								呀
	ie	鱉	撇	滅		爹	貼	捏	列				階	切	些								耶
	iao	標	飄	苗		刁	挑	鳥	撩				交	敲	消								腰
	iou			謬		丟		妞	溜				究	秋	休								優
	ian	邊	偏	面		顛	天	年	連				尖	千	先								煙
	in	賓	拼	民				您	拎				今	親	心								因
	iang							娘	良				江	槍	香								央
	ing	兵	乒	明		丁	聽	寧	玲				京	青	星								英

合口呼	u	不	撲	木	夫	都	突	奴	盧	姑	哭	呼				朱	初	書	如	租	粗	蘇	烏
	ua									瓜	誇	花				抓	欻	刷	挼				蛙
	uo					多	拖	挪	羅	鍋	闊	豁				捉	戳	説	弱	作	搓	梭	窩
	uai									乖	快	懷				拽	揣	衰					歪
	uei					堆	推			歸	虧	灰				追	吹	水	鋭	最	崔	雖	威
	uan					端	團	暖	亂	關	寬	歡				專	川	閂	軟	鑽	躥	酸	彎
	uen					噸	吞		掄	棍	昆	昏				准	春	順	潤	尊	村	孫	溫
	uang									光	筐	荒				莊	窗	雙					汪
	ueng																						翁
	ong					東	通	弄	龍	工	空	烘				忠	充		容	宗	聰	松	
撮口呼	ü							女	呂				居	區	需								迂
	üe							虐	略				撅	缺	靴								約
	üan												捐	圈	宣								冤
	ün												軍	群	勳								暈
	iong												迥	窮	兄								雍

附錄三

發音器官示意圖

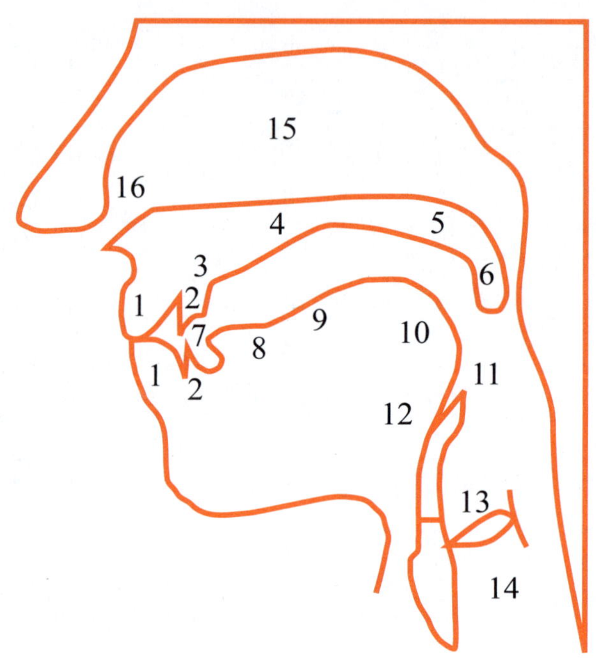

1	上下唇	2	上下齒
3	齒齦	4	硬腭
5	軟腭	6	小舌
7	舌尖	8	舌葉
9	舌面	10	舌根
11	咽腔	12	會厭軟骨
13	聲帶	14	氣管
15	鼻腔	16	鼻孔

附錄四

香港、澳門部分道路名稱

一、香港部分道路名稱

青山公路	Qīngshān Gōnglù
北大嶼山公路	Běidàyǔshān Gōnglù
青嶼幹線	Qīngyǔ Gànxiàn
吐露港公路	Tǔlùgǎng Gōnglù
呈祥道	Chéngxiáng Dào
龍翔道	Lóngxiáng Dào
清水灣道	Qīngshuǐwān Dào
彌敦道	Mídūn Dào
界限街	Jièxiàn Jiē
弼街	Bì Jiē
亞皆老街	Yàjiēlǎo Jiē
登打士街	Dēngdǎshì Jiē
碧街	Bì Jiē
豉油街	Chǐyóu Jiē
咸美頓街	Xiánměidùn Jiē
窩打老道	Wōdǎlǎo Dào
加士居道	Jiāshìjū Dào
金巴利道	Jīnbālì Dào

加連威老道	Jiāliánwēilǎo Dào
金馬倫道	Jīnmǎlún Dào
堪富利士道	Kānfùlìshì Dào
寶勒巷	Bǎolè Xiàng
赫德道	Hèdé Dào
麼地道	Módì Dào
加拿分道	Jiānáfēn Dào
北京道	Běijīng Dào
中間道	Zhōngjiān Dào
梳士巴利道	Shūshìbālì Dào
花園街（波鞋街）	Huāyuán Jiē（Bōxié Jiē）
通菜街（女人街）	Tōngcài Jiē（Nǚrén Jiē）
廟街（男人街）	Miào Jiē（Nánrén Jiē）
鴨寮街（電器街）	Yāliáo Jiē（Diànqì Jiē）
上海街（廚具用品街）	Shànghǎi Jiē（Chújù Yòngpǐn Jiē）
康莊道	Kāngzhuāng Dào
軒尼詩道	Xuānníshī Dào
皇后大道	Huánghòu Dàdào
干諾道	Gānnuò Dào
夏慤道	Xiàquè Dào
告士打道	Gàoshìdǎ Dào
砵甸乍街	Bōdiànzhà Jiē
文咸西街（海味街）	Wénxiánxī Jiē（Hǎiwèi Jiē）
荷李活道（石板街）	Hélǐhuó Dào（Shíbǎn Jiē）
摩羅街（古董街）	Móluó Jiē（Gǔdǒng Jiē）

德輔道西（海味街）	Défǔ Dào Xī（Hǎiwèi Jiē）
謝斐道	Xièfěi Dào
駱克道	Luòkè Dào
畢打街	Bìdǎ Jiē
波斯富街	Bōsīfù Jiē
勿地臣街	Wùdìchén Jiē
羅素街	Luósù Jiē
渣甸街	Zhādiàn Jiē
怡和街	Yíhé Jiē
卑路乍街	Bēilùzhà Jiē
莊士敦道	Zhuāngshìdūn Dào
英皇道	Yīnghuáng Dào
維園道	Wéiyuán Dào
港灣道	Gǎngwān Dào
般咸道	Bānxián Dào
堅道	Jiān Dào
羅便臣道	Luóbiànchén Dào
雅賓利道	Yǎbīnlì Dào
上亞厘畢道	Shàngyàlíbì Dào
高士威道	Gāoshìwēi Dào
薄扶林道	Bófúlín Dào
域多利道	Yùduōlì Dào
石排灣道	Shípáiwān Dào
黃泥涌峽道	Huángníchōngxiá Dào

淺水灣道	Qiǎnshuǐwān Dào
赤柱峽道	Chìzhùxiá Dào
大潭道	Dàtán Dào

二、澳門部分道路名稱

新馬路	Xīn Mǎlù
議事亭前地	Yìshìtíng Qiándì
板樟堂街	Bǎnzhāngtáng Jiē
大三巴街	Dàsānbā Jiē
水坑尾街	Shuǐkēngwěi Jiē
荷蘭園大馬路	Hélányuán Dàmǎlù
望德聖母灣大馬路	Wàngdéshèngmǔwān Dàmǎlù
友誼大馬路	Yǒuyì Dàmǎlù
十月初五日街	Shíyuèchūwǔrì Jiē
天神巷	Tiānshén Xiàng
關閘馬路（拱北）	Guānzhá Mǎlù（Gǒngběi）
黑沙環街	Hēishāhuán Jiē
高士德大馬路	Gāoshìdé Dàmǎlù
士多紐拜斯大馬路	Shìduōniǔbàisī Dàmǎlù
羅理基博士大馬路	Luólǐjī Bóshì Dàmǎlù
巴波沙大馬路	Bābōshā Dàmǎlù
伯多祿局長街	Bóduōlù Júzhǎng Jiē
孫逸仙大馬路	Sūnyìxiān Dàmǎlù

慕拉士大馬路	Mùlāshì Dàmălù
連勝馬路	Liánshèng Mălù
鏡湖馬路	Jìnghú Mălù
偉龍馬路	Wěilóng Mălù
北京街	Běijīng Jiē
南灣大馬路	Nánwān Dàmălù
氹仔海濱馬路	Dàngzăi Hăibīn Mălù
路環島路	Lùhuándăo Lù

附錄五

香港港鐵、澳門輕軌部分車站名稱

一、香港港鐵車站名稱

荃灣線

中環站	Zhōnghuán Zhàn	金鐘站	Jīnzhōng Zhàn
尖沙咀站	Jiānshāzuǐ Zhàn	佐敦站	Zuǒdūn Zhàn
油麻地站	Yóumádì Zhàn	旺角站	Wàngjiǎo Zhàn
太子站	Tàizǐ Zhàn	深水埗站	Shēnshuǐbù Zhàn
長沙灣站	Chángshāwān Zhàn	荔枝角站	Lìzhījiǎo Zhàn
美孚站	Měifú Zhàn	荔景站	Lìjǐng Zhàn
葵芳站	Kuífāng Zhàn	葵興站	Kuíxīng Zhàn
大窩口站	Dàwōkǒu Zhàn	荃灣站	Quánwān Zhàn

調景嶺線

黃埔站	Huángpǔ Zhàn	何文田站	Héwéntián Zhàn
油麻地站	Yóumádì Zhàn	旺角站	Wàngjiǎo Zhàn
太子站	Tàizǐ Zhàn	石硤尾站	Shíxiáwěi Zhàn
九龍塘站	Jiǔlóngtáng Zhàn	樂富站	Lèfù Zhàn
黃大仙站	Huángdàxiān Zhàn	鑽石山站	Zuànshíshān Zhàn
彩虹站	Cǎihóng Zhàn	九龍灣站	Jiǔlóngwān Zhàn

牛頭角站	Niútóujiǎo Zhàn	觀塘站	Guāntáng Zhàn
藍田站	Lántián Zhàn	油塘站	Yóutáng Zhàn
調景嶺站	Tiáojǐnglǐng Zhàn		

將軍澳綫

北角站	Běijiǎo Zhàn	鰂魚涌站	Zéiyúchōng Zhàn
油塘站	Yóutáng Zhàn	調景嶺站	Tiáojǐnglǐng Zhàn
將軍澳站	Jiāngjūn'ào Zhàn	坑口站	Kēngkǒu Zhàn
寶琳站	Bǎolín Zhàn	康城站	Kāngchéng Zhàn

東鐵綫

金鐘站	Jīnzhōng Zhàn	會展站	Huìzhǎn Zhàn
紅磡站	Hóngkàn Zhàn	旺角東站	Wàngjiǎodōng Zhàn
九龍塘站	Jiǔlóngtáng Zhàn	大圍站	Dàwéi Zhàn
沙田站	Shātián Zhàn	火炭站	Huǒtàn Zhàn
大學站	Dàxué Zhàn	大埔墟站	Dàbùxū Zhàn
太和站	Tàihé Zhàn	粉嶺站	Fěnlǐng Zhàn
上水站	Shàngshuǐ Zhàn	羅湖站	Luóhú Zhàn
落馬洲站	Luòmǎzhōu Zhàn		

屯馬綫

屯門站	Túnmén Zhàn	兆康站	Zhàokāng Zhàn
天水圍站	Tiānshuǐwéi Zhàn	朗屏站	Lǎngpíng Zhàn
元朗站	Yuánlǎng Zhàn	錦上路站	Jǐnshànglù Zhàn

荃灣西站	Quánwānxī Zhàn	美孚站	Měifú Zhàn
南昌站	Nánchāng Zhàn	柯士甸站	Kēshìdiàn Zhàn
尖東站	Jiāndōng Zhàn	紅磡站	Hóngkàn Zhàn
何文田站	Héwéntián Zhàn	土瓜灣站	Tǔguāwān Zhàn
宋皇台站	Sònghuángtái Zhàn	啟德站	Qǐdé Zhàn
鑽石山站	Zuànshíshān Zhàn	顯徑站	Xiǎnjìng Zhàn
大圍站	Dàwéi Zhàn	車公廟站	Chēgōngmiào Zhàn
沙田圍站	Shātiánwéi Zhàn	第一城站	Dìyīchéng Zhàn
石門站	Shímén Zhàn	大水坑站	Dàshuǐkēng Zhàn
恒安站	Héng'ān Zhàn	馬鞍山站	Mǎ'ānshān Zhàn
烏溪沙站	Wūxīshā Zhàn		

港島線

堅尼地城站	Jiānnídìchéng Zhàn	香港大學站	Xiānggǎng Dàxué Zhàn
西營盤站	Xīyíngpán Zhàn	上環站	Shànghuán Zhàn
中環站	Zhōnghuán Zhàn	金鐘站	Jīnzhōng Zhàn
灣仔站	Wānzǎi Zhàn	銅鑼灣站	Tóngluówān Zhàn
天后站	Tiānhòu Zhàn	炮台山站	Pàotáishān Zhàn
北角站	Běijiǎo Zhàn	鰂魚涌站	Zéiyúchōng Zhàn
太古站	Tàigǔ Zhàn	西灣河站	Xīwānhé Zhàn
筲箕灣站	Shāojīwān Zhàn	杏花邨站	Xìnghuācūn Zhàn
柴灣站	Cháiwān Zhàn		

港島南線

金鐘站	Jīnzhōng Zhàn	海洋公園站	Hǎiyáng Gōngyuán Zhàn
黃竹坑站	Huángzhúkēng Zhàn	利東站	Lìdōng Zhàn
海怡半島站	Hǎiyí Bàndǎo Zhàn		

東涌線

香港站	Xiānggǎng Zhàn	九龍站	Jiǔlóng Zhàn
奧運站	Àoyùn Zhàn	南昌站	Nánchāng Zhàn
荔景站	Lìjǐng Zhàn	青衣站	Qīngyī Zhàn
欣澳站	Xīn'ào Zhàn	迪士尼站	Díshìní Zhàn
東涌站	Dōngchōng Zhàn		

機場快線

香港站	Xiānggǎng Zhàn	九龍站	Jiǔlóng Zhàn
青衣站	Qīngyī Zhàn	機場站	Jīchǎng Zhàn
博覽館站	Bólǎnguǎn Zhàn		

二、澳門輕軌車站名稱

媽閣站	Māgé Zhàn	海洋站	Hǎiyáng Zhàn
馬會站	Mǎhuì Zhàn	運動場站	Yùndòngchǎng Zhàn
排角站	Páijiǎo Zhàn	路氹西站	Lùdàngxī Zhàn
蓮花站	Liánhuā Zhàn	協和醫院站	Xiéhé Yīyuàn Zhàn
東亞運站	Dōngyàyùn Zhàn	路氹東站	Lùdàngdōng Zhàn
科大站	Kēdà Zhàn	機場站	Jīchǎng Zhàn
氹仔碼頭站	Dàngzǎi Mǎtou Zhàn	橫琴站	Héngqín Zhàn
石排灣站	Shípáiwān Zhàn		

附錄六

香港、澳門行政分區名稱

一、香港行政分區名稱

中西區	Zhōngxī Qū	灣仔區	Wānzǎi Qū
東區	Dōng Qū	南區	Nán Qū
油尖旺區	Yóujiānwàng Qū	深水埗區	Shēnshuǐbù Qū
九龍城區	Jiǔlóngchéng Qū	黃大仙區	Huángdàxiān Qū
觀塘區	Guāntáng Qū	北區	Běi Qū
大埔區	Dàbù Qū	沙田區	Shātián Qū
西貢區	Xīgòng Qū	荃灣區	Quánwān Qū
屯門區	Túnmén Qū	元朗區	Yuánlǎng Qū
葵青區	Kuíqīng Qū	離島區	Lídǎo Qū

二、澳門行政分區名稱

花地瑪堂區	Huādìmǎ Táng Qū	聖安多尼堂區	Shèng Ānduōní Táng Qū
大堂區	Dàtáng Qū	望德堂區	Wàngdé Táng Qū
風順堂區	Fēngshùn Táng Qū	路氹城	Lùdàng Chéng
嘉模堂區 （氹仔）	Jiāmó Táng Qū （Dàngzǎi）		
聖方濟各堂區 （路環）	Shèng Fāngjìgè Táng Qū （Lùhuán）		

附錄七

中國省、市、自治區及省會（首府）名稱

省、市、自治區名稱		簡稱		省會／首府	
		直轄市 zhíxiáshì			
北京市	Běijīng Shì	京	Jīng		
天津市	Tiānjīn Shì	津	Jīn		
上海市	Shànghǎi Shì	滬	Hù		
重慶市	Chóngqìng Shì	渝	Yú		
		省 shěng			
河北省	Héběi Shěng	冀	Jì	石家莊市	Shíjiāzhuāng Shì
山西省	Shānxī Shěng	晉	Jìn	太原市	Tàiyuán Shì
遼寧省	Liáoníng Shěng	遼	Liáo	瀋陽市	Shěnyáng Shì
吉林省	Jílín Shěng	吉	Jí	長春市	Chángchūn Shì
黑龍江省	Hēilóngjiāng Shěng	黑	Hēi	哈爾濱市	Hā'ěrbīn Shì
江蘇省	Jiāngsū Shěng	蘇	Sū	南京市	Nánjīng Shì
浙江省	Zhèjiāng Shěng	浙	Zhè	杭州市	Hángzhōu Shì
安徽省	Ānhuī Shěng	皖	Wǎn	合肥市	Héféi Shì
福建省	Fújiàn Shěng	閩	Mǐn	福州市	Fúzhōu Shì
江西省	Jiāngxī Shěng	贛	Gàn	南昌市	Nánchāng Shì
山東省	Shāndōng Shěng	魯	Lǔ	濟南市	Jǐnán Shì
河南省	Hénán Shěng	豫	Yù	鄭州市	Zhèngzhōu Shì

省、市、自治區名稱		簡稱		省會／首府	
湖北省	Húběi Shěng	鄂	È	武漢市	Wǔhàn Shì
湖南省	Húnán Shěng	湘	Xiāng	長沙市	Chángshā Shì
廣東省	Guǎngdōng Shěng	粵	Yuè	廣州市	Guǎngzhōu Shì
海南省	Hǎinán Shěng	瓊	Qióng	海口市	Hǎikǒu Shì
四川省	Sìchuān Shěng	川	Chuān	成都市	Chéngdū Shì
貴州省	Guìzhōu Shěng	黔	Qián	貴陽市	Guìyáng Shì
雲南省	Yúnnán Shěng	滇	Diān	昆明市	Kūnmíng Shì
陝西省	Shǎnxī Shěng	陝	Shǎn	西安市	Xī'ān Shì
甘肅省	Gānsù Shěng	甘	Gān	蘭州市	Lánzhōu Shì
青海省	Qīnghǎi Shěng	青	Qīng	西寧市	Xīníng Shì
台灣省	Táiwān Shěng	台	Tái	台北市	Táiběi Shì
自治區 zìzhìqū					
西藏自治區	Xīzàng Zìzhìqū	藏	Zàng	拉薩市	Lāsà Shì
內蒙古自治區	Nèi Měnggǔ Zìzhìqū	蒙	Měng	呼和浩特市	Hūhéhàotè Shì
廣西壯族自治區	Guǎngxī Zhuàngzú Zìzhìqū	桂	Guì	南寧市	Nánníng Shì
寧夏回族自治區	Níngxià Huízú Zìzhìqū	寧	Níng	銀川市	Yínchuān Shì
新疆維吾爾自治區	Xīnjiāng Wéiwú'ěr Zìzhìqū	新	Xīn	烏魯木齊市	Wūlǔmùqí Shì
特別行政區 tèbié xíngzhèngqū					
香港特別行政區	Xiānggǎng Tèbié Xíngzhèngqū	港	Gǎng		
澳門特別行政區	Àomén Tèbié Xíngzhèngqū	澳	Ào		

附錄八

世界部分國家及首都名稱

亞洲 Yàzhōu

國家名稱		首都名稱	
阿富汗	Āfùhàn	喀布爾	Kābù'ěr
亞美尼亞	Yàměiníyà	埃里溫	Āilǐwēn
阿塞拜疆	Āsàibàijiāng	巴庫	Bākù
巴林	Bālín	麥納麥	Màinàmài
孟加拉	Mèngjiālā	達卡	Dákǎ
不丹	Bùdān	廷布	Tíngbù
文萊	Wénlái	斯里巴加灣市	Sīlǐbājiāwān Shì
柬埔寨	Jiǎnpǔzhài	金邊	Jīnbiān
中國	Zhōngguó	北京	Běijīng
格魯吉亞	Gélǔjíyà	第比利斯	Dìbǐlìsī
印度	Yìndù	新德里	Xīndélǐ
印度尼西亞	Yìndùníxīyà	雅加達	Yǎjiādá
伊朗	Yīlǎng	德黑蘭	Déhēilán
伊拉克	Yīlākè	巴格達	Bāgédá
以色列	Yǐsèliè	特拉維夫	Tèlāwéifū
日本	Rìběn	東京	Dōngjīng
約旦	Yuēdàn	安曼	Ānmàn
哈薩克斯坦	Hāsàkèsītǎn	阿斯塔納	Āsītǎnà

國家名稱		首都名稱	
科威特	Kēwēitè	科威特城	Kēwēitè Chéng
吉爾吉斯斯坦	Jí'ěrjísīsītǎn	比什凱克	Bǐshíkǎikè
老撾	Lǎowō	萬象	Wànxiàng
黎巴嫩	Líbānèn	貝魯特	Bèilǔtè
馬來西亞	Mǎláixīyà	吉隆坡	Jílōngpō
馬爾代夫	Mǎ'ěrdàifū	馬累	Mǎlèi
蒙古	Měnggǔ	烏蘭巴托	Wūlánbātuō
緬甸	Miǎndiàn	內比都	Nèibǐdū
尼泊爾	Níbó'ěr	加德滿都	Jiādémǎndū
朝鮮	Cháoxiǎn	平壤	Píngrǎng
阿曼	Āmàn	馬斯喀特	Mǎsīkātè
巴基斯坦	Bājīsītǎn	伊斯蘭堡	Yīsīlánbǎo
巴勒斯坦	Bālèsītǎn	拉姆安拉	Lāmǔ'ānlā
菲律賓	Fēilǜbīn	馬尼拉	Mǎnílā
卡塔爾	Kǎtǎ'ěr	多哈	Duōhā
沙特阿拉伯	Shātè Ālābó	利雅得	Lìyǎdé
新加坡	Xīnjiāpō	新加坡	Xīnjiāpō
韓國	Hánguó	首爾	Shǒu'ěr
斯里蘭卡	Sīlǐlánkǎ	科倫坡	Kēlúnpō
敘利亞	Xùlìyà	大馬士革	Dàmǎshìgé
塔吉克斯坦	Tǎjíkèsītǎn	杜尚別	Dùshàngbié
泰國	Tàiguó	曼谷	Màngǔ
東帝汶	Dōngdìwèn	帝力	Dìlì
土耳其	Tǔ'ěrqí	安卡拉	Ānkǎlā

國家名稱		首都名稱	
土庫曼斯坦	Tǔkùmànsītǎn	阿什哈巴德	Āshíhābādé
阿聯酋	Āliánqiú	阿布扎比	Ābùzhābǐ
烏茲別克斯坦	Wūzībiékèsītǎn	塔什干	Tǎshígān
越南	Yuènán	河內	Hénèi
也門	Yěmén	薩那	Sànà

歐洲 Ōuzhōu

國家名稱		首都名稱	
阿爾巴尼亞	Ā'ěrbāníyà	地拉那	Dìlānà
安道爾	Āndào'ěr	安道爾城	Āndào'ěr Chéng
奧地利	Àodìlì	維也納	Wéiyěnà
白俄羅斯	Bái'éluósī	明斯克	Míngsīkè
比利時	Bǐlìshí	布魯塞爾	Bùlǔsài'ěr
波黑	Bōhēi	薩拉熱窩	Sàlārèwō
保加利亞	Bǎojiālìyà	索非亞	Suǒfēiyà
克羅地亞	Kèluódìyà	薩格勒布	Sàgélèbù
塞浦路斯	Sàipǔlùsī	尼科西亞	Níkēxīyà
捷克	Jiékè	布拉格	Bùlāgé
丹麥	Dānmài	哥本哈根	Gēběnhāgēn
愛沙尼亞	Àishāníyà	塔林	Tǎlín
芬蘭	Fēnlán	赫爾辛基	Hè'ěrxīnjī
法國	Fǎguó	巴黎	Bālí
德國	Déguó	柏林	Bólín

國家名稱		首都名稱	
希臘	Xīlà	雅典	Yǎdiǎn
匈牙利	Xiōngyálì	布達佩斯	Bùdápèisī
冰島	Bīngdǎo	雷克雅未克	Léikèyǎwèikè
愛爾蘭	Ài'ěrlán	都柏林	Dūbólín
意大利	Yìdàlì	羅馬	Luómǎ
拉脫維亞	Lātuōwéiyà	里加	Lǐjiā
列支敦士登	Lièzhīdūnshìdēng	瓦杜茲	Wǎdùzī
立陶宛	Lìtáowǎn	維爾紐斯	Wéi'ěrniǔsī
盧森堡	Lúsēnbǎo	盧森堡	Lúsēnbǎo
馬耳他	Mǎ'ěrtā	瓦萊塔	Wǎláitǎ
摩爾多瓦	Mó'ěrduōwǎ	基希訥烏	Jīxīnèwū
摩納哥	Mónàgē	摩納哥城	Mónàgē Chéng
黑山	Hēishān	波德戈里察	Bōdégēlǐchá
荷蘭	Hélán	阿姆斯特丹	Āmǔsītèdān
北馬其頓	Běi Mǎqídùn	斯科普里	Sīkēpǔlǐ
挪威	Nuówēi	奧斯陸	Àosīlù
波蘭	Bōlán	華沙	Huáshā
葡萄牙	Pútáoyá	里斯本	Lǐsīběn
羅馬尼亞	Luómǎníyà	布加勒斯特	Bùjiālèsītè
俄羅斯	Éluósī	莫斯科	Mòsīkē
聖馬力諾	Shèng Mǎlìnuò	聖馬力諾	Shèng Mǎlìnuò
塞爾維亞	Sài'ěrwéiyà	貝爾格萊德	Bèi'ěrgéláidé
斯洛伐克	Sīluòfákè	布拉迪斯拉發	Bùlādísīlāfā
斯洛文尼亞	Sīluòwénníyà	盧布爾雅那	Lúbù'ěryǎnà

國家名稱		首都名稱	
西班牙	Xībānyá	馬德里	Mǎdélǐ
瑞典	Ruìdiǎn	斯德哥爾摩	Sīdégē'ěrmó
瑞士	Ruìshì	伯爾尼	Bó'ěrní
烏克蘭	Wūkèlán	基輔	Jīfǔ
英國	Yīngguó	倫敦	Lúndūn
梵蒂岡	Fàndìgāng	梵蒂岡城	Fàndìgāng Chéng

非洲 Fēizhōu

國家名稱		首都名稱	
阿爾及利亞	Ā'ěrjílìyà	阿爾及爾	Ā'ěrjí'ěr
安哥拉	Āngēlā	羅安達	Luó'āndá
貝寧	Bèiníng	波多諾伏	Bōduōnuòfú
博茨瓦納	Bócíwǎnà	哈博羅內	Hābóluónèi
布基納法索	Bùjīnàfǎsuǒ	瓦加杜古	Wǎjiādùgǔ
布隆迪	Bùlóngdí	布瓊布拉	Bùqióngbùlā
佛得角	Fódéjiǎo	普拉亞	Pǔlāyà
喀麥隆	Kāmàilóng	雅溫得	Yǎwēndé
中非	Zhōngfēi	班吉	Bānjí
乍得	Zhàdé	恩賈梅納	Ēnjiǎméinà
科摩羅	Kēmóluó	莫羅尼	Mòluóní
剛果（布）	Gāngguǒ（Bù）	布拉柴維爾	Bùlācháiwéi'ěr
剛果（金）	Gāngguǒ（Jīn）	金沙薩	Jīnshāsà
科特迪瓦	Kētèdíwǎ	亞穆蘇克羅	Yàmùsūkèluó
吉布提	Jíbùtí	吉布提市	Jíbùtí Shì

國家名稱		首都名稱	
埃及	Āijí	開羅	Kāiluó
赤道幾內亞	Chìdào Jǐnèiyà	馬拉博	Mǎlābó
厄立特里亞	Èlìtèlǐyà	阿斯馬拉	Āsīmǎlā
斯威士蘭	Sīwēishìlán	姆巴巴內	Mǔbābānèi
埃塞俄比亞	Āisài'ébǐyà	亞的斯亞貝巴	Yàdìsīyàbèibā
加蓬	Jiāpéng	利伯維爾	Lìbówéi'ěr
岡比亞	Gāngbǐyà	班珠爾	Bānzhū'ěr
加納	Jiānà	阿克拉	Ākèlā
幾內亞	Jǐnèiyà	科納克里	Kēnàkèlǐ
幾內亞比紹	Jǐnèiyà Bǐshào	比紹	Bǐshào
肯尼亞	Kěnníyà	內羅畢	Nèiluóbì
萊索托	Láisuǒtuō	馬塞盧	Mǎsàilú
利比里亞	Lìbǐlǐyà	蒙羅維亞	Méngluówéiyà
利比亞	Lìbǐyà	的黎波里	Dìlíbōlǐ
馬達加斯加	Mǎdájiāsījiā	塔那那利佛	Tǎnànàlìfó
馬拉維	Mǎlāwéi	利隆圭	Lìlóngguī
馬里	Mǎlǐ	巴馬科	Bāmǎkē
毛里塔尼亞	Máolǐtǎníyà	努瓦克肖特	Nǔwǎkèxiāotè
毛里求斯	Máolǐqiúsī	路易港	Lùyì Gǎng
摩洛哥	Móluògē	拉巴特	Lābātè
莫桑比克	Mòsāngbǐkè	馬普托	Mǎpǔtuō
納米比亞	Nàmǐbǐyà	溫得和克	Wēndéhékè
尼日爾	Nírì'ěr	尼亞美	Níyàměi
尼日利亞	Nírìlìyà	阿布賈	Ābùjiǎ

國家名稱		首都名稱	
盧旺達	Lúwàngdá	基加利	Jījiālì
聖多美和普林西比	Shèng Duōměi hé Pǔlínxībǐ	聖多美	Shèng Duōměi
塞內加爾	Sàinèijiā'ěr	達喀爾	Dákā'ěr
塞舌爾	Sàishé'ěr	維多利亞	Wéiduōlìyà
塞拉利昂	Sàilālì'áng	弗里敦	Fúlǐdūn
索馬里	Suǒmǎlǐ	摩加迪沙	Mójiādíshā
南非	Nánfēi	比勒陀利亞	Bǐlètuólìyà
		開普敦	Kāipǔdūn
		布隆方丹	Bùlóngfāngdān
南蘇丹	Nánsūdān	朱巴	Zhūbā
蘇丹	Sūdān	喀土穆	Kātǔmù
坦桑尼亞	Tǎnsāngníyà	多多馬	Duōduōmǎ
多哥	Duōgē	洛美	Luòměi
突尼斯	Tūnísī	突尼斯市	Tūnísī Shì
烏干達	Wūgāndá	坎帕拉	Kǎnpàlā
贊比亞	Zànbǐyà	盧薩卡	Lúsàkǎ
津巴布韋	Jīnbābùwéi	哈拉雷	Hālāléi

北美洲 Běi Měizhōu

國家名稱		首都名稱	
安提瓜和巴布達	Āntíguā hé Bābùdá	聖約翰	Shèng Yuēhàn
巴哈馬	Bāhāmǎ	拿騷	Násāo

國家名稱		首都名稱	
巴巴多斯	Bābāduōsī	布里奇敦	Bùlǐqídūn
伯利茲	Bólìzī	貝爾莫潘	Bèi'ěrmòpān
加拿大	Jiānádà	渥太華	Wòtàihuá
哥斯達黎加	Gēsīdálíjiā	聖何塞	Shèng Hésài
古巴	Gǔbā	哈瓦那	Hāwǎnà
多米尼克	Duōmǐníkè	羅索	Luósuǒ
多米尼加	Duōmǐníjiā	聖多明各	Shèng Duōmínggè
薩爾瓦多	Sà'ěrwǎduō	聖薩爾瓦多	Shèng Sà'ěrwǎduō
格林納達	Gélínnàdá	聖喬治	Shèng Qiáozhì
危地馬拉	Wēidìmǎlā	危地馬拉城	Wēidìmǎlā Chéng
海地	Hǎidì	太子港	Tàizǐ Gǎng
洪都拉斯	Hóngdūlāsī	特古西加爾巴	Tègǔxījiā'ěrbā
牙買加	Yámǎijiā	金斯敦	Jīnsīdūn
墨西哥	Mòxīgē	墨西哥城	Mòxīgē Chéng
尼加拉瓜	Níjiālāguā	馬那瓜	Mǎnàguā
巴拿馬	Bānámǎ	巴拿馬城	Bānámǎ Chéng
聖基茨和尼維斯	Shèng Jīcí hé Níwéisī	巴斯特爾	Bāsītè'ěr
聖盧西亞	Shèng Lúxīyà	卡斯特里	Kǎsītèlǐ
聖文森特和格林納丁斯	Shèng Wénsēntè hé Gélínnàdīngsī	金斯敦	Jīnsīdūn
特立尼達和多巴哥	Tèlìnídá hé Duōbāgē	西班牙港	Xībānyá Gǎng
美國	Měiguó	華盛頓	Huáshèngdùn

南美洲 Nán Měizhōu

國家名稱		首都名稱	
阿根廷	Āgēntíng	布宜諾斯艾利斯	Bùyínuòsī'àilìsī
玻利維亞	Bōlìwéiyà	蘇克雷	Sūkèléi
巴西	Bāxī	巴西利亞	Bāxīlìyà
智利	Zhìlì	聖地亞哥	Shèngdìyàgē
哥倫比亞	Gēlúnbǐyà	波哥大	Bōgēdà
厄瓜多爾	Èguāduō'ěr	基多	Jīduō
圭亞那	Guīyànà	喬治敦	Qiáozhìdūn
巴拉圭	Bālāguī	亞松森	Yàsōngsēn
秘魯	Bìlǔ	利馬	Lìmǎ
蘇里南	Sūlǐnán	帕拉馬里博	Pàlāmǎlǐbó
烏拉圭	Wūlāguī	蒙得維的亞	Méngdéwéidìyà
委內瑞拉	Wěinèiruìlā	加拉加斯	Jiālājiāsī

大洋洲 Dàyángzhōu

國家名稱		首都名稱	
澳大利亞	Àodàlìyà	堪培拉	Kānpéilā
斐濟	Fěijì	蘇瓦	Sūwǎ
基里巴斯	Jīlǐbāsī	塔拉瓦	Tǎlāwǎ
馬紹爾群島	Mǎshào'ěr Qúndǎo	馬朱羅	Mǎzhūluó
密克羅尼西亞	Mìkèluóníxīyà	帕利基爾	Pàlìjī'ěr
瑙魯	Nǎolǔ	亞倫	Yàlún

國家名稱		首都名稱	
新西蘭	Xīnxīlán	惠靈頓	Huìlíngdùn
紐埃	Niǔ'āi	阿洛菲	Āluòfēi
帕勞	Pàláo	梅萊凱奧克	Méiláikǎi'àokè
巴布亞新幾內亞	Bābùyà Xīnjǐnèiyà	莫爾茲比港	Mò'ěrzībǐ Gǎng
薩摩亞	Sàmóyà	阿皮亞	Āpíyà
所羅門 群島	Suǒluómén Qúndǎo	霍尼亞拉	Huòníyàlā
湯加	Tāngjiā	努庫阿洛法	Nǔkù'āluòfǎ
圖瓦盧	Túwǎlú	富納富提	Fùnàfùtí
瓦努阿圖	Wǎnǔ'ātú	維拉港	Wéilā Gǎng

附錄九

奧林匹克運動會項目

田徑	tiánjìng	足球	zúqiú
籃球	lánqiú	三人籃球	sānrén lánqiú
排球	páiqiú	沙灘排球	shātān páiqiú
乒乓球	pīngpāngqiú	羽毛球	yǔmáoqiú
網球	wǎngqiú	水球	shuǐqiú
棒球	bàngqiú	壘球	lěiqiú
手球	shǒuqiú	沙灘手球	shātān shǒuqiú
高爾夫球	gāo'ěrfūqiú	曲棍球	qūgùnqiú
七人制橄欖球	qīrénzhì gǎnlǎnqiú	腰旗橄欖球	yāoqí gǎnlǎnqiú
板球	bǎnqiú	壁球	bìqiú
體操	tǐcāo	藝術體操	yìshù tǐcāo
技巧運動	jìqiǎo yùndòng	霹靂舞	pīlìwǔ
射箭	shèjiàn	射擊	shèjī
摔跤	shuāijiāo	跆拳道	táiquándào
柔道	róudào	空手道	kōngshǒudào
拳擊	quánjī	運動攀岩	yùndòng pānyán
公路自行車	gōnglù zìxíngchē	場地自行車	chǎngdì zìxíngchē
山地自行車	shāndì zìxíngchē	滚軸速滑	gǔnzhóu sùhuá
自由式小輪車	zìyóushì xiǎolúnchē	小輪車競速	xiǎolúnchē jìngsù
蹦床	bèngchuáng	舉重	jǔzhòng

擊劍	jījiàn	武術	wǔshù
游泳	yóuyǒng	花樣游泳	huāyàng yóuyǒng
跳水	tiàoshuǐ	帆船	fānchuán
海岸賽艇	hǎi'àn sàitǐng	滑板	huábǎn
皮划艇激流迴旋	píhuátǐng jīliú huíxuán	衝浪	chōnglàng
皮划艇靜水	píhuátǐng jìngshuǐ	馬拉松	mǎlāsōng
現代五項	xiàndài wǔxiàng	鐵人三項	tiěrén sānxiàng
電子競技	diànzǐ jìngjì		
單板滑雪	dānbǎn huáxuě	跳台滑雪	tiàotái huáxuě
高山滑雪	gāoshān huáxuě	越野滑雪	yuèyě huáxuě
自由式滑雪	zìyóushì huáxuě	滑雪登山	huáxuě dēngshān
速度滑冰	sùdù huábīng	短道速滑	duǎndào sùhuá
花樣滑冰	huāyàng huábīng	雪橇	xuěqiāo
雪車	xuěchē	鋼架雪車	gāngjià xuěchē
冰壺	bīnghú	冰球	bīngqiú
冬季兩項	dōngjì liǎngxiàng	北歐兩項	Běi'ōu liǎngxiàng

田徑

跳遠	tiàoyuǎn	跳高	tiàogāo
三級跳遠	sānjí tiàoyuǎn	撐杆跳高	chēnggān tiàogāo
鉛球	qiānqiú	鏈球	liànqiú
鐵餅	tiěbǐng	標槍	biāoqiāng
短跑	duǎnpǎo	長跑	chángpǎo
跨欄	kuàlán	接力賽	jiēlìsài

競走	jìngzǒu	十項全能	shíxiàng quánnéng

游泳

蛙泳	wāyǒng	自由泳	zìyóuyǒng
仰泳	yǎngyǒng	蝶泳	diéyǒng
混合泳	hùnhéyǒng		

體操

自由體操	zìyóu tǐcāo	鞍馬	ānmǎ
吊環	diàohuán	跳馬	tiàomǎ
單槓	dāngàng	高低槓	gāodīgàng
雙槓	shuānggàng	平衡木	pínghéngmù

藝術體操

繩操	shéngcāo	球操	qiúcāo
圈操	quāncāo	棒操	bàngcāo
帶操	dàicāo		

參考文獻

1. 國家語委普通話與文字應用培訓測試中心編制《普通話水平測試實施綱要(2021 年版)》，北京：語文出版社，2022 年
2. 國家語委普通話與文字應用培訓測試中心組編《普通話水平測試應試指導》，北京：語文出版社，2023 年
3. 國家語委普通話培訓測試中心編制《普通話水平測試實施綱要》，北京：商務印書館，2004 年
4. 中國社會科學院語言研究所詞典編輯室編《現代漢語詞典》第 7 版，北京：商務印書館，2016 年
5. 語言學名詞審定委員會《全國科學技術名詞審定委員會公佈 語言學名詞 2011》，北京：商務印書館，2011 年
6. 田小琳、李斐、馬毛朋修訂《現代漢語學習詞典》(繁體版)，香港：三聯書店，2015 年
7. 程祥徽、田小琳著《現代漢語》(修訂版)，香港：三聯書店，2013 年
8. 田小琳編著《香港社區詞詞典》，北京：商務印書館，2009 年
9. 畢宛嬰編著《新編普通話辨音手冊》，香港：勤＋緣出版社，2013 年
10. 畢宛嬰編著《普通話同音詞手冊》，香港：三聯書店，2024 年